Buch

Unversehens schlittert Varg Veum in einen neuen Fall. Dabei sollte er doch nur für ein verreistes Ehepaar den Briefkasten leeren, Rasen mähen und gelegentlich nach dem Rechten sehen. Aber bereits an seinem ersten Arbeitstag entdeckt er eine gutgekleidete Leiche am Grund des hauseigenen Swimming-pools. Kein gutes Omen, wie Veum schnell klar wird. Bei seiner Suche nach den Hintergründen gerät er bald in ein unlösbares Gewirr aus tragischem Zufall, Umweltkriminalität und den Aktionen überzeugter Weltverbesserer. Und auch die Grenzen zwischen Gut und Böse verlaufen nicht immer so, wie es der Privatdetektiv wider Willen gerne hätte. Am Ende hat er wieder etwas dazugelernt – auch wenn er auf diese Lektion gerne verzichtet hätte...

Autor

Gunnar Staalesen wurde 1947 in Bergen geboren, wo er auch heute mit seiner Familie lebt. Er arbeitet als Dramaturg am Theater in Bergen und widmet sich nebenher der Schriftstellerei. Bisher sind von ihm elf Krimis sowie Jugendbücher und Erzählungen erschienen. Der Durchbruch gelang Staalesen mit seinen Romanen um den Privatdetektiv Varg Veum, eine Art norwegischer Philip Marlowe.

Von Gunnar Staalesen bereits bei Goldmann erschienen:

Das Haus mit der grünen Tür. Roman (5832)
Gefallene Engel. Roman (5931)

Gunnar Staalesen
Bittere Blumen

Kriminalroman

Aus dem Norwegischen
von Lothar Schneider

GOLDMANN

Die Originalausgabe erschien 1991
unter dem Titel »Bitre blomster«
im Gyldendal Norsk Forlag, Oslo

Umwelthinweis:
Alle bedruckten Materialien dieses Taschenbuches
sind chlorfrei und umweltschonend.
Das Papier enthält Recycling-Anteile.

Der Goldmann Verlag
ist ein Unternehmen der Verlagsgruppe Bertelsmann

Genehmigte Taschenbuchausgabe 12/1996
Copyright © der Originalausgabe 1991
by Gyldendal Norsk Forlag A/S
Copyright © der deutschsprachigen Ausgabe 1993
by Wolfgang Butt Verlag, Kiel
Umschlaggestaltung: Design Team München
Umschlagfoto: Ernst Wrba
Satz: IBV Satz- und Datentechnik GmbH, Berlin
Druck: Elsnerdruck, Berlin
Krimi 5933
AB · Herstellung: Sebastian Strohmaier
Made in Germany
ISBN 3-442-05933-X

3 5 7 9 10 8 6 4 2

Wer zuletzt lacht, ist der letzte, der lacht.
    ERLING T. GJELSVIK

Da es in Hilleren tatsächlich ein Unternehmen gibt, ist es angebracht, darauf hinzuweisen, daß es sich bei dem hier beschriebenen Betrieb ebenso wie bei allen im Buch vorkommenden Personen um reine Phantasieprodukte des Autors handelt und keine Verbindung zur Wirklichkeit besteht.

G. S.

1

Es war Viertel nach elf, als ich den Wagen an der Auffahrt des leeren Hauses parkte.

Hundert Meter entfernt standen noch zwei andere Autos. Ein rotes und ein graues. Beide waren leer.

Keiner sagte etwas.

Wir stiegen aus dem Wagen. Ihre Augen hatten dieselbe Farbe wie die dunkelsten Felder am Abendhimmel über uns. Die Luft war schwer von Düften.

»Hast du gewußt, daß sie da drinnen einen Swimming-pool haben?« fragte sie und schaute mich tiefgründig an.

»Du meinst, wir hätten Badeanzüge mitbringen sollen?«

Sie lächelte zweideutig und zuckte die Schultern, als wollte sie sagen: *brauchen wir so etwas?*

Ich begegnete ihrem Blick. Er war unergründlich.

Ihre Hände waren zwar mit dem größten Teil meines Körpers vertraut. Aber nur deshalb, weil sie als Physiotherapeutin an der Hjellestadklinik arbeitete, wo ich die vergangenen zwei Monate verbracht hatte, einen stationär, den anderen als Tagespatient. Oder Klient, wie man das in diesen Kreisen lieber nennt.

»Nein, wahrscheinlich nicht«, sagte ich leichthin und öffnete das Tor.

Das Haus gehörte postalisch zu Kleiva und lag auf der breiten und verhältnismäßig exklusiven Halbinsel, die sich hinauszieht zum Nordasvånnet. Von der Straße nicht sichtbar versteckte es sich diskret auf einer Anhöhe, hinter einem gepflegten, kleinen Gehölz. Da oben konnte man sicher römische Orgien feiern, ohne daß die Nachbarn deswegen in ihrer nächtlichen Ruhe gestört würden, und der Postbote kam nie weiter als bis zum Tor, wo in aller Deutlichkeit stand: BISSIGER HUND.

Ich machte eine Kopfbewegung zu dem Schild und murmelte: »Ich hoffe, *der* ist mit in Urlaub gefahren.«

Sie lächelte. »In den elegantesten Hundezwinger der Gegend, darauf kannst du wetten.«

Es war einer dieser blonden Abende im Juni, an denen die Luft erfüllt ist vom Frühsommer und die Sterne am Himmel über uns noch bleich und farblos sind. Es roch intensiv nach Wildkirsche und Flieder. Das Geißblatt lockte uns mit würzig-feuchtem Finger, und die ersten Rosen der Jahreszeit schwankten wie Wasserlilien in der sanften Abendbrise.

Wir folgten dem weißen Kiesweg vom Tor hinauf zum Haus. Auf beiden Seiten wuchsen Rhododendronbüsche und Apfelbäume. In kleinen Steinbeeten wucherten ganze Teppiche bescheidener Blumen, blaue Glockenblumen, rosa Prachtnelken und gelbe und lila Stiefmütterchen.

Die Besitzer waren Architekten und hatten das Haus dem Grundstück und dem Gelände angepaßt. Es schmiegte sich oben an die Felsen, hatte eine Fassade aus Naturstein, Holz und Glas und war vermutlich einige Konkurse wert.

»Du mußt dir die Aussicht aufs Meer anschauen«, sagte sie.

»Vom Swimming-pool aus?«

Sie lachte leise. Ihr Haar war dunkel und kurz geschnitten, die Nase sonnenverbrannt und ihre Figur war schlank und sportlich. Der Jahreszeit entsprechend trug sie ein weißes T-Shirt und weite hellbraune Leinenhosen.

Ich war etwas wärmer angezogen, hatte eine Jacke über dem Hemd. »Hast du den Schlüssel?«

Sie nickte und kramte einen kleinen Schlüsselbund heraus. »Es sind vier Schlüssel. Zwei für die Tür hier und zwei für die Seitentür zum Souterrain. An beiden Türen Sicherheitsschlösser.«

»Klingt vernünftig. Und was tun wir, wenn wir drin sind? Alle Fenster überprüfen –«

»– Lichter anmachen, ein Radio einschalten, alles bewohnt aussehen lassen...«

»Ein bißchen im Swimming-pool planschen.«

Sie schaute mich von der Seite an. »Ja? Möchtest du?«

»Mal sehen«, sagte ich und wich ihrem Blick aus. Die Frauen, mit denen ich das letzte Halbjahr Umgang gehabt hatte, waren allesamt Verkäuferinnen im Pol* gewesen, und ich befürchtete, Lisbeth Finslo könnte mir etwas zuviel werden. Die Vorstellung, mit ihr den Swimming-pool zu teilen, im natürlichen Zustand, erzeugte ein dumpfes Pochen in meinen tiefsten Bässen. Doch wir waren geschäftlich miteinander verbunden. Ich war unter ihren Fingern gelegen, mit empfindlichen Muskeln, und sie hatte mir den ersten Auftrag nach meiner Wiedergenesung verschafft. Von meinem Aufenthalt in Hjellestad hatte ich nicht mehr als eine kleine Narbe und drei Stiche an dem einen Unterarm, und der Auftrag sah aus, als wäre er einer der leichtesten, die ich je hatte.

Sie schloß auf, und wir gingen rein.

Wir kamen in eine mit Naturstein ausgekleidete Halle. In Wandnischen wuchs grünes Gras, und in allen Ecken befanden sich Scheinwerfer. Die Garderobe verbarg sich hinter Schiebetüren aus unbehandeltem Holz, und der Fußboden war mit grauen Schieferplatten belegt. Das hatte zweifellos eine besondere Note, aber ich bekam nicht das Gefühl häuslicher Geborgenheit, es wirkte eher wie die Eingangshalle zu einem Forschungszentrum für leidenschaftliche Naturschützer.

»Pål und Helle haben immer großen Wert auf natürliche Baustoffe gelegt«, sagte sie.

»Ich fange an zu verstehen«, erwiderte ich.

Als sie die Treppe hinauf in den oberen Stock betrat, sagte sie laut: »Hallo?«

Niemand antwortete.

»Erwartest du, daß jemand hier ist?«

Sie warf mir einen raschen Blick zu. »Was? Nein – ich – das ist nur so eine Gewohnheit von mir. Die ich nicht ablegen kann.«

Ich betrachtete ihren Nacken. Er war schmal und angespannt, und ich fühlte mich selbst auch so. Seit dem Augenblick, an dem wir unseren Fuß in das leere Haus gesetzt hatten, spürte ich es. Unheimlich und bedrohlich, als wittere ein Hund etwas Totes...

Wir waren oben. Die Steppenlandschaft, die wir betraten, fiel vermutlich unter die Bezeichnung Wohnzimmer. Möbel aus ungebleichtem Leinen waren auf einem mit Jute und Binsenmatten bedeckten Boden verteilt. An den Wänden hingen Collagen aus Steinen, Muscheln und getrockneten Blumen zusammen mit dem riesigen Gemälde einer Löwenfamilie, auf dem der König der Tiere persönlich durch eine Front aus Glas mit Schiebetüren auf den Fjord hinausblickte, als denke er an all das Fressen, das dort draußen herumschwimmt. In einem an der Wand entlanglaufenden kniehohen Bücherregal stand eine sorgfältige Auswahl kostbarer Kunstbände, und in einem hauptsächlich mit Bambus und Glas gestalteten Alkoven befand sich eine großzügige offene Bar, die mir einen Seufzer von Heimweh entlockte. Seit acht Wochen hatte ich keinen Tropfen Alkohol mehr angerührt.

»Beeindruckt?« fragte sie.

»Ich komme mir vor wie auf einer Entdeckungsreise«, murmelte ich. »Können wir uns diese Safari leisten?«

»*Sie* können.«

»Ich dachte, bei den Architekten geht es zur Zeit auch bergab.«

»Sie haben Anfang der achtziger Jahre Tag und Nacht geklotzt und vernünftig investiert. In den letzten Jahren verlegten sie sich auf spezielle Projekte und Auslandsaufträge. Deshalb sind sie jetzt zwei Monate in Spanien.«

»Kinder?«

»Nein. Das hier ist wahrscheinlich eine Art Ersatz dafür.«

»Und der Swimming-pool, wo ist der?«

Sie sah aus, als denke sie an etwas anderes. »Was? Ach der.« Sie deutete auf eine Tür, die am anderen Ende des Zimmers einen Spalt offenstand. Ein schwacher Lichtschein kam von unten. »Ich gehe runter und kontrolliere, ob alles in Ordnung ist.«

»Schau nach, ob Wasser im Becken ist, bevor du reinspringst.«

Als sie ging, streckte ich die Hand nach ihr aus und faßte nach ihr. Aber es war etwas zu spät. Meine Finger streiften ihren Unterarm, ohne sie festzuhalten.

Sie spürte die Berührung und drehte sich auf dem Weg zur halb offenen Tür kurz zu mir. Das Lächeln, das sie mir schenkte, war unsicher und ihr Blick so verschleiert, daß man vor Rührung hätte heulen können. Aber sie blieb nicht stehen.

Ich betrachtete sie. Sie paßte in die Landschaft. Wachsam wie eine Gazelle durchquerte sie die afrikanische Steppe von Kleiva, und als sie die Tür am Ende des Zimmers ganz öffnete, war es, als würde sie einen Dschungel voller Gefahren betreten.

Wie ein Echo hörte ich ihre Stimme auf der Treppe runter zum Swimming-pool: »Hallo?«

Ich ging zur Glasfront und blickte hinaus.

Es sah aus, als hätte der Skagen-Maler Krøyer der norwegischen Sommerlandschaft einen Besuch abgestattet und ein unfertiges Bild dagelassen, das die Nachwelt endgültig ruiniert hatte.

Wenn man blinzelte, lag der Fjord immer noch da wie ein glitzernder Spiegel unter dem blonden Himmel. In den Blättern der Bäume am Ufer gegenüber säuselte der ewige Wind vom Meer, und die Silhouette der Landschaft auf der anderen Seite des Wassers, wo Edvard Grieg seine Tänze und Lieder an die unberührte norwegische Natur gespielt hatte, war blau und unbewohnt. – Doch sobald man die Augen ganz aufmachte, sah man, daß das, was im Wasser glitzerte, nicht der Widerschein des Mondes war, sondern der Reflex von tausend Fenstern, und daß jenseits von Troldhaugen eine Lärmschutzmauer entlang der Schnellstraße nach Süden die Landschaft durchschneidet wie ein von einem unbegabten Dreizehnjährigen geschnitztes Holzschwert.

Unten am Wasser erkannte ich den Umriß eines Mannes, der ganz allein in einem kleinen Boot mit Außenbordmotor saß, den Motor abgeschaltet, die Angel im Wasser und kein Anzeichen, daß einer anbeißt: Krøyers Klecks.

Hinter mir hörte ich ein leises Geräusch, und ich drehte mich blitzschnell zu der Tür um, hinter der Lisbeth Finslo verschwunden war. Sie stand im Türrahmen. Der grünliche Lichtschein hinter ihr verlieh ihr ein beinahe übernatürliches Aussehen, und als sie wie blind zwei Schritte ins Zimmer machte, bewegte sie sich wie ein Gespenst. Sie war bleich und durchsichtig, als hätte man ihr Blut abgezapft, und stumm bewegte sie die Lippen, ohne einen Laut hervorzubringen.

Ich rannte hinüber zu ihr. Als ich sie erreichte, fiel sie nach vorne an meine Brust, so schwer, daß ich beinahe das Gleichgewicht verloren hätte.

»Was ist denn, Lisbeth? Bist du –?«

Sie schaute auf zu mir, mit schwarzem Blick. Das Gesicht war grau und der Mund zu einem hysterischen Grinsen verzerrt. Als sie endlich etwas sagen konnte, kam die Stimme in flachen, abgehackten Stößen. »E-er ist t-tot, Varg! Tot! Ich habe nicht geahnt! Ich wußte nicht!«

»Wer ist tot? Von wem redest du?«

Sie drehte den Kopf ein Stückchen und schaute zur Tür hinter sich. »Da unten – im Swimming-pool!«

Ich betrachtete sie. Die Augen drehten sich in ihrem Kopf und verschwanden unter den Wimpern.

Ich zog sie weiter hinein in die Steppenlandschaft. »Paß auf. Setz dich hierher. Hol tief Atem und beruhig' dich, bis ich zurückkomme. Denk an was anderes!«

Sie setzte sich in den tiefen Ledersessel, nickte matt und schaute mit einem unbestimmten Ausdruck in den Augen rauf zu mir.

Ich blickte sie fest an. »Geht's so?«

Sie nickte wieder, ohne etwas zu sagen.

»Dann gehe ich –« Ich machte eine Handbewegung zur Tür. »Bin gleich wieder da.«

Sie schaute mich ausdruckslos an, als glaube sie mir nicht, als glaube sie, ich ginge für immer.

Dann verließ ich sie. Ich nahm die Treppe zur unteren Etage mit langen Sprüngen.

Der Raum, in den ich kam, ähnelte der Halle. Das grüne Bassin war von denselben grauen Schieferplatten umgeben. Die eine Wand war mit Holzstämmen verkleidet wie eine Hüttenwand. Die andere Wand war in Naturstein der verschiedensten geologischen Zeitalter gehalten, wie eine topographische Karte über norwegischen Fels von der Küste bis Jotunheimen. In quadratischen Blumenkästen aus Naturholz wuchs ein botanischer Überfluß an Blumen, aus der Erde geholt mit strategisch angeordneten Neonröhren. Auf kleinen Gestellen und in Wandnischen standen ausgestopfte Tiere, vom Wiesel bis zum Fuchs, mit Glasaugen und erstarrten Bewegungen.

Auch hier bestand die gesamte Front zum Meer aus Glas, in den unteren Teil war allerdings in der ganzen Länge des Raumes ein meterhohes Aquarium eingebaut. Im Aquarium schwammen stumme Fische herum, eine verlassene Fauna, die sich grau und gelbrot abhob von den blaugrünen Konturen der Landschaft am gegenüberliegenden Fjordufer, durch das Aquarium erkennbar wie der Abdruck eines teilweise verwischten graphischen Blattes.

Es fehlte nur noch ein kleiner Gletscher oben in der rechten Ecke und darunter »Hochzeitszug am Hardanger« auf Video, und man könnte eine japanische Reisegruppe auf Kreuzfahrt einladen und sie dort unten stundenlang sich selbst überlassen. Der Raum war eine Fundgrube für lebensmüde Ökologen – oder Architekten mit schlechtem Gewissen wegen all der Schuhkartons, die sie vergrößert und mit Türen und Fenstern versehen hatten.

Doch der Mann, der auf dem Grund des Bassins lag, war sicher nicht von Tidemand und Gude* gemalt. Er lag mit dem Gesicht nach unten wie ein auf den Grund gegangener Turmspringer, ebenso leblos wie die ausgestopften Tiere, die den seltsamen Swimming-pool umgaben.

Ich zog meine Sachen aus und sprang hinein. Das Wasser war stark gechlort. Ich erwischte ihn nicht beim ersten Versuch, erst beim zweiten klappte es. Ich packte ihn am Jackett und zog ihn nach oben.

Ich manövrierte uns an den Beckenrand, schwang mich aus dem

Bassin und zerrte ihn hinter mir her. Er war schwer wie Blei. Er hatte vermutlich jede Menge Wasser geschluckt.

Als er endlich draußen war, warf ich einen raschen Blick auf ihn. Ein Mann Ende dreißig, dunkelhaarig nach dem Aufenthalt unter Wasser, mit bleichem Gesicht, auf das der Tod bereits blaue Lippen gemalt hatte.

Nur um nichts unversucht gelassen zu haben, bog ich seinen Kopf nach hinten, öffnete seine Luftröhre, legte meinen Mund auf die kalten Lippen und pumpte gleichmäßig Luft aus meinen Lungen in ihn. Er protestierte nicht.

Ich tastete nach seinem Puls, zuerst am Handgelenk, dann am Hals.

Nichts. Er war in das Land am anderen Ufer geschwommen.

Schwer stand ich auf und schaute runter auf ihn.

Er war leicht gekleidet, offenes Hemd mit kurzen Ärmeln, hellblaues Sakko und ausgewaschene Jeans. An den Füßen trug er hellbraune mokassinartige Schuhe. Er war auf keinen Fall freiwillig schwimmen gegangen.

Ich zog mich rasch wieder an und schaute mich noch einmal kurz um. Nichts im Raum deutete auf eine kriminelle Handlung hin. Keine Zeichen eines Kampfes, keine Spuren an dem Toten.

Es war, als sei der Tote ein natürlicher Bestandteil des nationalromantischen Gemäldes: ertrunkener Fischer, an Land gezogen; oder vielleicht der letzte Tourist, was die Kleidung betraf.

Ich schüttelte den Kopf und stieg die Schiefertreppe wieder hinauf.

Die Tür zum Wohnzimmer war geschlossen.

Ich schob sie auf und warf einen Blick auf den Stuhl, auf dem Lisbeth Finslo gesessen hatte. Er war leer. Die gesamte Steppenlandschaft war leer, als sei die ökologische Katastrophe endlich eingetroffen.

»Lisbeth!« rief ich. »Wo bist du?« Niemand antwortete.

Ich durchquerte das Zimmer und rannte die Treppe zur Eingangshalle hinunter. Die Haustür stand offen.

Ich rannte ins Freie. »Hallo? Lisbeth? Wo bist du?«
Immer noch keine Antwort.

Ich sah mich um. Der helle Sommerhimmel war zu einem sardonischen Grinsen geworden. Das Säuseln in den Apfelbäumen klang wie das Wispern böser Geister, und die üppigen Rhododendronbüsche standen wie dunkle Mausoleen im Abendlicht.

Ich lief runter zur Straße. Mein Auto stand da, wo ich es abgestellt hatte. Doch das rote auf dem Parkplatz hundert Meter weiter war weg.

Ich schaute auf die Uhr. Es war Viertel nach elf.

Aus der Ferne hörte ich Sirenen.

2

Es war dunkler geworden und der Jasminduft stärker. Falls man von Dunkelheit reden kann, was das behutsame Abnehmen des Lichtes in nordischen Sommernächten angeht. Und falls man es Duft nennen kann, was einen da wie eine Jahrhundertwoge überrollt.

Oben an der Abzweigung zum Straumevei blinkte Blaulicht, und ich blieb am Tor stehen, um ihnen zu zeigen, wo es lang ging.

Sie kamen mit zwei Fahrzeugen, einem Streifenwagen und einem zivilen weißen BMW. Vier Beamte sprangen aus dem Streifenwagen, und Hamre und Isachsen stiegen aus dem BMW. Als Hamre mich erblickte, flog ein Ausdruck akuten Widerwillens über sein Gesicht. Isachsen grinste bleich mit so einem Lächeln, das du gratis bekommst, weil es sonst keiner haben will.

Hamre kam zu mir, nickte pflichtschuldigst und schaute an mir vorbei zum Haus. »Hast du angerufen, Veum?«

»Nein. Das muß Lisbeth Finslo gewesen sein.« Ich sah mich um. »Sie muß hier irgendwo in der Nähe sein.«

Hamre drehte sich halb zu einem der Beamten um. »Hat da nicht ein Mann angerufen?«

Ein Beamter mit einem Gesicht wie ein Pfadfinder und dem Ruf eines Schlägers nickte bestätigend. »Ja.«

Hamre sah mich lange an.

Mir wurde ganz kalt. »Ein Mann? Wer denn?«

Hamre nickte dem Polizeibeamten zu. »Hat er seinen Namen gesagt?«

»Nein. Nur daß da ein toter Mann ist, und diese Adresse. Dann hat er aufgelegt.«

»Du hast nicht zufällig angerufen, Varg?« sagte Hamre säuerlich.

»Ich war es nicht.« Und der Mann im Swimming-pool auch nicht. Wer war es dann? Und hatte sich Lisbeth Finslo mit ihm aus dem Staub gemacht, in dem roten Auto, das verschwunden war?

Ich hatte am ganzen Körper eine Gänsehaut. Um an etwas anderes zu denken, richtete ich meine Aufmerksamkeit wieder auf die Neuankömmlinge.

Hauptkommissar Jakob E. Hamre war einige Jahre jünger als ich. Befriedigt stellte ich fest, daß er neue Falten auf der Stirn hatte und sich die Haut am Kinn straffte, so daß er älter und markanter aussah als früher. Das dunkelblonde Haar hatte graue Strähnen, und er machte einen resignierten Eindruck, wie die meisten Bergenser Polizisten. In diesem Jahrzehnt aus verständlichen Gründen.

Er trug leichte Freizeitkleidung: hellbraune Sandalen, weiße Baumwollhose und eine kurze eierschalenfarbene Sportjacke mit grünen Rallyestreifen an den Ärmeln und darunter ein offenes rotweiß kariertes Hemd.

Kommissar Peder Isachsen begnügte sich mit weniger Eleganz und war, der Konjunktur im Grand Magasin folgend, bekleidet mit einer billigen Terylenehose, einem Blazer, der 1962 modern gewesen war und einer hellblauen Schirmmütze, wie sie einen pensionierten schwedischen Campingtouristen zieren könnte.

»Was ist passiert?« fragte Hamre.

»Ich werde alles erzählen, was ich weiß.«

»Zur Abwechslung mal?«

»Es ist aber nicht viel.«

Hamre seufzte. Er wandte sich an seine Leute und sagte laut: »Wir gehen hinauf zum Haus. Veum will uns etwas zeigen.«

Gemeinsam marschierten wir den Kiesweg nach oben.

Hamre räusperte sich und schaute mich an. »Warum hast du nasse Haare?«

»Ich mußte auf den Grund des Swimming-pools, um ihn rauszuholen.«

Isachsen trat mir von hinten auf die Hacken. »Heißt das, daß du ihn berührt hast?«

Ich drehte mich halb zu ihm um. »Du meinst wohl, ich hätte ihn liegenlassen sollen, bis ich sicher war, daß er *ganz* tot ist?«

Wir waren beim Haus angelangt. Hamre murmelte: »Solche Häuser haben Leute, an die wir nie rankommen, weil wir am Telefon sitzen wegen irgendeines Journalisten, der uns über Polizeiterror ausfragen will.«

»Du wirkst verbittert, Hamre.«

»Wie, glaubst du wohl, würdest du wirken, wenn du in den letzten zehn Jahren einen Job gemacht hättest, der nach außen einem Wanderzirkus gleicht?«

»Und nach innen?«

»Einem Irrenhaus. Wir trauen uns in der Öffentlichkeit kaum, uns zu bücken, um unsere Schnürsenkel zu binden, aus Angst, jemand könnte kommen und von Polizeiterror reden.«

»Kein Rauch ohne Feuer, Hamre.«

»Es hat aber auch nie einen Großbrand gegeben, Veum.«

Hamre nickte einem der Beamten zu. »Sæve – Du bleibst hier, an der Tür. Keinen reinlassen – und keinen raus.«

Der Wachtmeister nickte. Er hatte die Maße eines Türstehers, und keiner Mücke würde es gelingen, unangefochten zu passieren, solange er da stand.

Wir gingen rein. Hamres Laune besserte sich nicht beim Anblick der Halle, und als wir hinauf in die Steppenlandschaft kamen, leuchteten Aktienanteile in seinen Augen. »Was, sagtest du, sind das für Leute?«

»Architekten.«

Er nickte, als hätte ich seine schlimmsten Befürchtungen bestätigt. »Architekten und Zahnärzte.«

»Wo ist die Leiche?« fragte Isachsen ungeduldig.

»Durch die Tür da drüben und runter.«

»Und was machst *du* hier, Veum?«

Ich schaute Hamre an. »Ich werde alles erklären.«

Er nickte und sah Isachsen mißbilligend an.

Wir stiegen hinunter zum Swimming-pool, und wie bei einer Besichtigungstour nahm das allgemeine Murmeln zu, als man den privaten Nationalpark der Eheleute Nielsen in Augenschein nehmen durfte.

Die Leiche lag da, wo ich sie verlassen hatte. Niemand hatte versucht, sie auszustopfen. Noch nicht.

Der Tote lag auf dem Rücken und starrte an die Decke, als sei ihm das alles zuviel geworden. Jetzt fiel mir etwas auf, das ich vorher nicht gesehen hatte: der Schatten eines Blutfleckes am Bartansatz auf der Kinnspitze.

Hamre kniete sich routinemäßig neben den toten Mann und machte, was ich gemacht hatte: tastete nach einem Puls, der nicht existierte. Gleichzeitig schielte er herauf zu mir. »Hast du eine Ahnung, wer es ist?«

»Ich habe ihn noch nie gesehen.«

»Der Architekt also nicht?«

Ich zuckte die Schultern. »Den habe ich bis jetzt auch noch nicht gesehen. Doch soweit ich eingeweiht bin, soll er sich in Spanien aufhalten, zusammen mit seiner Frau. Sie arbeiten gemeinsam.«

Hamre befühlte mit den Händen die Jacke des Toten von außen. Dann steckte er die Hand in eine der Taschen und zog eine triefend nasse Brieftasche heraus.

Er klappte sie auf und zog einen Führerschein heraus. »Hm. Aslaksen. Tor. Geboren am 14. 12. 49.« Er warf einen Blick von dem

Foto auf das Gesicht des Toten. »Damit wäre jedenfalls das geklärt.«

Er legte die Brieftasche auf den Boden und erhob sich. »Wir wollen auf eine weitere Untersuchung verzichten, bis die Spezialisten den Raum überprüft haben.« Er deutete auf einen der Wachtmeister. »Rufst du die Gerichtsmediziner?«

Der Wachtmeister nickte und verschwand.

Hamre trat an den Rand des Bassins und blickte hinein. »Er lag also hier auf dem Grund?«

»Ja«.

»Und du hast ihn gefunden?«

»Nein.«

Er drehte sich mit einem fragenden Ausdruck im Gesicht zu mir herum.

»Gefunden hat ihn die von mir erwähnte Dame. Lisbeth Finslo. Sie –«

Er hob die Hand mit einer müden Bewegung. »Wir machen das alles – oben im Salon.«

Bevor wir raufgingen, ließ er noch mal seinen Blick durch den Raum schweifen und schüttelte dabei langsam den Kopf. »So etwas habe ich nicht mehr gesehen, seit ich mit den Kindern im Naturkundemuseum war. Wie haben sie sich wohl gefühlt, wenn sie da unten herumplanschten?«

»Wie der Nöck von Kittelsen*«, sagte ich und ging vor ihm die Treppe rauf.

3

Wir hatten uns an die Glasfront zum Fjord gesetzt, so weit entfernt von der Bar mit den Bambusmöbeln wie möglich. Hamre und Isachsen hatten jeder ein Notizbuch im Schoß. Selber spürte ich ein Prickeln in der kleinen Narbe am Unterarm. Ich hätte die beiden letzten Monate meines Lebens für einen Kurzen gegeben.

Jakob E. Hamre sah mich neutral an und sagte: »Also. Lisbeth Finslo. Wer ist sie, wo ist sie und was machte sie hier, zusammen mit dir?«

»Auf die erste und die letzte Frage kann ich antworten.«

Er machte eine weite Handbewegung.

»Sie ist Physiotherapeutin in Hjellestad, wo ich einige Monate Klient war.«

Hamre hob die Augenbrauen, während Isachsen einen langen Pfiff ausstieß und einen seiner billigen Grinser losließ. »Hjellestadklinik?« wiederholte Hamre und notierte.

»Genau.« Es machte mir nichts aus, das laut auszusprechen. Der Psychologe dort hatte mir erklärt, das sei der einzig vernünftige Weg. Es offen und ehrlich vor allen, die es wissen wollen, zuzugeben.

Nicht ohne Sympathie fügte Hamre hinzu: »Das ist auch für dich ein hartes Jahrzehnt gewesen, was Veum?«

Ich nickte. »Um Weihnachten stieß ich gegen eine Wand, und danach ist es nur noch bergab gegangen.«

»Du hast aber immerhin eine Frau aufgerissen da oben?« mischte sich Isachsen ein.

Ich übersah ihn absichtlich. Zu Hamre sagte ich: »Als ich gesund geschrieben wurde, verschaffte sie mir diesen Job. Die Besitzer sind wie gesagt im Ausland, und ich sollte auf das Haus aufpassen. Zu verschiedenen Zeiten Stippvisiten machen, die Reklame aus dem Briefkasten nehmen, Radio und Fernsehen laufen lassen und den Rasen mähen, falls nötig. Kurz – das Ganze bewohnt aussehen lassen. Ein Luxus-Job. Einer der einfachsten, die ich je hatte. Dachte ich.«

»Und wie lange hast du ihn gehabt?«

»Ich fing heute an. Lisbeth hat mich herbegleitet, hat mir aufgesperrt –«

»Einen Moment, Veum. Sie hatte also die Schlüssel?«

»Ja. Sie kennt die Architekten. Einige Jahre hat sie ihnen diese Gefälligkeit getan, aber diesmal wollte sie selbst in Urlaub fahren und außerdem...« Ich blickte über den Fjord. »Ich glaube, sie hat es getan, um mir wieder auf die Beine zu helfen. Eine Art Therapie.«

Isachsen schniefte still vor sich hin, und Hamre nickte nachdenklich. »Dann hast du deine Auftraggeber nicht persönlich kennengelernt?«

»Nein.«

»Wie lautet ihr voller Name?«

»Soweit ich unterrichtet bin, Helle und Pål Nielsen. Architektenbüro Embla.«

»Embla?«

»Ja, du weißt schon. Ask und Embla. Adam und Eva in der nordischen Mythologie. Und bei Mykle*.«

Hamre notierte. Dann sagte er: »Und diese Lisbeth Finslo – das Verhältnis zwischen dir und ihr, das war...«

Ich grinste dämlich. »Professionell.«

Isachsen schniefte erneut.

»Ich meine – nicht mehr als zwischen Klient und Therapeut.«

Wieder ein Schniefen. Ich drehte mich zu ihm. »Fehlt dir etwas? Hast du galoppierende Polypen, oder hat sich etwas verhakt da oben? Möglicherweise das Kleinhirn?«

Hamre hob die Stimme ein wenig. »Und als ihr hierher gekommen seid – was passierte da?«

»Wir schauten uns um. Sie zeigte mir alles. Dann ging sie runter zum Swimming-pool.«

»Allein?«

»Äh – ja.«

»Warum das?«

Ich zögerte zwei Sekunden. »Sie wollte überprüfen, ob da unten alles in Ordnung war.« Ich schielte vorsichtig zu Isachsen. Er gab keinen Laut von sich.

Hamre beugte sich ein bißchen vor. »Und wo warst du, während sie nach unten ging?«

»Hier oben.«

»Hier drinnen?«

Ich nickte.

»Und du hast nichts gehört?«

»Erst, als sie wieder heraufkam und – in der Tür da drüben stand.«

Er hob die Hand. »Fassen wir zusammen. Als ihr gekommen seid, schien alles in Ordnung zu sein? Die Tür war verschlossen?«

»Mit zwei Schlössern.«

»Und ihr habt nichts gemerkt, ob sich noch jemand im Haus aufhielt?«

»Nein.«

»Ihr habt nichts gehört?«

»Richtig. Aber –«

»Ja?«

»Nein, das war nur so ein Gefühl. Daß trotzdem jemand da war. Und sie schien es auch zu spüren.«

Er notierte. »Und dann, als sie raufkam...«

»Ich bin dorthin gelaufen.« Ich deutete auf die Tür. »Sie machte einen verwirrten Eindruck. Wie im Schock. Und sie sagte...« Ich überlegte, versuchte die Situation zu rekonstruieren.

»Ja?«

»Etwas in der Art – Er ist tot... Ich habe nicht geahnt... Ich wußte nicht.«

»Das hat *sie* gesagt? Daß sie es nicht geahnt – nicht gewußt hätte?«

»Ja.«

Er machte sich wieder Notizen. »*Er ist tot.* Hörte sich das an, als wüßte sie, wer er war?«

»Jaaa. Ich glaube schon.«

»Nun, und dann – was passierte dann?«

»Ich habe sie in den Stuhl da drüben gesetzt und bin selbst runter zum Swimming-pool gegangen. Als ich ihn am Grund liegen sah, bin ich reingesprungen und habe ihn rausgezogen.« Ich warf einen schnellen Blick auf Isachsen und sagte hart: »Ich hatte ja keine Ahnung, wie lange er da schon lag.«

Hamre sagte rasch: »Nein, nein. Du hast ganz richtig gehandelt. Erste Regel ist, festzustellen, ob da noch Leben ist. – Aber das war offenbar nicht der Fall.«

»Nein.« Ich kratzte mich am Ohr. Früher sagte man, das bedeute, daß man etwas Neues erführe. In diesem Fall befürchtete ich schlechte Neuigkeiten. »Und als ich wieder hier raufkam, war sie weg.«

Hamre schaute mich mit ausdruckslosen Augen an. Sie waren blau und kalt, mit einer Spur grünem Gletscher. »Weg?«

»Ja. Ich habe ihren Namen gerufen, klar. Bin rausgerannt. Doch ich entdeckte sie nirgends.«

»Und das warst also *nicht* du, der uns angerufen hat?«

»Nein.«

»Und sie war es auch nicht«, sagte er nachdenklich, bevor er hinzufügte: »Aber wer war es dann?«

4

Die Leute von der Spurensicherung kamen an, fröhlich plaudernd und Witze reißend, unbeschwert, als seien sie auf einem Ausflug.

Hamre sah Isachsen an. »Stell mal fest, wo diese Lisbeth Finslo wohnt und sorge dafür, daß das Haus hier gründlich unter die Lupe genommen wird, Zimmer für Zimmer.«

»Und sollten noch weitere Leichen auftauchen...« murmelte ich.

Hamre unterbrach mich. »Wir beide gehen noch mal runter zum Swimming-pool.«

»Soll ich jemanden zu ihr nach Hause schicken?« fragte Isachsen.

Hamre überlegte. »Nein. Ich fahre selbst hin. Später. Und stell auch die Adresse des Toten fest.«

Isachsen nickte und ging raus zu den Fahrzeugen. Ich folgte Hamre ins Untergeschoß.

Die Spurensicherung war bereits bei der Arbeit. Sie fotografierten die Leiche und waren dabei, den Raum in Zonen einzuteilen, die sie jeweils einer oberflächlichen Prüfung unterzogen, bevor sie sich um Einzelheiten kümmerten.

»Beschreib uns jetzt genau, wo im Bassin er lag, als du ihn gefunden hast«, sagte Hamre.

Ich trat vorsichtig an den Beckenrand und deutete hinein. »Dort ungefähr. Ich bezweifle aber, daß ihr da unten Fingerabdrücke findet.«

»Du würdest dich wundern, wenn du wüßtest, was unsere Leute alles rauskriegen, Veum. – *Deine* Blutgruppe haben wir bereits, nehme ich an.«

»Ja, aber –«

»Du *warst* doch im Wasser, oder?«

Ich schaute ihn lange an, und er nickte. Er wandte sich an einen der Techniker, einen spitznasigen, kleinen Burschen mit etwas zu langem Hals, von dem ich wußte, daß er den treffenden Nachnamen Taube trug. »Wenn der Medizinmann kommt, dann sag ihm, daß ich den Bericht über die Todesursache so schnell wie möglich haben möchte.«

Taube nickte. »Noch etwas?«

Hamre betrachtete die ausgestopften Tiere. »Wir werden kaum eines davon zum Reden bringen, was meinst du?«

Ich nickte Richtung Aquarium. »Die Fische da drüben haben alles gesehen, aber die werden uns vermutlich auch nichts erzählen.«

»Wer ist der Mann, Veum? Was machte er hier? Wie ist er gestorben?« murmelte Hamre.

»Ein gewöhnlicher Einbrecher?«

»Der einen solchen Schreck über das Interieur hier unten bekam, daß er über den Beckenrand gefallen und ertrunken ist? Hast du auf sein Kinn geachtet?«

»Ja, entweder seine Rasierklinge war stumpf oder jemand hat nachgeholfen.«

»Ein gezielter Kinnhaken. Ausreichend, bei entsprechender Wucht einen Mann bewußtlos zu schlagen.« Er warf mir einen ironischen Seitenblick zu. »*Du* hast wohl nicht zugeschlagen, was Veum?«

»Dann würde ich jetzt nicht hier stehen.«

»Wie steht's mit Lisbeth Finslo? Wäre sie dazu fähig?«

»Einen Mann von dieser Größe so treffen, daß er davon ohnmächtig wird? Sie ist zwar kein zimperliches Frauenzimmer, am Massagetisch, aber... Außerdem könnte ich schwören, daß der Schock über das, was sie hier unten gesehen hatte, echt war, als sie wieder raufkam.«

»Aber warum hat sie sich aus dem Staub gemacht? Und wo ist sie hin?«

Ich zuckte die Schultern. »Der Schock? Sollten wir nicht erstmal alles in Bewegung setzen, um sie zu finden und zu hören, was sie zu sagen hat?«

Hamre nickte entschlossen. »Wie spät ist es? Fünf nach zwölf. Wir müssen ihr einen Besuch abstatten, sobald Isachsen herausgefunden hat, wo sie wohnt.« Sein Blick veränderte sich. »Falls du es nicht weißt?«

»Bedauere. Wir hatten nichts miteinander zu tun – privat.«

»Nein, ich erinnere mich, du hast es erwähnt.«

Noch ein Blickwechsel zwischen uns, gesagt wurde nichts mehr.

Als wir gingen, warf ich einen letzten Blick auf Tor Aslaksen. Ich versuchte, mir seine Züge einzuprägen, – dunkelblondes Haar, das wegen des unfreiwilligen Bades am Kopf klebte, eine gerade Nase, offener Mund mit schmalen Lippen – um sicher zu sein, ihn bei der nächsten Begegnung wiederzuerkennen. Wo immer das sein mochte.

Wir gingen durch die Steppenlandschaft und zur Haustür, wo der breitschultrige Sæve die Stellung hielt.

Hamre schaute ihn fragend an.

Sæve schüttelte den Kopf.

Wir gingen vorbei.

Es war nach Mitternacht, aber wegen der Sommerzeit würde es noch eine halbe Stunde dunkler werden. Die Sommernacht umgab uns wie eine blaue Decke, verschmutzt von orientalischen Ölen. Oben vom Straumevei klang das Sausen vorbeifahrender Autos, doch hier unten am Fjord war es so still, daß du einen Igel mit seinem Vesperbrot unter einem der Büsche hättest rascheln hören können.

Auf dem Weg zum Tor sagte ich: »Als wir kamen, stand ein roter Wagen da drüben.« Ich deutete hin. »Als ich eine halbe Stunde später rauskam, war er weg.«

»Ein roter Wagen?« Er schaute mich skeptisch an. »Marke?«

»Ich bin mir nicht sicher. Es *könnte* ein Opel Kadett gewesen sein.«

»Modell?«

»Keine Ahnung!«

Er sah resigniert aus. »Gut, ich werde anordnen, Ausschau zu halten nach einem... Die Farbe stimmt aber?«

»Ja, ja.«

Wir begegneten Isachsen unten bei den Fahrzeugen. Während Hamre ihn instruierte und über das Auto informierte, blickte ich zu dem Haus hinauf, das wir eben verlassen hatten.

Vor eineinhalb Stunden war ich in Gesellschaft einer Frau hergekommen, die von einem Swimming-pool erzählte. Jetzt lag da oben eine Leiche, am Rande dieses Bassins, und die Frau war verschwunden.

Ich betrachtete mir das Schild, das am Tor hing: BISSIGER HUND. Tor Aslaksen hatte keinerlei Bißspuren aufgewiesen.

»Ich nehme Veum mit«, sagte Hamre hinter mir.

»Warum das?« sagte Isachsen.

»Er kennt die Dame. Dann werde ich vorgestellt.«

Ich schmunzelte leise. Ich hatte Hamre immer gemocht. Mehr als er mich jemals gemocht hat. Und ich würde ihn ihr nur zu gerne vorstellen, wenn wir sie nur bald ausfindig machten.

»Fahr hinter mir her«, sagte Hamre und setzte sich ans Steuer des weißen BMW.

Ich stieg in meinen Corolla und behielt seine Rücklichter im Auge. Sie leuchteten rot wie die Augen eines Raubtieres auf der Jagd. Und ich war es, den es nicht aus den Augen ließ.

Über uns saugte der Himmel die Nacht auf wie Löschpapier die blaue Tinte. Vor uns lag Bergen wie Glut in einem Aschekasten, herausgezogen aus den Hügeln um die Stadt.

Ich schaltete das Autoradio aus, brauchte die Stille. Ich hatte mehr als genug zu überlegen.

5

Lisbeth Finslo wohnte in der Kirkegate, die von der Sandvikskirche bis zum Formansvei verläuft. Am Beginn der Straße lag die Sandviken Schule und wartete darauf, geschlossen zu werden. Die Anschrift ihrer Wohnung wies auf die Häuser am Ende der Straße, eine zusammenhängende Reihe zweistöckiger, einheitlich verputzter Fassaden.

Wir stiegen aus den Autos. Jetzt war die Nacht am dunkelsten. Die Luft war schwer vom Blütenstaub, und über uns am Himmel hatte sich ein Ekzem von Sternen gebildet.

Draußen am Skoltegrunnskai lag einer der ersten Vergnügungsdampfer der Saison, erleuchtet wie ein schwimmendes Bordell. In den Byfjord hinein glitt ein Hochseesegler mit brennenden Positionslampen, vorsichtig, als nähere er sich feindlichem Gebiet.

Auf der Abkürzung zwischen Ekrengate und Kirkegate, von den Ortskundigen Hühnerleiter genannt, kam ein Mann mittleren Alters herauf, mit nacktem Oberkörper unter der Seidenjacke, dazu Bermudashorts und weiße Turnschuhe. Als er Hamres weißen BMW sah, machte er auf der Stelle kehrt und torkelte eilig den Weg, den er gekommen war, zurück. *Das* war jedenfalls ein Ortskundiger.

Hamre blickte ihm mit säuerlicher Miene nach. »Der Truthahn hat seinen Sommeranzug herausgeholt.«

Ich grinste.

»Du weißt, warum sie ihn den Truthahn nennen?«

Ich verneinte, um ihm die Freude zu machen, es zu erzählen.

»Weil er jedesmal, wenn er entsprechend getankt hat, nichts anderes mehr herausbringt als goble-goble.«

»Ich kenne eine andere Version.«

»Ja?«

»Er hat einmal, kurz vor Weihnachten, in der Lotterie einen Truthahn gewonnen. Auf mirakulöse Weise überredete er den Kaufmann, der ihm den Gewinn überreichen wollte, den Truthahn in flüssiger Form abzugeben. Er war der Held der Straße für die zwei Stunden, die seine Kumpanen brauchten, das Bier zu trinken. Der Name Truthahn blieb ihm aber seitdem, als eine Ehrenbezeigung.«

Hamre schaute mich mißgelaunt an.

»Goble-goble«, sagte ich und schüttelte den Kopf.

Wir gingen hinauf zu dem Haus, in dem Lisbeth Finslo wohnte. Es war in einem Gelb gestrichen, das mich an die Osterküken in einem Schaufenster um Pfingsten erinnerte. Doch die Tür war grün, und auf einem der Namensschilder neben den Klingelknöpfen im Freien fanden wir tatsächlich den Namen *L. Finslo*.

Wir probierten die Tür. Sie war verschlossen.

Wir klingelten an der Glocke neben ihrem Namen.

Keine Reaktion.

»Ich habe noch nie erlebt, daß die Türglocken in diesen Häusern funktionieren«, sagte ich.

Hamre schaute auf das Namenschild. »Erster Stock, was meinst du?«

Ich schaute die Glocke an. »Seit sie verschwunden ist, sind nicht mehr als eineinhalb Stunden vergangen. Sie kann noch unterwegs sein.«

»Wie gut kennst du sie, Veum?«

»Nicht besonders gut. Du weißt, wie das ist. Man liegt mit dem Gesicht nach unten auf der Massagebank, schnauft durch ein Loch in der Pritsche und redet über alltägliche Dinge. Welche Bücher wir lesen, welche Filme wir gerne sehen, was meine Nackenmuskeln so verspannt hat. Sie hat eine Tochter. Fünfzehn Jahre alt, wenn ich mich nicht irre.«

»Keinen Mann?«

»Sie ist Witwe.«

Hamre seufzte. Dann nahm er einen beachtlichen Schlüsselbund. Er ging die Schlüssel durch, entschied sich für einen und versuchte ihn. Das Schloß sprang sofort auf.

Ich sagte ironisch: »Wie machst du denn *das*?«

Er gab keine Antwort, machte nur ein Zeichen, daß ich mit reinkommen sollte.

»Was sagen wir, wenn uns jemand begegnet?« fragte ich.

»Zeigen unsere Marke.«

»Meine auch?«

Wir stiegen ein Stockwerk hoch. Lisbeth Finslo wohnte rechts. Die Tür hatte quadratische Drahtglasscheiben mit einem geblümten Vorhang innen und war ebenso einbruchssicher wie eine Papiertür.

Wir probierten auch hier die Türglocke. Jetzt hörten wir, daß es klingelte. Aber niemand kam und machte auf.

Ich dachte an ihre festen, starken Finger, wie sie meine Nackenmuskeln gedrückt und geknetet hatten, bis sie unter der Haut wieder weich wurden wie Butter und Seide. Ich dachte an ihre tiefblauen Augen und die sonnenverbrannte Nase und bekam ein abgründiges Gefühl im Magen. Ich kannte dieses Gefühl von früher. Es verhieß nie etwas Gutes.

Die Lippen zogen sich zusammen, und ich hatte Schwierigkeiten, den Satz herauszubringen. »Du brauchst doch einen Durchsuchungsbefehl, wenn du reingehen willst?«

Hamre blickte mich belustigt an. »Du hast zu viele amerikanische Filme gesehen, Veum. Die Frau kann unter Schock stehen. Es ist unsere *Pflicht*, reinzugehen.«

Ich schaute ihm zu, wie er sanft mit dem Finger über das Schloß strich. Dann spielte er mit zwei, drei Schlüsseln zwischen den Fingern, bis er sich für einen entschied.

Er paßte, drehte sich aber nicht. Er fummelte ein bißchen, ohne Gewalt, und murmelte dabei vor sich hin.

Ich warf einen Blick auf die Nachbartür. Hinter den Scheiben war es still und grau, wie an einem Regentag im Juli.

Hamre probierte den nächsten Schlüssel. Er paßte – und drehte sich.

Es klickte leise im Schloß.

Hamre öffnete vorsichtig die Tür und ging zuerst rein. »Hallo?«

Niemand antwortete.

Ich folgte ihm in den Flur, und wir schlossen die Tür hinter uns ebenso vorsichtig, wie wir sie geöffnet hatten.

Wir waren in einem kurzen, schmalen Flur, in kräftigen Farben gestrichen, die Wände grün, die Decke gelb. Ein Spiegel mit rotem Rahmen hing gleich bei der Tür, und unter einer Hutablage hingen eine Reihe von Mänteln und Jacken für Frauen. Nichts Maskulines, soweit ich sehen konnte.

Drei Türen führten vom Eingang weg. Die eine stand halb offen. Wir konnten in eine verwinkelte, aber gemütliche Küche hineinschauen, blau und weiß gestrichen, mit karierten Vorhängen an den Fenstern und einem Rollo mit einem alten Motiv der Stadt Bergen, halb heruntergezogen. Hinter dem Rollo sah man auf den Hof hinter den Häusern und eine steile Felswand. Die Küche war so sauber und aufgeräumt, daß man meinte, sie werde nie benutzt.

Der Kühlschrank war leer und roch nach Reinigungsmittel.

Hinter mir sagte Hamre: »Hast du nicht gesagt, daß sie in Urlaub fahren wollte, Veum?«

»Ja, aber –«

Ich ging an ihm vorbei hinaus in den Flur und quer über den Gang. Ich öffnete die Tür zum Wohnzimmer. »Lisbeth! Bist du da?«

Kein Laut.

Das Wohnzimmer war ebenso sauber und aufgeräumt wie die Küche. Die paar Zeitungen, die da waren, lagen gesammelt in einer Holzkiste neben dem Kamin, es gab keine Schnittblumen in den Vasen, und die Topfpflanzen, die am Fenster standen, sahen aus, als könnten sie eine Umweltkatastrophe überleben.

Die Möblierung war einfach, die Tischplatten frisch poliert, die Bücher in den Regalen ohne erkennbare Staubschicht, und sogar auf dem Deckel des Plattenspielers hättest du mit dem Zeigefinger deine Unterschrift hinterlassen können, ohne daß sie sichtbar geworden wäre.

Hamre ging voraus ins nächste Zimmer, ihr Schlafzimmer.

Es war etwas Kühles und Asketisches an dem großen Bett mitten im Raum, bedeckt mit einer blauen seidig glänzenden Decke und am Kopfende zwei Zierkissen aus demselben Stoff.

Das Bett war weiß gestrichen ebenso wie die anderen Möbel hier drinnen: ein Toilettentisch, ein Nachtkästchen und zwei Stühle. Die eine Wand war ein eingebauter Kleiderschrank. An der anderen Wand hing in der Mitte ein Bild in Pastellfarben. Rote Grasnelken an einem sauber gespülten Strand, das Meer glänzte in pastellfarbener Bläue und hatte nie etwas von Algenwuchs oder resistenten Nitraten gehört.

Die einzige Unterbrechung der Ordnung war ein liegengelassenes Buch auf dem weißen Nachtschränkchen. Ich trat näher und betrachtete das Titelblatt. Cora Sandel*. Damit stimmte wieder alles.

Hamre öffnete die Tür zum nächsten Zimmer, und wir betraten eine neue Generation.

Es war ein typisches Teenagerzimmer. Praktische rot gestrichene Möbel. Kistenweise Platten und Schulhefte. Bücherregale mit Büchern, die nicht ordentlich nebeneinander standen, sondern aufeinander und kreuz und quer lagen, ohne System jederzeit einsturzbereit, sobald jemand hier etwas Falsches sagte. Ein Schreibtisch, der auf kosmetische Weise aufgeräumt war, um die Mutter zufriedenzustellen, planlos und ohne Gefühl für Symmetrie. An den Wänden hingen die Plakate der Teenageridole der letzten Jahre, zum Teil übereinander geklebt, je nach Veränderung der Konjunktur. Die einzigen, die ich kannte, waren Madonna und Tom Cruise, aber keiner der beiden hing in der obersten Schicht.

Das Bett war gemacht wie von einem Stubenmädchen: hellblaues Bettzeug so stramm gezogen, daß jeder Feldwebel zufrieden gewesen wäre.

Wieder spürte ich dieses abgründige Gefühl im Magen.

Das Zimmer verriet mit aller Deutlichkeit, daß hier ein Kind wohnte, das seine Mutter noch ein Weilchen brauchte. Denn das Bett hatte sie kaum selbst gemacht, und Madonna war kein Ersatz.

»Alles ausgeflogen«, sagte Hamre.

Ich blickte mich um. »Was machen wir jetzt? Hier warten?«

»Nein. Wir haben eine interne Fahndung nach ihr eingeleitet. Ich lasse eine Nachricht hier und bitte sie, mit mir Verbindung aufzunehmen, wenn sie heimkommt.«

Wenn, sagte Hamre.

Falls, sagte das Gefühl in meinem Magen.

Wir zogen die Tür hinter uns zu, als wir gingen.

»Komm morgen früh mal kurz in mein Büro, Veum.«

»Zu einer bestimmten Zeit?«

»Sagen wir zehn Uhr, bis dahin habe ich Ordnung auf dem Schreibtisch geschaffen.«

Wir stiegen jeder in sein Auto und verließen die Kirkegate jeder in seiner Richtung, er hinein ins Zentrum, ich hinauf nach Høyden.

6

Ich schloß die Haustür auf und knipste das Licht im Gang an. Die Alten im Erdgeschoß waren in ihrem Ferienhaus auf Askøy, und ich war allein im Haus.

Ich öffnete den Briefkasten. Leer. Dann stieg ich die Treppe hinauf in den oberen Stock, schloß meine Wohnung auf und ging hinein.

Ich hängte mein Jackett im Flur auf, ging in die Küche und machte eine Literflasche Farris auf, die ich mit in die gute Stube nahm.

Ich setzte mich in meinen Sessel, mit Blickrichtung auf den toten Fernsehschirm, goß das Mineralwasser in ein Glas und ließ den Blick schweifen.

Dasselbe Zimmer. Dieselben alten Möbel, dieselben Bücher, dieselben Bilder an der Wand. Nur eines hatte sich verändert. Der Inhalt des Glases.

Ich leerte es, füllte es wieder und erhob mich. Ich war unruhig.

Ein halbes Jahr hatte dieser feuchte Schauer gedauert. Von Dezember bis April war ich durch einen Wald von Flaschen gegangen, und kein Baum war hinter mir stehengeblieben.

Anfangs war ich hoch erhobenen Hauptes dahingeschritten. Dann wurde ich mehr und mehr knieweich und endete auf allen Vieren. Am Ende trieb ich wie ein Fluß durch die Landschaft, bis mich schließlich eine barmherzige Seele auflas, einsackte und nach Hjellestad verfrachtete.

Dort empfingen sie mich mit nüchternem Sachverstand und brachten mir etwas bei, das ich nie beherrscht hatte: Körbe flechten.

Sie hatten weiche Stühle und harte Tische. Beim Psychologen war der Stuhl weich. Ich lernte, mit geschlossenen Augen, regelmäßigem Atmen und entspannten Schultern und Armen zu sitzen. Der Psychologe hatte ein freundliches, etwas melancholisches Gesicht und graues nach hinten gekämmtes Haar. Sein Name war Andersen. Wir sprachen verständig über Väter, die zu früh starben, Mütter, die zu spät starben und Geliebte, die du nie wieder kriegst. Wir sprachen von Söhnen, die bei ihren Müttern wohnten, mit neuen Vätern, und Klienten, die dir unter den Händen starben. Und während sich der Psychologe seine dritte Zigarette innerhalb einer Viertelstunde anzündete, sprachen wir über Aquavit. Wir sprachen über den Duft des Aquavits, über den Geschmack des Aquavits und die Wirkung des Aquavits – bis meine Kehle trocken war wie Tannennadeln und die Hände zitterten, weil sie nichts hatten, um das sie sich schließen konnten. Etwas Kleines und Rundes mit feuchtem und starkem Inhalt. Und während wir redeten, beobachtete mich der Psychologe durch einen Schleier aus Zigarettenrauch, machte sich ab und zu kurze Notizen, lächelte und summte und strich sich manchmal durchs Haar, mit einer Hand, auf deren Rücken sich die Adern wölbten wie umgekehrte Schützengräben auf einem Schlachtfeld.

Bei Lisbeth Finslo war der Tisch hart. Bei der ersten Begegnung hatte sie mir höflich die Hand gereicht, sich vorgestellt und mich gebeten, den Oberkörper freizumachen. Damals, im April, war sie nicht sonnenverbrannt und ihr Haar war dunkler gewesen. Ich hatte auf dem Bauch gelegen und durch ein Loch der Massagebank geschnauft, und ihre Finger waren am Rücken und in meiner Nackenpartie auf Entdeckungsreise gegangen. Ich hatte Bescheid gesagt, wenn es weh tat, und ihre kräftigen Fingerspitzen hatten sich wie Tausendfüßler auf Stelzen über meine Muskeln hergemacht. Manchmal hatte sie mit hartem Kugelschreiber etwas in ein Formular geschrieben, und dann hatte sie mich gebeten, mich umzudrehen. Während sie sich auf dieselbe Weise einen Überblick über Brust und Bauch verschaffte, nahm ich sie von unten in Augenschein. Das Kinn wirkte kräftig aus dieser Perspektive, und ich entdeckte die Flaumhärchen auf der Oberlippe und unter ihren Ohren. Manchmal streifte mich ihr Blick, und einmal sagte sie: Sie sind also ein waschechter Detektiv? – Hm ja, ich fürchte, die Farbe ist ein bißchen abgeblättert. – Dann gab sie mir einen letzten, freundschaftlichen Klaps auf die Schulter: Wir werden sehen, ob wir den Anstrich hier oben nicht wieder hinkriegen. – Und das war *die* Stunde.

Später wurden es viele Stunden, in denen meine Muskeln allmählich weich wurden und danach elastisch. Sie regte Übungen an für meinen Rücken, den Nacken und den Bauch, und als sie hörte, daß ich einige Kilometer auf der Landstraße gelaufen war, lud sie mich zu einem Trainingslauf ein, nach der Arbeitszeit. – Wenn du den Vorläufer machst, lächelte ich. – Wir wollen uns lieber an die Terminologie des Hauses halten und von Motivation sprechen, erwiderte sie.

Wir waren nach Store Milde hinüber gelaufen und um das Arboretum herum, unter Bäumen, die von Geschichte trieften, mit rotbrauner Rinde, aufgerissenen Zapfen und kleinen hellgrünen Schildchen, die uns Auskunft gaben, woher die Bäume kamen.

Es war nicht bei diesem einen Lauf geblieben. Sie war in ziemlich guter Form, und anfangs bestimmte sie das Tempo. Doch als meine trockenen Wochen zahlreicher wurden und ich spürte, wie die Kraft langsam in Körper und Beine zurückkehrte, konnte ich sie herausfordern.

An einem lauen Nachmittag Mitte Mai – die Sonne spielte Wasserball mit den Wellen im Fanafjord – saßen wir auf einem Felsen unten am Meer und verschnauften nach einem besonders anstrengenden Steigerungslauf. Ich hatte ihr einen Arm um die Schulter gelegt, und nach einer winzigen, plötzlichen Versteifung ihres Körpers hatte sie sich mit dem Rücken an meine Brust gelehnt, so daß ich beide Arme um sie legen konnte.

Es entstand ein Augenblick völliger Stille, nur ihre Haare kitzelten meinen Hals. Ich mußte mich räuspern, um die Stimme unter Kontrolle zu bekommen, als ich sagte: Ich habe nie gefragt, aber bist du... verheiratet? – Sie schielte zu mir herauf und schüttelte den Kopf. – Aber ich sollte trotzdem nicht so mit einem meiner Klienten dasitzen. – Nach einer Weile fügte sie hinzu: Ich bin

Witwe. Und ich habe eine Tochter. Kari. – Wie alt ist sie? – Fünfzehn. – Ich habe einen Sohn, Thomas, sechzehn. Aber ich bin geschieden. – Ja stimmt, das konnte ich an deinem Nacken spüren, lachte sie.

Das Lachen steckte an. Ich beugte mich vor und lachte in ihren Mund. Sie roch süß und verschwitzt, und als wir zu lachen aufhörten, blieben die Lippen, wo sie waren. Vorsichtig nippte ich an ihrem Mund. Ihre Stimme kam von weit, weit weg: Ich habe aber einen Freund. Einen festen Freund. – Dann küßte sie mich fest auf die Lippen, fast wie zur Strafe, bevor sie den Kopf abwandte und sich von meinen Armen befreite. Sie erhob sich, klopfte die Tannennadeln vom Jogginganzug und sagte: Wir müssen uns langsam auf den Rückweg machen. Es wird Zeit, daß ich nach Hause komme.

Danach hatte ich das Gefühl, mit ihr über fast alles reden zu können, so als würden wir uns schon jahrelang kennen. Gleichzeitig wußten wir, daß es kaum zu mehr kommen würde. Wir liefen immer noch ein- oder zweimal die Woche um das Arboretum, aber ich habe sie nie wieder geküßt, und jetzt...

Jetzt war sie verschwunden.

Ich trank noch ein Glas Mineralwasser und versuchte, den Gang der Ereignisse zu rekonstruieren.

Wir hatten darüber gesprochen, daß ich bald gesund geschrieben werden würde, und sie hatte gesagt: Ich glaube, ich kann dir mit einem Job helfen. – Einem Job? – Ja, eine Art Wächterposten...

Und dann, bei meiner letzten Massage auf Hjellestad, hatte sie gesagt: Ich habe die Schlüssel bekommen. Wenn du Zeit hast, könnte ich dich heute abend einweisen.

Wir hatten uns in der Stadt getroffen und waren zusammen nach Kleiva rausgefahren. Im Auto hatten wir uns darüber unterhalten..., daß sie Urlaub machen wollte, daheim auf Florø, sie und die Tochter, aber nicht...

Wie hieß er eigentlich, dieser Freund von ihr?

Abgesehen von dem einen Mal hatte sie nie mehr von ihm gesprochen.

Könnte sie da sein? Bei ihm?

Ich warf einen Blick aufs Telefon. Sollte ich Hamre anrufen und ihn auf die Spur ansetzen, oder –?

Nein. Auf einmal war ich müde, todmüde, so müde, daß meine kleine Narbe am Unterarm vibrierte.

Ich strich mit dem Finger darüber.

Einige Tage vor meiner Entlassung aus Hjellestad hatte mich der Oberarzt in sein Sprechzimmer gebeten. Er war ein jugendlicher, dunkelhaariger Mann von großer Herzlichkeit, so viel Herzlichkeit, daß man sie als Teil seines Berufes akzeptierte.

Er hatte sich vorgebeugt über den Schreibtisch und vertraulich zu mir gesprochen, als hätte uns jemand hinter den schallisolierten Türen hören können. – Wir haben deinen Fall gründlich diskutiert, Veum. Du bist kein, wie soll ich sagen, physiologischer Alkoholiker. Das heißt, du gehörst nicht zu denen, die keinen Tropfen Alkohol anrühren dürfen, ohne wieder rückfällig zu werden. Wir glauben auch nicht, daß du ein hemmungsloser Quartalsäufer bist. Dein Problem ist eher, daß du dich daran gewöhnt hast, zu jeder passenden und unpassenden Gelegenheit zur Flasche zu greifen, und das so oft, daß der Alkohol zu einem ganz normalen Bestandteil deines Lebens geworden ist, wie brauner Ziegenkäse und Hammelfleisch für uns andere. So normal, daß du vor mehreren Wochen ein traumatisches Erlebnis hattest – ein Erlebnis, über das die Gespräche mit Andersen hoffentlich Klarheit gebracht haben – da ist dir nur diese eine Stütze geblieben. Und dann wurde plötzlich alles zuviel. Einfach zuviel.

Ich hatte genickt, und er war fortgefahren: Ein Teil deines Traumas, um es jetzt als ein solches zu bezeichnen, besteht natürlich, wenn du mir erlaubst, das zu sagen – in deiner Einsamkeit. – Er hielt einen Augenblick inne, ehe er fortfuhr: Wir haben nun allerdings auch deine... hmmm... Fähigkeit zum Knüpfen positiver freundschafflicher Beziehungen zu... äh, Frauen beobachtet. Einer Frau, präzisierte er, als ob ich nicht verstanden hätte, wovon er redete. – Und das ist genau das, was du in deinem Leben in erster Linie brauchst, Veum. Eine stabile Beziehung. – Als ob ich das nicht längst wüßte. – Was das andere Problem betrifft, empfehlen wir totale Enthaltsamkeit für weitere sechs Monate, so daß du zum Jahreswechsel auf eine – ja, man kann es so nennen – eine ganze Schwangerschaft ohne Alkohol zurückblicken kannst. – Ich hörte die bissige Ironie in meiner Stimme, als ich erwiderte: Und was soll bei dieser Schwangerschaft geboren werden – ein neuer Veum?

Er hatte ernst genickt und war fortgefahren: Um dir zu helfen, diese Periode zu überstehen, können wir dir anbieten – ja, wir möchten es ausdrücklich empfehlen – operativ eine Dosis Antabus unter deiner Haut einzusetzen. Das erspart dir mögliche Entscheidungskonflikte, ist aber gleichzeitig eine Garantie, sowohl für dich wie für uns, was das Einhalten der – äh Absprache – angeht.

Ich hatte an die Flasche in meinem Büro gedacht, die in der untersten Schreibtischschublade lag und nur darauf wartete, daß ich zurückkehrte. Ich hatte an meine Flasche zu Hause gedacht, die im Küchenschrank verstaubte und dabei an vergangene goldene Zeiten dachte. Und ich hatte gedacht, daß das, was der Oberarzt gesagt hatte, vielleicht gar nicht so dumm war. Daß ein Ersparen jeder Entscheidung für ein halbes Jahr auch eine Entscheidung war, nämlich *jetzt,* und ich hatte zugestimmt.

Danach war ich mir wie ein chemischer Prozeß vorgekommen, nicht aufzuhalten, wenn er erst in Gang gesetzt war, und die Narbe war zu einem integrierten Teil meiner selbst geworden: meinem neuen Leben angepaßt, die Fahrkarte für den Rest der Reise.

Ich leerte das letzte Glas, schraubte den Deckel auf die Farris-Flasche, nahm sie wieder mit in die Küche und ging ins Schlafzimmer.

Ich öffnete das Fenster einen Spalt weit zur Stadt und der

Nacht draußen. Entferntes Autohupen, sporadisches Aufheulen starker Motoren und das Quietschen von Autoreifen, die etwas zu schnell in Drehung versetzt worden waren, zeigte mir, daß draußen nicht alles tot war. Alle waren nicht tot. Nur einige.

Dann legte ich mich hin, in ein Bett kalt wie eine Eisscholle und einsam wie ein Riff in der Barentssee, wo man die Fischfangquoten für die nächsten zehn Jahre auf ein Minimum reduziert hat.

7

Die Polizeistation von Bergen, die von Leuten meines Alters und älter immer noch *die neue* genannt wird, wurde 1965 fertiggestellt, da klemmten sich die Beamten ihre abgenutzten Schreibmaschinen unter den Arm und trabten quer über die Straße, weg von dem alten graugrünen Bau, der ziemlich bald abgerissen und durch einen sterilen und modernen Block für die Gewerkschaft ersetzt wurde, mit dem seinerzeit üblichen Pelzgeschäft im Erdgeschoß. Das war äußerst praktisch für die Gewerkschaftssprecher, denn sie konnten, nachdem sie darüber diskutiert hatten, welche Politur sie für ihr Auto bevorzugten und wie hoch die Grundschuldrate für ihr Reihenhaus war, zwei Stockwerke nach unten gehen und ihren Frauen einen Pelz für das wöchentliche Samstagskränzchen kaufen. Und fanden sich zwielichtige Elemente in ihren Reihen, konnten sie über die Straße laufen und deren Lebensgeschichten mit einem der jovialen Burschen vom Geheimdienst besprechen.

Jetzt, zwanzig Jahre später, war das Gebäude bereits zu klein. Einige Ressorts waren ausgezogen, in Büros um den Rådstuplass und in das alte Haus der Morgenavisen in der Allehelgensgate. Außerdem bestanden Pläne, nach Süden auszubauen, auf das Grundstück des früheren Arbeitsamtes, das man auf die andere Seite des Lille Lungegårdsvann verlegt hatte, wo der Weg zum nächsten Laden des Alkoholmonopols kürzer war.

Jacob E. Hamre saß aber nach wie vor im »neuen« Gebäude, in

einem Büro mit abgeschabten Ecken und verschlissenem Linoleum, weil er zu einem Etat gehörte, in dem jede Extraausgabe für die neue EDV-Anlage und zusätzlichen Einsatzreserven gespart wurde, und was ausdrücklich für Erhaltung vorgesehen war, wurde zur Abdichtung der Löcher in dem flachen Dach verwendet, das ein Architekt, wahrscheinlich einer aus dem Østlandet, auf diesen Neubau in Norwegens berühmt-berüchtigter, regenreichster Stadt gesetzt hatte.

Aber an diesem Tag regnete es nicht. Die Straßen waren trokken, die Sonne hing wie ein Brennglas über der Stadt, und sogar am frühen Vormittag hatte Hamre das Fenster einen Spalt weit geöffnet, geöffnet für den Verkehrslärm und die verschmutzte Luft, die nur scheinbar den Eindruck von Frische erweckte.

Als ich an den Türrahmen klopfte und durch die halb geöffnete Tür hineinschaute, saß er da, vor sich säuberlich geordnete Papierstöße, wie der Filialleiter einer kleinen Bank in ländlicher Umgebung, wo kaum größere Transaktionen vorkommen als der Kredit für den Kauf einer Landmaschine. Er hatte sein Jackett über die Stuhllehne gehängt und saß in einem kurzärmeligen weißen Hemd mit dünnen blauen Streifen hinter seinem Schreibtisch. Die königsblaue Krawatte war lässig geknüpft.

Er winkte mich herein und wies einladend auf einen der freien Stühle. Dann strich er mit einer Hand über die regelmäßigen Gesichtszüge und sagte: »Na? Hast *du* gut geschlafen, Veum?«

»Nicht besonders.«

»Und du hast nichts von Lisbeth Finslo gehört...«

Ich schüttelte den Kopf und schaute ihn abwartend an.

»...etwas Neues?«

»Ihr habt offenbar auch nichts gehört?«

Er holte eine Mappe von einem der Stöße. »Nein. Aber wir haben mit ihrer Schwester gesprochen. Sie wohnt in Florø, und die Tochter ist dort. Sie ist vor ein paar Tagen hingefahren, als die Ferien anfingen, und heute erwarteten sie die Mutter. Mit dem Schiff der Hurtigrute.«

»Mit dem Früh- oder dem Nachmittagsschiff?«

»Das wußten sie nicht genau. – Eines ist mir aber in diesem Zusammenhang nicht klar. Als wir heute nacht in ihrer Wohnung waren, haben wir keinen gepackten Koffer gesehen, und soweit ich dich verstand, hatte sie auch kein Gepäck bei sich, als ihr hinaus nach Kleiva gefahren seid?«

»Es könnte ja sein, daß sie erst heute packen wollte.«

»Aber ihre Wohnung. Alles war aufgeräumt und zur Abreise vorbereitet. Ich bin mir ziemlich sicher, daß wenigstens ein teilweise gepackter Koffer hätte dasein müssen.«

»Damit könntest du recht haben. Der Fahrkartenschalter der Fylkesbaatane, habt ihr dort nachgefragt?«

»Ja. Sie hat nicht im voraus gebucht.«

»Und das rote Auto, das ich da oben gesehen habe, seid ihr damit weitergekommen?«

»Das *vielleicht* ein Opel Kadett war? – Nein. Sind wir nicht.«

»Automarken waren noch nie meine starke Seite, Hamre.«

»Sollten es aber sein, in deinem – hmm – Fach.«

»Ich habe es nie bis zum Facharbeiter gebracht, so wie du. – Was ist mit diesem Aslaksen? Wißt ihr etwas über ihn?«

Er schaute mich ironisch an. »Weißt du etwas, Veum?«

Ich zog eine Grimasse. »Dann hätte ich es gestern gesagt. Ich habe ihn noch nie gesehen und hatte keine Ahnung, wer er war, bevor du seinen Führerschein herausholtest. *Tor* Aslaksen, hieß er nicht so?«

Er nickte und holte noch eine Mappe von seinen Stapeln. »Ingenieur. Allein lebend.« Er blickte kurz auf. »Alleinstehend klingt etwas altmodisch, findest du nicht? – Wohnung in Fyllingsdalen, beschäftigt in einem Betrieb, der Norlon heißt und der...«

Mit einem bissigen Lächeln schob er eine zusammengefaltete Zeitung über den Tisch. »...zur Zeit das Interesse der Medien erregt.«

Ich blickte ihn fest an, während ich nach der Zeitung griff: »Ah so?«

Er machte eine weite Handbewegung. »Lies selbst.«

Ich breitete die Zeitung aus. Der Betrieb hatte nicht nur das Interesse der Medien erregt. Er war auf der ersten Seite.

Die Schlagzeile lautete: UMWELTSKANDAL IN HILLEREN. Auf einem groß aufgemachten Foto sah man einige aufgeregte Personen in heftigem Wortwechsel vor etwas, das wie ein Betonmischer und ein großes Tor aussah, dazu einige Polizeibeamte, die die Gemüter zu besänftigen suchten. Der Bildtext lautete: *Die Polizei mußte gerufen werden, als Umweltschützer und Arbeiter gestern vormittag vor dem Hauptportal von A/S Norlon in Hilleren aneinandergerieten.* Dann wurde auf einen ganzseitigen Artikel auf Seite 5 der Ausgabe hingewiesen.

Ich blätterte dorthin. Die Zwischenüberschriften verrieten das meiste: KONFRONTATION – GIFT AUSGELAUFEN? – BOYKOTT – NICHT NACHGEBEN. Zwischen den Überschriften erfuhr ich, daß A/S NORLON auf Acrylnitratbasis – bestehend aus Acetylen und Blausäure – eine synthetische Polyacrylfaser herstellte, patentiert und bekannt als Norlon, das man für Textilien, Möbelstoffe und Einrichtung hierzulande und im Ausland verwendete. Bekannt war, daß der Betrieb seit Jahren Probleme hatte mit einer akzeptablen Lagerung und Vernichtung des giftigen Abfalls, und als eine Gruppe von Umweltschützern von der Bewegung Grüne Erde zu einer »unangemeldeten Besichtigung« der Anlage kam, sei der Konflikt ausgebrochen.

»Der letzte Abschnitt dürfte am interessantesten sein«, sagte Hamre.

Ich las: *Von seiten des Betriebes entzündet sich die Frage an dem Faktum, daß die sogenannte Umweltdelegation genau zehn Minuten vor Abfahrt eines Tankwagens mit Problemabfall auftauchte. Obwohl es nicht direkt gesagt wird, hat man angedeutet, daß es sich dabei um eine bewußte Weitergabe von Informationen durch Betriebsangehörige handeln könnte.*

»Meinst du, daß – Aslaksen? Zwar ist die Rede von einer Konfrontation, aber wohl kaum mit Todesfolge, oder?«

Hamre zuckte die Schultern. »Ich bin nicht der einzige, der prophezeit hat, daß es nicht mehr allzulange dauern wird, bis wir auch hierzulande die ersten Todesfälle in Verbindung mit solchen Konfrontationen erleben werden. Bei dem Problem der Umweltverschmutzung geht es ja in der Tat um Leben und Tod, für uns alle. – Meinst du nicht auch?«

»Ja, ja, natürlich. Aber trotzdem...«

»Ein Gesichtspunkt ist jedenfalls interessant in diesem Zusammenhang. Der heutige Besitzer von A/S NORLON – und Direktor des Betriebes – ist ein junger Mann namens... Trygve Schrøder-Olsen.« Er ließ den Namen auf mich wirken, ehe er fortfuhr: »Sagt dir das was?«

Irgendwo klingelte es bei mir. »Schrøder-Olsen... ist das nicht der, der – aber er heißt nicht...«

»Nein. Aber du bist auf der richtigen Spur.« Er beugte sich vor, drückte den Finger auf die undeutlichen Gesichter des Zeitungsfotos und sagte: »*Odin* Schrøder-Olsen, der Bruder des Erstgenannten und einer der führenden Köpfe der Bewegung in diesem Teil des Landes, um nicht zu sagen im ganzen Land.«

»Aber dann war er es doch wohl, der verraten hat –«

»Nicht unbedingt. Jeder im Werk weiß schließlich, wer er ist, und man wird sich hüten, ihm etwas zu erzählen. Aber die Verbindungslinie ist klar, und wenn eine willige Person im Betrieb mit der Sache sympathisiert, dann...« Er zog die Schultern hoch.

»Ich glaube trotzdem noch nicht, daß das Grund genug ist, jemanden umzubringen.«

»Betrachte es mal von der anderen Seite, Veum. Für die geht es nicht um die Umwelt oder den Umweltschutz. Sondern um Geld. Und um des Geldes willen sind schon früher Leute ermordet worden.«

»*Das* brauchst du mir nicht zu erzählen.«

»Nun, ich dachte – da dir der Facharbeiterabschluß fehlt...« Er grinste entwaffnend.

»Aber dieser Aslaksen – was hat der da draußen gemacht?«

»Soviel wir in diesen kurzen Morgenstunden herausgekriegt haben, war er technischer Ingenieur mit Teilverantwortung für die Produktion und hauptverantwortlich für die Instandsetzung und Wartung des Maschinenparks.«

»Ziemlich weit oben, mit anderen Worten?«

»Hm ja. Eine leitende Position jedenfalls. Ich habe noch keinen Überblick über die Hierarchie da draußen. – Ziemlich hoch oben auch in anderer Hinsicht«, fügte er verschmitzt hinzu.

»Was meinst du?«

»*Privat* haben wir über ihn nur herausgefunden, daß er Mitglied im Aero-Club Bergen ist und passionierter Fallschirmspringer.

»Dann hat er jetzt seinen letzten Sprung absolviert.«

»Und bedauerlicherweise mit tödlichem Ausgang.«

»Was ist mit dem Ehepaar Nielsen? Habt ihr die erwischt?«

Hamre räusperte sich und verschob eine Aktenmappe. »Zuerst eine andere Sache, Veum.« Er lehnte sich zurück, rollte einen gelben Bleistift zwischen den Fingern und schaute mich über den Bleistift forschend an. »Als wir in der vergangenen Nacht miteinander sprachen, sagtest du, die Beziehung zwischen dir und Lisbeth Finslo sei – du hast das Wort professionell verwendet.«

»Ja? Wie zwischen Klient und Therapeut.«

»Und dabei bleibst du?«

»Ja, wir...«

»Ja?« Er hüstelte.

Ich erwiderte nichts.

Er wartete ein bißchen. Dann sagte er: »Uns gegenüber wurde nämlich eine Andeutung gemacht, daß da vielleicht – etwas mehr war. Daß ihr euch näher steht als nur so.«

»Aha? Und von wem stammt die Andeutung?«

Er lächelte mild und schaute mich mit seinen hellblauen wachen Augen an.

»Ganz verkehrt ist sie nicht. Ich gebe zu, daß zwischen uns eine Art von – Freundschaft entstanden ist. Während einiger

Trainingsläufe. Aber nicht mehr. Nicht einmal annäherungsweise, Hamre!«

Er hob die Augenbrauen und legte den Kopf einen Moment schräg, als wolle er sagen: *Ach nein?*

»Und überhaupt verstehe ich nicht, was das hier für eine Rolle spielt?«

»Sie ist verschwunden, Veum. Ich dachte, ich müßte dich nicht daran erinnern.«

»Sie kann in diesem Augenblick im Schiff nach Florø sitzen, Hamre.«

»Das wäre allerdings ziemlich dumm von ihr. Ohne vorher mit uns Kontakt aufzunehmen, meine ich.«

»Und tot ist schließlich dieser Tor Aslaksen. Weder Lisb... Ich habe ihn jedenfalls nicht gekannt!«

»Aber sie könnte ihn gekannt haben, oder? Du erinnerst dich, was sie zu dir gesagt hat, als sie ihn entdeckt hatte: *Ich habe nicht geahnt – Ich wußte nicht...* Du stimmst mir zu, daß es wichtig ist, mit ihr zu reden?«

Ich nickte müde. »Ich kann euch helfen – bei der Suche...«

Hamre blickte mich kühl an. »Am besten hilfst du uns, Veum, wenn du dich da ganz raushältst, nichts sagst, nichts tust, bevor die Sache geklärt ist. Kapiert?«

»Verstanden.«

»Ich kann dir versichern, daß wir mit den Architekten gesprochen *haben*. Auch sie erklärten, nie etwas von Tor Aslaksen gehört zu haben. Sie haben nicht einmal von dir etwas gehört.«

»Komisch.«

»Von Lisbeth Finslo haben sie aber gehört.«

»Einen Augenblick lang hast du mich wirklich traurig gemacht.«

»Was die praktische Seite betrifft, bestätigten die Nielsens alles, was sie zu dir gesagt hatte. Und wenn Lisbeth Finslo dich für vertrauenswürdig gehalten hatte, das Haus zu bewachen, war das für sie okay.«

»Aber jetzt kommen sie zurück?«

Er nickte resigniert. »Sie wurden freundlich darum gebeten. Sie müssen feststellen, ob etwas im Haus fehlt. Etwas Wertvolles, meine ich.«

»Ein ausgestopfter Vogelkönig?«

»In der Richtung.«

»Aber es hat doch nichts auf einen Einbruch hingewiesen, oder?«

»Nein. Sogar die Seitentür, die direkt zum Swimming-pool führt, wies keine Spuren auf, daß jemand da reinwollte.«

Als ich mich erhob, sagte er: »Dann sind wir uns einig, Veum? Alles klar?«

»Ruf an, wenn du noch Hilfe brauchst«, sagte ich trocken und nickte zum Abschied.

Der Polizeistation entronnen machte ich mich sofort auf den Weg zum nächsten Tabakladen und kaufte mir alle Zeitungen, die ich kriegen konnte, um mehr zu erfahren über die Konfrontation bei A/S NORLON in Hilleren.

8

Ich schloß mein Büro auf und betrat es durch das Vorzimmer. Es war, als komme man nach einem längeren Urlaub nach Hause. Alles war mit einer dünnen Staubschicht bedeckt, als wäre ein Mehlsilo explodiert und ich hätte es zum Sonderpreis erworben.

Ich blies den Staub vom Kalender und stellte den richtigen Monat ein. Das Jahr stimmte immerhin noch.

Ich hob den Telefonhörer ab und horchte, ob ein Summton da war. Das traf zu. Der Apparat hatte offenbar kaum gemerkt, daß ich weg gewesen war.

Ich kontrollierte das Zählwerk des Anrufbeantworters. Es war um keinen Millimeter verrückt. Offenbar der einzige Ort im Universum, wo die Zeit still stand.

Ich zog die linke untere Schreibtischschublade heraus. Die Flasche, die da lag, war leer.

Ich hielt sie gegen das Licht, um mich zu vergewissern, daß kein Tropfen mehr drin war. Ich hatte das Gefühl, auf ein Foto einer längst verjährten Geliebten zu starren, mit einer Mischung aus Wehmut und Distanz. Dann ließ ich die Flasche in den halbvollen Papierkorb plumpsen. Die Putzfrau konnte sie bei ihrem jährlichen Besuch in der Nachweihnachtswoche mitnehmen.

Ich ging zum Fenster und machte es auf. Ein Gezeitenstrom von Sommer strömte über das Fensterbrett, und ein paar Sekunden schien alles zu fließen. Ein sanfter Windhauch brachte den Staub in Bewegung, der sich danach wieder wie ein unordentlicher Brautschleier über alles legte.

Es würde ein ziemlich heißer Tag werden. Unten am Fischmarkt hatten sich die Händler schon die Ärmel hochgekrempelt. Sommerlich leichte Frauen schwebten mit Hardanger-Äpfeln unter der Bluse über den Asphalt, der Räucherlachs hatte eine unanständige Farbe wie frivole Unterwäsche, und die Gemüsestände quollen über vom ersten Lauch der Saison, mit Stielen voller Hormone.

Die japanischen Touristen waren auch zur Stelle, mit Brillen wie Fotolinsen und unablässig surrenden Videokameras, und drüben am Eisengeländer beim Wasser wurden die ersten Garnelen des Tages aus ihren Panzern gepult, ehe sie als salzige Leckerbissen zwischen hungrigen Lippen verschwanden. Der Sommer zog wie eine unsichtbare Parade durch die Straßen der Stadt, zur Blasmusik ankommender Touristenschiffe. Autofahrer bremsten und ließen Fußgänger über die Zebrastreifen, und Menschen schenkten total Unbekannten ein schnelles Lächeln, ohne eine Erwiderung zu erwarten. Doch die Luft, die langsam mein Büro füllte, war gesättigt von Auspuffgasen.

Ich ließ das Fenster einen Spalt offen, setzte mich hinter den Schreibtisch und las sämtliche Artikel über den Konflikt um A/S Norlon.

Es wurden für heute neue Konfrontationen erwartet, und die Polizei hielt sich ständig über die Situation auf dem laufenden. Im Feuilleton einer Zeitung wurde in kurzen Zügen die Geschichte des Betriebes seit seiner Gründung 1949 wiedergegeben, mit dem alten Widerstandskämpfer Harald Schrøder-Olsen, dem Vater des jetzigen Direktors, am Ruder. Er blieb, bis der Sohn im Herbst 1979 die Leitung übernahm.

Eine andere Zeitung bemerkte, daß sich Harald Schrøder-Olsens jüngster Sohn Odin, der sonst bei entsprechenden Aktionen ganz vorne zu sein pflegte, diesmal diskret im Hintergrund hielt, zweifellos aus familiären Gründen. Odin Schrøder-Olsen hatte sich geweigert, irgendwelche Kommentare zu der Aktion zu geben, hatte aber jeden, der fragte, auf den zweiten Führer der Bewegung, Håvard Hope, verwiesen.

Håvard Hope erklärte, daß sich die Umweltbewegung Grüne Erde A/S NORLON ausgesucht hatte als Beispiel des Monats für örtliche Betriebe, die die Umwelt schädigten. Er beklagte, daß die Konfrontation so dramatisch geworden sei, unterstrich aber, daß das ausschließlich an der mangelnden Dialogbereitschaft der Firmenleitung liege. Er kündigte an, daß Grüne Erde die Aktion fortsetzen werde, bis man eine verbindliche Zusage über eine sachgemäße Behandlung des giftigen Abfalls bekomme.

In einer Kolumne wurde Grüne Erde als eher unkonventionelle Gruppe der Umweltbewegung bezeichnet. Eines der Projekte der örtlichen Gruppe war die Einrichtung eines hundertprozentig umweltfreundlichen Wohngebietes bei Breistein nördlich von Bergen, ausschließlich auf der Grundlage natürlicher Produkte und Materialien, das Ganze unter dem Namen MILJØBO: Die Bewegung verstand sich als parteipolitisch neutral, und ihr Name war mit einer Reihe von Umweltaktionen und Demonstrationen in Bergen und Hordaland in den letzten Jahren verbunden.

Ich legte die Zeitungen beiseite. – Was ging mich das alles an? Ich hatte einen Mann gefunden, tot in einem Schwimmbecken, und dieser Mann hatte bei A/S NORLON gearbeitet, na und? – War

Tor Aslaksen im Haus des Ehepaares Nielsen auf Inspektionstour, um zu prüfen, ob das Bassin für eine mittelfristige Aufbewahrung des giftigen Abfalls geeignet war? Oder brauchte er nur die frische Luft von konservierter norwegischer Natur, als Kontrast zu all den synthetischen Stoffen, die ihn täglich umgaben? Und zog er dazu die künstliche Landschaft eines Hausinneren einer Aussicht vom Løstakken oder vom Lyderhorn vor? – Aber wie war er reingekommen, wenn es keine Spuren eines Einbruchs gab? Und hatte er das Haus nur aufs Geratewohl ausgewählt, nachdem die Architekten seinen Namen noch nie gehört hatten?

Ich konnte bis ins Unendliche weitermachen, mir solche Fragen zu stellen. Doch ich hatte keine Veranlassung, sie zu stellen – und auch keine Antwort darauf – vorerst.

Lisbeth Finslo dagegen ging mich ein bißchen mehr an. Genug, daß ich die Nummer meiner Freundin Karin Bjørge im Einwohnermeldeamt wählte und sie davon überzeugte, daß ich wieder an meinem alten Platz saß.

»Schön von dir zu hören, Varg. Kann ich etwas für dich tun?«

Ich hörte am Tonfall, daß sie eine etwas originellere Antwort erwartete als das ewige: »Eh, ich habe da einen Namen, könntest du den wohl für mich überprüfen?«

Ihre Stimme sank, als sie sagte: »Und welcher Name ist es diesmal?«

»Es ist eine Frau, Lisbeth Finslo. Eigentlich interessiert mich noch mehr ihre Schwester –«

»Ja?«

»– die in Florø wohnt.«

»Sie ist jünger, oder?«

»Das weiß ich nicht. Ich weiß nicht einmal, ob sie Finslo heißt, aber ich dachte – wenn du mit dem Amt da oben redest...«

»Dann wäre das einfacher, als wenn du es machen würdest?«

»Ja?«

»Ich habe verstanden, Varg, du bist wieder gesund.«

»Ich werde nie vergessen, wem ich das alles verdanke.«

Für einen Augenblick wurde es still. Dann sagte sie: »Ach, wenn ich daran denke, was du seinerzeit für uns getan hast, dann... Wer ist diese Lisbeth Finslo?«

»Sie arbeitet eigentlich als Physiotherapeut oben in Hjellestad. Und jetzt ist sie verschwunden, oder vielleicht nur auf dem Weg nach Hause zu ihrer Schwester in Florø.« Ich gab ihr all die Daten, die ich von ihr hatte, die Adresse in Sandviken und die fünfzehnjährige Tochter.

»Und es ist wahrscheinlich zwecklos zu fragen, *warum* du an ihr interessiert bist?«

»Das ist eine lange Geschichte, Karin. Vielleicht sollten wir die auf ein gemeinsames Essen verschieben?«

»Und wann wäre das? Noch diesseits des Jahres 2000?«

»Wie wär's mit morgen? Falls du nichts vorhast?«

»Na, das ist Samstag. Nein, da habe ich nichts vor.«

»Abgemacht?«

»Warte, bis ich zurückrufe, dann siehst du, ob ich es verdient habe.«

»Wenn ich mich nicht irre, hast du noch mehr gut.«

»Einverstanden, aber wir machen es später genau aus, oder?«

»Ja.« – Aber *später* ist ein Zugvogel, sagte ich zu mir, nachdem ich aufgelegt hatte. Du weißt nie, wann er zurückkommt.

Ohne weiter nachzudenken, griff ich nach dem Telefonbuch und fing an, darin zu blättern, zuerst ziellos, dann mehr planmäßig.

Ich schlug Tor Aslaksen nach, überzeugt, daß die Leute in den Telefonbüchern langsamer sterben als an den meisten anderen Orten. Viele überleben sogar mehrere Ausgaben. Er hatte eine Adresse im Dag Hammarskjöldsvei, aber ich rief nicht an. Würde jemand abnehmen, könnte das zu Unannehmlichkeiten führen.

Ich dachte an Lisbeth Finslo, wie sie mir an der Tür zum Swimming-pool begegnete. Ich hörte ihre Stimme, wie sie stammelte: *Er ist tot, Varg! Tot! Ich habe nicht geahnt! Ich wußte nicht!*

Sie mußte ihn gekannt haben. Hätte sie sich sonst nicht anders ausgedrückt? – Da unten liegt ein toter Mann, Varg! Wer kann das sein?

Und dann, als ich wieder raufkam, war sie weg, wie getrieben von – nicht einer Eingebung, nicht einem Schock – von schlechtem Gewissen?

Weil sie die ganze Zeit gewußt hatte, daß er da liegen würde, und nicht länger imstande war, Theater zu spielen?

Nein. Dann hätte sie nicht gesagt: *Ich habe nicht geahnt! Ich wußte nicht!*

Aber etwas mußte sie gewußt haben, und etwas mußte sie vermutet haben. Sie hatte wahrscheinlich nicht erwartet, ihn tot vorzufinden, aber –

Das Telefon klingelte. Es war Karin Bjørge.

Sie kam gleich zur Sache: »Finslo *war* ihr Mädchenname, Varg. Und sie hat eine Schwester in Florø, die Jannicke heißt und auch ihren Mädchennamen behalten hat. Praktisch, was?«

»Kolossal. Ich fühle mich nach Island versetzt, wo die Leute nach ihren Vornamen registriert werden, Frauen wie Männer.«

»Schreibst du mit?«

»Augenblick.« Ich griff nach Block und Kugelschreiber. »Okay.«

Sie gab mir eine Adresse und eine Telefonnummer. Danach verabredeten wir, wann wir uns am nächsten Tag treffen wollten.

»Ich sammle dich an der Bushaltestelle ein«, sagte ich.

»Einsammeln – hört sich fast ein bißchen unanständig an.«

»Dann laß uns was Unanständiges *machen*, wenigstens einmal.«

»Du klingst aber verdammt gesund.«

Ich schielte auf meine Narbe. »Wenn du wüßtest, wie gesund mein Unterarm ist.«

»Dein Unterarm?«

»Ich werde ihn dir zeigen. Tschüß.«

»Tschüß.«

Ich legte auf. Ja, ich fühlte mich besser. Jetzt fehlte nur noch, daß ich den Mut aufbrachte, auch von Angesicht zu Angesicht mit ihr zu flirten.

Ich dachte ein bißchen darüber nach, bevor ich Lisbeth Finslos Schwester anrief.

Sie hob beim ersten Läuten ab. »Hier Jannicke.«

»Jannicke Finslo?«

»Ja, wer ist denn da?«

»Varg Veum. Ich rufe aus Bergen an.«

»Ja?«

»Es geht um Ihre Schwester, Lisbeth.«

»Ja?« Das kam wie ein tiefer Seufzer, voller ängstlicher Vorahnungen.

Wir warteten beide auf eine Reaktion, und als wir wieder das Wort ergriffen, prallten wir zusammen:

»Gibt es etwas –«

»Sie ist noch nicht –«

»– Neues?«

»– gekommen?«

Und dann antworteten wir im Chor: »*Nein*«

Ich ergriff die Initiative. »Und Sie haben auch nichts von ihr gehört?«

»Nein. Und wir haben eine fürchterliche Angst, weil die Polizei angerufen hat und…«

»Was hattet ihr miteinander ausgemacht?«

»Sie sollte heute kommen, mit der Hurtigrute.«

»Mit dem frühen oder dem späteren Schiff?«

»Sie nimmt normalerweise immer das erste. Aber sie *könnte* es ja versäumt haben, warum nicht. Wenn nicht die Polizei angerufen hätte, dann… Wer sind *Sie* eigentlich? Sie sind nicht von der Polizei, nehme ich an. Sind Sie der… mit dem sie zusammen ist?«

»Nein. Ich hätte beinahe gesagt – leider. Ich bin… Sie hat mir einen Job verschafft, als Wächter in einem Haus, und wollte mich dort einweisen –«

»Und dann ist sie nicht aufgetaucht?«

»Doch, doch. Aber es ist einiges *passiert*. Ich kann nicht in Einzelheiten gehen. Und *dann* verschwand sie. – Sie hatte also einen festen Freund?«

»Ja, ich glaube schon.«

»Sie glauben es nur?«

»Wir haben über solche Dinge wenig gesprochen. Außerdem war alles ziemlich neu, glaube ich.«

»Aber die Tochter, sie mußte ja davon wissen?«

»Kari? Ich glaube nicht... Nicht sicher. Lisbeth war immer – scheu – in solchen Dingen. Hat sich nie anderen mitgeteilt. Jedenfalls, soviel ich weiß. Und Kari ist adoptiert, wissen Sie. Erik hatte in der Regel den besten Kontakt zu ihr.«

»Erik...«

»Erik Larsen, Lisbeths Mann. Er ist 1982 bei einem Autounfall ums Leben gekommen. Er fuhr in den Fjord, bei Solheim.« Die Stimme brach. »Es war schrecklich.«

»Hmm. Das wußte ich nicht.«

»Nein, auch *darüber* redete sie nie. Danach ist sie in die Stadt gezogen. Um wegzukommen.«

»Ich verstehe. Hören Sie... Ich rufe heute abend noch mal an, um zu hören, ob sie vielleicht doch mit dem späteren Schiff gekommen ist. Einverstanden?«

»Ja natürlich!«

Ich notierte mir den Namen von Lisbeth Finslos verstorbenem Ehemann sowie den der Tochter. Dahinter schrieb ich die Jahreszahl 1982 und kreiste sie ein.

Ich hatte keinen Grund dazu. Aber plötzliche Todesfälle haben auf mich stets wie Warndreiecke gewirkt. Ich fahre langsam daran vorbei und halte Ausschau nach allen Richtungen.

Ich versuchte mir die Straße am Solheimsfjord entlang vorzustellen, zwischen Nausdal und Florø. Da gibt es viele Stellen, wo man leicht von der Fahrbahn abkommen kann, wenn es spät abends ist, bei Glätte und wenn man etwas zu schnell fährt, um schneller heimzukommen.

Erik Larsen.

Wie hatte er ausgesehen? Eine Frau wie Lisbeth Finslo hatte sich sicher einen jugendlichen Ehemann ausgesucht, mit saloppem Haarschnitt, trainiertem Körper und lässig geknüpfter Krawatte. Einer in der höheren Verwaltungslaufbahn oder vielleicht ein Arzt. Auf dem Heimweg von einer Versammlung in Førde, auf einer Strecke, die er vielleicht wie seine Westentasche kannte.

Und wie hatte er ausgesehen? Danach, als sie ihn aus dem Fjord fischten?

Sie hätte es mir erzählen sollen. Sie hätte überhaupt mehr reden sollen, von sich und ihrem Leben. Aber vielleicht war gerade das der Grund, warum sie sich aus dem Staub gemacht hatte – wieder geflohen ist, vor der grausamen Realität und noch einem plötzlichen Todesfall.

Ich schrieb einen weiteren Namen auf den Block, als bestünde hier irgendein Zusammenhang. *Tor Aslaksen.*

Dann beschloß ich, raus nach Hilleren zu fahren. Niemand konnte mir das Recht auf Neugier verweigern.

9

Der Betrieb lag wie eine belagerte Burg unten am Wasser.

Ich hatte die Hauptstraße genommen, um Mathopen und vorbei an dem Marinestützpunkt Haakonsvern, wo die NATO U-Boote wie schlafende Schwertwale in ihren Höhlen lagen und nur den Geruch von Bilgeöl brauchten, um auszurücken und das Land gegen eventuelle Eindringlinge vom Meer her zu verteidigen.

Die Strecke von Mathopen bis Kjøkkelvik war bis weit in die siebziger Jahre eine der beliebtesten Erholungsgebiete Bergens, mit Ferienhütten und Bootshäusern in einem großzügigen Fächer verteilt um den natürlichen Mittelpunkt der Gegend, Alvøen Hovedgård und die dort befindliche Papierfabrik. Inzwischen hatte die Stadt ihre Tintenfischarme bis hierher ausgestreckt und eine

Trasse von Betongebäuden hinterlassen, an einer Schnellstraße entlang, die nach wie vor viel zu schmal war, um mit der Belastung fertig zu werden. Oben auf den Hügeln waren die Hütten durch palastähnliche Einfamilienhäuser ersetzt, gebaut und bewohnt von Maharadschas aus Mongstad und Scheichen aus Sture: die neue Oberschicht des Ölzeitalters. Ich könnte mir nicht mal leisten, in ihre Briefkästen einzuziehen.

Ein großes Schild zeigte nach links hinunter zum Meer, A/S NORLON INDUSTRIEN. Ich blinkte links und ordnete mich auf der gelben Mittellinie auf dem Asphalt ein, als ich den Streifenwagen sah, der direkt an der Abzweigung abgestellt war. Ein uniformierter Beamter wies mich auf die andere Straßenseite, schaute brav nach rechts und links, überquerte die Straße mit einem höflichen Gruß an die Mütze und beugte sich hinunter zu meinem heruntergekurbelten Fenster.

»Wir bedauern, aber die Zufahrt zu NORLON ist gesperrt. Haben Sie eine Verabredung?«

Ich schielte hinauf zu ihm. Er war dunkelhaarig und hatte einen gepflegten, kleinen Schnurrbart. Er glich einem Country-und-Western-Sänger von Sotra, bereit für eine Aufnahme für die nächste Plattenhülle. Er hatte offensichtlich keine Ahnung, wer ich war.

Ich räusperte mich. »Ich müßte auf einen Sprung in die Verwaltung. Läßt sich das machen?«

»Nur zu Fuß. Wenn Sie wirklich dort zu tun haben?« Er warf einen mißtrauischen Blick in meinen Wagen. »Nicht von der Presse, vermute ich?«

»Nein, nein.« Ich lächelte entwaffnend.

»Gut, denn sie lassen keine Presse rein.« Er deutete die Straße entlang. »Sie können da drüben bei dem Großmarkt parken.« Dann richtete er sich auf und überquerte wieder die Straße.

Ich folgte der Anweisung, schloß den Wagen ab und schlenderte zurück, um das Ganze näher in Augenschein zu nehmen.

A/S NORLON war von einem hohen Maschendrahtzaun umgeben, mit Stacheldraht ganz oben. Dahinter lagen um einen großen, frisch asphaltierten Platz hufeisenförmig die Fabrikgebäude. Die zweistöckigen Gebäude waren gelb gestrichen, das Schrägdach war mit Dachpappe überzogen. Hinter der Fabrik war das Meer und die Schiffsroute nach Bergen. Auf dem Platz stand ein dunkelgrüner Tankwagen wie ein militärisches Ungeheuer, ein mißgestaltetes Insekt. Außerhalb des Zaunes wuchsen Birken und Espen mit dichtem grünem Laub, und darüber flogen ungehindert die Vögel hin und her, so als hätte sich seit Urzeiten nichts geändert.

Das Hauptportal war geschlossen. Am kleinen Fußgängertor standen zwei Polizisten und ein Wachmann des Betriebes. Vor dem Tor, quer zur Einfahrt, hatten sich zirka zwanzig Demonstranten zusammengekettet, mit Eisenketten und Handschellen. Weitere vierzig bis fünfzig standen zur Verstärkung bereit. Am Straßenrand entlang und den Hang hinauf der Fabrik gegenüber waren Zelte aufgeschlagen, als rechnete man mit einer langwierigen Aktion. In dem ganzen Gebiet wimmelte es von Presse und Medien, ausgerüstet, als müsse es bis zum Jüngsten Tag reichen. Alle waren sie anwesend, vom NRK* bis zu den lokalen Fernsehgesellschaften, von den großen überregionalen Zeitungen bis zum Loddefjord Menighetsblad. Ich hatte das Gefühl, Zeuge einer mittelalterlichen Belagerung zu sein, wobei die Angreifer eine jugendliche Ansammlung von Vagabunden waren, die meisten noch im Vorschulalter, als die Schlacht um Mardøla* geschlagen wurde.

Dies hier war eine neue Generation von Demonstranten. Jedenfalls für einen, der die Entwicklung der politischen Demonstrationen verfolgt hatte von den ersten Anti-Atomwaffen-Umzügen Ende der fünfziger Jahre, als die meisten noch Krawatte trugen, wenn auch zu farbigen Hemden, und die teilnehmenden Frauen noch wie Frauen *angezogen* waren, über die Vietnamdemonstrationen in den sechziger Jahren, bestehend aus blassen, zunehmend langhaarigen und bärtigen Studenten in Pullovern und Cordhosen bis zu Nein zur EG und Demonstrationen wegen der Teuerungsrate in den siebziger Jahren, als die Quasi-Arbeiterklasse in Jeans und blauen Norwegerjacken mit Reißverschluß bis zum Hals ankam, war dies eine neue Kollektion. Die Umweltdemonstranten der achtziger Jahre waren kurzhaarig und gesund und machten den Eindruck, als kämen sie direkt aus dem Hochgebirge, gekleidet in grüne Windjacken, blaue Parkas mit Kunststoffutter, die Hosen militärisch geschnitten mit großen Taschen und hohe gefütterte Bergstiefel, obwohl Hochsommer war.

Ein Mann Anfang Dreißig, auffallend blaß und mit hellem, glattem Haar, hielt eine improvisierte Pressekonferenz für die anwesenden Pressegeier. Er unterschied sich von den anderen, weil er eine helle graue Terylenehose zu weißem Hemd und Krawatte trug. Von meiner Zeitungslektüre erkannte ich ihn als Håvard Hope wieder.

Seine Stimme war genauso hell und dünn wie die Hautfarbe, doch was er sagte, war deutlich. »Es ist erwiesen, daß sich diese Gifte, wenn sie nicht sachgemäß gelagert werden, von den gewöhnlichen Mülldeponien in die Natur verteilen. – Jeder Laie weiß, wie gefährlich Blausäure ist. Trotzdem hat A/S NORLON jährelang dieses Gift einfach weggekippt, zuerst ins Meer, später in die Deponien unserer Gegend und noch später auf vorläufig unbekannte, aber jedenfalls nicht genehmigte Lagerplätze. Typisch für das schlechte Gewissen, das die Betriebsleitung gehabt hat, ist daß der Abtransport dieses Abfalls stets zu ausgefallenen Zeiten erfolgt, spät abends oder sehr früh am Morgen...«

»Sie glauben nicht, daß das einfach daran liegt, daß dies im Hinblick auf den Werksbetrieb die günstigsten Zeitpunkte waren?« fragte einer der Journalisten.

Håvard Hope schaute ihn direkt an und erwiderte: »Nein. Tatsache ist, daß nur sehr wenige und ausgewählte Angestellte von diesen Vorgängen gewußt haben. Niemand hat dazu Fragen gestellt, und niemand hat verlangt zu erfahren, wohin der Abfall nach seiner Entfernung aus dem Werk gebracht wurde. Doch heute, mit dem zunehmend geschärften Umweltbewußtsein in der gesamten Bevölkerung, bin ich mir sicher, daß wir über kurz oder lang die gesamte Belegschaft des Betriebs hinter uns haben werden.«

»Das sieht im Moment nicht so aus«, sagte einer der anderen Journalisten zur allgemeinen Heiterkeit.

Håvard Hope nickte ernst. »Nein, vielleicht nicht. Aber warten Sie ab, und Sie werden sehen. Kommen Sie in einem Monat, und stellen Sie mir die Frage dann.«

»Demnach habt ihr vor, die Aktion nicht abzubrechen – vorerst?«

»Wir werden unsere Aktion fortsetzen, bis wir zu einer akzeptablen Lösung gekommen sind, egal ob das einen Monat oder ein ganzes Jahr dauert! Vor allem muß sich die Leitung von NORLON gesprächsbereit zeigen. Dann können wir anfangen, über Fristen zu reden.«

Plötzlich ging eine Bewegung durch die versammelten Presseleute. Jemand deutete den Hang hinauf, und die Fotografen wandten sich rasch von Håvard Hope ab.

Ich folgte ihrem Blick. Vor einem kleinen grünen Wanderzelt oben am Hang hatte ein großer, schlanker Mann, dunkelhaarig und mit runder Brille, Aufstellung genommen, die Arme überkreuzt wie ein meditierender Indianer. Er trug blaue Jeans, eine dunkle, knapp sitzende Lederjacke und weiße Joggingschuhe. Ebenso wie Håvard Hope hatte er ein wesentlich urbaneres Äußeres als die meisten anderen Demonstranten. Obwohl mir niemand seinen Namen gesagt hatte, wußte ich, wer es war.

Das allgemeine Interesse wandte sich nun Odin Schrøder-Olsen zu, und Håvard Hope und ich wurden stehengelassen; er wie ein verblichenes Theaterplakat, ich wie ein Zuschauer ohne Eintrittskarte.

Ich begegnete seinem Blick quer über die verlassene Straße. Ein verschlossener und unerforschlicher Blick, aber sein Gesichtsausdruck verriet mir, daß er kaum zu Odin Schrøder-Olsens engstem Freundeskreis gehörte.

10

Ich ließ die Medien Medien sein und Håvard Hope mit seiner verschmähten Rednergabe stehen und schlenderte hinunter zum Werkstor. Ich umrundete im Halbkreis die Demonstrantenketten, deren mißtrauische Blicke mich Zentimeter um Zentimeter verfolgten. Aber niemand reagierte mit lautstarken Mißfallenskundgebungen.

Die zwei Polizisten schauten mich höflich an. Mir fiel plötzlich ein, so als würde ich mein Alter akzeptieren, daß man mich nicht mehr als Demonstranten betrachtete, was noch vor zehn Jahren der Fall gewesen wäre, sondern eher als heruntergekommenen Vertreter mit zahllosen graubraunen Hotelzimmern hinter sich.

Der Mann, der den Betrieb repräsentierte, trug eine Art Wachpostenuniform, blauschwarz, geschnitten wie bei der Polizei und auf der rechten Brusttasche das rote Firmenemblem aufgenäht. Er war barhäuptig, mit dünnem, nach hinten gekämmtem Haar und einer Nase, die zu lange gekocht worden war, bevor sie jemand mit rotem Faden wieder zusammengenäht hatte. Mit dem barschen Tonfall eines eingefleischten Pförtners sagte er: »Haben Sie einen Termin?«

»Nein. Ich wollte den Personalchef sprechen.«

»Den Personalchef? So was ham wir hier nicht. Vielleicht den Bürovorsteher? Ulrichsen?«

Ich nickte. »Das kann sein. Ulrichsen.«

»Um was geht es?«

Ich senkte die Stimme. »Darüber möchte ich mit Herrn Ulrichsen am liebsten persönlich reden.«

»Gut. Ich werd mich erkundigen, ob er Zeit hat. – Aber Sie verstehen...« Er warf einen vielsagenden Blick auf die Demonstranten. Ziemlich hektisch hier zur Zeit. Ham Se schon mal so'ne Affenbande gesehen?«

Er wartete nicht auf Antwort, steckte die Hand durch das offene

Fenster des grau gestrichenen Postenhäuschens, griff nach einem Telefon mit Tasten auf dem Hörer und wählte eine zweistellige Nummer. »Ulrichsen? Ich habe einen Mann hier, der gerne mit Ihnen sprechen möchte? – Nein, das wollte er Ihnen persönlich sagen. – Nein, das glaube ich nicht. – Einen Augenblick.« Er hob den Blick und schaute mich an. »Wie war der Name?«

Ein großes Linienflugzeug flog über uns im Anflug auf Flesland. Ich drehte mich, weg von den Polizeibeamten, als folgte ich mit den Augen dem Flugzeug. »Veum«, sagte ich rasch.

»Veum?« Er wandte sich wieder dem Hörer zu. »*Veum.*«

Ich musterte unauffällig die beiden Ordnungshüter. Keiner von ihnen hatte reagiert. Und dabei glaubte ich, auf jeder Dienstbesprechung bei denen auf der Tagesordnung zu stehen.

Der Wachposten nickte in den Hörer, als könnte ihn Ulrichsen auf einem Monitor sehen. »In Ordnung. Ich schicke ihn rauf.« Er öffnete mir das Tor und ließ mich herein. »Er hat nur fünf Minuten Zeit.«

»Danke. Wo finde ich ihn?«

Er wies auf eine braun lackierte Tür an der einen Längswand. »Oben im ersten Stock. Büro steht auf der Tür.«

Ich überquerte den Vorplatz. Gleich hinter dem großen Tankwagen kam ich an einem rostbraunen Gullydeckel vorbei. Rechts unmittelbar neben dem Tor befand sich eine Handvoll Parkplätze, die an diesem Tag natürlich unbenutzt waren.

Bevor ich reinging, blickte ich mich um. Das Werk hatte eine schöne Lage, eingebettet in eine Geländevertiefung, wo einmal ein sicherer Hafen oder eine Badebucht gewesen sein muß. Von hier sah man nicht zum Fjord, aber der Geruch von Salzwasser stieg mir in die Nase wie der Duft eines neu eröffneten Kühllagers mit unbehandelten Tierkadavern.

Ich kam in ein altmodisches Treppenhaus, der untere Teil der Wand braun lackiertes Paneel, darüber hellgelber Putz. Links eine Tür mit einem geriffelten Glasfenster, auf dem stand: Produktion – Labor.

Ich stieg die Treppe zum oberen Stockwerk hinauf. An den Wänden hingen Fotografien mit Motiven der Gegend, bevor das Werk gebaut wurde, während der Bauarbeiten und oben das Endergebnis, das mit großem Pomp und Schulkindern mit norwegischen Flaggen in den Händen gefeiert wurde, wie der 17. Mai. Zum Vorplatz hinaus zog sich ein langes schmales Fenster das Treppenhaus hinauf. Wie in einer Zeitungsspalte konnte ich den Aufzug am Haupttor sehen, wo die Angeketteten sich erhoben hatten und im Takt ihre Parolen über den Zaun riefen: »Kein Gift mehr! Nieder mit NORLON!« tönte es schwach durch die Glasscheiben.

Ich öffnete die Tür zum Büro. Die beiden Damen im Zimmer blickten erschrocken auf, als fürchteten sie einen Guerilla-Angriff der Demonstranten.

Ich lächelte beruhigend. »Verzeihung. Bin ich hier richtig? Ich möchte zu Bürovorsteher Ulrichsen.«

Die ältere der Damen nickte der jüngeren zu, die aufstand und durchs Zimmer zu einer Tür mit durchsichtiger Glasscheibe ging. Sie klopfte an die Tür, öffnete und sagte etwas. Dann nickte sie mir zu und meinte, ich solle nur reinkommen.

Ich lächelte ihr im Vorbeigehen zu. Sie duftete schwach nach Maiglöckchen und war kühl und blond wie der Frühsommer. Ihre Kollegin wirkte eher zugeknöpft, wie ein früher Herbsttag mit Frost in der Luft. Damit entstand ein gewisses Gleichgewicht.

Bürovorsteher Ulrichsen gehörte zu den Menschen, die man in früher Jugend in einem geeigneten Büro archiviert, die Tür zumacht und nie mehr sieht. Sie leben in einer Aura aus Staub und Papier, öffnen nie das Fenster zum Leben draußen, trinken den Kaffee schwarz und rauchen ihre Zigaretten ohne Filter, bis sie äußerlich wie innerlich geräuchert sind. Wenn sie ganz selten mal die Stimme erheben, dann nur am Telefon wegen einer schlechten Verbindung, und sie hinterlassen keine Spuren außer eine Anzahl von Routinen, die ihre Nachfolger nach ein oder zwei Minuten ausstreichen könnten, wenn sie welche hätten. Aber sie haben keine Nachfolger. Sie sitzen ewig da und überleben uns alle.

Ulrichsen trug einen schönen grauen Anzug, der vor zehn Jahren modern war. Er hatte bleiche Finger mit abgekauten Nägeln und ein Gesicht, das man in Zahlenreihen verwandeln könnte, mit Soll in den Augen und einem Federstrich als Lächeln, wie die hastige Unterschrift des Vorstandes unter den Jahresabschluß.

Er nahm sich keine Zeit für einleitende Floskeln. »Ihr Name ist Veum? Und worum geht es?«

Ich holte Atem. »Es geht um Tor Aslaksen.«

Er schaute mich an, als sei ich ein nicht abgezeichneter Beleg. »Er ist nicht hier – heute.«

»Nein, ich –«

»Und morgen kommt er auch nicht.«

»Nein, aber ich –«

»Er hat einfach, um es so auszudrücken, *aufgehört*.« Ich ahnte eine Art Triumph in seinem Blick, als wolle er sagen: *wieder eine Buchung abgeschlossen, wieder eine Ausgabe getilgt.*

»Ich *weiß*. Ich weiß sogar, *warum* er aufgehört hat. Um nicht zu sagen, *wie*. – Was ich gerne erfahren möchte... Hat er keine Angehörigen?«

»Er war nicht verheiratet.«

»Nein, aber Eltern?«

Ulrichsen verschob ungeduldig einen Aktenordner. »Falls es um die Versicherung geht, dann sind die Angehörigen da aufgeführt.«

»Selbstverständlich. Es geht *nicht* um die Versicherung. Äh... Es ist nämlich so – vor ein paar Tagen hat mir Aslaksen sein Auto verkauft.«

»So?«

»Und ein Drittel der Bezahlung wurde bis heute gestundet... Ja, weil ich zuerst meinen Wagen verkaufen mußte. Obwohl er – tja, Sie wissen schon – ich möchte natürlich die Rechnung begleichen – bei seinen Angehörigen.«

»Hmmm.« Ulrichsen schaute mich mißbilligend an, so als sei das für ihn der Gipfel einer verantwortungslosen Geschäftsabwicklung.

Er erhob sich und ging zu einem Aktenschrank, öffnete eine der Schubladen und blätterte bis zum entsprechenden Hängeordner. »Ich habe seine Mappe hier. Da müßte jedenfalls... Hier ist nur seine Mutter aufgeführt. Anne-Marie Aslaksen. Sie wohnt auf Store Milde, Mildeveien.« Er gab mir die Hausnummer und hängte die Mappe wieder ab.

Als hätte er jemanden rufen hören, schaute er plötzlich aus dem Fenster. Von hier aus sah man direkt hinaus über die Straße und quer über den Sund nach Bjorøy und Sotra. In der Sonne glitzerte das Wasser wie weißes handgehämmertes Metall. Von Kobbeleia kam ein Segelboot mit vollen Segeln, so weiß, daß es aus Papier hätte sein können, gefaltet von einem fingerfertigen Riesen. Ein plötzlicher Anflug von Wehmut erschien auf dem Gesicht des Bürovorstehers, so als höre ein Lebenslänglicher vor dem Gitterfenster Kinder spielen. »Das wird ein Schock sein für Odin. Und dann so mitten hinein in all das andere.«

»Odin?« sagte ich vorsichtig.

Er nahm den Blick vom Meer zurück, packte die fünf Minuten, die er mir gewährt hatte, in eine Mappe, verschnürte sie mit strengstem Stillschweigen und setzte sich wieder hinter seinen Schreibtisch. »Odin Schrøder-Olsen. Er und Tor Aslaksen waren Schulfreunde. Sie hatten sich fast ihr ganzes Leben gekannt.«

Mehr sagte er nicht. Doch grammatikalisch war er auf dem aktuellen Stand. *Hatten* war die korrekte Form.

11

Der Pförtner mit dem Kartoffelzinken ließ mich durch das Tor hinaus. Die beiden Polizisten standen mit den Händen auf dem Rücken da und schienen sich zu langweilen. Die Demonstrantenkette vor dem Haupttor war intakt, aber der Großteil der Presseleute hatte sich verkrümelt, zurück in die Stadt, angezogen von der Deadline wie Bienen vom Honigtopf. Nur eine der Zeitungen hatte einen Fotografen dagelassen, wie einen einsamen Apachenkrieger, falls es zu neuen Tumulten kommen sollte.

Die Kettenreserve hatte sich in lockeren Gruppen über den Hang gegenüber der Einfahrt verteilt. Einige hatten die Hemden ausgezogen, um den winterbleichen Körpern Sonne zu gönnen. Die Erfahrenen waren ausgerüstet wie für eine Polarexpedition oder einen plötzlichen Angriff der Hundepatrouille. Einige diskutierten erregt miteinander. Andere saßen da und lasen den Artikel der Morgenzeitung, wo besonders die Kommentare der Betriebsleitung mit bissiger Ironie zitiert wurden.

Jedesmal, wenn ich an einer Gruppe vorbeikam, erhob sich ein Murmeln, und ich verstand Worte wie *Bulle* und *Schnüffler*, ließ mich dadurch aber nicht zur Verzweiflung bringen.

Als ich mich dem grünen Wanderzelt näherte, erhoben sich mit grimmigem Lächeln zwei Kraftprotze in grünen Windjacken, ein Anblick wie auf dem Cover von *Fjell og Vidde**. »Und wohin willst'n du?« fragte der eine.

»Ins Gebirge.«

»Da bist du auf dem falschen Weg.«

»War schon lange nicht mehr hier. – Ist Odin Schrøder-Olsen da drin?«

»Hat eine Besprechung. Und er ist zu keinerlei Auskünften bereit – weder an die Presse noch an – andere.«

»Es ist etwas Privates.«

»Dann hat es Zeit.« Er warf einen vielsagenden Blick hinunter zur Fabrik. »Wir haben Wichtigeres zu tun.«

»Würdest du so freundlich sein und ins Zelt gehen und Odin Schrøder-Olsen bestellen, daß ein gewisser Veum auf ihn wartet, eventuell bis die Besprechung zu Ende ist, um mit ihm über Tor Aslaksen zu reden?«

Er schaute mich zweifelnd an. Er war um die zwanzig, hatte

blonde Bartstoppeln, eine Nase wie eine gespaltene Setzkartoffel und einen Blick bar aller giftigen Phosphate. »Veum? Über Tor Aslaksen? – Mehr kannst du nicht sagen?«

»Sag ihm, es ist wichtig. Es geht buchstäblich um Leben und Tod.«

»Okay. Warte hier.« Er gab seinem Kumpel ein Zeichen, damit dieser, sollte ich den Versuch unternehmen, eigenmächtig ins Zelt einzudringen, mich als die einzig bedrohte Tierart ansehe, die es *nicht* zu schützen gelte. Er schlug die Zeltplane zurück, bückte sich und trat ins Zelt.

Ich grinste seinen Partner schräg an, er hatte ein längliches rotbackiges Gesicht mit zarter Haut, von der ein stumpfes Rasiermesser den Bart allmählich ausgerottet hatte. Wahrscheinlich benutzte er die Klinge von allen vier Seiten, um Rohstoffe zu sparen.

Der unrasierte Blonde steckte den Kopf aus der Zeltöffnung. »Ich soll fragen, ob Polyp oder von der Presse?«

»Weder noch, nur der erste Buchstabe stimmt. Privat...«

Er öffnete den Mund, um mich zu unterbrechen, jung und ungeduldig, wie er nun mal war.

»...detektiv.«

Er schaute mich lange an. Dann zog er den Kopf wieder zurück und gab die Nachricht weiter.

Sie lachten dröhnend im Zelt, während ich das Gewicht von einem Fuß auf den anderen verlagerte.

Der Kerl mit dem länglichen Gesicht war sich jetzt seiner Sache sicher. Ich *war* eine bedrohte Tierart.

Der Blonde kam wieder heraus, das Lachen noch in den Augen. »Du kannst hierbleiben, Veum. – Odin kommt, sobald er kann.«

»Und wie bald ist das?«

»Es eilt hoffentlich nicht? Oder wartet in deinem Büro eine mißglückte Blondine auf dich?«

»Jedenfalls nicht so mißglückt wie das Blondchen vor mir.« Ich drehte mich um, schaute mich nach einem Stein als Sitzplatz um, fand einen in vier, fünf Meter Entfernung, ging hin und setzte mich.

Die beiden Naturschützer nahmen ihren Platz vor dem Zelt wieder ein. Eine Weile blieben sie sitzen und tuschelten miteinander, während ich mich auf die Aussicht konzentrierte.

Von hier sah man über die Fabrik bis hinunter zum Fjord. Auf der gegenüberliegenden Seite des Sundes breitete sich Lille Sotra mit den vielen Neubauten aus, wie ein Fußabstreifer für Store Sotra, wo der Liaturm 341 Meter bis zu den Antennenmasten an der Spitze aufragte, als wolle eine riesige Schnecke ihre Fühlhörner ausstrecken, um festzustellen, wo sie sich befindet.

Nördlich von mir hatte ich Håkonshella, einen Felsen, der seinen Namen von König Håkon Adelsteinfostre hatte. Dort wurde dieser König, laut Snorre*, geboren und dort ist er 961 gestorben, nach der Schlacht bei Fitjar gegen die Eiriksöhne. So gesehen bewegten sich die Demonstranten auf historischem Boden.

»He Marlowe!« hob der unrasierte Blondy die Stimme. »Wer hat dich denn engagiert? Schrøder-Olsen der Große oder der Unternehmerverband?«

Ich drehte langsam den Kopf, als sei ich nicht sicher, ob er mich meine.

Aber die Antwort wurde mir erspart, denn im selben Augenblick schlüpfte Odin Schrøder-Olsen aus dem Zelt und blickte neugierig in meine Richtung.

Der Blondy deutete auf mich und sagte: »Da sitzt er, Odin. Sollten wir ihn nicht ausstopfen und uns als Maskottchen ins Büro stellen?«

Odin Schrøder-Olsen lächelte ein unbestimmtes Lächeln, zuckte mit den Schultern und schlenderte zu mir herüber.

Ich erhob mich.

Die Stimme war dunkel und angenehm. »Du hast nach mir gefragt?«

»Ja.« Ich streckte ihm die Hand hin. »Mein Name ist Veum. Varg Veum. Ich unters... Es geht um Tor Aslaksen.«

Er ergriff rasch meine Hand und sagte: »Ja? Was ist mit ihm?« Sein Blick wanderte automatisch hinunter zur Fabrik, als wolle er überprüfen, ob sich an der Situation etwas verändert habe.

»Soll das heißen, daß du es nicht weißt?«

Er antwortete gereizt: »*Was* wissen? Ich habe keine Zeit, rumzustehen und Rätsel zu lösen, Veum.«

»Und ich habe keine Zeit, welche zu erfinden. Ich dachte, man hätte dich benachrichtigt.«

»Benachrichtigt *worüber*? Um was geht es?«

Ich sagte, so leise ich konnte: »Die Nachricht, daß... Tor Aslaksen tot ist.« Als ich das sagte, warf ich unwillkürlich einen Blick über die Schulter, um mich zu vergewissern, daß Jakob E. Hamre nicht hinter mir stand und hörte, was ich sagte. In dem Fall hätte ich nämlich beim nächsten Mal mit einem weit weniger angenehmen Verhör bei ihm zu rechnen.

Odin Schrøder-Olsen schaute mich an, als hätte er nicht so recht verstanden, was ich gesagt hatte. »Daß er – tot ist? *Tor?!*«

Während die Neuigkeit auf ihn wirkte, studierte ich sein Gesicht. Odin Schrøder-Olsen hatte feine Züge, dunkle Augenbrauen und hinter der runden Stahlbrille beinahe feminine, dichte Wimpern. Der Blick war blau und das kurze Haar dunkel. Die sichtbaren Bartstoppeln überzogen die Gesichtshaut wie der Schlagschatten eines Berges über einer Schneelandschaft. Die dunkle Lederjacke, die frisch gewaschenen Jeans und die weißen Joggingschuhe erweckten den Eindruck, als sei er der Vertreter eines weltweiten Konzerns für Freizeitschuhe, mit Langstreckenläufern als Spezialgebiet. Sportlich und effektiv. Alle Modelle selbst erprobt. Ein Läufer an vorderster Front.

Doch zu diesem Lauf hatte er sich nicht freiwillig gemeldet. »Ich hatte keine Ahnung... Aber ich habe ja mit ihm auch keinen Kontakt mehr gehabt. Wie ist es passiert?«

»Ich, hrmm, glaube, habe schon zuviel gesagt. Die Polizei wird dir den Rest erzählen. Wenn du dabei vermeiden könntest, zu erwähnen, daß du es von mir erfahren hast, so...«

Er schaute durch mich hindurch, als sei ich eigentlich gar nicht da. »Das ist unfaßbar.« Dann fixierte er mich erneut. »Du mußt mir erzählen, wie es passiert ist! War es ein Unfall?«

Ich nickte widerstrebend. »Er ist ertrunken.«

»Ertrunken! Er schwamm doch wie ein Fisch!«

»Ja, es gibt noch einige Unklarheiten.«

»Wo ist es passiert? Auf Milde?«

»Nein.« Ich schwankte einen Augenblick zwischen einer Frage und einer Antwort.

Er kam mir zuvor. »Wo dann?«

»Im Nordåsvannet. Das heißt – in unmittelbarer Nähe.

»Beim Nordåsvannet?«

Da stellte ich meine Frage. »Warum – auf Milde?«

»Na, da haben wir immer gebadet – früher. Wir sind dort aufgewachsen, Zaun an Zaun, sozusagen. Seine Mutter wohnt immer noch dort.«

»Ja, stimmt. – Aber es war nicht da. – Seid ihr die ganze Zeit gute Freunde geblieben?«

Er blickte wieder an mir vorbei hinunter zur Fabrik. »Ja schon. Wir haben uns in den letzten Jahren nicht mehr so oft gesehen, aber... Wenn wir uns zufällig trafen, haben wir uns jedesmal Zeit für einen Plausch genommen.«

Ich folgte seinem Blick. »Ihr hattet verschiedene Standpunkte, in diesem Konflikt da unten?«

Er verzog den Mund zu einem schiefen Lächeln. »Natürlich. Ohne daß daran etwas Besonderes ist. Meine ganze *Familie* vertritt einen entgegengesetzten Standpunkt, wie du sicher weißt.«

»Ich habe es in der Zeitung gelesen. Du hältst das nicht für schwierig, daß es die eigene Familie betrifft?«

Er blickte mir direkt in die Augen. »Nicht, wenn es gerade jetzt um die wichtigste Angelegenheit der Welt geht. Der Ost-West-Konflikt versiegt allmählich. Wenn Gorbatschow noch einige

Jahre an der Macht vergönnt sind, kann sich die Weltlage noch vor 1990 verändert haben. Doch die Kluft zwischen Nord und Süd wird mit jedem Tag breiter und tiefer.« Er machte eine weite Handbewegung, beschrieb einen Bogen, der das Meer, den Himmel und das Felsgestein, auf dem wir standen, einschloß. »Und das alles – die Luft, die wir atmen, das Meer, aus dem wir die Nahrung holen, die Erde, die wir umpflügen – das alles gehört uns gemeinsam, egal wo wir uns befinden. Von der globalen Vergiftung können wir uns nicht freikaufen, Veum. Der Erstickungstod trifft jeden von uns. Und da ist es wichtig, überall anzusetzen.«

»Auch an einem so kleinen Betrieb wie NORLON?«

»Der ist gar nicht *so* klein. Ich habe da unten gearbeitet und weiß, wovon ich rede.«

»Ah ja.«

»*Aber* – du bist sicher nicht zu mir gekommen, um über Umweltschutz zu diskutieren. Was wolltest du eigentlich?«

»Nein. Eigentlich war ich in der Fabrik, um herauszukriegen, wer die Angehörigen von Tor Aslaksen sind. Und da erwähnte der Bürovorsteher, Herr Ulrichsen, daß ihr alte Freunde wart.«

»Und warum willst du wissen, wer Tors Angehörige sind?«

»Nun, ich war es, der ihn gefunden hat. Im Zusammenhang mit einem Auftrag, den ich hatte.«

»Ermittlungen?«

»Bewachung.«

»Ich verstehe.«

»Und ich weiß aus Erfahrung, daß die Angehörigen oft mit dem reden wollen, der ihn gefunden hat – den Verunglückten. Daß es ihnen oft in ihrer Trauer hilft zu hören, wie er aussah, als er gefunden wurde. Damit sie sich ihre eigenen Vorstellungen dazu bilden können.«

»Ach so, ja. – Nun, du triffst seine Mutter sicher zu Hause an.«

»Ja, er hat mir ihren Namen und die Adresse da unten gegeben, Herr Ulrichsen. – Mir ginge es mehr darum…«

»Ja?«

»Du weißt nicht, ob er andere – nähere Bekanntschaften hatte? Eine Freundin zu Beispiel?«

»Er war unverheiratet.«

»Ja, das ist mir bekannt. Aber er war achtunddreißig Jahre alt und wenn er keine anderen Interessen hatte, dann...«

Er schaute mich herausfordernd an. »Ich bin genauso alt und auch nicht verheiratet!«

»Willkommen im Bunde. Dann sind wir drei. Aber –«

»Außerdem schnüffle ich nicht im Privatleben meiner Freunde herum. Wenn sie mir nicht erzählen wollen, was bei ihnen gerade läuft – in Ordnung.«

»Ihr seid also nicht auf *so* vertrautem Fuße gestanden?«

»Wir haben uns in den letzten Jahren nicht sehr oft getroffen, immer nur zufällig. Es ist nicht gerade die erste Frage, die man alten Freunden stellt – ob sie eine neue Freundin haben?«

Ich wackelte mit dem Kopf. »In bestimmten Kreisen schon.«

»Nicht in meinen. Wir hatten wichtigere Dinge zu bereden, wenn wir uns trafen.«

»Wichtigere? Informationsaustausch über die Fabrik NORLON vielleicht?«

»Das auch. Trygve erzählt ja nie etwas. Er will alles vertuschen. – Ich wollte natürlich erfahren, wann sie vorhatten, all das innerhalb eines Jahres angesammelte Gift vernünftig zu entsorgen!«

»Und was *machen* sie damit?«

Er preßte die Lippen zusammen, ehe er antwortete. »Das ist kein sehr angenehmes Thema, Veum. Wenn du Pech hast, nimmst du es mit deiner täglichen Nahrung und dem Wasser, das du trinkst, in kleinen Portionen auf. Stell dir vor – Tag für Tag – winzige Dosen Blausäure in deinem Körper.«

»Der charakteristische Geruch nach...«

»...bitteren Mandeln. Ganz richtig. Aber in so kleinen Dosen, daß du keinen Geruch wahrnimmst. Und keinen Geschmack. Es lagert sich nur im Körper ab, bis eines Tages... Eines Tages.«

»Vielen Dank für die Aufklärung. Das regt den Appetit an. – Über Tor Aslaksen weißt du also nichts mehr in bezug auf...«

»Nein«, erwiderte er schroff. »Du mußt seine Mutter fragen. Ich nehme an, daß er seine Freundinnen mit nach Hause gebracht und ihr vorgestellt hat. Mehr weiß ich nicht.« Er wandte sich demonstrativ ab und ging zwei Schritte Richtung Zelt.

Dann blieb er stehen und drehte sich wieder um. »Übrigens – noch einen Hinweis. Er hatte keine – anderen Interessen, wie du es diskret angedeutet hast. Soviel weiß ich jedenfalls – von früher.«

Ich hob die Hand. »Danke für den Hinweis. Dann erspare ich mir eine Sackgasse.«

Er nickte kurz zum Abschied und murmelte etwas, das ich nicht verstand. Dann gab er seinen beiden Posten eine Anweisung, bückte sich und verschwand wieder im Zelt.

Ich schaute sie an. »Vergeßt nicht, euren Abfall mitzunehmen, Jungs, wenn euer Ausflug vorbei ist.«

Das Pferdegesicht reagierte nicht, aber sein blonder Kompagnon gab heraus: »Und am besten fangen wir mit dir an?«

»Energieverschwendung. Ich bestehe gänzlich aus verrottbarem Material.«

»Aus Erde bist du gekommen, zu Abfall sollst du werden?«

Ich musterte das Pferdegesicht und nickte seinem unrasierten Kameraden zu. »Ein Neu-Theologe. – Und haltet gute Wacht, Jungs. Laßt keinen LKW vorbei, ohne ihm Reißnägel in die Reifen zu stechen.«

»Du bist nicht solidarisch?«

»Mit dem LKW? Nee.«

Ich ging wieder runter zur Straße. Alles war still. Die Kettenmenschen saßen da und plauderten, wie in der Mittagspause eines Werktages. Oben auf den Felsen hatten noch einige die Hemden ausgezogen und einige der Mädchen ihre BHs. Die Sonne, die über uns allen schien, war dieselbe Gasansammlung wie die Sonne, die über Håkon Adelsteinsfostre schien, als er auf dem Felsen über dem Meer sein Leben aushauchte, und sie würde noch scheinen, wenn wir alle nicht mehr waren, wenn es niemanden mehr gab, der wußte, was A/S Norlon gewesen ist und keiner mehr da war, der in Ketten demonstrierte.

Bis dahin hatte jeder seine kleinen Fragen, um darüber nachzugrübeln. Ich nahm die meinen mit ins Auto und fuhr damit zurück in die Stadt. Aber sie ließen mir während der Fahrt keine Ruhe. Sie störten mich unablässig.

12

Bergen war die erste Stadt in Norwegen, die eine Maut-Gebühr verlangte, um durchfahren zu dürfen. Das rührt daher, weil es so wenig öffentliche Parkplätze gibt, so daß die Behörden hier die einzige Möglichkeit sahen, sich durch den Autoverkehr, der täglich durch die Stadt strömte wie durch einen Trichter, gewisse Nebeneinkünfte zu verschaffen.

Da fuhr ich lieber nach Hause, parkte dort und ging die zehn, fünfzehn Minuten zu Fuß, die ich brauchte, um drei Ampeln, einen überfüllten Fischmarkt und Bürgersteige, auf denen es von Touristen wimmelte, zu überwinden.

Als ich in meinem Büro saß, überprüfte ich, ob jemand über den Anrufbeantworter mit mir Kontakt gesucht hatte. Das hatte merkwürdigerweise niemand getan, obwohl ich der begehrteste Junggeselle der Stadt sein mußte, gleich nach King Kong. Dann blätterte ich im Telefonbuch, aber nicht, weil ich jemanden anrufen wollte.

Anne-Marie Aslaksen und die Familie Schrøder-Olsen hatten tatsächlich nebeneinander liegende Hausnummern, beide im Mildevei. Vater und Sohn Schrøder-Olsen, Harald und Trygve, hatten sogar dieselbe Adresse, nur unterschieden durch A und B.

Weil ich schon dabei war, schlug ich auch Odins Adresse nach. Er hatte Milde und die Ufer des Fanafjords verlassen und sich nördlich der Stadt in Åsane niedergelassen, mit der Anschrift Dalavegen, einer Straße, die auf der Westseite von Dalavatn nach Espelid führt. Da saß er in den Resten der ursprünglichen Natur der Åsane und konnte auf der anderen Seite des Wassers den Bau der Schnellstraße zwischen Nybord und Eikås verfolgen und hatte auf diese Weise eine wunderbare Inspirationsquelle für den ständigen Einsatz zugunsten einer besseren Umwelt.

Bürovorsteher Ulrichsen wohnte in Sedalen, und Jakob E. Hamres Adresse war Nybøveien auf Nesttun. Daß ich die beiden letztgenannten nachschlug, zeigte mir, daß mein Einfallsreichtum ziemlich am Ende war.

Ich ging hinunter in die Cafeteria im ersten Stock und bestellte eine Portion Pökelfleisch mit Kartoffelklößen. Es hätte ausgezeichnet schmecken können, wäre nicht der erfolgreiche Versuch gemacht worden, das Ganze in Fett zu ertränken.

Ich schob den Teller zur Seite und ließ das Fett zu einem Nekrolog gerinnen, während ich mir eine Tasse Kaffee holte.

Ich dachte an Tor Aslaksen, und ich dachte an Lisbeth Finslo. *Ich habe nicht geahnt! Ich wußte nicht!*

Was hatte sie nicht geahnt, was hatte sie nicht gewußt?

Hatte sie Tor Aslaksen gekannt und hatte sie vielleicht sogar abgemacht, daß er uns treffen sollte – oder genauer gesagt *mich* – da oben in der Villa auf Kleiva? Und falls es so war, wozu? Hatte es etwas mit der NORLON-Sache zu tun, oder war dieser Zusammenhang nur zufällig?

Das Leben hatte mich gelehrt, nicht zu sehr an Zufälle zu glauben, aber warum hatte sie nicht unumwunden gesagt, daß da jemand sei, den ich treffen solle, wenn auch unter etwas komischen Umständen, aber was soll's?

Na ja – ich hatte ihn getroffen, doch die Umstände auf dem Grund des Swimming-pools waren eher tragisch als komisch. Und als ich wieder auftauchte, um es so auszudrücken, war sie verschwunden. Ebenso wie das rote Auto.

Aber mit *wem* war sie verschwunden, wo *war* sie, und welcher Mann hatte die Polizei angerufen?

Ich seufzte und schaute aus dem Fenster des Cafés. Der Nachmittagsverkehr hatte den Höhepunkt erreicht. Die Autos standen hoffnungslos im Stau, egal in welcher Richtung. Nur die Busse, die ihre reservierte Spur auf der anderen Seite von Vågen erreicht hatten, glitten unerschrocken dahin, bis eine der Ampeln auf Bryggen auch sie zum Stehen brachte.

Ich trank den Kaffee aus, lief hinunter zum Tabakladen vorne am Kai und besorgte mir ein paar Abendzeitungen, die ich mit ins Büro nahm.

Während langsam der Verkehr aus dem Zentrum verschwand, eine wohltuende Stille sich über die Stadt senkte und die städtische Putzkolonne auf dem Fischmarkt den vergeblichen Versuch unternahm, die Luft sauber zu spritzen, blätterte ich mich durch die Zeitungen.

Jenseits der Berge widmete man NORLON nicht mehr Interesse als einen einspaltigen Artikel in der einen Zeitung und einen Kommentar ohne Überschrift in der anderen.

Dort geschahen nämlich wichtigere Dinge. Ein Statist des Nationaltheaters heiratete auf der ganzen ersten Seite der einen Zeitung, während ein Fußballtrainer auf der halben Seite der anderen Seite gefeuert wurde. Allerdings hatte der Statist vor einigen Jahren in einem Sommertheater in Tønsberg mitgespielt und der Fußballtrainer war ein früherer Nationalspieler, die Priorität erschien also verständlich. Von der Blausäure erhalten wir ohnehin genug, ohne es zu wissen.

Ich schob die Zeitungen beiseite. Ich erhob mich und ging ein paarmal im Zimmer auf und ab und dachte dabei wieder mal über Lisbeth Finslo nach. – Hatte ich sie eigentlich gekannt, näher als eine zufällige Physiotherapeutin und, für einige Male, eine Laufbekanntschaft? War es nicht durchaus möglich, daß sie mir so gut wie alle Geheimnisse verschwieg, und was gingen mich im Grunde ihre Urlaubspläne an?

Es war noch zu früh, um in Florø anzurufen. Ich rief statt dessen im Polizeipräsidium an.

Als ich nach Hamre fragte, erhielt ich zur Antwort, er sei nicht da. Als ich fragte, ob es etwas Neues in der Angelegenheit Lisbeth Finslo gebe, wollten sie wissen, wer am Telefon sei.

Ich legte auf, ohne zu antworten.

Statt heimzugehen, lief ich über den Fischmarkt, ging die Vetrlidssalmenning hinauf, löste eine Fahrkarte für die Fløienbahn und fand mich wieder im Schrägaufzug mit einer Gruppe amerikanischer Touristen, die zum Fløien hinauf wollten, um Privatpostkarten von ooooh, what a beautiful city – oooh, look at thaaat – isn't it maaarvellous??? zu knipsen.

Ich setzte mich rasch ab ins Gebirge, machte eine kleine Tour auf den Blåmanen, wo ich mich zu den Steinpyramiden setzte und nach Westen starrte.

Es war ein Tag mit Meeresblick, und der Horizont zeichnete sich ab wie eine Blase kurz vor dem Platzen, in die die Sonne jederzeit ein Loch stechen konnte. Aber noch war der Sonnenuntergang weit weg. Immer noch hing die Sonne hoch droben, wie ein Daumenabdruck auf dem kristallklaren blauweißen Himmel. Der Abend würde sein gelbes Karriol noch ein Stück weiter ziehen, ehe er abstieg und die Pferde in den Stall brachte, mit Sternenstaub in der Mähne und dampfend von Mondschein. An einer Stelle am Waldrand unter mir lachte ein Kuckuck spöttisch zur späten Sonne, als wolle er sagen, daß sie getrödelt habe und er würde vor ihr zum Zapfenstreich da sein.

Ich wanderte weiter, folgte dem Rundemansvei nach unten. Auf halber Strecke bei Midtfjellet sprang ein Hase vor mir über den Weg. Ich blieb stehen und schaute ihm nach, bis er im Unterholz drüben beim Halvdan-Griegs-Vei verschwunden war.

Als ich heimkam, setzte ich mich bequem im Stuhl zurecht und wählte die Nummer von Jannicke Finslo in Florø. Jetzt müßte das Schiff angekommen sein.

Diesmal war sie nach zweimaligem Läuten am Apparat. »Ja?«
»Hier Veum.«

»Ohhh«, sagte sie, und ihr Tonfall klang dunkel.

»Gibt's etwas Neues?«

»Nein. Nichts.«

»Dann ist sie mit den Nachmittagsexpress auch nicht gekommen?«

Ihre Stimme brach. »Ne-in.«

»Und – hast du mit der Polizei gesprochen?«

»Ja. Die haben sie auch nicht gefunden.«

»Hmm. Na, wir wollen nicht das Schlimmste annehmen. Das hat sicher eine na-türliche Erklärung.« Ich merkte selbst, wie ich mitten im Satz zögerte.

Sie antwortete müde: »Selbstverständlich. Das müssen wir doch hoffen.«

»Hast du zufällig – Kari gefragt – ob sie den Namen des neuen Freundes ihrer Mutter weiß?«

Sie dämpfte die Stimme. »Zuerst wollte sie nicht darüber reden. – Ich glaube, *sie* nimmt an, daß ihre Mutter ganz einfach abgehauen ist, mit dem neuen Freund. Vorläufig ist sie eher verletzt als besorgt.«

»Und?«

»Ja?«

»Hat sie dir gesagt – wußte sie, wie dieser Freund heißt?«

Einen Augenblick lang fürchtete ich, sie würde Varg sagen. Dann kam es: »Sie *weiß* es nicht, sagt sie. Aber sie glaubt, es war... Sie hatte einige Male abgehoben, als er anrief, und da hatte er sich gemeldet mit –«

»Ja?«

»Tor.«

Der Name schlug bei mir ein wie eine Unterwasserbombe, ohne zu explodieren. Sie blieb am Grund liegen wie eine dumpfe Drohung, eine Bestätigung von etwas, dem ich bereits auf der Spur war.

»Tor... sonst nichts?«

»Nein, nur das.« Zögernd fügte sie hinzu: »Sagt dir das etwas?«

»Mal sehen... Als die Polizei bei dir angerufen und nach Lisbeth gefragt hat, sagten sie da noch etwas?«

»Nein. – Ist da noch etwas?« Eine neue Angst klang in ihrer Stimme.

Hamre wird mich für den Rest seines Lebens hassen. »Es ist nämlich so... als Lisbeth verschwand, an dem Ort, von dem sie verschwand, da fanden wir einen toten Mann. Ertrunken. Und sein Vorname lautete Tor.«

Sie schnappte nach Luft. »Heißt das, daß ihr dasselbe passieren kann?«

»Kaum. Wir fanden ihn in einem Swimming-pool.«

»Aber das bedeutet doch, daß sie *verdächtigt* wird?«

»Nein, nein. Das bedeutet es nicht...« Doch als ich es sagte, wurde mir klar, daß sie vielleicht genau das war. Verdächtigt des Mordes an Tor Aslaksen.

»Du mußt sie für uns finden, Veum!«

»Äh... Ja?«

»Könntest du das?«

»Nun, ich möchte nicht leugnen, daß ich eine gewisse Erfahrung mit solchen Fällen habe.«

»Ich habe nicht viel Geld, aber –«

»Darüber mach dir keine Gedanken. Sie war trotz allem – ich meine, ich *kannte* sie.«

»Du sollst jedenfalls keine Auslagen haben. Was brauchst du für den Anfang?«

»Du denkst an Geld?«

»Ja?

»Gut... Wenn du mir eine Postüberweisung von tausend Kronen schickst, müßte das reichen. Ich möchte nicht ausschließen, daß ich einen Ausflug nach Florø mache und sowohl mit dir wie mit Kari ausführlich reden muß. Dann bekommst du eine detaillierte Rechnung. – Außerdem benötige ich ein Foto von Lisbeth, wenn du eines hast.«

»Ja, ich habe sicher einige gewöhnliche Amateurbilder.«

»Wenn du eines davon per Expreß an meine Büroadresse schicken könntest. Strandkaien 2. 5013 Bergen. Und wenn du eine schriftliche Bestätigung beilegen könntest, daß du mich beauftragt hast, zu versuchen, Lisbeth zu finden, wäre das von Vorteil. Ich meine, falls die Polizei mich fragen sollte.«

»Wird die Polizei etwas dagegen haben, wenn ich dir – eventuell – den Auftrag erteile?«

»Nicht speziell. Wenn es darum geht, daß jemand verschwindet, sind sie über jede Hilfestellung froh, die sie bekommen können. Die haben, wie du dir denken kannst, noch größere Dinge zu ermitteln.«

»Das hier ist mehr als groß genug für uns, Veum!«

»Klar. Ich verstehe das.«

Sie faßte einen Beschluß. »Dann bleibt es dabei. Ich werde dir schicken, worum du gebeten hast. Und dann hoffe ich sehr, daß etwas dabei herauskommt.«

»Das hoffe ich auch.« Ich konnte ihr nicht den Hauptgewinn versprechen, wollte aber mein Bestes versuchen, damit sie den Einsatz zurückbekam.

Nachdem sie sich verabschiedet hatte, blieb ich mit dem Telefonhörer in der Hand sitzen und starrte in die Luft. Jetzt hatte ich wenigstens einen Grund, herumzurennen und Fragen zu stellen, die niemand bereit war zu beantworten, und ein Grund ist besser als nichts. Es ist immerhin ein Anfang.

13

Der nächste Tag war Samstag, und noch immer war keine Wolke am Himmel. Das glich einem meteorologischen Wunder, oder einem himmlischen Streik. Als hätten alle in der Wetterküche die Arbeit niedergelegt und sich geweigert, uns die Sommersuppe zu servieren, die wir gewöhnt sind, in Schalen, die von Regen überschwappten.

Als ich hinaustrat auf die Treppe vor dem Haus, in dem ich wohne, hing immer noch ein unsichtbarer Schimmer der Sommernacht in der Luft wie eine taunasse Erwartung. Doch das Licht war nie höher gewesen, und der Sonnenschein schwebte wie ein Flaum zwischen den Häusern.

Es war ein Tag, um hinauszufahren zu einem der Badestrände, zusammen mit deiner Liebsten, wenn du eine hattest. Und hattest du keine, war trotzdem ein Tag, um an einen der Strände zu fahren. Es war ein Tag, an dem du jemanden mit einem Boot kennen solltest, der mit dir kreuz und quer über den Byfjord schippert bis zu den äußersten Inseln. Es war ein Tag, um mit dem Auto bis zur nördlichsten Landspitze in den Schären zu fahren, die Angel mitzunehmen und zu hoffen, daß keiner anbeißt. Es war ein Tag, um die Berge zu besteigen, ganz oben an ein Steinmännchen gelehnt, sitzend Kaffee aus der Thermoskanne zu trinken und der Ewigkeit furchtlos ins weiße Auge zu blicken. Es war ein Tag, um genau das zu tun, wozu du Lust hast und mit wem du Lust hast. Es war ein Tag, um alles andere zu tun als runter ins Büro zu fahren und festzustellen, daß ein Expreßbrief von Florø mehr als zwölf Stunden braucht (besonders, wenn es die Nachtstunden waren), alles andere, als sich ins Auto zu setzen und der Ausfallstraße nach Süden folgend einen Ort zu besuchen, von dem du gehofft hattest, du hättest ihm für immer den Rücken gekehrt.

Die Hjellestadklinik liegt auf der Halbinsel, die unter den Ortsansässigen früher den Namen Neset trug, von den meisten jetzt aber nach der Endstation der Buslinie Milde genannt wird. Es ist einer der fruchtbarsten Landstriche in diesem Teil Westnorwegens, und du mußt bis Lysekloster, um etwas Vergleichbares zu finden. So wurde auch der Hof dort oben seinerzeit von den Mönchen des Dominikanerklosters auf Holmen in Bergen bewirtschaftet. Immer noch wachsen dort Ahornbäume, Buchsbäume, Pappeln und Walnußbäume, die von den Mönchen im Mittelalter gepflanzt wurden. Ihnen zum Andenken wurde ein Museum eingerichtet, das auch nachts geöffnet ist, das Arboretum auf Milde, mit einer umfassenden Sammlung von Bäumen und Büschen.

Die Hjellestadklinik liegt diskret der öffentlichen Einsicht entzogen, niedrige graue Gebäude aus den siebziger Jahren, in einem Krater aus Kiefern. Du siehst keinen Berg. Alles, was du siehst, sind die Wipfel der Kiefern und weit oben den Himmel, wie ein depressiver Deckel auf schweren Tagen, eine Hoffnung auf Licht für das Gute.

Ich parkte und stieg aus dem Wagen. Ich kannte den Oberarzt gut genug, um zu wissen, daß er oft am Samstagvormittag herkam, um die Papierberge ein wenig abzutragen.

Der männliche Bedienstete am Empfang hatte das bekümmerte Gesicht eines Wachhundes, der immer alle vorbeigelassen hat. Das Gesicht war fleckig von Sommersprossen, und als er den Mund öffnete, um zu lachen, sah ich, daß er auch auf den Zähnen Sommersprossen hatte. »Bist du nicht entlassen?« sagte er resigniert, als sei er es gewohnt, daß die Leute schnell zurückkehren.

Ich nickte. »Ist der Oberarzt drin?«

»Bist du angemeldet?«

Ich machte eine vage Kopfbewegung, damit später keiner behaupten konnte, ich hätte gelogen. Dann ging ich hinein, an den verlassenen Schreibpulten der Sekretärinnen vorbei und über den Korridor zu der verschlossenen Tür mit dem Namen des Oberarztes.

Ich klopfte an. Einen Augenblick später sagte eine Stimme herein, und ich tat, was die Stimme sagte, auch wenn sie nicht sonderlich liebenswürdig klang.

Als ich eintrat, blickte er nur verwirrt von seinen Papieren auf, um dann wieder weiterzulesen. Dann schaute er schnell auf, mit akuten Anzeichen der Sorge in seinen Zügen. »Veum? Du hast hoffentlich nicht –«

Ich hob beruhigend die Hand. »Nein, nein, nicht so schnell.«

Da strahlte er sein knabenhaftes Lächeln, fuhr sich mit der Hand durchs dünne Haar, wippte mit seinem hochlehnigen Bürosessel nach hinten und sagte: »Was verschafft mir dann die Ehre eines Samstagvormittagbesuches?«

»Ich – untersuche die Umstände im Zusammenhang mit dem Verschwinden von Lisbeth Finslo.«

Er musterte mich professionell, mit dem steinernen Gesicht, durch das er die absonderlichsten Äußerungen zu filtern pflegte. Vorsichtig sagte er: »Aber sie ist doch nur – im Urlaub?«

Ich schüttelte den Kopf. »Sie ist verschwunden. Die Familie hat keine Ahnung, wo sie geblieben ist. Ist die Polizei hier gewesen?«

»Ich war ein paar Tage in Dänemark. Möglich, daß sie mit einem anderen gesprochen haben.«

Er schaute mich prüfend an. Dann beugte er sich vertraulich über den Schreibtisch und sagte sanft: »Weißt du, Veum, sie hat vielleicht ihre Familie gebeten, nicht zu sagen, wo sie sich aufhält. – Ich meine, wenn eine Beziehung zwischen einem Klienten und einem Behandelten zu eng wird, was, hrmm, ab und zu vorkommen kann, dann wird es manchmal schwierig, den Klienten abzuweisen, äh, direkt. Hinterher.«

Ich lächelte ruhig. »Ich verstehe, woran du denkst. Aber sie hatte nicht die Polizei als Klienten. Und die Beziehung zwischen ihr und mir war auch nicht *so* eng.«

»Nicht? – Aber sie kann trotzdem ihre Gründe haben.«

»Mit ihrem Verschwinden ist ein Todesfall verbunden.«

Er sah immer noch völlig ungerührt aus, längst gefeit gegen Lügen und Übertreibungen. »Ein Todesfall? Und das bedeutet...«

»Ein Mann. Ein Ingenieur namens Tor Aslaksen. Sagt dir der Name etwas?«

»Sollte er das? Soviel ich weiß, war er nie hier oben.«

»Angestellt bei der Firma NORLON. Sagt dir *das* etwas?«

»Überhaupt nicht. Was denn?«

»Steht momentan in allen Zeitungen. Im Zusammenhang mit einem Umweltskandal.«

Er runzelte die Stirn. »Ach ja, jetzt wo du es sagst... Diese Fabrik...«

»Außerdem vermute ich, daß er Lisbeths – Lisbeth Finslos Freund war.«

Er zuckte die Schultern. »Das ist möglich. Wir haben zu viele Patienten mit einem komplizierten Privatleben, um uns noch um das unserer Angestellten zu kümmern.«

»Wie gut hast du sie gekannt?«

»Lisbeth?« Er schaute nachdenklich zum Fenster und den Kiefern draußen. »Sie ist erst seit einem halben Jahr hier. Vorher hat sie in einem physikalischen Institut in der Stadt gearbeitet. Sie machte ihre Sache ausgezeichnet, hatte keine Schwierigkeiten, mit den Klienten in Kontakt zu kommen – und sie zu motivieren. Wofür du selbst ein gutes Beispiel bist. Wir hatten nie etwas an ihrer Arbeit auszusetzen, und sie spielte sich auch nie in den Vordergrund. Der Teil der Maschinerie, der nie knirscht, ist oft der, auf den man zu wenig achtet.«

»Gab es keinen unter den Angestellten, der mit ihr privat verkehrte?«

»Ich glaube nicht. Wir hatten natürlich die eine oder andere Zusammenkunft, hier oben oder zum Beispiel ein Seminar auf Solstrand, und da lernten wir uns besser kennen. Der, mit dem sie hier am meisten zusammenarbeitet, ist Andersen, der Psychologe.«

»Er ist jetzt wohl kaum hier?«

»Das bezweifle ich.« Unvermittelt änderte sich sein Tonfall: »Du siehst mitgenommen aus, Veum. Nimm dir das nicht so zu Herzen. Ich kann mir nicht vorstellen, daß du in der Phase, in der du momentan bist, *so etwas* brauchen kannst.«

»Nicht? Den größten Teil meines Lebens habe ich damit verbracht, nach Menschen zu suchen, die verschwunden waren. Die meisten habe ich gefunden. Lebend, meine ich. Aber manche...«

Ich vollendete den Satz nicht.

Immer noch konnte ich die Augen schließen und den Druck des einen festen Kusses auf den Lippen spüren. Immer noch konnte ich ihre Atemzüge hören, wie sie neben mir zum Arboretum lief. Es würde noch eine Weile dauern, bis ich fähig war, die fehlenden Worte auszusprechen.

Ich erhob mich. »Dann werde ich – woanders weitersuchen.«

Der Oberarzt sah zerstreut auf, schon wieder auf dem Weg in seine Papierberge. »Tu das, Veum. Und viel Glück – in jeder Hinsicht.«

Ich dankte ihm. Ich hatte das Gefühl, daß ich es brauchen würde.

14

Vom ersten Augenblick an, in dem ich sie sah, nannte ich sie das Blumenmädchen.

Sie kniete im Gras, mitten auf dem Hügel zwischen dem schmiedeeisernen Tor und dem großen dunkelbraunen Haus, den Schoß voller Wiesenblumen. Ihr weißes Kleid hatte ein zartes Blumenmuster, und wie sie dasaß, den Rock ausgebreitet und die Füße längs daneben, erinnerte sie an ein Porzellanmädchen in einer Rokokoskulptur. Das helle, sonnig glänzende Haar fiel wie Blumenranken auf ihre Schultern, und als sie zu mir aufschaute, war ihr Blick durchsichtig und ohne Brennpunkt, als habe sie Schwierigkeiten, mich in dem gleißenden Sonnenlicht zu erkennen.

»Bist du der Vater von dem kleinen Mädchen?« fragte sie mich, irgendwie verwundert, mit heller und monotoner Stimme.

»Nein«, sagte ich. »Du verwechselst mich mit einem anderen.«

Ich blickte hinauf zu dem braunen Haus. »Wohnt dort jemand, der Schrøder-Olsen heißt?«

Sie nickte und hielt mir den Blumenstrauß hin. »Schau, die hab ich gepflückt! Buschwindröschen und Glockenblumen und – schau die an – Hahnenfuß, und die kleinen lilanen – das ist Wiesenkresse – und die roten Feuerlichtnelken!«

Sie mußte um die zwanzig sein, redete aber wie eine Fünfjährige. Der Körper unter ihrem leichten Kleid war schwer, und sie saß auffallend nach vorne gebeugt, wie jemand sitzt, auf dem eine Traurigkeit lastet, die ihn nie mehr losläßt.

Ich ließ automatisch meinen Tonfall zehn Jahre nach unten fallen. »Wie schön sie sind!«

Sie lächelte mich an, ein strahlendes Lächeln mit großen, schönen Zähnen, aber genauso entfernt und vage wie ihr Blick. »Nicht wahr? Ich heiße Siv. Willst du zu meiner Geburtstagsfeier kommen?«

Ich lachte. »Wann ist die?«

»Heute!«

Ich hörte auf zu lachen. »Ich weiß nicht, ob es paßt – gerade heute.«

»Ach ja! Du mußt!« Unvermittelt stand sie auf. Mit einer Hand drückte sie den Blumenstrauß an die Brust. Mit der anderen griff sie nach meiner. »Es gibt jetzt Kuchen! Mit sechsundzwanzig Kerzen!«

Ich schaute hinauf zu dem großen Haus, das in einer Art von gemäßigtem Tirolerstil gebaut war, umgeben von blühenden Obstbäumen und dem Summen Hunderter von Hummeln. »Ich wollte mit einem reden, der Trygve Schrøder-Olsen heißt.«

Das ist mein Bruder! Er kommt auch.«

»Ja, aber du verstehst, Siv, ich kann doch nicht einfach – so ohne weiteres. Was ich mit ihm besprechen will, ist –«

Ein Schatten fiel über ihr lichtes Gesicht, und sie rief mit kindlichem Trotz in der Stimme: »Du mußt! Du mußt Du mußt!« Sie preßte die Blumen noch härter an die Brust und packte meine Hand fester.

»Ja, ja – ich danke dir – *danke*,« sagte ich beruhigend. »Sei vorsichtig mit deinen Blumen. Zerdrück sie nicht.«

Sie ließ meine Hand los und betrachtete den verwirrten Strauß. »Ach ja die Blumen. Schau, der Hahnenfuß – und hier, die roten Lichtnelken. Ich kenne alle Blumen. Und die Bäume. Ich mache jeden Tag um zwölf einen Spaziergang zum Arboretum. Willst du mitkommen? Aber nicht heute. Weil heute habe ich Geburtstag.«

Ich seufzte. »Ein andermal, Siv. Ein andermal begleite ich dich. Doch jetzt muß ich gehen. Ich komme lieber an einem Tag wieder, an dem du keinen –«

»Aber du darfst nicht gehen! Du mußt hierbleiben und meinen Geburtstagskuchen kosten! Komm! Hier.« Sie ging einige Schritte hinauf Richtung Haus. Dann drehte sie sich um und sah mich an, wie ein kleines Kind einen Hundewelpen anschaut. »Komm. Diesen Weg.«

Ich folgte ihr mit einem unguten Gefühl im Magen. Ich bezweifelte, daß dies eine besonders diplomatische Art war, mich bei der Familie Schrøder-Olsen einzuführen.

Dort wohnt Trygve. Und Bodil.« Sie deutete auf ein niedriges, modernes Haus im Stil der späten siebziger Jahre, mit kreideweißen Giebeln und grau gebeizten Balken in den niedrigen Längswänden. Es lag in der hinteren Ecke des großzügigen Grundstücks, schwebte auf einer Wolke aus Rosensträuchern und war durch lange Trossen aus kletterndem Geißblatt mit dem Festland verbunden.

Auf dem Weg hinauf zur Hauptvilla, wo ein Efeuportal den Zugang zum inneren Teil des Gartens markierte, blieb ich stehen, drehte mich um und betrachtete die Landschaft.

Hinter den Bäumen auf der anderen Seite der Straße spiegelte sich der Fana-Berg im Fjord. Es sah aus, als würde das gesamte Felsmassiv wie ein Luftschiff über dem Wasser schweben. Es war einer dieser unbeschwerten Tage, an denen alles den Eindruck erweckt, es könne fliegen.

»Komm!« sagte Siv hinter mir. Ich seufzte und ging weiter.

Wir schritten durch das Portal und folgten einem Kiesweg um das Haus, abgeschirmt von hohen dunkelgrünen Hecken und eingefaßt von Blumenrabatten, in denen Stiefmütterchen und einige rosa halb geöffnete Schirme, deren Namen ich nicht kannte, wuchsen.

Siv lief voraus, während ich zögernd hinterhertrottete wie ein Schwiegersohn beim ersten Besuch in der Familie.

Wir kamen auf eine große, natürliche Terrasse auf der Rückseite des Hauses. Eine fast weißhaarige, zierliche Frau Ende Sechzig war dabei, die letzten Kaffeetassen auf einen weißen Tisch unter einem cremefarbenen Sonnenschirm zu stellen. Sie trug eine dunkle schokoladenfarbene Bluse mit einer großen Schleife auf der Brust und einen hellbraunen Rock. In ihren Zügen war etwas Zerbrechliches und Verletzliches, als sie verwundert von Siv zu mir blickte und sich ihr Mund zu einer formellen Zurückweisung straffte.

»Siv«, sagte sie sanft. »Was ist jetzt –«

Siv lief hin zu ihr, die Blumen vorgestreckt. »Schau, Mama, die hab ich gepflückt! Hahnenfuß und Glockenblumen und – schau die – rote Feuerlilien...«

Die Mutter schaute an ihr vorbei und nickte mir mit fragendem Ausdruck im Gesicht zu, während sie die Blumen entgegennahm.

Ich trat von einem Bein aufs andere und machte eine hilflose Handbewegung, als wolle ich sagen, daß –

»Das ist – er ist mein Gast, Mama – ich habe ihn eingeladen!«

»Aber Siv...« Sie lächelte mich entschuldigend an. »Sie müssen verstehen, daß...«

Ich räusperte mich. »Ja, ich versuchte natürlich, ihr zu sagen, daß... Aber sie beharrte darauf, deshalb hielt ich es für –«

»Er bleibt, er bleibt, er bleibt!« sagte Siv mit einem heftigen Erröten am Hals.

Die Mutter wechselte einen Blick mit mir und drehte sich zur Tochter.

»Es ist mein Tag! Ich hab ihn eingeladen! Mein Geburtstag, Mama!« Erstaunt stellte ich fest, daß ihre Augen knochentrocken waren. Trotz des plötzlichen Wutausbruchs kam keine Träne aus den hellblauen Augen. Unvermittelt drehte sie sich zu mir: »Wie heißt du?«

Die Mutter sagte rasch: »Da siehst du es. Du weißt nicht einmal –«

»Wie heißt du, Mann?«

»Äh, Veum. Varg Veum.«
»Var-ig?«
»Nein Varg.«

Die Mutter schaltete sich wieder ein. »Ja – dann Guten Tag, äh, Herr Veum – ich sollte mich vielleicht vorstellen. Mein Name ist Aslaug Schrøder-Olsen, und wie Sie sehen...«

Sie trat auf mich zu, wollte zwischen mich und die Tochter kommen, aber Siv blieb ihr dicht auf den Fersen, den Kopf in Schulterhöhe der Mutter wachsam vorgestreckt.

»Sie haben meine Tochter bereits getroffen und Sie werden verstehen...« Sie schaute verlegen zur Tochter. »Sie feiert heute ihren Geburtstag, und wir...« Sie drehte sich herum und machte eine weit ausholende Handbewegung. »Wir wollen uns nur zu einer Tasse Kaffee und etwas Kuchen zusammensetzen, der engste Familienkreis.«

»Geburtstagskuchen!« sagte Siv. »Va-arg.«

Die Mutter lächelte blaß. »Na gut, wenn Sie Zeit haben, und da Siv so sehr daran gelegen ist, so...«

Sie ging uns voraus zu den weißen Gartenmöbeln, mit einem runden, resigniertem Bogen über Nacken und Schulterpartie.

Siv schob ihren Arm unter meinen und zog mich hinüber, mehr gewaltsam als kokett, aber trotzdem nicht ohne einen gewissen Liebreiz.

»Ich bin eigentlich gekommen, um mit Ihrem Sohn zu reden.«

Aslaug Schrøder-Olsens Gesicht leuchtete auf und zeigte fröhliche Lachfalten in den Augenwinkeln. »Ah, Sie kennen Trygve. Na... Er kommt ebenfalls. – Nehmen Sie doch Platz, Herr Veum, nehmen Sie Platz.«

Ich dankte und setzte mich auf einen Stuhl, ganz vorne auf den Rand, darauf vorbereitet, daß sie sich jeden Moment anders entschließen konnte.

Ich blickte mich um. Breite Schiebetüren aus Glas führten direkt ins Wohnzimmer, die Einrichtung sah gediegen, teuer und alt aus. Entlang der Türschwelle hatte man einen Betonsockel angebracht, eine Art Rampe für Rollstuhlfahrer. Ansonsten war der Platz mit Platten belegt. Das Kaffeeservice hatte ein braunbeiges Muster, zart abgehoben von dem hellen Porzellan. Das Besteck war aus Silber und so poliert, daß es in der grellen Sonne blendete.

»Wo ist Papa?« fragte Siv.

»Er ist drinnen, mein Schatz. Du kannst hineingehen und ihm sagen, daß wir – äh – einen Gast haben.«

»Ich habe ihn eingeladen! Varg!« sagte Siv und schaute genau zwischen uns, eine schwach glänzende Schicht auf dem hellen Blick.

Sie lief hinein, und die Mutter blieb stehen und sah ihr mit einem traurigen Ausdruck in den Augen nach. Als sie sich mir zuwandte, sagte sie leise: »Sie ist so impulsiv, die Arme. Ich hoffe, Sie verzeihen. Eigentlich hatte sie schon im April Geburtstag, aber diese Feiern gehören zu den wenigen Freuden, die sie hat, deswegen gönnen wir sie ihr... jeden Monat.«

Ich nickte. »Sie hat mich sicher für einen anderen gehalten, als ich kam.«

»Ah, für wen denn?«

»Sie fragte mich, ob ich der Vater des kleinen Mädchens sei.«

»Des kleinen Mädchens? Welches kleine Mädchen?«

»Ich weiß es nicht! Sie verstehen es offenbar auch nicht?«

»Nein, ich...« Sie blieb sitzen und schaute nachdenklich vor sich hin. Dann riß sie sich los. »Nun gut! Und Sie kennen also Trygve, wenn ich richtig gehört habe?«

»Nein, ich... Sehen Sie, ich habe wirklich nicht –«

Drüben an der Ecke der Terrasse räusperte sich jemand, und sie zuckte zusammen. »Herrgott Trygve, wie du mich erschreckt hast! Wir haben gerade über dich gesprochen. Ich...« Sie merkte plötzlich, daß sie immer noch die Blumen, die Siv gepflückt hatte, in der Hand hielt. Verwirrt sagte sie: »Ich stelle sie mal eben ins Wasser. Papa kommt gleich. Ihr kennt euch ja von früher. –«

Sie verschwand durch die offene Schiebetür, während Trygve Schrøder-Olsen und ich stehenblieben und einander musterten.

Seine Stimme war höflich, aber reserviert. »Kennen wir uns?«
»Nein, das Ganze ist ein Mißverständnis.«

»Ja, das muß es wohl sein«, sagte er und betrachtete mich mit schlecht verhohlenem Mißmut.

Er hatte wenig Ähnlichkeit mit seinem Bruder. Er war kleiner und das Gesicht eher grob. Er wirkte sicherer in seiner gesetzten Männlichkeit und hatte eine natürliche Autorität in der Stimme, daß man unwillkürlich das Gefühl hatte, einen Halt suchen zu müssen. Er hatte dieselbe helle Hautfarbe, wie sie mir bei Odin und Siv aufgefallen war, das wirkte bei ihm aber weder empfindlich noch durchsichtig, eher wie ein Dokument mit endgültiger Beschlußkraft. Er war dunkelblond, die Haare frisch geschnitten in einer konservativen Fasson. Die Bügelfalte in der hellen Hose war so scharf, daß man sich damit hätte rasieren können, und obwohl das Thermometer sich auf 28 Grad eingependelt hatte, trug er eine gestreifte Krawatte und einen dunkelblauen Blazer mit dem Emblem des königlich norwegischen Automobilclubs auf der Brusttasche.

»Ich habe ein paar Rosen mitgebracht«, ertönte eine klangvolle Stimme, und seine Begleiterin bog um die Ecke. Auch sie wurde etwas aus dem Gleichgewicht geworfen, als sie den wildfremden Menschen auf der Terrasse erblickte.

Sie gehörte zu den Frauen, wie sie Männer vom Schlage eines Trygve Schrøder-Olsen bevorzugt ehelichen, um bei festlichen Anlässen jemanden zum Vorzeigen zu haben. Sie war einen halben Kopf kleiner als er, hatte dunkles, kräftiges Haar, dessen lose fallende Locken das schöne Gesicht einrahmten, tiefe Lachgrübchen und einen so zielbewußten Ausdruck um den Mund, daß ich mich fragte, in welchem Ausmaß sie bereit war, sich vorzeigen zu lassen.

»Hallo«, sagte sie leichthin. »Wir haben uns sicher noch nicht begrüßt.« Sie ging an ihrem Mann vorbei, wechselte die langstieligen gelben Rosen in die linke Hand und gab mir die rechte. »Ich heiße Bodil«, stellte sie sich vor und warf dabei den Kopf selbstbewußt in den Nacken. Ihre Hand war glatt und kalt.

»Varg.«

Sie hob die Augenbrauen und lachte liebenswürdig. »Wirklich?«

Ihr Mann merkte offenbar, daß er sich bezüglich einer allgemeinen Höflichkeit nicht ganz auf dem Niveau seiner Frau befand. Er räusperte sich und kam hinter ihr her. Als er mir die Hand reichte, murmelte er: »Ja, wir haben uns auch noch nicht... Trygve Schrøder-Olsen.«

»Varg Veum.«

Sie lachte noch einige Triller. »*Das* darf nicht sein!«

»Was –« begann er.

»Siv hat mich eingeladen. Ich –«

»Ach so. Das erklärt alles.«

»Vielleicht nicht alles. Aber zumindest, warum ich jetzt hier bin. Ich fühle mich nicht gerade –«

Aslaug Schrøder-Olsen kam wieder heraus. In den Händen trug sie eine Kristallvase, in der Sivs Wiesenblumen standen. »Hallo Bodil!« lächelte sie ihrer Schwiegertochter zu.

»Kann ich dir helfen?«

»Nein danke. Jetzt warten wir nur noch auf...« Sie nickte Trygve und mir zu. »Habt ihr miteinander reden können?«

Er schaute mich ratlos an. »Tja, wir –«

Ich lächelte offen. »Ja, eigentlich bin ich gekommen, um mit Ihnen zu reden, aber –«

Er hatte sich schnell wieder gefaßt. »Und worum geht es? Sollte es mit der Fabrik zu tun haben, kann es bis Montag warten.«

Ich trat einen Schritt näher und dämpfte die Stimme. »Es geht um... Tor Aslaksens Tod.«

Ein Engel wandelte quer über die gepflasterte Terrasse, roch an Sivs Wiesenblumen und Bodils gelben Rosen und blickte langsam in die Runde, ehe er nachdenklich zwischen den uns umgebenden Bäumen entschwebte. Die Stille war greifbar.

Bodil schaute rasch von mir zu ihrem Mann und ging dann zu ihrer Schwiegermutter, als habe sie nichts gehört.

Trygve Schrøder-Olsen schaute mich mit einem Ausdruck persönlicher Kränkung an, weil ich mir erlaubte, ihn an einem Feiertag mit den Realitäten des Lebens zu konfrontieren.

Seine Mutter schaute von einem zum andern. »Tor Aslaksen? Doch nicht Totto?«

»Doch Mutter«, unterbrach Trygve sie barsch. »Er ist tot.«

»Tot?« Sie wankte. »Totto?«

Die Schwiegertochter faßte sie unter den Arm, um sie zu stützen.

»Ich dachte, Vater hätte es dir erzählt –«

»Nein, das habe ich nicht«, ertönte eine dunkle, angenehme Stimme von der offenen Schiebetür her, wo sich ein weißhaariger Mann mit kräftigem Oberkörper, der im Rollstuhl saß, herausrollte, gefolgt von Siv.

»Ist der Vater von dem kleinen Mädchen tot?« fragte Siv und schaute fragend von einem zum anderen.

15

Der alte Mann bugsierte den Rollstuhl gekonnt zwischen die Gartenmöbel. Die blauen Augen waren auf mich gerichtet, und er stoppte sein Fahrzeug mit einer eleganten Drehung direkt vor meinen Füßen. »Siv erzählte mir, daß sie einen Gast eingeladen hat«, lächelte er und streckte die Hand vor. »Harald Schrøder-Olsen.«

Sein Händedruck war kräftig, als wolle er Stärke zeigen.

»Varg Veum.«

Er lächelte. Harald Schrøder-Olsen machte einen gewaltigen Eindruck, trotz des Rollstuhles. Er trug einen hellen leinenfarbenen Anzug und um den Hals eine kleine, altmodische rote und graue Schleife. Das weiße Haar war glatt nach hinten gekämmt und bildete einen deutlichen Kontrast zu dem dunkelbraunen etwas verwitterten Gesicht. Er sah aus, als hätte er das Winterhalbjahr im Süden verbracht und danach alle verfügbaren Sonnenstunden auf der Terrasse hinter seinem Haus. Die Augenbrauen waren ebenfalls fast weiß, und die Nase bog sich aristokratisch, was sich nicht vererbt hatte.

Er hob den Kopf ein wenig und blickte in die Runde. »Begeben wir uns nicht zu Tisch?«

Seine Frau sagte schwach: »Aber Harald, ich habe gerade erfahren – das mit Totto.«

Das Gesicht des alten Mannes verdüsterte sich. »Ja, das ist bedauerlich. Aber – es ist der Gang des Lebens. Wir können deshalb nicht alles abblasen. Heute ist Sivs Tag! Also zu Tisch.«

»Odin wollte auch kommen.«

Ich schielte hinüber zu Trygve. Er preßte die Lippen zusammen und erwiderte feindselig meinen Blick. »Ehrlich gesagt, Vater, wir können doch nicht – wildfremde Leute hier haben. Wenn Odin auch kommt...« Er schaute seine Frau an, als wolle er von dort Unterstützung bekommen.

Sein Vater sagte bestimmt: »Herr Veum ist Sivs Gast. Er bleibt. Und du und Odin, ihr vertragt euch, wenn eure Schwester jemanden eingeladen hat. Ist das klar?«

Trygve lief sofort rot an, vermied, mich anzusehen, und drehte allen Anwesenden statt einer Antwort den Rücken zu, indem er sich angelegentlich einem der Rosenbüsche zuwandte, ohne daß ich ihm einen Augenblick dieses Interesse für Blumen abkaufte. Er glich einem Jungen, der in die Ecke geschickt worden war.

»Dann ist es wohl am besten, daß wir, äh,« sagte Aslaug Schrøder-Olsen nervös. »Er bekommt sein Stück, sobald er da ist. Ich hole jetzt den Kuchen.«

Vom Mildevei herauf erklang das hustende Geknatter eines zwanzig Jahre alten VW. Alle hoben die Köpfe und nickten einander zu.

Trygve sagte bissig: »Da kommt er ja. Der Ritter für eine bessere Umwelt höchstpersönlich in seinem umweltfreundlichen Vehikel. Überzeugt euch selbst.«

Wir überzeugten uns. Eine graubraune Rauchwolke stieg aus

dem Auspuff von Odin Schrøder-Olsens altem Käfer, und das Gefährt stoppte keuchend und stieß einen Schwall von Benzindämpfen aus, daß die Luft flimmerte und flirrte.

Dem Wagen entstieg Odin, schlug die Tür hinter sich zu, ohne abzusperren, und marschierte mit langen Schritten herauf zum Haus. Er trug ein hellgrünes ausgewaschenes T-Shirt, zerschlissene blaue Jeans, gelbbraune Sandalen und sonst nichts. In der einen Hand hielt er ein kleines rotbraunes Buch.

Siv lief an mir vorbei und ihm entgegen. Sie lachte laut wie ein kleines Kind.

Bodil sagte leise zu ihrer Schwiegermutter: »Ich kann den Kuchen holen. Steht er in der Küche?«

Die Schwiegermutter lächelte schmerzlich. »Ja. Lieb von dir. Und den Kaffee, in der weißen Kanne.«

Odin und Siv kamen Arm in Arm auf die Terrasse. Als Odin mich erblickte, sagte er verwundert: »Veum?«

»Na, ihr kennt euch also?« murmelte sein Bruder, ehe er sich erneut seinen Rosenstudien zuwandte.

»Ja, wir – sind uns begegnet«, sagte Odin.

»Ich habe ihn eingeladen«, strahlte Siv. »Das ist mein Geburtstag. Schau die Blumen, die ich gepflückt habe, Odin! Glockenblumen und Hahnenfuß und – die hier – rote Feuerlilien!«

Odin lächelte zärtlich seiner Schwester zu. »Wie schön. Ich habe dir das mitgebracht.« Er reichte ihr das in Leder gebundene Büchlein. »Alles Gute – zum Geburtstag.«

Sie nahm das Buch, fragend, als sei sie nicht sicher, wie sie es behandeln solle. Dann öffnete sie es, behutsam, als pflücke sie eine zarte Blume. »Ohhh! Bilder! Blumen!«

Er lächelte ihr zu. »Das ist eine alte Botanik, vom Anfang dieses Jahrh... Fast achtzig Jahre alt. Schau her. Es gibt auch farbige Abbildungen.«

Siv blätterte langsam von Seite zu Seite und murmelte dabei: »Oh die – und die – oh soviel Blumen...« Sie las zögernd, als habe sie gerade lesen gelernt: »Fa-mil-ie der Him-mel-schlüs-sel-gewäch-se. Fam-ilie der Win-ter-grün-gewäch-se! Schau...«

Der Bruder sah sie wehmütig an. Er hatte Schwierigkeiten, ihre Freude zu teilen.

»Jetzt kommt Bodil mit dem Kuchen«, sagte die Mutter. »Bitteschön!«

Bodil stellte einen großen, mit Erdbeeren verzierten Sahnekuchen auf den Tisch.

»Namnam!« rief Siv und lief zu einem der Stühle. »Ich will zuerst! Ich will zuerst!« Sie legte das Buch auf den Tisch und konzentrierte sich auf den Kuchen.

»Setzt euch«, sagte die Mutter und rückte mir einen Stuhl zurecht.

Auf dem Weg zu Tisch zischelte mir Odin in das eine Ohr: »Was in aller Welt machen Sie hier?«

Ich flüsterte zurück: »Ich bin hergekommen, weil ich Ihrem Bruder einige Fragen stellen wollte, und dabei bin ich Ihrer Schwester in die Hände gefallen.«

»Hmm.«

Wir setzten uns um den Tisch.

Siv saß zwischen dem Vater und der Mutter. Bodil und Trygve setzten sich links vom Vater, Odin und mir gegenüber.

Der Kuchen ging herum, und allen wurde Kaffee eingeschenkt mit Ausnahme von Siv, die Limonade trank.

Ich spürte, daß ich naß am Rücken war. Die Sonne hatte ihren höchsten Aussichtspunkt an diesem Tag erreicht. Und die Stimmung am Tisch brachte auch keine lindernde Kühlung.

»Du bist alleine gekommen?« sagte die Mutter zu Odin in einem Tonfall, als habe sie auch nichts anderes erwartet.

»Ja. Das letzte Mal, als ich jemanden mitbrachte, war schließlich nicht gerade ein Erfolg«, erwiderte Odin sarkastisch.

Trygve schniefte still für sich.

Seine Mutter beugte sich herüber zu mir. »Wissen Sie, Herr Veum, ich hätte so gerne ein Enkelchen.«

Trygve verdrehte die Augen nach oben. »Mutter!«

Die Mutter fuhr ungerührt fort: »Aber die einzigen, die mir eines schenken könnten, haben wahrscheinlich keine Zeit.«

Bodil lief rot an und setzte zu einer Erwiderung an, aber Trygve hielt sie zurück, indem er beruhigend seine Hand auf ihren Arm legte.

»Ich verstehe sie natürlich gut«, fuhr die alte Frau mit einer Boshaftigkeit fort, die ich ihr nicht zugetraut hätte. »Mein Sohn muß ja an *seine* Karriere, meine Schwiegertochter an *ihre* denken. Und wenn sie frei hat, springt sie Fallschirm. Und Sie können sich vorstellen, eine schwangere Frau am Fallschirm, wie sieht denn das aus.«

Trygve sagte scharf: »Mutter! Jetzt hörst du auf!«

Harald Schrøder-Olsen räusperte sich und blickte langsam in die Runde, um deutlich zu machen, daß *dieses* Thema beendet war.

Seine Frau fuhr leise fort: »Tja, Odin hat noch nicht einmal geheiratet und Siv...« Sie betrachtete traurig die Tochter, die in den Mundwinkeln und auf der Nasenspitze Sahne hatte. »Siv ist Siv.« Dann legte sie die Silbergabel neben ihre Serviette und fuhr in höflichem Konversationston fort. »Und was machen Sie, Herr Veum?«

»Ich führe private Ermittlungen durch.«

Der Engel kehrte zurück, setzte sich an den Tisch und nahm sich ein großes Stück Kuchen.

»Private Ermittlungen?« Sie schluckte schwer, wie an einem zu großen Bissen im Mund.

Der Engel blickte sich um, schlürfte Kaffee und lächelte uns allen sanft zu.

Odin schaute schräg über den Tisch seine Schwägerin an und sagte schelmisch: »Hast du in letzter Zeit Sprünge gemacht, Bodil?«

»Meinst du mit dem Fallschirm?« erwiderte sie, kalt wie ein Kühlschrankkundendienst.

»Ja, ich meinte keinen Seitensprung, obwohl wir einen Experten am Tisch haben«, sagte er mit einem Nicken in meine Richtung.

»Solche Sachen übernehme ich nicht«, sagte ich schnell.

»Wie beruhigend«, murmelte Trygve.

Sein Vater beugte sich gewichtig vor und sagte mit seiner dunklen Stimme: »Welche Sachen dann?«

»Ah, Verschwinden von Personen, ich –«

Bodil fuhr fort, als hätte sie nichts gehört: »Letzte Woche nicht. Aber am vergangenen Sonntag hatten wir eine Veranstaltung.«

»Ja, wir waren drüben in Flesland und haben alle zugeschaut«, sagte Harald Schrøder-Olsen. Er schaute hinauf in den blauen Himmel über uns, als hinge dort immer noch irgendwo die Schwiegertochter. »Es war ein imponierender Anblick.«

»Bodil ist gesprungen – mit dem Fallschirm!« sagte Siv. »Ich hab sie gesehen! Der Flieger dort oben – und dann huiii...« Sie machte eine Bewegung mit der einen Hand und breitete dann die Arme aus, malte einen Fallschirm in die Luft. »Fallschirm. So hab ich dich gesehen, Bodil, stimmt's?«

Bodil nickte ihr zu.

»Dieser – Tor Aslaksen, hat er nicht auch so etwas gemacht?« fragte ich.

»Ja«, sagte Bodil kurz.

Ihre Schwiegermutter unterbrach: »Ich bin immer noch erschüttert. Ich kann es nicht verstehen! Daß er tot ist.«

Niemand sagte etwas.

»Wann ist es passiert?«

»Wir haben es gestern erfahren«, sagte ihr Mann schließlich. »Es war ein Unfall.«

»Ein Unfall?«

»Er ist ertrunken.«

Automatisch richtete sie den Blick hinaus zum Meer. »Ja, der Sommer.« Als kein Kommentar kam, fügte sie hinzu: »Er ist hier ständig aus und ein gegangen, als ihr klein wart, Odin. Jeden Tag. Das muß ein Schock sein für seine Mutter.«

Siv hörte ihr zu, ohne sie anzuschauen, sie wirkte auf einmal träumend und gedankenverloren.

Harald Schrøder-Olsen hatte sich im Rollstuhl zurückgelehnt, aber sein Blick glitt wie ein Falke über den Tisch, von Gesicht zu Gesicht, auf der Jagd nach Beute.

»War er im Fjord beim Schwimmen?«

Odin sagte mit gequälter Stimme: »Mutter, wir wollen jetzt nicht mehr darüber reden!«

Da kam es wie eine unterdrückte Explosion von Trygve: »Nein! Vielleicht sollten wir lieber darüber reden, was du da draußen vor NORLON treibst? Ohne die geringste Rücksicht auf die Familie! – Du solltest wenigstens an das Erbe denken!«

»Vielen Dank, ich habe meinen Anteil am Erbe vor einigen Jahren *bekommen*, wenn ich mich nicht irre.«

»Sprichst du von dem lausigen Grundstück?«

»Trygve!« sagte Bodil warnend.

Harald Schrøder-Olsen schlug die Fäuste auf den Tisch, daß die Kaffeetassen auf den Untertellern tanzten und seine Frau die weiße Kanne vor dem Umkippen retten mußte. »Ich sagte – keine Diskussionen heute – verstanden?!«

Keiner der Söhne gab eine Antwort.

»*Verstanden?*« wiederholte er, noch lauter.

»Ja!« erwiderte Trygve sauer.

»Ja, meinetwegen«, gab Odin nach, während er leise murmelte: »Behandelt einen wie Rotzbengel...«

»Noch Kaffee?« fragte die Mutter und schenkte schnell allen, die wollten, nach. Der Engel mußte einer davon sein, denn erneut senkte sich ein drückendes Schweigen über die Versammelten.

»Tja, so ist das bei uns«, sagte Bodil und schaute mich mit ihren Lachgrübchen an, die jetzt fast weg waren.

»Horcht...« sagte Siv, immer noch mit dem träumenden Gesichtsausdruck.

Alle lauschten, ohne etwas anderes zu hören als die Vögel, die in den Bäumen um uns sangen, die Insekten, die im Garten summten und undeutlich das Gelächter von Familien, die weiter unten auf dem Weg zum Badeplatz Grønevika vorbeigingen.

»Die Blumen flüstern«, fuhr Siv fort, »daß wir still sein sollen und nicht disku-tieren...«

»Oh Siv!« rief die Mutter aus, beugte sich vor und strich der Tochter über die Wange.

»Das ist meine Feier. Ich habe euch eingeladen.«

Auf einmal war sie wieder da, und ihr flackernder Blick blieb für einen Moment in meiner Nähe hängen, um dann weiter zum Vater zu wandern. »Papa! Könntest du Va-arg und mir nicht deine schönen Geräte zeigen?«

Der Vater lächelte entschuldigend in meine Richtung. »Weißt du, Herr Veum ist doch an so etwas nicht interessiert.«

»Doch, ist er! Und ich auch! Zeig sie uns, Papa!«

Harald Schrøder-Olsen kratzte sich die Backe und sah sie resigniert an. Dann stieß er den Rollstuhl vom Tisch weg. »Meinetwegen. Weil es deine Feier ist... Und weil du nie gelernt hast, nachzugeben. – Herr Veum?« Er schaute ironisch herauf zu mir und machte ein Zeichen zu den Glastüren, die ins Haus führten.

Ich erhob mich und wandte mich an seine Frau. »Ja, vielen Dank für Kaffee und Kuchen. Es schmeckte vortrefflich.«

»Ja, da war jedenfalls keine Blausäure drin«, sagte Odin rasch.

Der Vater hob die Stimme. »Und keine Streiterei – wenn ich hineingehe – ist das klar?«

Die Brüder nickten ergeben.

»Ich werde dir helfen, den Tisch abzuräumen«, sagte Bodil. »Dann bin ich immerhin zu *etwas* nütze.«

Harald Schrøder-Olsen fuhr den Rollstuhl mit kräftigen Armbewegungen an den Seitenrädern hinter Siv, die vorauslief, ins Haus.

Wir kamen in ein überladenes, altmodisches Bessere-Leute-Wohnzimmer, in Burgunder und Braun gehalten, unterbrochen von dem Gold-Weiß auf den Orientteppichen und dem Grün auf den Rücken der von Leder dominierten Buchregale. In einer Ecke des Raumes stand ein schwarzer Flügel und auf dem Instrument eine Ansammlung von Familienbildern, hauptsächlich Kinder. In der anderen Ecke stand ein Fernseher.

Schrøder-Olsen steuerte eine Treppe an, wo ein Rollstuhlaufzug ans Geländer montiert war. Er fuhr schwungvoll auf die mit Teppichboden belegte Platte, drückte auf einen Knopf und setzte den Aufzug in Bewegung. Das Ding ruckelte wie ein leckgeschlagenes U-Boot leise, aber unerbittlich in das untere Stockwerk.

Siv jubelte über das Wunderwerk der Technik und lief mit leichten Schritten hinter ihm her, während ich die höfliche Nachhut bildete, ahnungslos, welche Geräte er mir zeigen würde.

Wir kamen in einen dunklen Gang, nur von dunkelorangen Kugelleuchten mit Jugendstilmuster erhellt.

»Was ist Ihre Schwiegertochter?« fragte ich Schrøder-Olsen, während ich ihm durch den Gang folgte.

Er hob den Kopf zu mir. »Bodil?«

»Ja?«

»Diplomingenieurin, mit EDV als Spezialgebiet. Leitende Stellung in einer Versicherung.«

»Dann ist ihre Lebensversicherung hieb- und stichfest, wenn sie springt?«

»Worauf Sie sich verlassen können, Veum. Ohne Klauseln, so wie ich sie kenne.«

Er war an einer großen dunkelbraunen Tür angelangt, auch sie Jugendstil. »Machst du auf, Siv?«

Sie öffnete und lief uns voraus.

Wir folgten. Schrøder-Olsen fuhr den Rollstuhl in die Mitte des Raumes, vollführte eine Drehung und breitete dabei die Arme aus. »Willkommen in den innersten Gemächern, Herr Veum. Und versuchen Sie gerne eine Runde, wenn Sie den Mut haben.«

16

Harald Schrøder-Olsen hatte ein voll ausgestattetes Fitneßcenter in seinem Keller. Und nicht im Westentaschenformat. Eine ganze Fußballmannschaft hätte hier trainieren können, ohne sich auf die Bizepse zu steigen.

Mit sichtbarem Stolz zeigte er mir seine Geräte. Der einzige Unterschied zu einem normalen Fitneßcenter waren kräftige Geländer, die ein Gerät mit dem nächsten verbanden. Er konnte den Rollstuhl abstellen und sich mit den Armen durch den Trainingsparcours bewegen, der an einer Tür mit einem kleinen ovalen Fenster endete: einer Sauna.

Die Geräte bestanden aus vernickeltem Stahl, die Bänke waren gepolstert und mit schwarzem Leder verkleidet.

»Führe sie uns vor, Papa!« bat Siv.

Schrøder-Olsen schaute mich an. »Haben Sie keine Lust?«

Ich wehrte freundlich ab. »Nein danke. Ich möchte lieber den Fachmann sehen.«

Er summte, sichtlich geschmeichelt. »Na gut. Ich bin zwar nicht dazu angezogen, aber für eine schnelle Vorführrunde reicht es allemal.«

Er stellte den Rollstuhl beim ersten Gerät, einer Streckbank, ab. Mit einer Geschmeidigkeit, die ich einem Mann seines Alters nicht zugetraut hätte, schwang er sich auf die Bank und machte einige vorsichtige Dehnübungen. Dabei schloß er die Augen und konzentrierte sich auf den Atem. Dann setzte er sich auf und machte mit dem Oberkörper und den Armen einige Aufwärmübungen.

Nun schwang er sich auf die andere Seite der Bank, ergriff das Geländer und stemmte sich mit Hilfe der Arme zum nächsten Gerät.

Es diente zum Gewichtheben in sitzender Position. Durch Ziehen an zwei Handgriffen brachte er die Gewichte in die richtige Stellung für seine angewinkelten Arme. So hielt er sie, während die

Stirnadern schwollen und Schweißtropfen auf der Oberlippe erschienen. Dabei zählte er langsam innerlich. Dann ließ er die Handgriffe vorsichtig wieder nach oben, bis die Gewichte landeten, unhörbar und präzise wie zwei fliegende Untertassen in einem amerikanischen Science-fiction-Film.

Das wiederholte er viermal, dann ließ er los. »Wenn ich das volle Programm durchführe, wiederhole ich die Übung fünfundzwanzigmal«, sagte er lässig und schwang sich weiter am Geländer wie ein Gibbon im Zoo mit begrenztem Areal zur Vorführung seiner Künste.

Das nächste Gerät war für Sit-ups, das vierte wieder mit Gewichten, diesmal für liegende Position, das fünfte und sechste waren Spezialgeräte für Oberschenkel- und Beinmuskulatur, und dann gab es noch einen Ruderapparat.

Ganz am Ende des Parcours befand sich ein Trimmrad. Das überging er. Mit gerunzelter Stirn sagte er: »Ist nach wie vor zu schwierig.« Er blickte nach unten. »Ich habe nicht genug Kraft in den Beinen. Noch nicht.«

Ich nickte und fragte vorsichtig: »Was fehlt Ihnen eigentlich?«

»Achch! Die Nachwirkungen einer Entzündung des Rückenmarks, die ich vor fünf Jahren bekam. Ich werde nie mehr ganz gesund, sagen sie, aber es liegt mir nicht, aufzugeben. Mein ganzes Leben lang habe ich die Herausforderung gesucht. Und ich beabsichtige noch lange nicht, die Ruder einzuziehen.« Er schaute hinauf zu seiner Tochter. »Nicht, solange ich auf dich aufpassen muß, nicht wahr, Siv?«

Aber sie antwortete nicht. Sie hatte sich schon wieder in ihre inneren Gemächer mit den verborgenen Träumen zurückgezogen, die sie keinem zeigte.

Er seufzte und warf mir einen bekümmerten Blick zu.

Dann beugte er sich vor zur Saunatür und schob sie auf. Drinnen führte ein weiteres Geländer zur Bank, aber es schlug uns keine Wärme entgegen. »Zum Abschluß entspanne ich mich hier«, erklärte er und ließ die Tür wieder zufallen.

»Und wie oft führen Sie dieses Programm durch?«

»Einmal pro Tag. Manchmal zwei. – Nun denn.« Mit einem neuen Seufzer versuchte er, die plötzliche Schwermut, die ihn ergriffen hatte, abzustreifen. »Si-iv! Wir gehen jetzt wieder nach oben! Hallo!«

Als komme sie uns durch einen langen, langen Gang entgegen, erwachte Sivs Gesicht langsam zum Leben, und auf einmal war ihr Blick wieder da – nicht auf uns gerichtet, aber zumindest im selben Raum wie wir. Als verfolgte sie die Flucht eines eingesperrten Vogels, flog ihr Blick einmal hoch, einmal niedrig, auf und ab durch den Raum.

»Möchtest du noch etwas Kuchen, Siv?« fragte Schrøder-Olsen, »Mama hat sicher noch ein Stück für dich.«

»Ja – Kuchen, Geburtstagskuchen – mein Geburtstag.« Sie lachte unnatürlich hoch, drehte sich auf dem Absatz um und lief uns voraus nach oben.

Ich wartete, bis sich Schrøder-Olsen wieder in den Rollstuhl bugsiert hatte, und hielt ihm die Tür auf.

Der Rollstuhlaufzug brachte ihn wieder ins Wohnzimmer, ich kam gleich hinter ihm.

Diesmal fiel mir eines der Fotos auf dem Flügel ins Auge. Es war ein Farbfoto von Siv, mit der typischen Abiturmütze auf dem Kopf.

Ich blieb stehen und wandte mich an den Vater. »Ist das nicht Siv?«

Er stoppte den Rollstuhl. »Ja. – Sie ist nicht immer so gewesen – wie Sie sie gesehen haben. Sie hatte einen Unfall, vor acht Jahren. In dem Jahr, in dem sie Abitur gemacht hat. Das ist vermutlich das letzte Bild von ihr, bevor...«

Ich wartete auf eine Fortsetzung, die nicht kam. »Was ist damals passiert?«

Ein schmerzlicher Ausdruck lief über sein Gesicht. »Sie ist gestürzt, eine Treppe hinunter, und blieb bewußtlos liegen, zu lange. Gehirnschaden. – Ich... Da gibt es nichts weiter zu erzählen. Was damals geschah, kann nie rückgängig gemacht werden.« Er setzte den Rollstuhl wieder in Bewegung, schob sich rasch zur Schiebetür, zur Sonne.

»Es tut mir leid«, murmelte ich und folgte ihm.

Draußen auf der Terrasse saß Aslaug Schrøder-Olsen allein am Tisch. Sie hatte ihr Gesicht der Sonne entgegengestreckt, und obwohl sie sich eingecremt hatte, war ihre Haut so trocken, daß man fürchtete, sie könnte sich entzünden.

»Wo sind denn die anderen?« fragte ihr Mann gereizt.

Sie schaute ihn mit vogelartigem Blick an. »Trygve und Bodil sind nach Hause gegangen. Er hatte – etwas zu tun. Odin ist drinnen und schneidet für Siv ein Stück Kuchen ab.«

Die beiden kamen heraus, Siv mit dem Kuchen in der Hand.

»Siv!« rief die Mutter. »Du beschmutzt dir deine Hände!«

»Das lecke ich ab«, lachte sie entzückt – und zeigte es.

Schrøder-Olsen lächelte.

»Siv und ich machen einen Spaziergang zum Arboretum«, sagte Odin.

»Nett von dir, Odin«, sagte die Mutter. »Kommt jemand von euch mit?«

»Nein, ich bleibe hier.« Sie sah ihren Mann an.

Er schüttelte stumm den Kopf, immer noch mit einem Schatten über dem Gesicht.

»Va-arg?« fragte Siv. »Kommst du mit, die Bäume angucken?«

Ich schaute demonstrativ auf die Uhr. »Nein, Siv, jetzt habe ich keine Zeit mehr. Ich kann euch nur bis zur Straße begleiten.«

»Aber ein andermal mußt du! Du hast es versprochen!«

»Jaja«, sagte ich weich. »An einem anderen Tag werde ich mit dir gehen.«

»Du darfst Herrn Veum jetzt nicht drängen, Siv. Du mußt verstehen, daß er für solche Dinge keine Zeit hat«, sagte die Mutter.

Siv schluckte den letzten Bissen hinunter. Schrøder-Olsen war mit dem Rollstuhl etwas abseits gefahren und hatte die Samstagausgabe der Aftenposten im Schoß ausgebreitet. Er wirkte jetzt älter, als hätte ihn die Vorführung im Keller den letzten Rest an Vitalität gekostet.

Ich sagte laut: »Dann bedanke ich mich für alles. Es war, wie gesagt, eine überraschende Einladung.«

Schrøder-Olsen schaute auf und nickte. Seine Frau erhob sich und brachte mich wie eine aufmerksame Gastgeberin zum Efeutor. Keiner forderte mich auf wiederzukommen.

Gemeinsam mit Siv und Odin schlenderte ich den Gartenweg hinunter. Ich warf einen langen Blick hinüber zu dem Haus von Trygve und Bodil. Sie hatte sich umgezogen, trug jetzt einen indigofarbenen Bikini und war damit beschäftigt, einen Liegestuhl vor dem Haus aufzustellen. Ihn konnte ich nirgends entdecken.

Odin bemerkte meinen Blick und lächelte schwach. »Na, hast du eine Antwort darauf bekommen, was du Trygve fragen wolltest?«

»Nein, ich wollte von ihm auch nichts anderes erfahren als gestern von dir. Ob er etwas über Tor Aslaksens Bekanntenkreis weiß.«

Er schaute auf Sivs Rücken, die vor uns hertippelte. »Es ist fraglich, ob Trygve da der richtige Ansprechpartner ist. Tor war Amateurflieger, und soviel ich mitgekriegt habe, steuerte oft er das Flugzeug, wenn Bodil gesprungen ist.«

»Meinst du, daß –«

»Ich meine gar nichts, Veum, und ich habe nichts gesagt. Nur: Stell dir vor – wie muß das aus Trygves Sicht ausgesehen haben.«

»Apropos die Sicht deines Bruders. Es hat mich überrascht, daß du weg konntest von der Fabrikbesetzung.«

Er verzog den Mund zu einem Grinsen. »Gerade seinetwegen halte ich mich diesmal zurück.«

»Hat sich da draußen was Neues getan?«

»Nein, aber es wird vermutlich zur Konfrontation kommen, wenn keine drastische Veränderung eintritt. Sie können den giftigen Abfall nicht ewig auf dem Gelände aufbewahren. Und sobald sie sich zum Abtransport entscheiden, ... gibt's Krach.«

Wir waren an der Straße angekommen.
Odin nickte. »So, hier trennen sich unsere Wege, Veum.«
»Für dieses Mal.«
»Du glaubst an ein nächstes?«
»Sag mal – wo ist das Haus, in dem Tor Aslaksen aufgewachsen ist?«

Er machte eine Kopfbewegung zu einem kleinen, blau gestrichenen Haus in einem gepflegten Gärtchen direkt an der Straße. »Dort. – Aber quäl seine Mutter nicht, Veum. Sie ist jetzt – ganz allein.«

Ich nickte verständnisvoll, aber ohne etwas zu versprechen.
»Ihr habt ihn Totto genannt?«
»Ja. Von klein auf.«
Siv rief: »O-din! Komm!«
»Ich komme!«

Sie wandte uns den Rücken zu und ging Richtung Arboretum. Mich hatte sie bereits vergessen, ebenso schnell, wie sie das neue Buch, das sie bekam, vergessen hatte, sobald ihr etwas anderes unter die Augen kam.

Ich blieb stehen und blickte ihnen nach. Sein Gang wirkte locker und entspannt, ihrer dagegen steif und eckig, ständig ein bißchen zu schnell, als würde sie unablässig vorsichtig nach vorne fallen. Sie erinnerten mich an Kristoffer Robin und Ole Brumm auf ihrem Spaziergang durch den Hundertmeterwald.

Auf dem Rückweg zum Parkplatz kam ich an dem blauen Haus vorbei, in dem Tor Aslaksen gewohnt hatte. Es sah ebenso tot und unbewohnt aus wie der Geräteschuppen eines Friedhofs an einem Sonntagmorgen.

Doch auch dieses Haus spiegelte eine Kindheit. Um die weißen Grundmauern und die blau gestrichenen Wände hatten Kinder getobt. Jungen mit aufgeschürften Knien waren auf die Bäume im Garten geklettert, hatten auf der Straße Fußball gespielt und waren im Sommer mit johlendem Geschrei zur Bucht Grønevika gelaufen, um zu baden. Drüben auf den Wiesen beim Kaufmann hatten sie Skilaufen gelernt, und an den dunklen Herbstabenden, an der Schwelle von der Kindheit zur Pubertät, hatten sie in Tor Aslaksens Jungenzimmer gesessen und beim Abfragen englischer Vokabeln Beatles-Platten gehört. Auch dieses Haus spiegelte eine Kindheit, die jemand viel zu früh zerstört und zu Staub gemacht hatte.

Am Mildevei parkten die Autos so eng und unerlaubt, daß der Bus ganz auf die Gegenfahrbahn ausweichen mußte, um vorbeizukommen, mit einem Rattenschwanz neuer Badegäste hinter sich.

Unten am Parkplatz standen die Autos so dichtgedrängt, daß man Schneidermeister hätte sein müssen, um wieder auf die Hauptstraße zu kommen. Ich überließ meinen Platz der wilden Horde und hörte nur das Krachen hinter mir, als zwei Autos gleichzeitig in die Lücke fahren wollten. Ich hoffte, sie tauschten einfach ihre Versicherungen aus. Wenn nicht, würde es lange dauern, bis sie zum Strand kamen.

Dann schob ich eine Kassette von den Beach-Boys in den Recorder und empfing den Sommer mit Musik. Etwas anderes hatte ich nicht anzubieten. Nicht so lange vor Weihnachten.

17

Ich traf Karin Bjørge wie abgemacht an der Bushaltestelle direkt gegenüber dem alten Rathaus. Sie war erdfarben gekleidet, Rock und Jacke in Terrakotta und eine hellgrüne Bluse. Ihr Lächeln konnte nicht verbergen, daß die Trauer noch nicht ganz aus ihrem Gesicht verschwunden war, aber sie hatte sich die Haare wieder wachsen lassen, das Nonnenaussehen abgelegt und dem Schicksal einen Streich gespielt. Sie befand sich immer noch auf der richtigen Seite der Vierzig, und es war zu früh, um abzudanken und zu sterben. Man konnte sich durchaus noch ein paarmal schön zum Essen einladen lassen.

Wir begrüßten uns wie alte Freunde. Sie reckte sich und küßte mich leicht auf die Wange, um sich dann bei mir unterzuhaken, und wir bummelten zum nächsten China-Restaurant.

Während wir auf das Essen warteten, beugte sie sich vertraulich über den Tisch und sagte: »Wolltest du mir nicht – deine Narbe zeigen?«

Ich zog den einen Hemdärmel nach oben. Sie betastete vorsichtig die Narbe, als sei der Krieg schuld daran und nicht tausend leere Flaschen.

»Ich dachte, sie machen so was nicht mehr?«

Ich nickte. »Man hört auf damit. Ich bin der letzte Mohikaner, auch auf diesem Gebiet.« Ich legte meine freie Hand über ihre und drückte sie. »Ich bin froh, daß du mich noch rechtzeitig da hoch gebracht hast.«

Sie lächelte, fast verlegen. »Das fehlte gerade noch. Außerdem habe ich jahrelang in unserem Amt im Komitee gegen Alkoholismus und Rauschgift gesessen, hatte also sowohl Erfahrung wie Verbindungen. Siren hat mich wahrscheinlich nie ganz losgelassen.«

»Na dann – Prost«, sagte ich und verzog den Mund zu einem Lächeln. Ich hob das Glas mit dem Mineralwasser, sie hatte aus Solidarität Apfelsaft genommen. Das einzige, woran wir uns möglicherweise berauschen konnten, war die Stimmung.

Wir blickten hinunter auf den Fischmarkt, wo sich enthaltsame Touristen mit schwankenden, vom Met knieweichen Wikingern mischten. Sie paßten zusammen wie Mongolen und Mitteleuropäer in der schlimmsten Völkerwanderungszeit.

Es wurde serviert, und wir aßen. »Was war eigentlich in diesem Winter mit dir los, Varg, wenn dir meine Frage nicht dumm vorkommt?«

»Eine Teufelsaustreibung«, antwortete ich und schluckte ein Stück Schweinefleisch in süß-saurer Soße hinunter. »Ich mußte eine alte Liebe gründlich austreiben.«

Sie errötete leicht. »Und – ist es geglückt?«

»Mhmm. Ich weiß nicht einmal mehr, wie sie hieß.«

Sie lächelte vorsichtig, um festzustellen, ob ich es ernst meinte. Und als wir gingen, fragte sie, ob ich mit zu ihr kommen wolle – auf eine Tasse Tee.

Zwei Stunden später saßen wir auf ihrem Sofa. Durch das Zimmerfenster strich das Licht der sinkenden Sonne mit goldenem Finger über unsere Haut, und die Teetassen waren leer. Wir hatten uns in einem Kuß verloren.

Während die Sonne rot wurde irgendwo über Holsnøy, lehnte sie sich auf dem Sofa zurück, die Bluse aufgeknöpft. »Schaust du dir meine kleinen Brüste an?« fragte sie mit einem knappen Lächeln.

Ich antwortete nicht, sondern beugte mich statt dessen vor und küßte sie.

Sie drückte ihre Finger wie weiche Pfoten in meinen Nacken und murmelte in mein Ohr: »Komm, gehen wir ins Schlafzimmer.«

Dort umklammerte sie mit beiden Händen die Bettpfosten, als fürchte sie, ich könne die Dinger beim Weggehen mitnehmen. Ein Duft wie von reifen Äpfeln stieg von ihr auf, und ich hatte nicht vor zu gehen. Noch lange, lange nicht.

Ich erinnere mich, daß ich vor dem Einschlafen dachte: *Ist das die Belohnung?*

Aber auch auf diese Frage erhielt ich keine Antwort.

Der Sonntag wirkte, als erwachte man auf einem fremden Planeten zu neuem Leben. Hinter allem, was wir sagten, lauerte ein Lachen.

Bevor wir aufstanden, nahm sie mein Gesicht zwischen ihre Hände und schaute mich ernst an. »Wenn das – vor vierzehn Jahren passiert wäre – wie hätte dann unser Leben ausgesehen?«

Ich strich ihr über die Wange. »Es ist zu spät, den Wetterbericht von gestern zu lesen, Karin. Schauen wir lieber, wie das Wetter morgen wird.«

Beim Frühstück fragte sie, wie es Thomas ginge.

»Beates Mann hat in diesem Sommer ein Haus in Spanien gemietet. Selbst kann ich mir dieses Jahr kaum die Fähre rüber nach Askøy leisten. Er verbringt also die Ferien bei ihnen.«

»Wie alt ist er inzwischen?«

»Sechzehn. Und von mir sehe ich immer weniger an ihm.«

Sie trank die Kaffeetasse aus. »Was hast du jetzt Lust zu tun?«

Ich strich mir nachdenklich über die Brust, wie ein Nachhall einer Liebkosung. »Am liebsten möchte ich hierbleiben.« Ich schaute mich um. »Andererseits... Die Sonne scheint noch und wer weiß, wie lange wir sie um diese Jahreszeit haben.«

»Wir können ja hierher zurückkommen... später«, sagte sie weich.

Wir gingen hinauf auf den Gipfel des Ulriken, setzten uns auf einen Felsblock mit Aussicht über die Stadt, die Berge drumherum, den Fjord, die Inseln und das Meer – mit einem Horizont so breit, daß man meinte, die Krümmung der Erde zu erkennen. Und die neu gestimmte Zither, die wir auf dieser Erde hatten, jeder für sich.

Sie saß zwischen meinen Beinen, mit dem Rücken an mich gelehnt, an Brust und Bauch. Ich hatte die Arme um ihre Schulter gelegt und spürte, wie mich ihre leichten Haarsträhnen im Gesicht kitzelten.

Es war Sonntag, der Himmel wirkte reingefegt von Schmutz, und nur ein winziger Bodensatz von Verunreinigung lag wie eine Staubschicht über dem innersten Stadtkern. Die Sonne ließ das Heidekraut um uns dampfen, und ein betäubender Duft stieg auf. Es war der Sommer, der dem Berg sein Zeichen aufdrückte und sagte: Diesmal *bleibe* ich!

Wir blieben so sitzen, lange. Danach liefen wir Hand in Hand hinunter zum Fløenbakke, ergriffen von einem Sehnen, das heute größer und süßer war, weil seine Erfüllung sicher war. Nicht als Schrei. Nicht als Seufzer. Aber als ein langes und übermütiges Lachen.

Es gibt Lagunen im Leben, Augenblicke unerwarteten Glücks. Dieses Wochenende war eine solche Lagune, und ich hatte das Gefühl, dort für immer ankern zu können.

Aber es gab noch eine Welt draußen. In einer Pause schalteten wir den Fernseher ein und sahen die letzte Ausgabe der Tagesereignisse. Plötzlich setzte ich mich auf. »Kannst du lauter machen?«

Ein Reporter stand mit dem Mikrofon in der Hand vor der Fabrikanlage in Hilleren. »...neue Aufregung an diesem Wochenende, als die Betriebsleitung in der Nacht zum Sonntag versuchte, den giftigen Abfall aus dem Gelände fortzubringen.«

Die Kamera schwenkte hinüber zu dem verschlossenen Tor und stellte den großen militärfarbenen Tankwagen deutlich heraus. »Es kam zu Tumulten, als eine Gruppe von Werksangehörigen versuchte, die Kette der Demonstranten, die die Ausfahrt versperrte, mit Gewalt zu sprengen, und die Polizei mußte Verstärkung anfordern, um die Lage unter Kontrolle zu bringen. Die Betriebsleitung gab schließlich den Versuch auf, die Demonstranten abzudrängen. Heute ist es zu keiner weiteren Entwicklung in dem Konflikt gekommen.«

Danach interviewte der Reporter kurz Håvard Hope und Trygve Schrøder-Olsen, so kurz, daß keiner der beiden mehr als die gegenseitige Unvereinbarkeit der Standpunkte deutlich machen konnte.

Daraufhin schwenkte die Kamera nach oben, fing einen Sonnenstrahl ein, der auf den Wellen am Fjord spielte und schuf so einen guten Übergang zum letzten Wetterbericht des Tages.

Aber wir machten uns an diesem Abend unseren eigenen Wetterbericht.

Die erste Nacht war hektisch gewesen, ungestüm und geprägt von einer jugendlichen Unbeholfenheit. Die zweite Nacht war besser.

Wir hatten den schlimmsten Durst gelöscht und konnten uns, jeder in der Landschaft des anderen, auf weite Wanderungen begeben, den Duft von Hochsommer auf der Haut spüren, das Gesicht in feuchten Sümpfen verstecken und uns an neuen Quellen laben.

Den Kopf auf dem Ellbogen und mit Fingern, die über das Gesicht des anderen strichen, konnten wir Erfahrungen aus unserem holprigen Leben austauschen. Beide hatten wir Narben, die so tief waren, daß sich noch keiner bis zu den dünnsten Stellen des Eises wagte. Immer noch hatten wir Erfrierungen an der Haut, die mehr brauchten als ein sonniges Wochenende, um zu heilen.

Doch als die Nacht uns mit ihrer größten Dunkelheit umschloß, kannten wir uns besser, als es bei unserem Treffen am alten Rathaus vor eineinhalb Tagen der Fall war.

Am Montag morgen gingen wir mit frischen Kräften hinaus in den Alltag, ich in mein Büro und zu den ersten Zeitungen, sie ins Einwohnermeldeamt.

Aber der Montagmorgen ist ein Schelm. Du weißt nie, was er bringt.

18

In meinem Briefkasten lag ein Expreßbrief aus Florø. Ich öffnete ihn und zog ein Foto von Lisbeth Finslo heraus. Das brachte mich augenblicklich zurück auf die Erde.

Es mußte einige Jahre alt sein, denn ihr Haar war länger und ihr Lächeln wirkte irgendwie künstlich, so als verabschiede sich eine Fußballwitwe vor dem ersten Ligaspiel im Frühling in dem Bewußtsein, daß es Oktober wird, bis sie ihren Mann wieder richtig zurückbekommt. Sie war damals offensichtlich trauriger als bei unserer Bekanntschaft.

Sie saß auf einer Treppe, in weißen Shorts und einer hellblauen Bluse. Die eine Hand hatte sie im Nacken, so als wollte sie ihre Frisur festhalten, und auf dem Gras vor ihr wieselte undeutlich etwas Schwarzweißes, vermutlich ein herumtollendes Kätzchen.

Auf die Rückseite des Fotos hatte die Schwester geschrieben: *Sommer 1984(?)*. Und in einem beiliegenden Schreiben bestätigte sie den mir erteilten Auftrag.

Ich blieb sitzen und betrachtete das Bild. Mir fiel auf, fast stärker, als ich befürchtet hatte, daß sie eine Fremde war. Ich wußte es jetzt. Ich kannte sie nicht. Ich hatte sie nie gekannt. Sie war allzuschnell vorbeigelaufen.

Ich schob das Foto beiseite und konzentrierte mich auf die Zeitungen.

Die NORLON-Geschichte war nach wie vor auf den ersten Seiten, aber weil der lokale Fußballverein am Wochenende gewonnen hatte, waren die Artikel in der einen Zeitung auf eine Spalte reduziert, in der anderen auf eine kleine Ecke mit Seitenverweis.

Im Innern der Zeitungen fanden sich allerdings farbenfrohe und detaillierte Beschreibungen über die Entwicklung bis zur handfesten Rauferei in der Nacht auf Sonntag. Die Zahl der Demonstranten war im Laufe des Samstagnachmittags auf das Dreifache angewachsen, und Håvard Hope behauptete, er habe sichere Indizien, daß NORLON den Abfall gar nicht auf öffentlichen Müllabladeplätzen deponiere. Die Betriebsleitung, nach wie vor vertreten durch Trygve Schrøder-Olsen, wies die Behauptungen als grundlos zurück.

Ich legte die Zeitungen seufzend beiseite. Das erinnerte mehr und mehr an einen Wahlkampf.

Ich lehnte mich im Stuhl zurück, schloß die Augen und dachte an Karin. Noch steckte die Erinnerung an ihren Körper in mir, als ein wohliges Sattsein, ein Gefühl heiteren Glücks. Ich war eine Stimme, die in der Wüste gerufen hatte, und sie hatte mich gehört. Vielleicht hatte ich die ganze Zeit nach ihr gerufen, ohne es zu wissen.

Ich öffnete die Augen, drehte die Innenseite der Hände zu mir und sah den Puls durch die dünne Haut pochen. Sie hatte mich ausgerechnet dort geküßt, zuerst auf die eine, dann auf die andere Hand.

Das Telefon läutete. Ohne zu wollen, wurde ich wieder in den Alltag gezogen. Ich griff unwillig nach dem Hörer und murrte: »Ja, Veum.«

»Hamre.« Seine Stimme war knapp und formell.

»Habt ihr sie gefunden?«

»Nein. Und du hast auch nichts von ihr gehört, wenn ich recht verstehe?«

»Nein.«

»Ich wollte wissen, ob du trotzdem auf einen Sprung vorbeikommen könntest, Veum.«

»Ja? Gibt's was Besonderes?«

»Ich möchte dir etwas zeigen. Wie schnell kannst du hier sein?«

»Na ja, ich sitze mitten in einer größeren Konferenz, aber –«

»In einer Viertelstunde?«

»In einer Viertelstunde.«

Wir legten auf, und ich beendete die Konferenz mit dem besseren Teil meiner Seele. Dann trat ich hinaus in die Sonne und schlenderte hinüber zum Polizeipräsidium und zerbrach mir den Kopf darüber, was er mir wohl zu zeigen hatte.

Ich nickte dem Beamten in der Bereitschaft zu, nahm den Aufzug zum richtigen Stock und klopfte genau eine Viertelstunde nach unserem Gespräch an seine Tür.

Er blickte auf, als ich hereinkam. »Na, du hast dich losgeeist?«

Ich nickte und nahm Platz in dem Stuhl, den er mir anbot. Wie um das Büro in einem unsichtbaren Gleichgewicht zu halten, erhob er sich im selben Augenblick, in dem ich mich setzte. Als er hinter dem Schreibtisch hervorkam, schob er einen blaugrünen Koffer aus Nylon vor sich her bis in die Mitte des Raumes.

Er bohrte seinen Blick in meinen wie zwei Dübel in eine Mauer. »Schon mal gesehen, Veum?«

Ich schüttelte den Kopf. »Ist er – von ihr?«

»Wie kommst du darauf?«

»Na, ich nehme an, daß du mich nicht herbestellt hast, um mir etwas zu zeigen, was du im Ausverkauf erstanden hast.«

Er lächelte schwach. »Gut. Wir vermuten, daß es ihrer ist. Vollgepackt mit Kleidung, außerdem Toilettenartikel und einige Bücher. Im Waschbeutel lag ein Rezept, auf ihren Namen ausgestellt.«

»Wo habt ihr ihn gefunden?«

Die Dübel spreizten sich um einige Millimeter. »In einem Schließfach. Am Strandkai. Zwei Minuten von deinem Büro entfernt.« Er ließ seine Worte wirken, ohne mich aus den Augen zu lassen.

»Klar, dort legt ja die Hurtigrute nach Nordfjord ab, also nicht sonderlich überraschend, oder?«

»Nein. Vielleicht nicht. Aber das bedeutet dann, was du sicher auch folgerst, daß sie niemals dieses Schiff betrat.«

»War das Schließfach verschlossen?«

Er nickte. »Wir haben routinemäßig die Fächer untersucht, bei denen die 24-Stundenfrist abgelaufen war. Alles andere ergab sich von selbst.«

Ich hob die Arme in die Höhe. »Mach eine Leibesvisitation, wenn du glaubst, *ich* hätte den Schlüssel.«

Er starrte mich noch eine Weile grübelnd an. Dann ließ mich sein Blick los, er drehte sich um und setzte sich wieder hinter seinen Schreibtisch. Den Koffer ließ er stehen, wie eine unangenehme Mahnung zwischen uns.

»Ist das alles, was ihr gefunden habt?« fragte ich vorsichtig.

»Nein.« Er legte seine Worte auf die Goldwaage. »Wir haben ... Das heißt, wir vermuten, daß wir es gefunden haben – das rote Auto.«

»Aha! – Und wo?«

»Auf dem Parkplatz bei Oasen, in Fyllingsdal. Es *war* ein Kadett, Veum. Und er gehörte – Tor Aslaksen.«

»Gut! Aber er war es wohl kaum, der den Wagen dort geparkt hat?«

»Kaum.«

»Und – war er verschlossen? Steckte der Schlüssel?«

Er schaute mich ironisch an. »Ja, Veum. Verschlossen. Und nein. Der Schlüssel steckte nicht. Der war einfach weg und verschwunden. Und sollten wir jemanden finden, der mit *dem* in der Tasche herumläuft, dann sind wir im Besitze – ziemlich verläßlicher Indizien.«

»Gibt es – andere Spuren?«

»Wir unterziehen den Wagen gerade einer gründlichen Analyse. Mehr kann ich nicht sagen.«

»Und Lisbeth? Habt ihr jemanden ausfindig gemacht, der sie gesehen hat?«

»Nein. Wir sind in Kleiva von Haus zu Haus gegangen. Niemand hat etwas gesehen, niemand etwas gehört. Die Familie hat auch nichts gehört. Die Tochter begreift gar nichts. Wir haben versucht, herauszukriegen, mit wem sie zusammen gewesen ist...«

»Tor Aslaksen«, sagte ich leise.

Er beugte sich vor. »Bist du dir da sicher?«

»Leider nicht. Jedenfalls hieß er Tor. Der, der sie in der letzten Zeit des öfteren angerufen hat.«

»Hat dir die Tochter das erzählt?«

»Die Schwester. Mit Hinweis auf die Tochter. Aber alles sehr vage. Sie schien sich in keiner Weise in die Karten schauen zu lassen, nicht einmal von den nächsten Angehörigen.«

»Komisch, findest du nicht?«

»Vielleicht. Vielleicht auch nicht. Wäre es da nicht einfacher, wenn du dich näher mit Aslaksens Bekanntenkreis befassen würdest?«

»Wenn er einen hätte! Abgesehen vom Arbeitsplatz und der Fallschirmspringergruppe hat er offenbar mit niemandem näheren Umgang gepflegt. Die Nachbarn grüßten ihn kaum. Nach Hause zu seiner Mutter brachte er nie jemanden mit. – Ein Eigenbrötler, wenn du mich fragst.«

»Gebranntes Kind scheut das Feuer, vielleicht das?«

»Was meinst du damit? Denkst du an etwas Spezielles?«

Als ich keine Antwort gab, fuhr er fort: »Weißt du mehr, Veum?«

Ich machte eine weit ausladende Armbewegung. »Nein, aber er war achtunddreißig – und immer noch Junggeselle. Er *muß* sich einmal verbrannt haben – irgendwann.«

»Oder er hat eine verdammt gute Feuerversicherung«, kommentierte Hamre bissig.

Wir blieben sitzen und musterten uns einige Sekunden lang wie zwei durchtriebene Pokerspieler, unsicher, wie gut die Karten waren, die der andere in der Hand hatte.

Ich räusperte mich. »Ich sollte dich vielleicht darüber aufklären...«

»Ja«, horchte er auf.

»Ihre Schwester, Jannicke, bat mich – ebenfalls nach ihr zu suchen.«

Er lächelte überlegen. »Na, wenn sie nichts Besseres mit ihrem Geld anzufangen weiß. Mit unserem Apparat und deiner finanziellen Lage fürchte ich, daß du am kürzeren Hebel sitzt. – Aber ich lege Wert darauf, daß du dich raushältst, Veum. Für den Fall, daß wir uns auf demselben Terrain begegnen sollten, um es so auszudrücken.« Es glitzerte gefährlich in seinen Augen. »Und ich brauche wohl kaum hinzuzufügen, daß es, solltest du auf wesentliche Erkenntnisse stoßen, deine Pflicht ist, auch *uns* zu unterrichten.«

Ich nickte. »Hast du etwas dafür anzubieten?«

Er ignorierte die Frage. »Als ihr euch an jenem Abend getroffen habt, du und sie, wo war das?«

»Wir haben uns am Strandkai getroffen, an der Harbitz-Ecke.«

»Mit anderen Worten... Sie könnte den Koffer in das Schließfach gestellt haben und dann direkt zu dem Treffpunkt mit dir gegangen sein. Obwohl sie erst am nächsten Tag reisen wollte. Und wir haben beide gesehen, wie ordentlich ihre Wohnung aufgeräumt war. – Worauf deutet das hin?«

»Daß sie vorhatte, die Nacht – woanders zu verbringen?«

»Genau.« Wieder blitzte es in seinen Augen. »Lädst *du* spontan Frauen ein, bei dir zu übernachten, wenn sie es darauf anlegen?«

»Aber sie hat es nicht darauf angelegt Sie hat überhaupt nichts geplant.«

»Bist du dir da sicher, Veum? Was wollte sie eigentlich da unten am Swimming-pool nachschauen? Ob das Wasser warm genug ist?«

»Paß auf –«

»Hattest *du* Badezeug mit, Veum?«

»Nein.«

»Hatte *sie*?«

»Ich glaube nicht, aber –«

»Und dir dürfte klar sein, wie so was aussieht: zwei Menschen in geschlechtsreifem Alter baden gemeinsam, nackt – ganz allein in einem Haus, wo die Wahrscheinlichkeit, daß jemand kommt und stört, äußerst gering ist?«

»Ehrlich gesagt –«

»Stell dir folgenden Handlungsverlauf vor, Veum! – Lisbeth Finslo ist zusammen mit Tor Aslaksen, hat aber nichts gegen – ein Bad, mit dir. Aslaksen folgt und überrascht euch, während ihr noch nicht weiter gekommen seid als bis zum – Vorspiel. Es kommt zu einer Auseinandersetzung, und du triffst Aslaksen mit einem Schlag, auf's Kinn. Er fällt ins Bassin – und geht unter.«

»Wie ist er reingekommen?«

»Ihr habt die Tür offengelassen.«

»Er war aber da, als wir kamen!«

»Lisbeth Finslo hatte den Schlüssel. Wenn die beiden wirklich ein Verhältnis hatten, konnte er sich ohne weiteres einen Zweitschlüssel besorgen.«

»Und nachdem ich ihn habe absaufen lassen, sage ich zu Lisbeth, sie möge sich in Luft auflösen, damit ich die Polizei anrufen und den Fund einer Leiche melden könne?«

»Ja?«

»Außerdem habe ja gar nicht ich angerufen. Es war ein Mann –

ein *anderer* Mann! Und wer war *das*, Hamre? Kriegst du das raus, mit deinem großen Apparat?«

Er lachte abwehrend. »Ich habe gesagt... *Stell* dir folgenden Handlungsverlauf *vor*, Veum. Ich sage nicht, daß es so war. Aber ich könnte mir denken, daß mir eine ganze Reihe Kollegen die Geschichte abkaufen würden, ohne überhaupt nach dem Preis zu fragen.«

»Dann sind wir mit anderen Worten so weit wie vorher?«

»Nicht unbedingt.« Er schaute mich warnend an. »Da ist ein Aspekt, den ich dir gegenüber noch nicht erwähnt habe.«

»Aha. Und der wäre?«

Er schob einige Papiere hin und her, als sei er unschlüssig, wie er es formulieren solle. »Sag mal... Was verbindest du mit dem Fall Camilla, Veum?«

Die Härchen in meinem Nacken standen auf. »Camilla... Meinst du – *den Fall Camilla*?«

Er nickte.

»Was hat der hier zu suchen?«

»Das werde ich dir erklären, Veum.«

19

Der Fall Camilla begann als Routineangelegenheit und endete als Alptraum. Es war einer dieser Fälle, die sich wie ein Belag auf das Gewissen der Nation legen, als etwas, an dem wir alle auf die eine oder andere Weise mitschuldig sind. Ein Fall, der nie gelöst wurde.

Ich sah Jakob E. Hamre an. »Das dürfte einige Jahre her sein.«

»1979.«

»Acht Jahre schon! Herrgott.«

Er schaute mich abwartend an.

»Ein kleines Mädchen, sieben, acht Jahre alt...«

»Sieben.«

»...das unter mysteriösen Umständen aus seinem Elternhaus verschwand, ohne jemals wiedergefunden zu werden.«

»Ausgedrückt in aller Kürze. Erinnerst du dich an Einzelheiten?«

»Laß mich überlegen. Es war im Bjørndalswald, stimmt's?« Er nickte. »An der Bjørndalsrodung, um ganz genau zu sein.«

»Ich sehe die Zeitungsseiten noch vor mir. Das Reihenhaus, in dem sie wohnten und das Bild von der Kleinen, das die Zeitungen noch Monate später immer wieder brachten.«

»Sie schreiben nach wie vor darüber, mindestens einmal pro Jahr, wenn sie die ungelösten Fälle bringen – oder wenn sich in anderen Landesteilen ein ähnlich gelagerter Fall ereignet.«

»Ist mir aufgefallen. Camilla... Wie war der Nachname?«

»Farang.«

»Ich erinnere mich an die Eltern, die sich in einem verzweifelten Appell auf der ersten Seite der großen Zeitungen an die Öffentlichkeit wandten.«

»Sie sind jetzt geschieden.«

»Der Druck war wohl zu groß?«

»Hm ja. Und die Umstände. Irgend etwas an diesem Fall stimmte von Anfang an nicht. Und zu einer endgültigen Klärung ist es ja bis heute nicht gekommen.«

»Wo lag das Problem?«

»Ich werde versuchen, mich an das zu halten, was ich weiß. Camilla wurde nach der Kinderstunde und dem Abendessen ins Bett gebracht – vor der Tagesschau. Also spätestens 19.30 Uhr. Einmal während der Tagesschau rief sie nach der Mutter, die zu ihr ging und mit ihr redete. Das müßte zirka 19.45 Uhr gewesen sein, meinte sie. Danach war sie noch einmal, zirka 20.45 Uhr, bei ihr, da hat das Kind geschlafen. Und das war das letzte Mal, daß die kleine Camilla gesehen wurde.«

»Genau. Ich glaube, ich erinnere mich. Üblicherweise in solchen Fällen ist das Kind draußen – um dann nicht nach Hause zu kommen?«

»Richtig.«

»Deshalb haben sich dann die Nachforschungen auf die häuslichen Umstände konzentriert?«

»Stimmt. Das auch. Aber wir wollen bei den Fakten bleiben. Die Mutter bemerkte das Fehlen des Kindes, als sie selbst zu Bett gehen wollte. Um 23.20 Uhr. Sie warf einen Blick ins Kinderzimmer, wollte nachsehen, ob die Tochter gut schläft. Doch das Bett war leer. Zuerst dachte sie natürlich, sie sei auf dem Klo, aber da war sie auch nicht. Und dann fiel ihr noch etwas auf. Die Schlafzimmer dieser Häuserreihe liegen zu ebener Erde und von dem Zimmer, das als Kinderzimmer benutzt wird, geht eine Tür hinaus auf das Gartenstück hinterm Haus. Diese Tür stand einen Spalt offen.«

»Offen?«

»Ja.«

»Hinweise auf einen Einbruch?«

»Nein.«

»Aber sie war doch verschlossen gewesen?«

»Wahrscheinlich. Die Mutter war sich da nicht sicher. Es kam vor, daß sie vergaßen, den oberen Riegel zu schließen, weil Camilla diese Tür oft benutzt hat, wenn sie rausging und hinterm Haus spielte. Gewöhnlich wurde die Tür verriegelt, wenn Camilla ins Bett ging, aber die Mutter konnte nicht beschwören, das an diesem Abend getan zu haben.«

»Und falls die Tür verriegelt *war*, befand sich der Riegel so weit oben, daß ein siebenjähriges Mädchen ihn nicht erreichen konnte?«

»Ja. Jedenfalls nicht ohne eine Stehleiter, und so eine war in dem Zimmer nicht vorhanden.«

»Was hat die Mutter gemacht?«

»Sie war natürlich erschrocken. Ihr erster Gedanke war, daß die Tochter vielleicht schlafwandelt – oder so etwas Ähnliches. Sie lief hinaus hinters Haus und suchte nach ihr, ziemlich kopflos, soweit wir verstanden. Erst nach zehn Minuten – nach den Akten um

23.34 – benachrichtigte sie die Polizei. Es wurde umgehend eine Fahndung organisiert, aber – wie du weißt – erfolglos.«

»Überhaupt keine Spur?«

»Nicht eine einzige. Im Laufe der mehrere Monate dauernden Nachforschungen stießen wir auf keine einzige konkrete Spur. Wir sammelten natürlich eine Reihe Indizien, bekamen jede Menge Hinweise aus der Bevölkerung, führten darüber hinaus mehrere Hausdurchsuchungen durch, sowohl dort draußen wie in anderen Stadtteilen, unter anderem bei uns bekannten Sittlichkeitsverbrechern.«

»Habt ihr nicht auch irgendwann jemanden festgenommen?«

»Ja, aber es war übereilt. Wir hatten nichts in der Hand. Alles basierte auf einem Indiz, das sich nicht als haltbar erwies. Das berühmte burgunderfarbene Auto, das... Na ja, wir sind diesem Aspekt des Falles auf den Grund gegangen. Und sind ebenfalls gegen Mauern gelaufen.«

»Wie stand es – mit den häuslichen Verhältnissen?«

»Genau darum handelte es sich. Du mußt mit den betroffenen Eltern immer sehr vorsichtig umgehen. Es schleichen sich wegen des kolossalen emotionalen Drucks schnell Ungenauigkeiten und Mißverständnisse ein. Deshalb hat es auch eine Weile gedauert, bevor wir uns ernsthaft mit den vorhandenen Widersprüchen in der Erklärung der Mutter befaßten.«

»Du hast nicht erwähnt, wo sich der Vater aufgehalten hat?«

»Nein. Er war irgendwie geschäftlich unterwegs an dem Tag.«

»Irgendwie?«

»Auf einem Kurs. Er arbeitete in einer EDV-Firma. Er war jedenfalls auf einer Fortbildung in der Nähe von Oslo, mit wasserdichtem Alibi. Er hatte keine Ahnung, als wir ihn am nächsten Morgen anriefen.«

»Ich verstehe.«

»Den Rest kannst du dir denken?«

Ich nickte.

»Dabei kam nämlich heraus, wann die Mutter dieses zweite Mal

Camilla gesehen hatte. Also ungefähr um 20.45 Uhr. Wo sie angeblich so gut schlief.«

»Viertel vor neun.«

»Bevor die Mutter in ihr Schlafzimmer ging – zusammen mit einem Freund.«

Ich seufzte. »Und das war, verständlicherweise, nicht so leicht zuzugeben, sogar in einer so extremen Situation wie dieser.«

»Du kannst es dir vorstellen – das Schuldgefühl. Hätte sie nur im Wohnzimmer vor dem Fernseher gesessen, niemand könnte ihr etwas vorwerfen. Aber im Nebenzimmer zu sein, mit einem anderen Mann, das...« Er machte eine vielsagende Handbewegung.

»Und dieser Mann...«

»Verließ das Haus zirka 23.00 Uhr. Er hätte da an seinem Arbeitsplatz sein müssen, aber... Die Zeit verging auf einmal zu schnell, und er ist in aller Eile davon.«

»Und er könnte dabei nicht –?«

Hamre schüttelte den Kopf. »Zum einen war er keinen Augenblick allein dort. Dafür haben wir das Wort der Mutter, und es bestand kein Grund, ihr nicht zu trauen, nachdem schon so viel bekannt war. Außerdem haben wir seinen Wagen aufs genaueste untersucht – das heißt, ihren. Und es gab nicht die geringste Spur, die auf ein Verbrechen hingewiesen hätte.«

»*Ihren* Wagen?«

Er nickte finster. »Da unterlagen wir einem Irrtum. Der Mann hatte seinen eigenen Wagen in der Werkstatt und war mit dem Bus gekommen. Als ihm die Zeit knapp wurde, bot Frau Farang – Vibeke hieß sie mit Vornamen – an, ihm ihr Auto zu leihen, das ohnehin am nächsten Morgen zur Inspektion sollte, wenn er sich bereit erklärte, es hinzubringen. Ein burgunderroter Opel Kapitän Kombi. Der von einem Zeugen gesehen wurde, als er zirka 23.00 Uhr das Gelände verließ. Als wir die Liste der Autos mit dieser Farbe sowie der möglichen Automarken durchgingen, stießen wir auf eine vorbestrafte Person. Um zu verhindern, daß Spuren verwischt wurden, nahmen wir den Mann fest und durchsuchten gründlich das Auto, die Wohnung, den Speicher und den Keller des Hauses, in dem er wohnte. Wir fanden auch hier nichts, aber leider hatte die Presse davon Wind bekommen. Du erinnerst dich sicher an die Schlagzeilen. Festnahme im Fall Camilla. Und das ganze Land atmete erleichtert auf, bis wir am nächsten Tag die Freilassung des Mannes bekanntgeben mußten und daß nicht der geringste Verdacht auf ihn falle.«

»Ich erinnere mich. Was geschah dann?«

»Wir versuchten es von einer anderen Seite, durchkämmten das gesamte Gebiet um das Haus. Den Wald, Kanalschächte, steile Felswände. Es wurden sämtliche Gewässer abgesucht, bis hinunter zum Bjørndalspollen. Es wurden Haus-zu-Haus-Ermittlungen durchgeführt, mehrmals. Die großen Zeitungen verfolgten die Sache mit ausführlichen Reportagen, in denen alle Geschehnisse jenes Abends minutiös erörtert wurden. Das Fernsehen drehte eine Rekonstruktion des Falles, die sowohl in den Tagesthemen wie der Tagesschau zur besten Sendezeit ausgestrahlt wurde. Ohne Ergebnis. Es war hoffnungslos. Schließlich, nach mehrmonatiger, intensiver Fahndung, wurden die Nachforschungen mehr und mehr eingeschränkt. Nach sechs Monaten liefen sie nur noch auf Sparflamme, und ein Jahr nach dem Verschwinden des Mädchens wurden sie offiziell eingestellt. Mit der Anmerkung, sie natürlich sofort wieder in vollem Umfange aufzunehmen, sollten neue Erkenntnisse das verlangen.«

»Und ist es später dazu gekommen?«

»Nichts von Bedeutung, bis gestern.«

Ich beugte mich vor. »Ich vermag noch keine Verbindung der beiden Fälle zu erkennen. Worin besteht sie?«

»Paß auf. Der Mann, der Vibeke Farang an dem Abend, an dem die Tochter verschwand, besuchte, war Tor Aslaksen.«

20

Ich ließ die Auskunft auf mich wirken, während es in mir spulte wie die Bilder eines einarmigen Banditen. Als sie endlich stehenblieben, waren es drei verschiedene Bilder: Tor Aslaksen auf dem Grund des Bassins, Lisbeth Finslo, die rief: *Ich habe nicht geahnt! Ich wußte nicht!* und die undeutliche Erinnerung, die ich an das Zeitungsfoto von dem kleinen Mädchen hatte.

»Und der Arbeitsplatz, zu dem er so eilig mußte, war NORLON?«

Hamre nickte. »Ja.«

»Wie bist du darauf gekommen?«

»Ich hatte das unbestimmte Gefühl, seinen Namen von früher her zu kennen. Ich selber war beim Fall Camilla nie federführend eingesetzt. Andere haben die Nachforschungen geleitet, und ich hatte mit den Verhören von Aslaksen damals nichts zu tun. – Aber ich ließ seinen Namen durch die Datenbank laufen, und heraus kam dieses Ergebnis.«

»Und was weißt du noch über die Sache?«

Er streckte sich nach einem Papierstoß und zog daraus drei, vier zusammengeheftete Bögen hervor. »Ich habe den Vorgang hier, eine Zusammenfassung der Verhöre mit ihm. Als Vibeke Farang endlich Farbe bekannte und mit dem Namen herausgerückt ist, gab es für ihn keinen Grund mehr, irgend etwas zu leugnen. Er war auch damals unverheiratet.«

»Und?«

»Sie hatten sich in einem Fitneßcenter kennengelernt, wo sie angestellt war. *Schönheit und Gesundheit.* Das Verhältnis hatte ein halbes Jahr gedauert, eine sporadische Angelegenheit, je nachdem, wo sich *Herr* Farang gerade herumtrieb. Und alles hatte sich in den vier Wänden der Farangs abgespielt, nachdem die kleine Camilla schlafen gegangen war. Niemand – nicht einmal die neugierigsten Nachbarn – hatte jemals etwas bemerkt. Der Ehemann ahnte nichts. Tor Aslaksen hatte vor niemandem damit geprahlt. Wenn das mit Camilla nicht passiert wäre, dann wäre es vielleicht nie herausgekommen.«

»Apropos. Ich kann mich nicht erinnern, daß die Presse darüber berichtet hätte.«

»Nein, das hat sie nicht. Es ist uns gelungen, diese Seite des Falles zu vertuschen. Es gab ein paar Journalisten mit zentralen Informationen, um es so auszudrücken, die uns auf den Fersen waren. Aber wir brachten sie dazu, die Klappe zu halten – teils aus Rücksicht auf die Ermittlungen, teils mit Hinweis auf die Wahrung der Privatsphäre.«

»Und was hatte Aslaksen über den Verlauf des Abends zu sagen?«

»Nichts, aus dem wir klüger geworden wären. Er bestätigte im großen und ganzen alles, was Vibeke Farang ausgesagt hatte, allerdings hatte er genug Zeit, sich vorzubereiten. – Er war gegen acht Uhr gekommen, durch die Haustür. Sie hatten Kaffee getrunken und sich ein bißchen unterhalten, ehe sie – zur Sache kamen. Er hatte es eilig gehabt, und die Verhandlungen wegen des Autos erfolgten wie schon erwähnt ziemlich hastig. Dann ist er zu NORLON gefahren, wo er zu einer Besprechung über den technischen Ablauf eines größeren Mülltransports mußte. Giftmüll, sollte ich dazusagen – entsprechend der aktuellen Situation da draußen. Am nächsten Morgen brachte er den Wagen zur Inspektion und las in der Zeitung von dem verschwundenen kleinen Mädchen, ohne einen Zusammenhang herzustellen, weil an dem Tag kein Name genannt worden war. Erst am folgenden Tag wurde der Name veröffentlicht, und da bekam er, nach seiner eigenen Aussage, einen regelrechten Schock. Einen so gewaltigen Schock, der ihn stumm machte –«

»Habe ich es nicht gesagt? Er *hatte* sich verbrannt, Hamre!«

»So stumm, daß er nicht einmal darauf kam, mit der Polizei Kontakt aufzunehmen, bevor Vibeke Farang selbst ihn präsentierte.«

»Hm. Hatte die Kleine – fehlten Kleidungsstücke von ihr?«

»Ob sie bekleidet war, meinst du?« Er runzelte die Stirn und blätterte in seinen Papierstößen. »Soweit ich mich erinnere, war die Mutter der Meinung, daß nichts fehlte außer dem Schlafanzug, den sie anhatte, als sie schlafen ging.«

»In welcher Jahreszeit war das gleich wieder?«

»April. Ende April.«

Ich überlegte scharf. »Nun. Ich bilde mir natürlich nicht ein, auf etwas zu kommen, was ihr nicht in sechsmonatiger Fahndung bedacht habt. Es ist ja auch nicht leicht, ein Motiv zu erkennen. Ein eifersüchtiger Ehemann kann auf die schlimmsten Dinge verfallen, aber Farangs Alibi ist, wenn ich richtig verstanden habe, bombensicher.«

»Astrein.«

»Und Aslaksen – sagte er überhaupt etwas über das Mädchen?«

»An dem Abend, an dem sie verschwand, wurde sie kaum erwähnt. Bei früheren Besuchen hatte er ein paarmal ihre Stimme gehört, wenn sie noch nicht schlief, wenn er kam. Einmal hatte er sie zusammen mit der Mutter in der Stadt getroffen, und da hatte er sie begrüßt, wie man eben die Kinder von Bekannten begrüßt. Sonst nie.«

Ich kratzte mich am Kopf. »Und diese Personen, wo befinden sie sich heute?«

»Tja, wo Aslaksen ist, wissen wir. Vibeke Farang wohnt auf Sotra und arbeitet nach wie vor in dem Fitneßcenter in der Stadt. Nur der Name hat sich geändert.«

»Wie?«

»Zu *Body & Soul*, was immer das heißen soll. – Ihr früherer Mann, Bard Farang, hat wieder geheiratet und lebt in Hardanger.«

»Sag mal, Hamre, warum hast du mir das alles erzählt? Ihr sprudelt sonst, wenn ich reinkomme, auch nicht gerade über vor Informationsdrang.«

Hamre beugte sich vor und schaute mich ernst an. »Weil solche

Fälle wie der Fall Camilla etwas sind, mit dem wir hier im Haus nie fertig werden, Veum, bevor sie gelöst sind. Dazu benötigen wir jede Hilfe, die wir kriegen können, von denen, die die Presse gerne als *den großen Detektiv* bezeichnet, nämlich die Allgemeinheit. In diesem Zusammenhang kannst du dich als Allgemeinheit betrachten. Stößt du auf irgend etwas, das Licht in diesen acht Jahre alten Fall bringen kann, sind wir für alles dankbar, was du uns lieferst.«

Ich klatschte leise in die Hände. »Bravo.«

Er blieb sitzen und schaute mich an.

»Und du hast nicht noch weitere Namen durch deine Datenbank laufen lassen, Hamre? Wie zum Beispiel Lisbeth Finslo?«

»Doch, habe ich getan.«

»Und?«

»Nichts. Eine makellose Personalakte, wie du dir denken kannst. Nicht einmal eine unbezahlte Rundfunkgebühr.«

»Sie kommt allerdings aus Florø, wie du weißt.«

»Na und? Du meinst, da oben hätten sie nichts, um sich zu amüsieren?«

»Nein, nein. Ich dachte – sie ist vielleicht nicht nur dort gemeldet –?«

»Ach so. Kleinere Vergehen betrifft das allerdings nicht. Ich werde die Polizei da oben bitten, die Daten der örtlichen Meldebehörde einzuholen, glaube aber nicht, daß uns das einen Millimeter weiterbringt.«

»Dann befinden wir uns sozusagen am selben Fleck – dem Ort der Ruhe?«

»Sozusagen.« Er winkte müde mit der einen Hand. »Und jetzt: Wegtreten, Veum.«

Ich erhob mich und ging zur Tür.

»Und vergiß nicht... Solltest du auf etwas stoßen, dann...«

»...kenne ich mehrere Zeitungen, die diverse Tausender locker machen für derartige Hinweise. Ich bin gerade auf dem Weg zu einer.«

»Ach ja?« Er blickte mich fragend an.

»Um nachzulesen, was sie sicher im Archiv haben. Über den Fall Camilla.«

21

Die Sonnenstrahlen schnitten große Scheiben weißen Lichts in scharfe Hausecken. Fløifjellet lag auf dem Rücken und pustete sich geruhsam selbst ins grüne Blattwerk, wobei er sich in einem Himmel spiegelte, der nicht mehr so blau gewesen war, seit Noah mit seiner Arche auf Grund lief und das Wasser allmählich fiel. Ich fühlte mich wie das erste Tier, das an Land ging.

Von Jahr zu Jahr dachte ich öfter: Die Frauen sind heutzutage schöner. Und jünger. Und noch eine weitere Stufe unerreichbarer.

Als ich in die Redaktion kam, zu Paul Finckel, war mir klar, daß ihn dasselbe Leiden plagte. Er hatte eine der kleinformatigen englischen Zeitungen vor sich aufgeschlagen, auf Seite sechs, wo eine Walküre aus Wales den Leuten zeigte, wo König Salomo seine Hirschkühe weidete, mit so schwerfälligen Argumenten, daß selbst ein so abgebrühter Voyeur wie Paul Finckel sich in zwecklosen Phantasien verlor.

Bei jedem Treffen dachte ich mir: Er ist noch fetter geworden. Und älter. Und noch einen Schlag ungenießbarer. – Und vergaß dabei keine Sekunde, daß wir genau das gleiche Alter hatten.

Er äugte mißmutig herauf zu mir, strich sich mit einer fleischigen Hand den struppigen Bart und grinste schlaff: »Varg der Jäger, verhungert und mager?«

»Und du...«, ich wies mit dem Kopf auf die englischen Torpedos, »...träumst von einem Lotterbett?«

Er blies verächtlich in den Bart. »Eine der Leitkühe von Maggie Thatcher. In einer Woche wird sie öffentlich zugeben, daß sie mit einem Minister geschlafen hat. In vierzehn Tagen ist sie vergessen. So treiben sie den Papierverbrauch in die Höhe.«

»Während du alles tust, ihn unten zu halten?«

Er blinzelte. »Wenn du die Papierherstellung meinst, dann ja. – Erst laß ich mich lieben, dann wird geschrieben, sagte die Unschuld vom Lande.«

»Hast nicht auch du über den Fall Camilla geschrieben – seinerzeit?«

Es glitzerte in seinen Augen, wie von einem Diamanten am Grunde eine Schlammpfuhls. »Der Fall Camilla... Etwas im Busch, Varg?«

Ich warf einen Blick auf sein kleines Büro. Es wirkte winziger als je zuvor, weil er in die Breite gegangen war und immer noch nicht die Kisten voller Zeitungen geleert hatte, die schon bei meinem letzten Besuch vor einem halben Jahrzehnt hier gestanden hatten. Eine der Kisten stand vor der sperrangelweit offenen Tür, die sich ohne eine aufwendige Verschiebung von schwerem Material nicht schließen ließ.

Ich dämpfte die Stimme. »Ich will nicht leugnen, daß er möglicherweise wieder aktuell wird. – Du könntest mir nicht das, was ihr im Archiv habt, zur Verfügung stellen?«

Er verdrehte die Augen. »Wie viele Tage hast du Zeit?«

»So viel ich brauche.«

Er griff nach dem Telefon und wählte eine interne Nummer. »Sonne? Hier ist der Mond! – Haha. – Ja. Der Fall Camilla. Alle Umschläge. – Unter C. – Ja.« Er legte auf. »Die Sonne wird sich gnädig unserer annehmen, sobald sie Zeit hat. Erzähl', worum es geht.«

»Neein. Vorläufig möchte ich mich mit dem Fall vertraut machen. Er wurde in Verbindung mit einer anderen Sache, mit der ich zu tun habe, erwähnt. Du wirst natürlich der Erste sein, der Nachricht erhält, wenn ich etwas weiß.«

Er grinste boshaft. »Das hast du schon öfter gesagt, Varg. Aber wenn ich dann die Nachrichten bekomme – über die üblichen Kanäle – sitzt du auf der Polizeiwache beim Verhör.«

»Na, du weißt ja, wie es ist. Diese Burschen – sie wollen in allem bevorzugt werden.«

Eine große Blondine mit Pferdegebiß tauchte im Türrahmen auf, acht prall gefüllte gelbbraune Umschläge unter dem Arm. Sie schaffte sich Platz und ließ die Umschläge auf Finckels Schreibtisch plumpsen, daß der Staub und die Zeitungsausschnitte aufflogen. »Nächstes Mal holst du sie dir selber!« keifte sie und verschwand, ohne mich eines Blickes zu würdigen.

»Sonne, was gehst du so rasch unter«, deklamierte Paul Finckel hinter ihr her.

Voller Verachtung schob er mir die Umschläge zu. »Bedien' dich, Varg. – Dann werde ich versuchen, in der Zwischenzeit dem PC einige Zeilen zu entringen.« Er drehte sich mit dem Stuhl herum und starrte melancholisch auf den blinden Schirm, der flehentlich um eine Botschaft bat.

Ich konzentrierte mich auf die Archivumschläge.

Im großen und ganzen war der Stoff chronologisch geordnet. Aber die Artikel waren des öfteren herausgeholt worden, deshalb stockte die Chronologie hier und dort, ohne daß dadurch der Gesamteindruck gestört worden wäre.

Der erste Artikel stammte von dem Tag nach ihrem Verschwinden. Der Ausschnitt war datiert auf den 27. April 1979. SUCHAKTION IM BJØRNDAL lautete die Überschrift. Der Text selbst brachte nichts, was ich nicht schon wußte, das Bild zeigte vier, fünf Personen in der Uniform des Rettungsdienstes, die den kleinen Wald da draußen durchkämmten.

Die nächste Überschrift klang dramatischer: WO IST CAMILLA? Der Typographie nach war sie jetzt bereits auf der ersten Seite, wo sie noch monatelang bleiben sollte. Der Artikel war bebildert mit einem großen Foto von Camilla, eindeutig von einem Farbfoto gemacht, und die Bildunterschrift wies darauf hin, daß die Polizei ein Verbrechen befürchtete.

Ich blieb sitzen und betrachtete mir ihr Gesicht, grob gekörnt und verblichen von der Zeit. Sie hatte helles Haar, im Pagenschnitt, mit einer Schleife über dem einen Ohr. Um den Mund lag ein leichtes Lächeln, so als hätte sie die kleinen Witzeleien der Fotografen allmählich satt. Die Augen waren groß, das Gesicht rund, und sie trug ein Kleid oder eine Bluse mit weißem Spitzenkragen. Sie war 1979 sieben Jahre alt. Heute wäre sie fünfzehn –, wenn sie noch irgendwo da draußen wohnte.

Ich hob den Kopf und blickte nachdenklich hinaus auf den Hinterhof, auf den Finckels Aussicht ging.

Finckel schaute auf. »Na. Was gefunden?«

»Nein. Ich habe nur überlegt…«

»Ja?«

»Diese Kinder, die einfach verschwinden. Wo bleiben sie? Nimmt sie Peter Pan mit ins Märchenland, aus dem sie nie zurückkehren? Oder wachsen sie bei neuen Eltern auf, die selbst kinderlos geblieben sind?«

»Letzteres kannst du dir aus dem Kopf schlagen, dazu war sie bei ihrem Verschwinden zu alt. Bei Säuglingen – ja vielleicht. Aber sie da…« Er schnitt eine zynische Grimasse. »Bestenfalls ist sie zur See gegangen. Aber wahrscheinlich liegt sie irgendwo verscharrt, wo niemand je graben wird.«

»Gab es nicht auch eine Festnahme?«

»Ja richtig. Einer von den alten Bekannten. Raymond Sørensen. Aber *so* schwerwiegende Sachen hat er nie gemacht. Sie waren für ihn wie Puppen, die er gerne an- und ausgezogen hat. Ein harmloser Bursche, aber natürlich scheußlich, ihm ausgeliefert zu sein. Er ist übrigens jetzt wieder draußen.«

»Draußen – wieder?«

»Ja. Sie haben ihn wegen einer anderen Sache eingebuchtet, einhalb Jahre nach dem Fall Camilla. Betatschen und Freiheitsberaubung. Ein sechsjähriges Mädchen. Jetzt probeweise auf freiem Fuß, nach fünf Jahren Sicherheitsverwahrung.«

»Raymond Sørensen?« Ich notierte mir den Namen.

»Suchst du etwa *den*?«

»Nein, ich glaube nicht.«

Ich blätterte weiter in den Zeitungsausschnitten. Auf einem sah man eine Luftaufnahme mit dem ganzen Wohngebiet, wo sie gewohnt hatte, eines der Häuser weiß eingekreist. *Hat jemand Camilla gesehen?*

Später kamen mehrere Artikel, zusammen mit Bildern verschiedener Automarken. *Wer hat diesen Wagen gesehen?*

In regelmäßigen Abständen wurde der Ablauf der Ereignisse und der Stand der Fahndung detailliert zusammengefaßt. Einmal sah man in diesem Zusammenhang die Eltern von Camilla auf der ersten Seite. Ihre schmalen Gesichter waren von vielen schlaflosen Nächten gezeichnet. *Gib uns Camilla zurück!*

Bård Farang hatte dunkles, volles Haar, das in wirren Locken auf das knochige Gesicht fiel. Vibeke Farang wirkte jünger als er; ihr Haar war glatt und leblos, und sie hatte dunkle Ringe unter den Augen wie ein Kind, das abends zu lange aufgeblieben ist.

Ich hielt Finckel den Ausschnitt hin. »Sie ließen sich ja scheiden, später.«

Er betrachtete uninteressiert das Bild. »Ja. Der Druck ist vermutlich zu groß geworden. Moderne Ehen sind nicht für derartige Belastungen gebaut. Die Arbeiter haben zu schlampig gearbeitet, und der Bauunternehmer ist pleite gegangen.«

»Hast du sie mal gesehen?«

Er zog sich an seinem grau gesprenkelten Backenbart. »Was zahlst du als Provision, Varg? Einen Drink am Jüngsten Tag?«

»Wenn du meinst, daß du dann einen brauchst.«

»Es muß einer mit Eiswürfeln sein. – Ja, ich habe sie gesehen. Wenn du auf das Zeichen achtest, siehst du, daß ich diesen Artikel verbrochen habe. Es war bei einer Pressekonferenz, ohne Möglichkeit für eine persönliche Begegnung, obwohl es an die Nieren gegangen ist, sogar einem so abgebrühten Federfuchser wie mir. – Später habe ich dann ein eher persönliches Interview mit der Mutter gemacht. Allein.«

»Also nicht mit dem Vater?«

»Nein. Er verschwand gewissermaßen von der Bildfläche. Das war vermutlich seine Art, Abstand zu dem Ganzen zu bekommen. Während sie nie aufgegeben hat, sich immer und immer wieder mit der Sache beschäftigte. Erst vor acht, neun Monaten ist sie in einer Illustrierten interviewt worden.« Er malte die Schlagzeile in die Luft. »Camillas Mutter gibt die Hoffnung nicht auf. Ein erschütterndes Interview mit der Mutter des verschwundenen Mädchens.«

»Dann besteht deiner Meinung nach eine Chance, daß auch ich mit ihr reden kann?«

»Und worüber willst du mit ihr reden? Über den Liebhaber?«

»Äh – du weißt davon?«

Er schnitt eine Grimasse. »Natürlich weiß ich das. Sie hatte einen Mann zu Besuch, mit dem sie es trieb genau zu der Zeit, in der die Tochter verschwand. Im Nebenzimmer.«

»Aber – warum schreibst du nie darüber?«

»Wahrung der Privatsphäre, Varg. Außerdem – wie, glaubst du wohl, würde es um meine Informationsquellen drüben im Präsidium bestellt sein, wenn ich so was rausließe? Sie würden austrocknen wie ein Alkoholmonopol vor dem Wochenende, mein Junge!« Er lehnte sich schwer im Stuhl zurück. »Du hast wohl gedacht, du hättest hier was entdeckt. Tut mir leid, Varg. Nichts Neues unter der Sonne auf diesem Gebiet.«

»Dann weißt du wohl auch, wer dieser Liebhaber war?«

Sein Blick wurde unsicher. »Na ja, ich habe den Namen mal gehört, aber es stellte sich heraus – spielte ja ohnehin keine Rolle. – Weißt du ihn?«

»Ich war es jedenfalls nicht! – Du hast doch den Fall aus nächster Nähe verfolgt. Hast du dir eine private Theorie gebildet, was damals passiert sein könnte?«

Er schaute mich betrübt an, wie ein katholischer Pfarrer einen beichtenden Sünder. »Die Zufälligkeiten sind es, die unser Leben bestimmen, Varg. Ich glaube, sie ist einer gefährlichen und unberechenbaren Person über den Weg gelaufen, zum falschen Zeitpunkt. Einer wie dieser Raymond Sørensen, nur schlimmer und schlauer. Einer, der die Gelegenheit am Schopf packte, spontan und ohne vorher geplant zu haben.«

»Und die Gelegenheit – die war...«

»Wenn ein Kind zum ersten Mal die Sexualität in ihrer rohen und brutalen Entfaltung erlebt, erschrickt es. Stell dir vor, die kleine Camilla wird wach, von den Geräuschen im Nebenzimmer. Kurze, tierische Schreie, heiseres Stöhnen. Sie geht zur Tür, huscht zur nächsten Tür, guckt durch einen Spalt ins Schlafzimmer der Eltern und sieht – die Mutter mit einem fremden Mann.« Es glitzerte feucht in seinen dunklen Augen. »Was macht sie? Geht sie rein und sagt, pfui, pfui, laß Mama in Ruhe! – Während sich die Mutter vielleicht unter ihm aufbäumt und stöhnt ja, ja, ja!? – Oder rennt sie blindlings davon, weg soweit sie kann – hinaus auf die Straße? Und *da* –«

Er unterbricht sich selbst. »Ich weiß ja nicht, Varg. Eine Theorie, wie du selbst gesagt hast.«

»Und diese Person, die sich das Kind schnappte, kam aus dem Dunkel und verschwand im Dunkel, ohne von jemandem gesehen zu werden?«

»Genau so läuft es doch jedesmal in solchen Fällen ab. Der Fall Camilla ist leider nicht der einzige. Kinder sind nur zu leicht beeinflußbar, sind sie erstmal jemandem ausgeliefert, der ihnen Böses will.«

»Dann glaubst du mit anderen Worten, der Fall wird ungelöst bleiben?«

»Nach so vielen Jahren? Ja. Wenn sich nicht etwas völlig Neues ergibt. – Worauf hockst du, Varg?«

Ich grinste dümmlich. »Auf dem Stuhl.«

Er beugte sich vor. »Das nächste Mal, wenn du mein Archiv brauchst, schicke ich dich zu Norsk Barneblad*.«

»Nicht nötig. Ich sammle es. – Okay, ich erzähl dir das bißchen, das ich weiß. Ich kann dir aber versichern, daß die Quellen, die du bei der Polizei hast, nicht nur austrocknen, wenn du darüber schreibst – sie werden zur steinigen Wüste.«

»Komm schon. Spuck aus.«

»In den Zeitungen vom Samstag wird von einem Todesfall berichtet. Ein Mann ertrank in einem Schwimmbecken in einem Haus am Nordåsvannet.«

»Ein Unglücksfall, oder?«

»Die Polizei geht der Sache nach, und sie haben Zeugen gesucht, die verdächtige Autos oder Personen in der Nähe des Tatortes gesehen haben. Eine Zeugin wird namentlich gesucht. Eine Frau namens Lisbeth Finslo.«

»Und?«

»Na ja, es war vielleicht doch kein Unglücksfall, und der Mann, der starb – war der Freund von Vibeke Farang, damals 1979.«

Er stieß einen längeren Pfiff aus. »Und du meinst, dieser Todesfall könnte etwas mit dem Fall Camilla zu tun haben?«

»Ich meine gar nichts. Dazu weiß ich viel zu wenig. Ich versuche, Lisbeth Finslo zu finden, wurde aber dabei darauf aufmerksam gemacht – daß diese Verbindung besteht.«

Er schaute auf seine Hände und schielte dann auf den Monitor. »Das ist alles?«

»Das ist alles.«

»Dann höre ich von dir, sobald du auf konkretere Zusammenhänge stößt? Ich werde mich in der Zwischenzeit näher mit den Artikeln über den Todesfall und die verschwundene Person kümmern. Wie hieß die Leiche, sagtest du?«

»Aslaksen. Tor Aslaksen.«

Er warf einen Blick auf die Archivumschläge. »Und die kannst du einfach liegenlassen. Ich blättere gern noch mal darin, jetzt, nachdem du mich drauf gebracht hast.«

22

Ich ging zurück ins Büro und bemühte mich, Bodil Schrøder-Olsen zu erreichen.

Sie arbeite in einer Versicherungsgesellschaft, hatte der Schwiegervater erzählt. Ich schlug die gelben Seiten auf, Stichwort *Versicherung*.

Ich fing ganz oben an, bei den Gesellschaften, die das größte Defizit in der Jahresbilanz aufwiesen und den Top-Managern, die nicht mehr Steuern bezahlten als ein Vorschullehrer. Dort fand ich sie nicht.

Ich arbeitete mich durch die Liste abwärts, vorbei an den Gesellschaften, die gerade von schwedischen Investoren gekauft worden waren und denen, die mit konkursgefährdeten Geschäftsbanken oder anderen Versicherungsgesellschaften mit steuerlich begründetem Investitionsbedarf fusioniert hatten, bis zu den allerkleinsten und deshalb auch solidesten regionalen Gesellschaften.

Dort fand ich sie, nett und liebenswürdig, bis ich sagte, wer ich war. Da fiel die Temperatur augenblicklich, und sie sagte kühl:
»Und welche Art von Versicherung wünschst du?«
»Eine Lebensversicherung im wörtlichen Sinne.«
»Ausgezeichnet.«
»Ich hätte dir, um es anders auszudrücken, gerne einige Fragen gestellt, ohne daß die ganze Familie zugegen ist.«
»Tut mir leid, ich bin beschäftigt.«
»Wie lange?«
»Den ganzen Tag. Ich muß jeden Augenblick weg zu einer größeren Konferenz in Sandsli, und von dort fahre ich direkt nach Flesland zum Flughafen.«
»Willst du verreisen?«
»Nein, ich möchte einen Sprung machen.«
»Äh – ach so. Und wann kommst du runter?«
»Dann ist Essenszeit, und am Abend habe ich etwas vor.«
»Ich wollte es möglichst vermeiden, zur Essenszeit hereinzuplatzen und meine Fragen bei Tisch zu stellen...«
»Soll das eine Drohung sein?«
»Eher ein Angebot. Ich würde es mit anderen Worten bevorzugen, wenn du irgendwann zwischendurch für mich Zeit hät-

test. Es wird nicht lange dauern. Ich könnte dich vielleicht nach Sandsli fahren?«

»Danke, ich fahre selbst, mit einer Briefing-Kassette im Radio. – Ich sehe nur eine Möglichkeit, wenn du mit ins Flugzeug steigst.«

»Okay. Wann?«

»Triff mich auf Flesland, auf dem Sportflugplatz, um 16.30 Uhr *sharp*. Und jetzt muß ich los. Aber sei pünktlich. Ich warte nicht.«

Sie unterbrach die Verbindung ohne überflüssige Höflichkeitsphrasen. Selbst legte ich den Hörer langsam auf und überlegte dabei, was ich sie fragen wollte.«

Als Tagesgericht in der Cafeteria im zweiten Stock gab es Montagsfisch, aber es war viele Wochen her, daß er das Meer gesehen hatte. Dafür war er versalzener als ein Salzhering und vom Fleisch her bleicher als ein toter Diakon.

An meinem Tisch saßen noch vier Rentner und diskutierten die Totozahlen vom Wochenende. Sie hatten die Tippzettel der Woche vor sich ausgebreitet wie ein Horoskop für den Rest ihres Lebens. So fühlten sie sich sicher, daß sie auch noch diesen Samstag erleben würden.

Am Ende meiner Mahlzeit fühlte ich mich wie ein Mormone vom Ufer des Great Salt Lake, und ich mußte zur Theke für ein weiteres Glas Wasser, um auf der Fahrt nach Flesland nicht zu Gepökeltem zu werden.

Ich fuhr über Paradis, doch die Temperaturen waren alles andere als paradiesisch. Die Quecksilbersäule näherte sich der 30, als triebe die Wärme der dichten Autoschlange die Temperatur nach oben. Ich schaltete den Ventilator auf höchste Geschwindigkeit und kurbelte das Fenster auf der Fahrerseite runter, ohne mehr als die Illusion einer Abkühlung zu haben. Der Himmel über der amputierten Schnellstraße zwischen Hop und Rådalen ähnelte einer glühenden Eisenplatte, blau gefärbt von der Flamme der Lötlampe. Richtete man den Blick sonnenwärts, riskierte man sein Augenlicht.

Ich parkte meinen Wagen am Tor zum Flugplatz der Sportflieger. Kaum stand ich, da brauste Bodil Schrøder-Olsen mit ihrem süßen, kleinen rotlackierten Lamborghini heran und parkte so unverschämt nah neben meinem asphaltgrauen Toyota, daß wir an einem Regentag durch die Seitenfenster zueinander hätten kriechen können, ohne nasse Haare zu bekommen.

Sie nickte kurz, ging vor mir her zum Tor und schloß auf. Ich folgte. Keiner sagte ein Wort.

Sie trug einen knappen schwarzen Lederrock, eine kurzärmlige weiße Bluse und adrette schwarze Schuhe. Über der einen Schulter hing eine stabile, gewebte Tasche mit indianischem Muster und in erdfarbenen Rot- und Brauntönen. In der anderen Hand trug sie eine indigobraune Aktentasche mit signalroten Verschlüssen.

Vor einem der Hangars hatte ein junger, gut proportionierter Blondschopf mit einem dekorativen Ölfleck auf der einen Wange die Maschine startklar gemacht. Bodil umarmte ihn freundschaftlich und ging zur Hangaröffnung. »Ich zieh mich um und checke die Ausrüstung.« Zu mir sagte sie in einem Tonfall, als sei ich ihr Chauffeur: »Warte hier.«

»Aber –« Ich zuckte die Schultern und wandte mich dem Piloten zu. »Hallo. Heiße Veum. Sie hat mich eingeladen, mitzufliegen.«

Er grinste jugendlich und gab mir eine muskulöse, geschmeidige Hand, als wollte er seine Kräfte mit mir messen. »Petter Svardal.«

»Ich dachte, sie fliegt normalerweise mit Tor Aslaksen?«

»In letzter Zeit nicht«, sagte Petter Svardal, und sein Blick wanderte hinauf in die Lüfte, als wolle er die Windrichtung prüfen.

»Nein? Seit wann nicht mehr?«

Er zuckte die Schultern. »Seit einigen Monaten. Weiß nicht mehr genau.«

»Und du hast sofort deinen Dienst angetreten – direkt von der Reservebank weg?«

Sein Blick kam wieder runter, blau und unerbittlich. Er trat ein paar Schritte näher. »Ich habe nicht genau verstanden – wie war der Name –?«

»Veum. Varg Veum. Sie hat mich eingeladen, mitzufliegen.«

»*Das* habe ich verstanden.« Er wandte sich brüsk ab, zog etwas Putzwolle aus der hinteren Tasche seiner abgewetzten Jeans und ging zum Flugzeug, um einen imaginären Fleck vom Leitwerk zu wischen.

Die Maschine war blau und weiß gestrichen, mit einem Silberstreif, der die Farben trennte. Die eine Tür stand offen, und ich sah in die Passagierkabine, wo die Sitze mit blaugrauem Kunstleder bezogen waren, möglicherweise hergestellt bei NORLON in Hilleren.

Ich trat näher. »Was ist das für ein Flugzeugtyp?« fragte ich seinen schmalen Nacken.

Er linste über die Schulter, ohne seine Putzerei zu unterbrechen. »Eine CESSNA 117. 1979er Modell. Aber hervorragend in Schuß.«

»Getrimmt wie ein Trapezkünstler?«

Er drehte sich ganz um. »Hä?«

Ich machte eine weite Armbewegung. »Fliegst du schon lange?«

»Sechs Jahre.«

»Ist das deine Maschine?«

Er starrte mich mit halb offenem Mund an. »Die, nein! Gehört ihr, das weißt du doch. Ich fliege die Kiste nur für sie.«

»Fliegt sie selbst auch?«

»Klar! Aber es ist etwas schwierig, den Vogel runterzubringen, nachdem man abgesprungen ist.«

»Verstehe. – Hast du vielleicht auch eine eigene Maschine?«

Er schüttelte den Kopf. »Kann ich mir nicht leisten, noch nicht. Aber ich spare. Bis dahin fliege ich für andere. Ich habe diesen Sommer schon zehn-, zwölfmal Touristen zum Hardanger Gletscher geflogen.«

Sein Blick glitt an mir vorbei in Richtung Hangar, wie ein Hund, der den Kopf hebt, wenn sein Herrchen durch die Tür hereinkommt. Hätte er einen Schwanz gehabt, er hätte damit gewedelt.

Ich drehte mich um und folgte seinem Blick.

Sie hatte nun praktische Klamotten an: eine leichte blaugraue

Kombi, weißer Helm mit den Farben des Flugzeugs an der Seite, am Hals sichtbar ein weißes T-Shirt und hellbraune Schaftstiefel mit festen Sohlen. Der Fallschirm war mit strammen Gurten an ihrem Rücken befestigt, die sich auf der Brust kreuzten und bis zu einem breiten militärfarbenen Gürtel reichten. Die Lachgrübchen vertieften sich, als sie mir einen zweiten Fallschirm zuwarf und sagte: »Der ist für dich, Veum.«

Ich fing das leichte Paket in der Luft auf und spürte, wie mir flau wurde in der Magengegend. »Aber ich will doch nicht –«

»Nicht?« erwiderte sie spöttisch und steuerte mit weit ausgreifenden Schritten auf das Flugzeug zu.

»Bist du schon mal gesprungen?« fragte Petter Svardal neugierig, als käme er vom Lokalsender Nachbarschaftsradio und wollte mich vor dem großen Sprung interviewen.

»Selig sind die«, erwiderte ich, »denn ihrer ist ein Fallschirm.« Dann stieg ich hinter Bodil Schrøder-Olsen in die Maschine.

Die Hitze draußen brachte die Gerüche da drinnen zum Flirren: Öl und Leder vermischten sich mit dem Parfüm auf ihrer Haut und wurden zu einer Mixtur, wie man sie kaum in den feinen Geschäften von Paris finden dürfte.

Ich warf den Fallschirm auf den Boden und murmelte: »Mich kriegst du nicht dazu, so etwas zu probieren – unvorbereitet!«

»Veum der Hasenfuß?« sagte sie provokativ, während sie die Fallschirmgurte um ihre Schenkel nachzog. »So sieht also der große, knallharte Detektiv aus, hm?«

Petter Svardal warf im Vorbeigehen einen schnellen Blick auf mich, sagte aber nichts.

Es gab keine Trennwand zwischen Pilotensitz und Passagierkabine, und ich sagte leise: »Wie soll ich dir unter diesen Umständen private Fragen stellen?«

Sie schaute mit einem überlegenen Lächeln nach vorne. »Petter sagt nichts. Außerdem…« Sie hob die Stimme. »Petter!«

Er drehte sich um.

»Wenn du dein Okay vom Tower hast, behalte den Kopfhörer

noch eine Weile auf. Veum und ich haben einige Gesichtspunkte zu erörtern. Klar?«

Er nickte gut dressiert als der Pudel, der er war, stülpte sich sofort den Kopfhörer über und überprüfte die Instrumente, um dann die Flugleitung anzurufen.

Bodil verfolgte aufmerksam die Startvorbereitungen, und erst als die Maschine auf die Rollbahn einschwenkte, lehnte sie sich im Sitz zurück, befestigte die Sicherheitsgurte und richtete den Blick auf mich.

»Du hast genau zehn Minuten, Veum. Keine Sekunde mehr.«

Es krächzte in Petter Svardals Kopfhörern, und die Geschwindigkeit nahm zu. Östlich von uns waren die Gebäude des Terminals, im Westen erhoben sich wie Barrieren am Horizont die Berge auf Sotra.

»In erster Linie möchte ich gerne erfahren, was du über Tor Aslaksen weißt und warum er starb.«

Sie holte gereizt Luft. »Erstens habe ich keine Ahnung, warum er starb! Und zweitens –«

»Aber du wußtest, daß er tot war?«

»Natürlich. Trygve hatte es ja erzählt.«

»Wann hat er die Nachricht erhalten?«

»Freitag früh, von der Polizei. Gleich, nachdem sie herausgebracht hatten, wer er war und wo er arbeitete.«

»Und du?«

»Trygve rief mich an. Im Büro. Es war ein ziemlicher Schock.«

»Ihr wart – eng befreundet?«

In ihren dunklen Augen blitzte es. »*Zweitens* geht dich *das* nichts an, Veum! Tor war ein Jugendfreund meines Mannes, er war ein Kollege und Untergebener meines Mannes, und erst nachdem ich Trygve kennenlernte und durch ihn Tor, kamen wir miteinander ins Gespräch – hier im Aeroclub.«

»Ihr hattet gemeinsame Interessen?«

»Er war Ingenieur. Er ist immer fasziniert gewesen vom Fliegen. – Für mich bedeutete das eine Herausforderung, ähnlich der mit der EDV. Etwas genauso gut zu beherrschen wie die Männer. Beweisen, daß ich ihnen auf noch einem Gebiet ebenbürtig bin, auf das sie eine Art Monopol beanspruchten.«

»Mit anderen Worten so etwas wie ein symbolischer Kampf der Geschlechter?«

Ihr Lächeln war hart wie Stahl. »So kannst du es nennen.«

»Wann hast du deinen Mann kennengelernt?«

»Trygve? Äh – 1981.«

»Und wann habt ihr geheiratet?«

»Zwei Jahre später.«

»Und wann hast du angefangen – bitte versteh mich jetzt nicht falsch – mit Tor Aslaksen zu fliegen?«

»Noch ein Jahr später, glaube ich. Etwa '85.«

»Und wie lange dauerte *das*?«

»Was meinst du – *dauerte*?«

Ich machte eine Kopfbewegung zum Pilotensitz. »Du hast jetzt einen neuen Piloten?«

Wie auf ein Zeichen gab Petter Svardal Vollgas, zog den Steuerknüppel zu sich und zwang die Maschine mit einem eleganten, umgekehrten Kopfsprung hinein in den blaugrünen Sommertag.

Der Sund westlich von Flesland wurde zu einem Sonnengürtel, der die Landschaft gleichsam zweiteilte. Wir stiegen wie ein von einem himmlischen Schläger geschlagener Federball, und ehe wir uns versahen, lagen Lille Sotra, Hilleren, Kvarven, Askøy und danach Byfjorden wie ein frisch eingeklebtes Bildchen unter uns.

»Paß auf Veum. Mit wem ich diese Flüge hier mache, das ist so weit weg von deinem Schnüfflerjob wie überhaupt möglich. Manchmal war es Tor, manchmal ist es Petter, ein anderes Mal wieder ein anderer. Wichtig ist nur, daß es jemand ist, auf den ich mich verlassen kann. Du würdest nie in Betracht kommen.«

»Danke für die Rosen. Aber es ist eine Weile her, soviel ich verstanden habe, daß du mit Tor Aslaksen geflogen bist?«

Sie warf einen harten Blick auf den Nacken von Petter Svardal. »Woher hast du das?«

Ich warf einen unbestimmten Blick aus dem Fenster. »Habe ich – gehört.«

Bergen und seine sieben Hügel breiteten sich unter uns aus. Nordnes streckte ihren mahnenden Zeigefinger nach Norden, als solle uns der breite Weg zur ewigen Verdammnis gezeigt werden. Die Berge Fløien, Ulriken, Løvstakken und Damgårdsfjellet umschlossen das Stadtzentrum, konnten aber nicht verhindern, daß sich selbiges zwischen den Beinen des Løvstakken und hinunter ins Fyllingsdal davonstahl, beim Damgårdsfjell und um die Ecke hin zum Loddefjord und am Ufer des Sandviksfjell entlang Richtung Åsane und Arna. Und im Süden standen die Türen weit offen nach Fana.

»Außerdem ist das Blödsinn!« fuhr sie aufgebracht fort. »Ich hätte genausogut morgen mit Tor fliegen können, ich – wenn es darum gegangen wäre. Und wenn es noch möglich wäre«, fügte sie in einem anderen Tonfall hinzu.

Sie schaute auf ihre Armbanduhr und warf einen Blick nach vorne auf den Höhenmesser. »Noch fünf Minuten, Veum.«

Wir stiegen immer noch. Die Berge unter uns schrumpften weiter, bis wir sie hinter uns ließen und über die flachere Landschaft von Fana kamen. Die Äcker bei Stend und am Kalandsvann entlang schnitten gelbe Felder in den grünen Laubteppich, der einen starken Ausschlag aufwies wegen der Neubaugebiete von Nordås bis Flesland, um das Klokkervannet und Richtung Hamre bro und hinauf die Berghänge zu beiden Seiten von Vallahei.

Ich beugte mich zu ihr. »Was sagt dir der Name Lisbeth Finslo?«

»Lisbeth Finslo? Nichts! Was *sollte* mir der Name sagen?«

Ich schaute sie prüfend an. Ihr Gesichtsausdruck verriet nur Gereiztheit, aber vielleicht gehörte auch das Pokerface zu den Sportarten, in denen sie die Männer herausfordern wollte.

Ich ging einen Schritt weiter. »Oder der Fall Camilla?«

Jetzt machte die Gereiztheit einer Unsicherheit Platz. »Der Fall Camilla, was meinst du damit?«

»Du erinnerst dich an den Fall?«

»Natürlich! Wer tut das nicht? Außerdem... Aber was hat dieser Fall mit dem hier zu tun?«

»Du meinst mit Tor Aslaksen?«

»Ja?«

Ich umging die Frage. »Du sagtest... *außerdem*. Was hast du damit gemeint?«

Sie zuckte die Schultern. »Ich habe mit ihrem Vater einige Jahre zusammengearbeitet.«

»Mit Camillas Vater?«

»Ja. Bård Farang. Als er aufhörte, habe ich dann seinen Posten übernommen. Wir waren Kollegen.«

»Wann hat er aufgehört?«

»Zum Jahreswechsel 1980-81. Ein halbes Jahr, nachdem... Es muß fürchterlich gewesen sein für ihn. Für beide.«

»Warum hat er aufgehört?«

»Er erlebte eine Art – religiöse Erweckung.«

»Ah so?«

»Ist weggezogen aus der Stadt. Ich weiß nicht mehr wohin. Zurück zur Natur oder so etwas.«

Ich überlegte. »Tor Aslaksen – ihn hast du später kennengelernt?«

»Ja. Das habe ich doch gesagt!«

»Und er hat den Fall Camilla nie erwähnt?«

Sie blickte sich um. Die Maschine hatte einen Kreis gezogen über einer Moorlandschaft nordöstlich von Flesland.

Sie überprüfte die Gurte des Fallschirms. »Warum in aller Welt sollte er das?« murmelte sie zerstreut.

»Nun, ich...«

Sie sah mich direkt an. »Das Angebot besteht noch, Veum.«

»Äh – Angebot?«

Sie klopfte Petter Svardal leicht auf die Schulter, löste den Sicherheitsgurt, ging zur Tür, durch die wir eingestiegen waren und schob sie mit einer entschlossenen Bewegung auf.

Ein Windstoß schlug in die Kabine, ein Frostfinger strich mir über den Hals, und ich griff automatisch nach den Armlehnen, als wollte ich mich vergewissern, daß ich fest sitze. Der Lärm des Motors wütete wie ein Unwetter um uns.

Sie machte eine Handbewegung hinaus zu der schimmernden blauen Himmelswölbung. »Der Jungfernsprung, Veum! Jetzt oder nie!« rief sie.

»Lieber nie!« rief ich zurück.

Sie musterte mich wie ein erfahrener Fischer einen Zwergdorsch, bevor er ihn wieder ins Wasser wirft. Dann rief sie Petter Svardal eine letzte Anweisung zu: »Ich lande auf C!«

Einen Augenblick lang stand sie mit ausgebreiteten Armen da, absprungbereit wie ein Kunstspringer. Im nächsten Augenblick war sie verschwunden. Das blaue Stück Himmel vor der Türöffnung flatterte vor mir verlassen wie eine Kapitulationsfahne.

Petter Svardal nahm die Kopfhörer ab und drehte sich halb um. »Tür zumachen, Veum!«

Ich beugte mich vor, packte mit beiden Händen die Tür und schloß sie hinter ihr, wie man den Eingang zu einer Grabkammer schließt.

Die Maschine legte sich in die Kurve, und ich schaute hinaus.

Weit, weit unten hatte sich ein blauer und weißer Fallschirm entfaltet, wie ein riesiger Pilz, hochgeschossen aus der graugrünen Landschaft.

Ich beugte mich nach vorne zu Petter Svardal und sagte leise: »Hast du mit ihr geschlafen?«

Er schien einige Sekunden wie versteinert, und ein tiefes Rot lief seinen Hals hinauf. Dann drehte er mir unvermittelt sein Gesicht zu und sagte mit einer Stimme, die ihm nicht ganz gehorchte: »Das geht dich einen –! Ich muß wohl nicht den Autopiloten einschalten und nach hinten kommen und dich rauswerfen?!«

»Autopilot? In einem Flugzeug dieser Größe? – Mit Tor Aslaksen war sie jedenfalls im Bett.«

»Ich mein's ernst!«

Unsere Blicke kämpften einen vergeblichen Waffengang, dann wendete er seine Aufmerksamkeit wieder nach vorne und nach unten, während ich mich wieder schwer in den Sitz zurücklehnte, allein mit all meinen nicht faßbaren Gedanken.

Der Rest des Fluges verlief in totalem Schweigen.

Das Flugzeug setzte elegant auf und rollte rasch dem Hangar zu. Als es stand, löste ich die Sicherheitsgurte, schob die Tür zur Seite und sprang auf den Beton draußen. Hinter mir hörte ich Petter Svardal sagen: »Veum! Warte mal...«

Ich drehte mich um und wartete.

Den ersten Schlag parierte ich mit der offenen Handfläche, den zweiten mit dem linken Unterarm. Er versuchte, mir in den Schritt zu treten, so auffällig, daß ich Zeit genug hatte, einen Torero-Walzer zu tanzen und ihm auszuweichen.

Er blieb stehen und stampfte auf den Boden, mit erhobenen Fäusten und einem verzweifelten Versuch, ein grimmiges Gesicht zu machen. Es gelang ihm nur ungenügend.

»Du hast dich nun lange genug aufgespielt, Petter«, sagte ich mit einem schiefen Grinsen. »Zwing mich nicht, dich zum Ritter zu schlagen, denn dann bleibst du ein Weilchen liegen.«

Er senkte die Arme und spuckte vor mir auf den Boden. »Ich werde jetzt nach ihr sehen«, murmelte er und ging an mir vorbei zum Tor.

»Denk dran, C!« rief ich ihm nach, bevor ich langsam dieselbe Richtung einschlug.

Ich ging nicht bis C. Ich setzte mich brav ans Steuer meines Wagens und fuhr auf dem kürzesten Weg nach B.

23

Ich überquerte Straume bro und folgte dem Straumevei stadteinwärts. Die kurvenreiche alte Straße, einmal die weit und breit berüchtigste Strecke für Verkehrsstaus, hatte sich zur besten aller

Stadtzubringer gemausert. Warst du mit deinen Gedanken woanders, hattest du im Handumdrehen neunzig drauf.

Bei der Abzweigung nach Kleiva bog ich, einer plötzlichen Eingebung folgend, scharf nach rechts ab. Ein schnelles Plastikboot durchschnitt weißschäumend Nordåsvannet, die Vögel sangen wie verrückt, die Blumen hatten fieberheiße, grelle Farben und vor den zurückgezogenen Hausfassaden stand ein konzentrierter Hitzedunst. Ich war klatschnaß von Schweiß.

Ich stellte den Wagen ab und stieg aus. Ich hätte mir am liebsten mit der Autotür Luft zugefächelt. Der Himmel hing wie blauer Kleister über allem. Die Hitze war nahe davor, umzukippen, zu einer Art Klimakatastrophe, ein verspäteter Nachhall von Tschernobyl.

BISSIGER HUND stand immer noch auf dem Schild neben dem Tor.

Ich fletschte die Zähne. »Beißen kann ich auch«, murmelte ich und schob das Tor auf. Doch es zeigte sich kein Hund von Baskerville. Vielleicht war auch er tot.

Ich ging hinauf zur Haustür und klingelte. Nach einer Weile hörte ich leise Geräusche von innen. Dann wurde die Tür geöffnet, langsam, als wäre sie aus Blei.

Der Mann, der öffnete, trug etwas zu große Shorts. Doch selbst war er auch etwas zu groß, jedenfalls von der Brust an abwärts. Die Shorts waren blaßblau, als hätten sie nach dem Waschen zu lange in der Sonne gelegen. Er hatte einen nackten Oberkörper, und die unbehaarte Haut war dunkelbraun und gespannt, mit einigen weißen Rissen im Firnis, fast wie Geburtsmale. Das Haar war grau, mit einem Untergrund von schwarz, was Feuchtigkeit sein konnte, und er hatte es nach vorn in die Stirn gekämmt, ein vergeblicher Versuch, jugendlich zu wirken. Er glich eher einem gestürzten Senator des Römerreichs kurz vor dem Untergang. Auf der glatt rasierten Oberlippe standen Schweißtröpfchen, und seine Stimme war schwer vom Kondenswasser. »Was wünschen Sie?«

»Veum. Herr Nielsen?«

»Ja, ja!«

»Ich war kürzlich hier, zusammen mit Lisb...«

»Ja, ich weiß Bescheid. Kommen Sie herein. Eine schreckliche Geschichte. Hat man sie noch nicht gefunden?«

Ich schüttelte den Kopf und folgte ihm in den Flur.

»Wir sitzen hinterm Haus, trinken etwas zur Erfrischung. Kommen Sie.« Sein Lächeln lag tief drinnen, war aber trotzdem das einzig Jungenhafte an ihm, vorerst.

Mit gemischten Gefühlen sah ich sie wieder, die afrikanische Steppenlandschaft im Wohnzimmer. Er durchschritt sie ohne Kommentar.

Die Glasfront zum Fjord war zur Hälfte aufgeschoben, und draußen auf der Terrasse standen mit Blick zum Meer zwei Liegestühle aus gebleichtem Leinen. Aus dem einen ragte ein träger, sommersprossiger Frauenarm mit einem Glas in der Hand.

Der Mann räusperte sich. »Helle. Wir haben einen Gast.«

Ihre Stimme paßte zum Arm, war ebenso träge und schwerfällig vom Alkohol. »Wen denn?«

Ich ging um den Stuhl und streckte die Hand vor, um sie zu begrüßen. »Varg Veum.«

Sie schob die dunkelgrüne Sonnenbrille auf die Stirn und starrte mich mit Augen an, die ebenso goldbraun waren wie der Inhalt ihres Glases. Ihr Händedruck war schlapp und gleichgültig. »Helle – Nielsen.«

Sie war gekleidet wie ihr Mann, mit nacktem Oberkörper und etwas zu großen Shorts. Ihre waren allerdings gelb.

Ihre nußbraunen Brüste waren groß und nicht mehr ganz prall, mit melancholisch abwärts zeigenden Warzen. Ich fühlte mich unwohl, so von drei Paar Augen angestarrt zu werden: die Sonnenbrille auf der Stirn, die hellbraunen in der Mitte und die rotgeränderten unten. Sie machte keine Anstalten, sich zu bedecken. Sie war es wohl gewohnt, so auf der Terrasse zu sitzen, von Spanien her.

»Einen Drink, Veum?« fragte Nielsen.

»Ein Wasser bitte.«

»Bring einen Stuhl mit, Pål«, fügte seine Frau hinzu. »Setz dich doch«, sagte sie, und zeigte auf den freien Liegestuhl.

Ihr Mann verschwand und ich setzte mich vorsichtig.

Ihre gewaltige Haarpracht war kupferrot, und Gesicht, Hals und Schultern bedeckte ein dichtes Muster von Sommersprossen. Die Lippen waren groß und voll und rosa übermalt. Ich mußte an einen frisch lackierten Cadillac mit deutlichen Rostflecken denken, denn in dem einen Mundwinkel hatte sie den Lippenstift besonders dick aufgetragen, in der Hoffnung, so den Schorf eines Herpes zu verdecken. »Also du solltest unser Haus bewachen, während unserer Abwesenheit.«

Aus ihrem Mund klang es wie ein Vorwurf. »Ja, aber ich hatte noch gar nicht damit angefangen, als diese Sache passiert ist. Lisbeth wollte mir alles zeigen, und da –«

Sie winkte mit einer trägen Handbewegung ab. »Ja, wir wissen das alles. Wie gut kennst du Lisbeth?«

»Sie – äh – engagierte mich.«

»Also nicht persönlich?«

»Nein.«

»Und du übernimmst solche Aufträge... Ich meine Hausbewachung?«

»Ja. – Und ihr beide, wie gut habt ihr Lisbeth gekannt?«

Pål Nielsen kam zurück. Auf einem kleinen Tablett stand eine Flasche Farris und ein hohes Glas mit Eiswürfeln. In der anderen Hand trug er einen kleinen Klappstuhl, auch der aus gebleichtem Leinen und einem Rahmen aus Holz. »Hier bringe ich eine Erfrischung. Sie sind mit dem Wagen unterwegs, Veum?«

Ich nickte. »Aber können wir nicht Du sagen? Zum Siezen ist es viel zu heiß.«

Er lächelte kurz. »Meinetwegen.«

Er schenkte mir ein, klappte den Stuhl auf, griff nach seinem Glas auf dem kleinen Tischchen, wo er es abgestellt hatte, und beugte sich vor, soweit es ihm seine Korpulenz gestattete. »Jetzt mußt du uns alles erzählen, Veum. Was ist eigentlich passiert?«

»Hat euch das die Polizei nicht gesagt?«

»Das schon. Aber man weiß ja nie. Die müssen sich schließlich an eine offizielle Version halten. Du – äh – ja?«

»Ich fürchte, meine Version gleicht ziemlich der offiziellen. – Eben habe ich deine Frau gefragt, wie gut ihr Lisbeth Finslo kennt?«

»Lisbeth? Ach, sie hat einen Freund von uns behandelt. Ab und zu hat er gern unseren Swimming-pool benutzt – tja, du weißt... Und da kombinierte er das mit einer Physiotherapie – hier.«

Er machte eine weit ausholende Handbewegung über die Gläser und die Flasche Farris. »Wir sind gesellige Menschen, schließen leicht Freundschaft, wir haben sie auf einen Drink eingeladen, sie blieb, wir unterhielten uns... Später kam sie dann auch, ohne im Dienst zu sein.« Ein beinahe zärtlicher Ausdruck glitt über sein Gesicht. »Ich glaube, sie fühlte sich hier wohl. Hatte das Bedürfnis, mit jemandem zu reden.«

»Sie hat ihren Mann auf schreckliche Weise verloren«, lallte seine Frau.

»Ja – ein Autounfall, oder?«

»Ja – aus heiterem Himmel. Und jetzt das! Wo *könnte* sie sein, Pål?«

Pål Nielsen sah sie beklommen an und machte eine Bewegung mit den Schultern. »Wenn man das wüßte!«

»Sie... Ist sie immer allein gekommen, wenn sie hier war? Sie hatte nie jemanden mitgebracht?«

Helle Nielsen entblößte eine hellrote Zungenspitze zwischen den rosa Lippen. »Neiin – immer allein. Als wollte sie uns – nicht eifersüchtig machen.«

»Äh – was ist eigentlich passiert, Veum?« fragte ihr Mann rasch.

Ich schaute ihn an, dann wieder sie. »*Eifersüchtig* – wie meinst du das?«

»Helle!« sagte ihr Mann warnend.

Aber sie hatte etwas zuviel getrunken, um auf ihn zu hören. Sie öffnete die Beine ein wenig und streichelte die Innenseite ihres Oberschenkels. »Es gibt viele Möglichkeiten, wie sich drei Menschen miteinander amüsieren können, Veum«, sagte sie versonnen und richtete alle ihre Augenpaare auf mich.

Ihr Mann warf mir einen entschuldigenden Blick zu. »Hör nicht auf sie, Veum. Sie redet Unsinn –«

»Ich Unsinn!« fuhr Helle mit derselben trägen Unbeirrbarkeit fort. »Du bist selbst auf den Knien gelegen und –«

»Es ist zu heiß. Und du hast zuviel getrunken! Ich möchte gerne von Veum persönlich hören, was an jenem Abend geschehen ist. Klar?«

Sie hob die Augen und schaute ihn direkt an. Mit herausfordernder Miene. Dann griff sie nach der grünen Brille und klappte sie wieder auf die Nase, wie man ein Rollo herunterzieht. »Verzeihung«, sagte sie dünn.

Pål Nielsen blickte sie hart an. Dann wischte er sich einige imaginäre Staubkörner von seinen nackten Knien, räusperte sich und wiederholte: »Und jetzt wollen wir hören, was an jenem Abend geschah, Veum!«

Ich betrachtete ihn, mit neuen Augen. Wir befanden uns tatsächlich wieder in Rom.

Ich vernahm einen krächzenden Unterton in meiner Stimme, als ich sagte: »Deshalb hat sie also nie jemanden mitgebracht. Es hätte Tor Aslaksen vermutlich nicht gefallen.«

»Tor... Aslaksen?«

»Der Tote im Swimming-pool.«

»Ach ja.«

Seine Frau lachte leise hinter den grünen Brillengläsern, als amüsiere sie sich über etwas Privates. Er warf ihr einen gereizten Blick zu.

»Ihr habt ihn nie kennengelernt?«

»Wen? Diesen... Aslaksen? Habe nicht einmal den Namen gehört, Veum. War er...«

»Ihr Freund? Vielleicht. Was weiß ich? Was weiß man überhaupt über andere?«

Er beugte sich vertraulich vor. »Urteile nicht zu hart über sie, Veum. Es gibt so viele Arten, sein Bedürfnis nach Zärtlichkeit zu zeigen. So viele Signale, die man aussendet. Du würdest staunen, wenn du wüßtest, was wir —«

»Und wo seid ihr an besagtem Abend gewesen, Nielsen?« unterbrach ich ihn.

»Wir?« Er lächelte bleich. »Das weißt du doch! Wir waren in Spanien, Veum – mitten in der Arbeit an unserem großen Projekt dort unten.«

»Mit einem Glas in jeder Hand?«

Sie lachte perlend, schob die Brille für einen Moment nach oben und formte mit den Lippen einen Kuß, den sie in meine Richtung schickte. Dann ließ sie die Brille wieder auf die Nase klappen.

»Was ist das für ein Projekt, Nielsen?«

»Interessiert es dich?« fragte er säuerlich.

»Sehr!«

Er räusperte sich und blickte sich um, als wolle er sich überzeugen, daß keine weiteren Zuhörer da waren. »Es ist – eines unserer Naturprojekte.«

»Eines eurer Naturprojekte? Ich kann nicht folgen.«

»Nun, das ist so... Wonach moderne Menschen heute streben, ist die echte, unberührte Natur. Wir haben einige derartige Projekte in Norwegen laufen: eines an der Mørekyste, eines in Jotunheimen – und jetzt... äh, erweitern wir das Repertoire. Du weißt, was der Begriff *time-sharing* beinhaltet, oder?«

»Daß man sich in Ferienorte oder Wohnungen einkauft, ohne sie zu besitzen, aber sich dort jedes Jahr eine genau bestimmte Zeit aufhalten darf?«

Genau. Und das bauen wir momentan gerade auf – für Liebhaber der unberührten Natur.«

»Aber dann ist sie ja nicht mehr unberührt.«

»Na ja. Wir gehen pietätvoll vor und in Übereinstimmung mit

der Natur und der eventuell bereits vorhandenen Bebauung. – In Jotunheimen zum Beispiel haben wir Sennhütten nachempfunden, in Møre Fischerhütten und in Spanien... In Spanien haben wir einen Ort hoch oben in den Bergen gefunden, weit weg von den üblichen Touristenzentren, und dort bauen wir mit Adobe – dem lufttgetrockneten Sandstein.«

»Mit eingebauter Dusche und Mini-Bar mit Schlüssel?«

»Hrmm, gewisse moderne Errungenschaften haben wir natürlich, aber das *Erlebnis*, Veum – das ist ursprünglich!«

»Verschone mich mit Klischees aus deinen Werbebroschüren, Nielsen! – Letzten Donnerstag, da wart ihr also da unten?«

»Frage deine Freunde im Präsidium, Veum! Die haben wahrscheinlich unser Alibi von der örtlichen *Policia* überprüfen lassen.«

»Don Pedro Calamare!« rief seine Frau theatralisch. »Der örtliche Bettenschnüffler, mit einem Schnurrbart wie eine Vibratorbürste... hum-hum-hummmm.«

Ich merkte, wie sich meine Kiefermuskeln verkrampften. Mit angespannten Stimmbändern fragte ich: »Und wie oft kam Lisbeth hierher?«

Pål Nielsen zog den Mund zusammen und sah aus wie ein würdevoller Weinkenner. »Hmnein... ein paarmal – im Monat – in der kurzen Zeit, die wir sie kennen – gekannt haben.«

»Du erwartest nicht, sie wiederzusehen?«

»Nach all dem? – Kaum.«

»Sag mal, Nielsen... wie weit geht ihr im Alter nach unten mit denen, für die ihr – Zärtlichkeit empfindet, wie du es so schön ausgedrückt hast?«

Er leckte sich schnell über die Lippen. »Alter? Ich weiß nicht, ob ich richtig verstehe –«

»Ihr habt selbst keine Kinder?«

»Nein, wir –«

»– haben keine«, kam es von seiner Frau, wie die eingeübte Chorpartie in einer klassischen Oper.

Ich seufzte schwer. Mir lag eine Frage auf der Zunge, aber es war nicht der rechte Zeitpunkt, sie zu stellen. Statt dessen sagte ich: »Ihr habt einen Freund der Familie erwähnt, den Lisbeth behandelte.«

»Ja?« sagte Pål Nielsen kurz.

»Wer war das?«

»Das... Ein alter Freund von uns. Schrøder-Olsen.«

»*Harald* Schrøder-Olsen?«

»Ja. Kennst du ihn?«

»Sitzt er nicht im Rollstuhl?«

Er lächelte überlegen. »Warum wohl, glaubst du, wurde er von ihr behandelt?«

»Aber wie ist er runtergekommen, all die Treppen zum Swimming-pool?«

»Wir haben ihn durch die Seitentür reingeschoben, Veum – direkt vom Gartenweg aus. Du hast keine Ahnung, welch gutes Training Schwimmen für solche Leute ist. Es war selbstverständlich, daß er die Gelegenheit nützen konnte, sooft er nur wollte.«

»Lisbeth Finslo behandelte also Harald Schrøder-Olsen...«

»Ja? Ist daran etwas Seltsames?«

»Nein, nichts Seltsames. Nur zwei Wege, die sich plötzlich kreuzen.«

Helle Nielsen klopfte mit einem langen, scharfen Fingernagel an ihr leeres Glas. »Pål... Nachfüllen!«

Er erhob sich, nahm das Glas und ging rein.

Als er weg war, schob sie die Brille wieder hinauf auf die Stirn. Der Blick, mit dem sie mich musterte, war sumpfig-feucht. Sie spreizte die Schenkel noch ein wenig mehr und strich mit beiden Händen dorthin, wo sie sich begegneten. Trotz der Hitze sah ich, wie sich ihre Brustwarzen hoben und hart wurden. Ihre Stimme hörte sich an wie Schmirgelpapier, als sie sagte: »Du bist jederzeit willkommen, Veum.« Als ich nicht antwortete, fügte sie hinzu: »Wenn du zu den einsamen Typen gehörst, komm an einem Tag vorbei, wenn Pål nicht zu Hause ist. Ich mag – dein Mundwerk.«

Ich trank schweigend mein Mineralwasser. Die Eiswürfel waren längst geschmolzen, so daß auch das Glas keinen Ton von sich gab.

Sie verzog verächtlich den Mund und verdrehte die Augen nach oben, als sei ihr unbegreiflich, daß jemand nein sagen könnte.

Dann kam ihr Mann zurück, mit einem Drink so dunkelbraun, daß er mit Möbelpolitur hätte mixt sein können. Er reichte ihr das Glas und setzte sich wieder, deutlich übelgelaunt.

»Wo ist diese Seitentür, Nielsen?«

Er deutete hinter sich über die Schulter, ohne sich umzudrehen. »Dort um die Ecke.«

Ich reckte den Hals. Richtig. Ich konnte die Fische im Aquarium hinter den großen Fenstern erkennen. Sie schwammen herum, als sei nichts geschehen, als hätte sich die Welt um keinen Zentimeter verändert, seit einer der eifrigen unter ihnen seine Flossen am sandigen Grund ablegte, an Land kroch und zum Säugetier wurde. Und hier, am Endpunkt der Evolution, saßen wir nun. Das Geschenk Gottes an die Welt: der Mensch.

»Keine Lust zu baden, Veum?« Helle Nielsen lächelte mir feucht über den Rand ihres Whiskys zu.

»Nach der letzten Erfahrung... Nein danke.«

»Schade...«

Ihr Mann warf ihr einen gereizten Blick zu. »Du wolltest uns erzählen, was an jenem Abend passiert ist, Veum.«

»Da war nichts Aufregendes. Wir kamen an. Sie schloß auf und wollte mir alles zeigen. Im Swimming-pool fanden wir eine Leiche. Als ich wieder nach oben ins Wohnzimmer kam, war sie weg. Seitdem hat sie niemand gesehen.«

»Aber – wie ist sie weggekommen von hier?« Er machte eine weite Handbewegung hinauf zum Løvstakken oben am Straumeveien. »Das ist nicht gerade ein Spaziergang.«

»Eben. Sie muß draußen jemanden getroffen haben. Vielleicht denselben, den Tor Aslaksen beim Pool getroffen hat.«

Er wurde bleich. »Aber was hatte dieser Aslaksen hier drinnen, in unserem Haus, eigenmächtig zu schaffen?«

Ich wandte mich wieder an seine Frau. »*Du* bist ihm auch nie begegnet? – Tor Aslaksen?«

Sie blickte von ihrem Glas auf und runzelte die Stirn. »Wem? Ich?« antwortete sie, unschuldig wie ein Steuerhinterzieher.

Ihr Mann schaute sie jetzt ebenfalls an. »Ja, du! – Helle?«

Sie trank einen kräftigen Schluck, leckte sich langsam über die Lippen und sagte, total abweisend: »Ich habe nie von ihm gehört! Das ist die Wahrheit.«

Ich schielte hinüber zu Nielsen. Sein Gesicht war auf einmal schwer und aufgedunsen und das Jungenhafte Ausdruck einer Spätentwicklung. Ich sah deutlich, daß er schon seit vielen Jahren nichts mehr glaubte von dem, was sie sagte.

Ich seufzte und ließ meinen Blick schweifen. Die Vögel, die sangen, die Ziersträucher um uns, der grüne Berghang und der blaue Himmel, der Fjord unten und das Dröhnen der Schnellstraße auf der gegenüberliegenden Seite wie das Summen großer Hummeln hinter den Lärmschutzwänden. Wir waren im Garten Eden, aber sie hatten die Mietvereinbarung nicht beachtet und vom Hauseigentümer die Kündigung erhalten. Ich saß da wie der Erzengel Michael, mit einem erloschenem Flammenschwert in den Händen, und sie waren Adam und Eva, leicht gealtert hatten sie sich an der verbotenen Frucht vergriffen, aufgeschwemmt vom Cholesterin und kaum etwas anderes als eine mentale Wüste vor sich, jenseits von Eden.

Ich erhob mich. »Dann bedanke ich mich.«

Sie saßen immer noch da und starrten sich an, wie zwei hypnotisierte Schlangen, bereit zum Duell.

Dann erhob sich Pål Nielsen langsam aus seinem Stuhl, immer noch seine Frau anstarrend. »Ich bringe dich raus.«

Sie hob das Glas und heftete ihren Blick wieder auf mich. »Komm ein andermal wieder«, sagte sie und zwinkerte mir zu. Ein Schweißtropfen glitt langsam zwischen ihren Brüsten nach unten. Die Warzen waren wieder flach. Der große, böse Wolf befand sich auf dem Rückweg.

In der Eingangshalle murmelte Pål Nielsen verlegen: »Du mußt wegen Helle entschuldigen, Veum. Sie war heute nicht ganz nüchtern. Sie ist sonst nicht so.«

»Nicht? – Wann fahrt ihr wieder runter?«

»Nach Spanien? Sobald es die Polizei erlaubt. Aber wir würden natürlich gerne vorher erfahren, ob mit Lisbeth alles in Ordnung ist.« Er drehte sich halb zum Haus. »Hättest du immer noch Interesse an dem Auftrag?«

»Hausbewachung?«

»Ja. Was sonst?«

»Ich glaube nicht. Vielen Dank.«

»Schon gut«, sagte er leichthin. »Wir werden schon jemand anderen finden.«

»Tut das«, sagte ich, grüßte und ging.

Ich guckte beim Vorbeigehen auf das Schild. Mir fiel ein, daß ich keinen Hund bemerkt hatte. Es hatte auch niemand versucht, mich zu beißen. Aber das lag vielleicht daran, daß ich keinem von ihnen zu nahe gekommen war. Ich ließ sämtliche Möglichkeiten offen.

24

Ich parkte am Tårnplass und lief runter ins Büro. Es war sechs Uhr nachmittags, und die Stadt war von Touristen okkupiert. Sie fotografierten die seltsamsten Motive, und ich fragte mich, woher sie wohl kamen. Die japanische Reisegesellschaft, die sinfonisch den Rathausblock fotografierte, muß ihn mit einem der Berge um die Stadt verwechselt haben, und die, die den Türsteher vor dem Bars Café, verewigten, mußten merkwürdige Erwartungen in bezug auf heimische Trachten und Bräuche hegen, wenn sie glaubten, es handle sich um einen Wachtposten in Hab-acht-Stellung vor der Wohnung des Bürgermeisters der Stadt.

Oben im Büro griff ich sofort zum Telefon.

Ich rief Karin Bjørge an, zu Hause, um ihr ein paar nette Worte zu sagen, aber niemand hob ab.

Dann rief ich in Florø an und redete mit Jannicke Finslo. Ihre Stimme klang schwach und tonlos, als nehme sie starke Medikamente. Es gab nichts Neues über ihre Schwester.

»Ich habe mir überlegt, eventuell morgen raufzukommen.«

»Hierher? Nach Florø?«

»Ich würde gerne mit Kari sprechen.«

»Ach so.« Nach einer Pause sagte sie: »Dann gibt es bei dir auch nichts Neues?«

»Nein. Aber die Polizei hat ihren Koffer gefunden.«

»Das hat man mir mitgeteilt. Und da habe ich...« Sie murmelte irgend etwas Unverständliches.

»Ich melde mich, falls ich nicht komme.«

»Hat das alles überhaupt noch einen Zweck?«

»Solange es das Leben gibt, solange gibt es – Hoffnung«, sagte ich, erkannte aber den Bumerangeffekt des Satzes, bevor ich ihn ganz ausgesprochen hatte.

»Ja, das stimmt«, sagte sie und legte nach einer kurzen Pause auf.

Ich schaute aus dem Fenster, nach Norden, als könnte ich direkt bis Florø sehen. Ich hoffte, daß sie jemanden hatte, der sich um sie kümmerte.

Ich holte ein Blatt Papier und schrieb die Namen der Eltern von Camilla auf.

Ich schlug im Telefonbuch nach. Ich fand keine Vibeke Farang in Bergen. Da versuchte ich es bei den umliegenden Kommunen, und auf Sotra wurde ich fündig. Ich notierte Adresse und Telefonnummer.

Dann wählte ich 0180, und eine frische Stimme im Lærdal-Dialekt antwortete. Ich konnte sie förmlich vor mir sehen: groß und tüchtig mit einem Wust von rotbraunem Haar wie eine Wolke um den Kopf.

»Ist es möglich, dich mit einem kleinen Problem zu behelligen?« sagte ich.

Sie sprach dieselbe Sprache wie das Telefonbuch. »Sofern es sich um postalische Auskünfte handelt, natürlich!« sagte sie, und ich verstand, daß wir auf derselben Wellenlänge waren, buchstäblich gesprochen.

»Ich suche nach einem Mann – das heißt, nach der Nummer eines Mannes namens Bård Farang, der irgendwo in Hardanger wohnen soll.«

»Kein Problem. Einen Augenblick. Falls er Telefon hat, natürlich.«

Ich lauschte einige Sekunden stratosphärischen Geräuschen, als suche sie in himmlischen Büchern. Dann war sie wieder da. »Hier haben wir ihn! Farang, Bård, du findest ihn unter Kvam. Willst du die Nummer haben?«

»Ja bitte.«

Ich bekam die Nummer und notierte sie. »Und wie geht's in Lærdal?« fragte ich abschließend.

»Oh, danke der Nachfrage, das is mal so, mal so, ne? Wies halt überall is, ne? Schön Abend noch!« sagte die Repräsentantin des Fernsprechdienstes, bevor sie ihren Schalter für neue Anfragen aus dem Distrikt öffnete, über den sie die totale telefonische EDV-Kontrolle hatte.

Ich schlug selbst im Telefonbuch unter Kvam nach und fand ihn mit einer Anschrift in Jondal.

Ich blieb sitzen und starrte auf die beiden Telefonnummern. Vibeke und Bård Farang. Sie hatte den Nachnamen behalten, vermutlich der Einfachheit halber. Sie wohnten beide in gebührendem Abstand von Bergen, sie etwas näher als er, als hätte die Tragödie, die sie erlebt hatten, sie aus der Stadt gedrängt, aber nur so weit weg, daß sie schnell zurückkehren konnten, sollte jemand nach ihnen rufen. *Camilla*.

Vibeke hatte sich hinaus ans Meer begeben, Bård hinein in einen der Fjorde, versteckt hinter Bergen. In der Bjørndalsrodung hatte keiner der beiden bleiben wollen.

Er hatte Bodil Schrøder-Olsen gekannt.

Sie hatte Tor Aslaksen gekannt.

Aber hatte jemand von ihnen Pål und Helle Nielsen gekannt? Die übrige Familie Schrøder-Olsen? Lisbeth Finslo?

Wer hatte Tor Aslaksen getötet? Und warum war Lisbeth Finslo verschwunden? Bestand ein Zusammenhang mit dem Verschwinden Camilla Farangs vor acht Jahren?

Zu viele Fragen, und ich hatte keine Ahnung, wem ich sie stellen sollte.

Ich hatte vor, sowohl mit Vibeke wie mit Bård Farang zu reden, aber nicht jetzt. Mit wem ich vor allem gern reden würde, war Lisbeth Finslo, aber sie war – im wörtlichen Sinne – unnahbar.

Sonst noch wer?

Ich blieb sitzen und grübelte.

Was hatte Siv Schrøder-Olsen zu mir gesagt, als sie mich beim Tor traf? – *Bist du der Vater von dem kleinen Mädchen?* – Welches kleine Mädchen mochte sie wohl gemeint haben? Camilla?

Und hatte sie nicht später etwas Ähnliches geäußert, beim Gespräch auf der Terrasse? – *Ist der Vater von dem kleinen Mädchen tot?* – Falls sie wirklich von Camilla gesprochen hatte, dann war nicht Bård Farang tot, sondern Tor Aslaksen. Und warum in aller Welt sollte sie überhaupt von Camilla reden? Bestanden noch andere Zusammenhänge zwischen den beiden Fällen als der, daß Tor Aslaksen bei NORLON gearbeitet hatte und daß Bård Farang Bodil kannte, *bevor* sie eine Schrøder-Olsen wurde?

Ich hatte Siv jedenfalls einen Spaziergang ins Arboretum versprochen. Vielleicht sollte ich mein Versprechen bereits morgen einlösen, bevor ich nach Florø fuhr?

Ich wählte ein letztes Mal Karin Bøges Nummer.

Nach einer Weile hob sie mit einem atemlosen: »Ja? Hallo?« ab.

»Hei.«

»Bist du es, Varg? – Ich stand unter der Dusche, deshalb hat es ein bißchen gedauert.«

»Bei solchen Gelegenheiten hätte ich gerne ein Telefon mit Bildschirm.«

»Mhm. – Kommst du vorbei?«
»Während du in der Dusche bist? – Ich muß packen. Ich muß morgen nachmittag nach Florø und morgen früh zu einem Spaziergang nach Store Milde.«
»Komm! Ich setze schon mal Teewasser auf...«
»Okay.«
Ich kam. Unser Verhältnis war noch zu jung, um nein zu sagen.

Ich packte meine Notizen zusammen, löschte das Licht im Büro und zog mit einem leichten Lächeln auf den Lippen hinaus in die Sommernacht wie ein Bote für gute Nachrichten, ein Künder besserer Zeiten. Ich hoffte, die Neuigkeiten, die ich ihr brachte, würden ihr gefallen und daß sie sich nicht allzulange in besseren Zeiten aufgehalten hatte, damit sie sich nicht zu schnell langweilte.

25

Eine neue Beziehung ist wie ein Goldfund. Am nächsten Tag im Wagen hinüber nach Store Milde spürte ich den Goldstaub einer weiteren Liebesnacht, wie er sich auf den Grund meines Flußbetts legte wie eine goldene Verheißung neuer Funde. Um in der Stimmung zu bleiben, summte ich vor mich hin: »In a cavern, by a canyon, excavating for a mine...« – und ließ den Refrain über die Grashänge im Blomsterdal dröhnen: Oh, my darling, oh my darling, oh my darling Clementine!« – ehe mich der letzte Vers mit ein bißchen Wehmut erfüllte: »Thou are lost and gone forever, oh my darling, Clementine...«

Der Himmel war wolkenlos und so blau, daß er fast Blasen bekam. Draußen auf dem Fanafjord fuhr ein Segelboot träge vor dem Wind, und auf der Straße zum Arboretum hörte man den Lärm von tausend Vogelnestern mit der unabweisbaren Tarifforderung der Jahreszeit: *Mehr zu fressen!* Der Sommer umgab uns wie eine Lagune, und die ersten Herbststürme waren meilenweit entfernt.

Es war Dienstag vormittag, und alles war ruhig und friedlich, als ich den Kiesweg zu Schrøder-Olsens altem Tiroler Haus hinaufschlenderte. Im Hintergrund lag der niedrige Bungalow von Trygve und Bodil geschlossen und verlassen, und der einzige Laut, den ich hörte, als ich um die Ecke auf die gepflasterte Terrasse kam, war das leise Knistern einer Zeitungsseite.

In seinem Rollstuhl saß Harald Schrøder-Olsen ganz allein und las Aftenposten. Er schien nicht überrascht, mich zu sehen. »Na... Guten Morgen, Herr Veum.« Er musterte mich unter seinen dichten weißen Augenbrauen.

»Guten Morgen. Ich hatte Siv versprochen, mit ihr einen Spaziergang im Arboretum zu machen.«

Sein Blick ließ mich nicht einen Moment los. »Sie ist schon unten. Zusammen mit ihrer Mutter.«

Er legte die Ellbogen auf den Gartentisch, und der Unterteller der einsamen Kaffeetasse, die da stand, klirrte leise.

Ich blieb stehen, etwas unschlüssig, als sei ich gekommen, um mich für eine Stellung zu bewerben, und wüßte nicht recht, ob ich mich setzen solle. Ich räusperte mich. »Ich habe gehört – wenn ich es richtig verstand, daß du – Lisbeth Finslo kennst?«

»Ja und?«

»Sie hat dich physiotherapeutisch behandelt?«

»Und was geht dich das an?«

»Du weißt, daß sie verschwunden ist?«

»Verschwunden? Unsinn! Sie ist im Urlaub. Sie hat eine Vertreterin, die...« Er bemerkte meinen Gesichtsausdruck und stutzte. »Was ist los?«

»Sie ist am Dienstag verschwunden. Am selben Tag, an dem... Und seitdem hat sie niemand gesehen.«

»Sie wollte nach Florø, erzählte sie.«

»Sie ist nie dort angekommen. Wußtest du, daß sie mit Tor Aslaksen zusammen war?«

»Mit Aslaksen? Davon habe ich nie – das muß ganz neu gewesen sein. Sonst hätten Trygve oder Bodil davon erzählt. Woher weißt du das?«

»Ich *weiß* es nicht.«

»Heißt das... Steht sie unter dem Verdacht, etwas mit dem Todesfall zu tun zu haben?«

»Solange sie nicht auftaucht... ja.«

Er schüttelte langsam den Kopf. »Undenkbar.«

»Ist sie eine gute Physiotherapeutin?«

»Die beste, die ich je hatte.«

»Wie lange hat sie dich behandelt?«

»Dreieinhalb Jahre. Sie hat mich auf meinen Wunsch hin auch noch weiter behandelt, als sie nach Hjellestad wechselte. Das hat an sich gut gepaßt. Geographisch, meine ich.«

»Ihr habt zusätzlich ein Schwimmtraining absolviert, habe ich gehört?«

Er schaute mich scharf an. »Sag mal, werde ich hier verhört, Veum? In dem Fall wäre es am besten, sofort die Polizei anzurufen.«

»Nein, nein. Ich habe nur zufällig davon gehört. Bei Pål und Helle Nielsen. In deren Swimming-pool ist ja Tor Aslaksen ertrunken.«

»So? In der Zeitung stand etwas von Bønes.«

»Ungenaue Berichterstattung.«

»Warum hat mir *das* niemand erzählt?«

»Um dich zu schonen?«

»Ich muß nicht geschont werden!« fuhr er auf. »Ich bin, verdammt noch mal, die härteste Nuß in dieser Familie!«

»Wie gut hast du Tor Aslaksen gekannt?«

»Wie gut? Ich habe ihn eingestellt! Er war ein Jugendfreund meiner Söhne. Viele Jahre lang einer meiner nächsten Untergebenen. – Aber privat?« Er warf automatisch einen Blick hinunter Richtung Straße, wo Tor Aslaksens Elternhaus stand. »Er hat nie geheiratet. War zu rastlos in der Jugend und später eher ein Einzelgänger. – Ich weiß es nicht, so habe ich ihn nicht gekannt.«

»Aber als Spezialist –«

»– war er hervorragend. Einer der fähigsten, wenn es darum

ging, chemische Verbindungen zu finden, die nach ihrer Auflösung ungefährlich wurden. – Der Druck der Umweltbewegung!« fügte er hinzu, mit schwerem Sarkasmus in der Stimme.

»Und Lisbeth Finslo, wie gut kanntest du sie?«

»Du kennst deine Physiotherapeutin nicht, Veum. *Sie* kennt dich.«

»Dann hat sie nie von sich erzählt?«

»Nicht mehr als das Nötigste. Ich weiß, daß sie allein lebt. Witwe ist, wie sie sagte. Und hat sie nicht – eine Tochter, oder?«

Ich nickte. »Ihr habt euch also nie privat getroffen?«

»Privat? Wie meinst du das?«

»Ich meine... Da war doch das Schwimmtraining bei Nielsens...«

»Als ein Teil der Behandlung, ja! Ich habe für jede Minute bezahlt.«

»Fand das Training nicht auch statt, wenn die Nielsens verreist waren?«

»Sie haben uns das angeboten, ja.«

»Und du hast das Angebot angenommen?«

»Ja. Einige Male.«

»Wie seid ihr reingekommen?«

»Mir wurde ein Schlüssel zum Seiteneingang zur Verfügung gestellt. Durch den man direkt zum Schwimmbecken gelangt.«

»Hast du den noch?«

»Den Schlüssel? Natürlich.«

»Darf ich ihn sehen?«

»Warum denn?« erwiderte er gereizt. »Er hängt am Schlüsselbrett im Flur. Es ist unnötig, ihn zu holen, Veum. Ich weiß, daß er dort ist.«

Ich sah ihn nachdenklich an. »Nun ja. – Und wie lief diese – Therapie ab?«

»Ich schwamm – auf und ab. Absolvierte einige Übungen im Wasser. Hauptzweck war die Kräftigung der Rücken- und Bauchmuskulatur.«

»Und Lisbeth – ist sie auch geschwommen?«

»Ja, stell dir vor!« erwiderte er sarkastisch. »Das war nötig. Zur Durchführung einzelner Übungen.«

»Hmmm.«

Er beugte sich unvermittelt vor, das Gesicht schmal wie ein Esel. »Falls du mit diesen Fragen andeuten willst, ich könnte – eine Art von – sexuellem Zusammensein mit Lisbeth Finslo gepflegt haben, irrst du dich, Veum! Schau mich an! Ich bin nicht mehr *so* jung. Und nicht nur meine Beine sind gelähmt.« Er lehnte sich schwer in den Rollstuhl zurück. »Jetzt weißt du es.« Auf einmal sah er müde aus, müde und alt und gebrechlich. »Wolltest du nicht...« Er winkte schwach mit der Hand.

»Doch. Stimmt. Vorerst vielen Dank für die Informationen. Adieu.«

Er folgte mir mit den Augen, als ich die Terrasse überquerte. »Adieu. Und Veum...«

Ich blieb stehen. »Ja?«

»Wenn du meine Frau triffst... Ich hoffe, du hast nicht vor, sie zu quälen – mit diesen Dingen?«

Ich lächelte ein wenig. »Nein. Das hatte ich nicht vor.«

Ich verließ ihn mitten im Flimmern eines neuen Sommers. Was ihn betraf, so war er ein Botschafter des vergangenen Herbstes, im Exil in einem fremden Land und reif, heimgeschickt zu werden. Aber nach wie vor genoß er die Privilegien, die ihm sein Diplomatenstatus im Leben gewährte.

Ich dagegen überschritt die Grenze zum Arboretum, ohne von der Paßkontrolle angehalten zu werden.

26

Ich fand sie auf einer Bank unten am Mørkevatn, einem Teich, der eine nahezu unsichtbare, zugewachsene Verbindung zum Fjord im Norden besaß.

Über dem Ort lag eine kühle und dunkle Atmosphäre, fast wie in einer Kathedrale. Es war, als würde man noch die Schatten der früheren Mönche erkennen, wie sie meditierend zwischen den Bäumen wandelten. Siv und ihre Mutter schauten hinüber zu einer kleinen, bewachsenen Insel im schwarzen Wasser. Kiefern und Birken wuchsen dort, während der übrige Wald aus hohen dunkelgrünen Tannen und asiatischen Nadelbäumen aller Art bestand. Im Wasser trieben eine Handvoll dunkelroter, fast burgunderfarbener Seerosen und taten ein Übriges zu der sakralen Stimmung.

Die beiden Frauen saßen wie in einem stillen Gebet versunken nebeneinander. Siv hatte ein hellblaues Kleid an, ebenso kleinmädchenhaft wie das letzte Mal, als ich sie sah, und hielt einen Blumenstrauß in der Hand. Ihr blondes Haar hatte die Sonne am Zipfel erwischt, während das der Mutter zu Schnee geworden war: weiß und ordentlich frisiert. Aslaug Schrøder-Olsen trug grün an diesem Tag, ein moosfarbenes Kostüm mit einer hellbraunen Kamee auf der Brust und dunkelbraunen bequemen Schuhen an den Füßen.

»Hallo!« sagte ich fröhlich, als ich zu ihnen kam. »Hier sitzt ihr also?«

Sie zuckten zusammen und musterten mich mit sehr verschiedenen Gesichtern: Siv offen und erwartungsvoll, ihre Mutter ängstlich und mißtrauisch.

»Ich habe doch versprochen, einmal mit dir einen Spaziergang zu machen«, lächelte ich Siv an. »Dein Vater hat mir erzählt, daß du mit deiner Mutter hier unten bist.«

»Haben Sie mit Harald gesprochen?« fragte Frau Schrøder-Olsen spitz.

Ich nickte.

Siv streckte die eine Hand vor. Die Finger umschlossen viel zu fest den kleinen Strauß, den sie gepflückt hatte. Den Glockenblumen hatte sie bereits den Lebensnerv abgedrückt, und sie ließen melancholisch die Köpfe hängen, die Buschwindröschen schnappten mit offenen Kelchblättern nach Luft, und nur die Blutwurz mit ihren langen, muskulösen Stengeln lachte noch frisch in die Sonne, deren Strahlen in gesundheitsförderlichen Dosen durch das dichte Blattwerk über uns gefiltert wurden. Trotz einer Woche schönen Wetters stieg vom Waldboden ein stetiger Geruch von Feuchtigkeit auf und mir fiel ein, stärker als je zuvor, daß wir uns in einem Regenwald befanden. Der darüber hinaus geschützt war.

»Schau die Blumen«, rief Siv mit nervösem Eifer in der Stimme. »Hornklee, Blutwurz, Buschwindröschen und Glockenblumen!«

»Mhm, wie schön«, antwortete ich und lächelte sie an.

Es war ein strahlender Blick, den sie mir zuwarf, strahlend – und blank: eine Glaswand mit einem flackernden Licht dahinter, aber das Glas war matt, und es war nicht zu erkennen, ob das Licht wirklich war oder nur ein Widerschein.

»Herr Veum weiß sicher selbst, wie die Blumen heißen«, sagte die Mutter vorsichtig.

»Varg! – Du heißt Varg«, fuhr Siv fort, als hätte sie nichts gehört.

»Dann erkennst du mich wieder?«

Sie nickte heftig und hielt erneut den Strauß vor sich hin. »Hornklee, Blutwurz, Buschwindröschen und – Glockenblumen!«

Die Mutter seufzte. »Siv«, sagte sie sanft. »Willst du nicht noch andere Blumen suchen, ... die du ihm zeigen kannst? Dann bleiben er und ich hier sitzen und warten.«

Siv sprang mit einem seligen Lächeln in die Höhe, nickte eifrig, deutete ins dunkle Wasser und sagte: »Aber die nicht! Die Seerosen sind gefährlich! Das Wasser ist gefährlich! Im Wald pflücken.« Sie rannte mit leichten Schritten wie ein kleines Mädchen davon. Mein Blick blieb unwillkürlich an den kardinalroten Seerosen hängen. Schloß man seine Augen zu kleinen Schlitzen, wurden sie zu Blutflecken im Wasser.

Dann wandte ich meine Aufmerksamkeit wieder Siv zu. Sie war bereits zwischen den knorrigen Stämmen einiger verwitterter Kiefern in die Hocke gegangen. Sie drehte den Kopf zurück zu uns und rief: »Siebensterne! Ganz viele!«

Aslaug Schrøder-Olsen schaute lange der Tochter nach. Dann sagte sie traurig: »Ein Kind zu bekommen, ist ein Glücksspiel. Wie wenn du im November Blumenzwiebeln setzt. Du weißt nie, ob sie aufgehen. Manche nimmt der Barfrost. Und die, die kommen, werden oft anders, als du gedacht hast.«

»Was ist mit Siv passiert?« fragte ich schonend.

Sie blickte versonnen über Mørkevatn mit dem abwesenden Blick, den Menschen bekommen, wenn sie nicht in die konkrete Umgebung schauen, sondern in die Vergangenheit.

»Ich habe ihr Bild als Abiturientin gesehen. Auf dem Klavier, in eurem Wohnzimmer.«

Sie war fast siebzig Jahre alt. Nichtsdestoweniger sah man, daß sie eine schöne Frau gewesen war, ihr ganzes Leben. Selbst nachdem die Jahre Spuren in ihren Zügen hinterlassen und einen Schleier unendlicher Zeit gelegt hatten, war sie es immer noch. Aber jetzt schien die Schönheit vor meinen Augen zu zerrinnen, das Alter legte sich wie Schimmel in ihre Falten, und sie verwandelte sich in ein Monument für alles, was schiefgegangen war im Leben, für alle Weggabelungen, an denen sie die falsche Richtung gewählt hatte.

Ihre Augen kehrten zurück zu Siv, die in ihrem hellblauen Sommerkleid am Boden kauerte und weiße Sterne von dem moosgrünen Himmel pflückte, den sie wie eine Göttin beherrschte. »Sie ist nicht immer so gewesen, Herr Veum. Sie war unser Nesthäkchen. Das lebhafteste, freundlichste kleine Mädchen, das Sie sich vorstellen können!«

Ich nickte ermunternd. »Das habe ich gemerkt, bei deinem Mann.«

»Jetzt ist sie so, wie sie mit vier, fünf Jahren war. Genauso glücklich über Blumen, genauso spontan und freigebig. Es gab keinen Tag im Sommer, an dem sie nicht mit einem Blumenstrauß heimkam, den sie für uns gepflückt hatte. Sogar, als sie aufs Gymnasium ging, nahm sie vom Straßenrand Blumen mit auf dem Weg von der Bushaltestelle rauf zu uns. Wir hatten stets frische Blumen auf dem Mittagstisch.«

»Mhm.«

»Sie war eine typische Abiturprinzessin. Ich meine – hätte es sein können. Heutzutage kürt man sie nicht mehr. Sie war offen, stets guter Laune, daheim hilfsbereit, ver... verliebt auf eine erfrischende Art. Ich meine – nicht so, daß wir um sie Angst haben mußten, denn sie wußte, was sie tat, und die Jungs, mit denen sie zusammen war... Es waren nette Kerle, Herr Veum.«

Ihr Blick schweifte hinüber auf die andere Seite des Sees, als befänden sich die netten Kerle von einst irgendwo am jenseitigen Ufer. »Aber danach... Danach blieben sie weg, einer nach dem anderen, bald alle. Zuerst die Jungs. Dann die Freundinnen. Jetzt kommt keiner mehr, um sie zu besuchen – außer Odin natürlich, aber der zählt ja nicht.«

Wieder mußte ich hinüberschauen zu Siv. Sie war nun ein Stück weiter oben im Wald. Aber diesmal sah ich kein kleines Mädchen von fünf, sechs Jahren. Diesmal war sie das einsame, erwachsene Mädchen von sechsundzwanzig, das anstelle von Gesichtern nur noch Blumen pflückte.

»Wir liebten sie sehr, wir alle. Trygve und Odin – gewiß erschien es ihnen etwas peinlich, als ich plötzlich wieder schwanger wurde. Odin war zwölf, Trygve vierzehn. – Die alten Bergenser haben einen schönen Namen für solche Kinder, die so spät noch kommen. Eine Winterfrucht, sagen sie.« Ihre Augen wurden feucht, als sie wieder hinüber zu Siv blickte. »Sie war die Winterfrucht in unserer Ehe, aber sie litt keinen Mangel. Der Ast, an dem sie wuchs, wurde abgehackt.«

Ich räusperte mich. »Ich habe nie erfahren... Was ist eigentlich passiert?«

Sie fuhr fort, als hätte sie nichts gehört: »Als sie alt genug war und anfing, zum Tanzen zu gehen, haben ihre Brüder sie gefahren, gebracht und geholt – und die Schar der Freundinnen mit. Dann, als sie auszogen oder andere Interessen hatten, mußte Harald chauffieren. Und im letzten Jahr der eine oder andere Kavalier, der alt genug war und den Führerschein hatte. Das war aber selten. Meistens fuhr Harald.«

Ich wartete. Ich hatte das Gefühl, daß sie das, was sie erzählen mußte, ängstlich umkreiste, als wollte sie es eigentlich nicht.

»Zum achtzehnten Geburtstag bekam sie als Geschenk den Führerschein. Aber kein Auto. Wir wollten sie nicht verwöhnen. Sie konnte sich – wenn sie wollte – eines zusammensparen. Aber den Führerschein spendierten wir, und genau an ihrem Geburtstag hatte sie Prüfung – und bestand glänzend! Ich sehe sie vor mir – sie kam vom Tor heraufgelaufen, es war Mitte April, ein strahlender Sonnentag, aber wer am meisten strahlte, war sie. Sie hatte sich nicht einmal Zeit genommen, Blumen zu pflücken, so begierig war sie, es uns zu erzählen!«

Die Erinnerung lockte wieder ein Lächeln auf ihrem Gesicht hervor, und ihre Stimme klang wärmer, als sie fortfuhr: »Dann durfte sie sich unseren Wagen ausleihen, selbstverständlich, wenn sie ihn brauchte. Sie war so stolz das erste Mal, als sie davonfuhr, allein, um einen ihrer Kavaliere zu besuchen.«

»Hatte sie viele, hrmm, Kavaliere?«

»Ja und nein. Viele kecke Burschen. Es waren ständig neue Stimmen am Telefon. Aber richtig ernst ist es mit keinem von ihnen geworden – glaube ich.«

»*Glaubst* du?«

Sie schaute mich schnell an, fast ärgerlich. »Wir sind schließlich nicht ununterbrochen hinter ihr hergelaufen! Sie hatte ihr Privatleben!«

»Ja, ja, natürlich. Ich habe das nicht so gemeint.«

»Aber dann –«

»Ja?«

»Dann war plötzlich alles aus.« Sie biß sich auf die Lippe und wandte sich ab.

Siv hatte sich drüben zwischen den Bäumen erhoben. Sie blickte mit einem lauschenden Ausdruck im Gesicht über den spiegelglatten Teich, als lauschte auch sie den Stimmen der Vergangenheit: all die netten Kerle...

»Wie ist es passiert?« fragte ich erneut, standhaft wie ein Zinnsoldat.

Sie blickte starr vor sich hin, und ich sah ihr Gesicht in einem ausgeschnittenen, bleichen Profil, wie eine Silhouette auf einer Brosche. »Es war an einem Abend, als Harald ins Büro gerufen wurde. Ziemlich spät. Es ging um eine wichtige Konferenz, etwas mußte entschieden werden, nachher war es völlig unwichtig, ich erinnere mich nicht mehr... Er hatte einen Drink genommen, und um nichts zu riskieren, fragte er Siv, ob sie ihn fahr-ren wolle.«

»Ah ja? – Und das machte sie?«

»Das machte sie.«

Wir waren jetzt beim schwierigsten Teil angelangt. Sie wägte jedes Wort ab, das sie sagte, und es fiel ihr schwer, die richtigen zu finden. »Sie kamen an, und Siv parkte den Wagen. Harald ging voraus, hinauf ins Büro. Als er fast oben war, hörte er...«

Sie brach ab: »Das ist so fürchterlich. Niemand hat gesehen, was passiert ist. Kein Zeuge. Und sie selbst konnte nicht mehr... später.«

»Aber was hat denn dein Mann gehört?«

»Er hörte – sie rief irgend etwas, als sei sie in höchster Angst, und dann – das Geräusch eines Schlages.«

»*Eines Schlages?!*«

»Ja, gegen die Treppenstufen – meine ich. Sie ist doch runtergefallen.«

»Die Treppe hinunter?«

»Ja! Sie war auf dem Weg nach oben, und da – geschah etwas – und sie fiel hinunter. Und dann – war es ganz still.« Sie schluckte und fuhr fort: »Harald rannte hinunter, so schnell er konnte – ja, das war *vor* seiner Krankheit, weißt du. Als er unten ankam, lag sie leblos am Fuß der Treppe. Er versuchte, sie hochzuheben, aber *das* hätte er nicht tun sollen! Es stellte sich später heraus, daß sie sich das Genick gebrochen hatte. Sie war einige Tage bewußtlos. Als sie zu sich kam, glaubten wir zuerst, sie wäre gelähmt, aber die Ärzte haben Phantastisches geleistet. Der einzige physische Schaden, den sie hat, ist eine kleine Behinderung auf der linken Seite. Du kannst sehen, daß sie das linke Bein ein bißchen nachzieht wie nach einem Gehirnschlag. Aber *psychisch* – ist sie nie wieder zurückgekommen zu uns. Das war bitter. Es war ja direkt vor dem Abitur. In den letzten Vorprüfungen hatte sie nur Einser und Zweier. Zum eigentlichen Examen ist sie nicht mehr angetreten.«

»Wann ist das passiert?«

Sie stierte vor sich hin. »1979. April. Am 26. April.«

Ich verstummte. Jede weitere Frage erübrigte sich, und die, die auftauchten, wirkten fast unverschämt direkt. Mein Gehirn arbeitete unter Hochdruck, um die Informationen zu ordnen, die Situationen vor mir zu sehen, und – nicht zuletzt – die vielen Unbekannten. Eine drängte sich auf: »Als dein Mann die Treppe hinunterlief, damals, ist er da jemandem *begegnet*? Oder – gab es Hinweise auf – andere?«

»Ob sie gestoßen wurde, meinst du?«

Ich nickte.

»Wie oft, glaubst du wohl, haben wir ins diese Frage gestellt? – Aber da *war* niemand. Es war kein Mensch im Haus außer denen, die dort sein mußten, und die saßen oben im Konferenzzimmer und warteten auf Harald.«

»Und das waren –?«

»Die Jungs natürlich, Trygve und Odin.«

»Odin auch?«

»Er hat damals dort gearbeitet. Tor Aslaksen, der Meister, ich weiß nicht, wie er hieß, noch jemand, ich bin mir nicht sicher. Aber die waren jedenfalls oben – alle.«

»Die Sache wurde aber untersucht?«

»Untersucht? Von wem?«

»Von der Polizei. Wem sonst?«

»Es war ein *Unfall*, Veum!« sagte sie mit gedämpfter Stimme, ehe sie hinzufügte: »Psst! Nicht weiter jetzt.«

Ich folgte ihrem Blick. Siv war wieder unterwegs zu uns.

Ich richtete mich auf. *Nicht weiter jetzt.* Nein, ich war einverstanden. Es war ohnehin mehr als genug. Eine völlig neue Perspektive, eine Kette von Ereignissen so verwickelt und unerklärlich, wie ich es in dieser Woche schon mal gehört hatte. Und auch diesmal dasselbe Schlüsselwort, derselbe gemeinsame Nenner. *Tor Aslaksen.*

27

Sivs Blumenstrauß war voller geworden. Stolz zeigte sie ihn vor. »Schaut nur, die Blumen! Hornklee, Blutwurz, Buschwindröschen und Glockenblumen! Siebensterne, Schlüsselblumen und Klee! Und Butterblumen. Habe ich alles gefunden. Für den Strauß!«

Ich sah sie inzwischen nicht mehr nur so, wie sie jetzt wirkte. Wie durch Pauspapier sah ich Bilder davon, wie sie gewesen war: das kleine Mädchen, das auf dem Heimweg von der Schule Blumen pflückte – die Abiturprinzessin mit fünf Kavalieren an jeder Hand, aber keiner davon richtig ernst – die Achtzehnjährige kopfüber eine Treppe hinunter – und, am Ende, leblos am Fuße der Treppe liegend. Fünfmal Siv, aber nur eine war *hier*, jetzt.

»Wie schön«, sagte ich. »Du liebst Blumen, stimmt's?«

Sie nickte und lächelte. »Ja! Ich liebe Blumen. Sie erzählen mir, wer ich bin.«

»Erzählen dir, wer du bist?«

»Ja! Hornklee, Blutwurz, Buschwindröschen und Glockenblumen! Siebensterne und... Schlüsselblumen... K-K... Klee.« Auf merkwürdige Weise fiel sie über dem farbigen Strauß fast in eine Art Trance, als hätte der Hypnotiseur der Natur selbst sie in einen Wachschlaf versetzt mit Hilfe eines verzauberten Farbenspektrums: gelb und blau, weiß und violett.

Aslaug Schrøder-Olsen warf einen Blick auf ihre schmale goldene Armbanduhr. »Siv... Ich glaube, wir müssen jetzt nach Hause.«

»Noch ein bißchen sit-zen«, antwortete Siv aus weiter Ferne.

»Aber du weißt doch – Papa...« Sie wandte sich mir zu. »Mein Mann wird so – ungeduldig, wenn er seinen Vormittagstee nicht pünktlich bekommt. Um ein Uhr.«

»Ich begleite Siv, dann kannst du vorausgehen, wenn du willst. Ich werde schon darauf achten, daß sie nach Hause kommt.«

Sie sah mich forschend an, als überlege sie, ob einer der netten Kerle zurückgekommen war, sie ihn aber nicht genau wiedererkannt hatte. »Du magst vielleicht auch eine Tasse Tee?« sagte sie ohne übermäßige Gastfreundschaft in der Stimme.

»Ja gerne«, erwiderte ich.

Wir erhoben uns, und sie streckte die Hand nach Siv aus. »Komm, mein Schätzchen. Wir müssen gehen!«

Siv schaute auf, zuerst zur Mutter, dann zu mir. Daraufhin stand sie auf und murmelte dabei: »Mir träumte, daß ich das kleine Mädchen war.«

Plötzlich brach sie in Tränen aus, und das Wasser lief wie bei einem Springbrunnen.

Die Mutter zog sie an sich und legte den Arm um sie. »Na, na, meine Kleine, na, na! Ist nicht schlimm. Du bist doch bei Mama. Ist ja alles gut. Ist alles gut.«

Siv wurde von Schluchzen geschüttelt, und die Mutter schaute mich über ihre Schulter an. Sie schüttelte traurig den Kopf. »Sie bekommt manchmal solche Träume. Sie wacht dann mitten in der Nacht auf, schreiend vor Angst. Ich glaube... ihr armes, gequältes Gehirn... mit so viel Ungelebtem, das raus will!«

Ich fühlte mich ziemlich unwohl, wie ich da stand, als wären sie nackt oder als befände ich mich außerhalb und betrachtete die Situation in einem Leben, in das mir kein störendes Eingreifen zustand.

Ich legte den Kopf in den Nacken und schaute nach oben, die dunklen Stämme hinauf zu den dichten Baumkronen und dem beinahe dschungelartigen Blattwerk – hinauf zum sich wölbenden Himmel, blau und makellos und von der Sonne durchbohrt. Zwischen mir und dem Himmel tanzten zwei Vögel in der schwachen Brise: eine Paarungszeremonie für die Galerie, wenn der Klub der einsamen Herzen seine Jahresversammlung abhält. – Ach ja, sie hatte recht: Kinder zu kriegen, ist ein Glücksspiel.

Das Weinen verstummte. Mit der freien Hand wischte sich Siv die Tränen von den Wangen. Die Mutter holte ein Taschentuch hervor und trocknete ihr mit zierlichen Bewegungen die Augen. Siv blickte mich mit rotgeränderten Augen an. Während sie den Blumenstrauß vor sich hinhielt, sagte sie: »Ich habe das alles Totto erzählt.«

Ich öffnete den Mund zu einer Antwort, aber die Mutter kam mir zuvor. »Jetzt müssen wir gehen, Kind! Papa wartet!«

»Mhm! Papa wartet. Er soll den Blumenstrauß bekommen. Hornklee, Klee, Blutwurz und Buschwindröschen...« Sie lief mit kleinen Tippelschritten vor uns her und summte dabei die neue Variante ihres festen Refrains.

Die Mutter schaute ihr nach und sagte mit einem verbitterten Unterton: »Manche verlieren ihre Kinder dadurch, daß sie sterben oder verschwinden. Andere verlieren sie, während sie noch am Leben sind.«

»Verschwinden? Denkst du dabei vielleicht an den Fall Camilla?«

Sie schaute mich verständnislos an. »Der Fall Camilla? Welche Camilla?«

»Nein, ich...« Ich wechselte das Thema. »Totto, damit war Tor Aslaksen gemeint, nicht wahr?«

»Ja, wir – nannten ihn nie anders«, erwiderte sie und blickte zur Seite.

Schweigend folgten wir dem schmalen Kiesweg hinauf zum Miniarboretum und der kleinen Eiche, die Kronprinz Harald gepflanzt hatte, als die Anlage im Mai 1971 eröffnet wurde. Wir gingen vorbei an Edeltannen und Schirmtannen, Kiefern und Lerchen, Stechpalmen und Rhododendron, Schwarzerlen und Ahorn.

An einer Stelle hob Aslaug Schrøder-Olsen den Kopf und sog in tiefen Zügen die Luft ein. Nachdem sie ausgeatmet hatte, sagte sie: »Ich kenne keine bessere Luft als diese – hier im Wald! Das ist, als ob – als bekäme ich ein Paar Lungen extra. Und dieser Duft, nach Harz und Leben!« Sie sah mich ernst an. »Für mich ist dies ein heiliger Hain, Veum. Hier begegne ich Gott. Hier verstehe ich, daß die Erde ein Waldboden ist und wir nichts anderes als kleine Käfer. Auf einige von uns wird getreten, wenn es dem Schicksal gefällt spazierenzugehen. Andere werden verschont, bis ihre Stunde schlägt.«

Siv drehte sich zu uns um und winkte, als hätte sie gehört, was die Mutter sagte.

Ich winkte zurück und die Mutter schloß mit einem nachdenklichen: »Ach ja.«

Dann waren wir da.

Oben auf der Terrasse saß Harald Schrøder-Olsen und raschelte ungeduldig mit der Zeitung. Er blickte ungnädig auf, als wir kamen.

»In fünf Minuten bekommst du deinen Tee, mein Schatz!« sagte seine Frau hastig und eilte ins Haus.

Siv hielt ihrem Vater den Strauß hin. »Schau die Blumen! Hornklee und Klee, Buschwindröschen und...«

»Jaja«, sagte der Vater so schroff, wie ich es bisher nicht an ihm kannte. »Geh rein und stell sie ins Wasser, Siv.«

»Ich muß sie ins Wasser stellen, verstehst du! Ins Wasser stellen!« Sie lachte begeistert über ihre eigene Klugheit und lief hinein.

Ich war wieder allein mit Harald Schrøder-Olsen.

Ein paar lange Sekunden maßen wir einander wie zwei Duellanten im Morgengrauen, nachdem sich die Sekundanten zurückgezogen hatten.

»Na? Du hast sie gefunden, wie ich sehe.«

»Ja. Deine Frau hat mich zu einer Tasse Tee eingeladen.«

»Aha, das hat sie gemacht.«

»Da gibt es – etwas, was ich gerne wissen möchte.«

Der Sarkasmus in seiner Stimme war unüberhörbar. »Ah ja?«

»Über Siv.«

Er hob die Augenbrauen. »So? Diesmal über Siv?«

»Ja. Ihre Frau hat mir erzählt – was damals passiert ist, als sie... Von dem Unglück.«

Unbewußt warf er einen Blick zur Glastür, die ins Haus führte. »So, das hat sie – auch gemacht.«

»Das war ja – tragisch.«

»Ich habe Leute dieses Wort verwenden hören.«

Ich überhörte den Tonfall. »Ich bin ja draußen gewesen, bei NORLON, und habe den – äh – Unglücksort gesehen. Wo ist es eigentlich passiert?« Und als er nicht antwortete, fuhr ich fort: »Im Treppenaufgang, der zum Büro führt?«

Er nickte widerwillig.

»Wenn ich mich recht erinnere, befindet sich doch im Erdgeschoß eine Tür, die – nach links führt? Und zwar in die Produktionshallen und das Labor, ist das richtig?«

Wieder nickte er.

»Im ersten Stock liegen die Büros. Wolltest du dich dort zu der von deiner Frau erwähnten Zusammenkunft treffen?«

»Nein, das war im zweiten Stock, im Konferenzzimmer. Ich wollte eben die Tür öffnen und eintreten, als ich sie hörte.«

»Daß sie schrie?«

Ein Ausdruck des Schmerzes glitt über sein Gesicht. »Ja.«

»Und wo war sie da?«

»Am Treppenabsatz zwischen Erdgeschoß und erstem Stock, das heißt, eher oben an der Treppe. Als sie fiel.«

»Und du ranntest runter, gleich als du sie hörtest?«
»Ja, natürlich!«
»Und bist niemandem begegnet?«
»Wem hätte ich begegnen sollen? Dem Weihnachtsmann? Ich dachte, Aslaug hätte dir alles erzählt?«
»Aber – überlegen wir mal... *Falls* jemand da gewesen wäre, dann *hätte* der Betreffende zum Beispiel aus den Verwaltungsbüros kommen können – hätte sie die Treppe hinuntergeschubst und wäre danach aus dem Gebäude verschwunden oder wieder zurück in das Büro?«
Der Blick, mit dem er mich anschaute, war äußerst gereizt. »Und wer hätte *das* sein sollen? Im Werk befand sich niemand außer *uns!* Es war spät abends.«
»Ein Einbrecher zum Beispiel.«
»Ein Einbrecher?!«
»Ja? Stell dir folgende Situation vor. Siv geht, nachdem sie den Wagen geparkt hatte, die Treppe rauf. Plötzlich begegnet ihr ein wildfremder Mensch, der die Treppe herunterkommt, vielleicht mit Diebesgut in den Händen. Sie schreit – der Mann, wenn es ein Mann war, schubst sie, sie fällt... Die meisten Morde in Norwegen, die keine Morde aus Eifersucht sind, entstehen aus solchen Situationen.«
»Es gab aber keinen Hinweis auf einen Einbruch, Veum!«
»Nicht?«
»Nein. Glaubst du nicht, daß wir uns in dem Fall an die Polizei gewandt hätten?«
»Ja?«
»Also –«
»Was ist mit denen, die im Konferenzzimmer waren? Gibt es noch eine zweite Treppe zwischen dem zweiten und dem ersten Stock als die von dir benutzte?«
»Was? Ja da gibt es eine Feuertreppe, natürlich auf der Rückseite, aber –«
»Und von dort konnte man hinunter zu den Büros gelangen

und hinaus auf die Haupttreppe – *zurück* eventuell auf demselben Weg?«

»Ja, ja«, sagte er abweisend. »Aber es gab niemanden, der das machte. Im Konferenzzimmer waren sie alle die ganze Zeit versammelt. Sie haben ja nur auf mich gewartet!«

»Ist das sicher? Daß sie alle die ganze Zeit versammelt waren, meine ich?«

»Glaubst du nicht, ich hätte danach gefragt – hinterher? Glaubst du nicht, wir hätten selber auch sämtliche Möglichkeiten geprüft, als alles vorüber war?«

»Ihr habt es aber auf eigene Faust gemacht? Habt es nicht der Polizei überlassen?«

Er beugte sich im Rollstuhl vor. »Das war kein Fall für die Polizei, Veum, begreifst du das nicht? Das ist nie ein Fall für die Polizei gewesen!«

Ich seufzte. »Genau deshalb meine Überlegungen. Ich meine – *warum?* – Worum ging es in der Konferenz?«

Er lehnte sich wieder zurück. »Das waren – interne Angelegenheiten. Sie haben nichts damit zu tun.«

»Nicht? Wer nahm teil?«

Er schaute mich an und wirkte plötzlich müde. Dann strich er sich energisch mit der Hand über die Stirn. »Trygve, Odin, Tor Aslaksen, der Hauptverantwortliche für die Produktion, der Meister.«

»Das waren alle?«

»Mehr waren es nicht. Wie du siehst, eine übersichtliche Situation.«

»Wie hießen diese beiden Mitarbeiter?«

»Clausen und – das muß noch Thomassen gewesen sein. Ich weiß es nicht genau. Thomassen ist tot, und Clausen ist gegangen. Trygve kann dir das sagen, falls – falls das überhaupt noch von Interesse ist! Aber das ist es nicht!« Allmählich kehrte sein altes Feuer zurück. »Ich finde, du solltest jetzt gehen, Veum! Ich habe es langsam satt, dein Herumschnüffeln und Fragen –

einmal nach diesem, dann nach jenem! Worauf bist du eigentlich aus?«

Vom Wohnzimmer her klirrte nervös dünnes Porzellan wie eine verlegene Fanfare. Dann erschien Aslaug Schrøder-Olsen mit einem Tablett. Darauf standen feine Teetassen aus mattem Porzellan, eine weiße Kanne, Zucker und Zitronenscheiben, eine Schale mit Teegebäck und ein Set Silberlöffel, poliert wie an Sivs Geburtstag. »Hier bin ich«, zwitscherte sie nervös.

Ich schielte auf meine Armbanduhr. Sie zeigte fünf nach eins. Der Skandal war unvermeidlich.

Hinter ihr tauchte Siv auf. Sie hatte ein hohes Glas mit rotem Saft und Eiswürfeln. »Saft!« sagte sie zu mir, als käme ich von einem anderen Planeten und hätte noch nie so etwas gesehen.

Harald Schrøder-Olsen sah mich böse an, während seine Frau die Tassen auf den Tisch stellte, war aber doch so höflich, seinen Hinauswurf in Anwesenheit seiner Frau und seiner Tochter nicht zu wiederholen.

Aslaug Schrøder-Olsen schenkte Tee ein und fragte, ob ich Zucker und Zitrone haben wolle.

»Nur Zitrone bitte.«

Schweigend nippten wir am Tee. Er schmeckte leicht nach Rauch, erinnerte an verbrannten Wald, der Nachgeschmack war teerartig.

Frau Schrøder-Olsen reichte mir die Schale mit dem Teegebäck. »Eines von meinen selbstgebackenen *Scones*, Herr Veum? Englisches Rezept.«

Ich bediente mich und biß in das Gebackene. Es war solide englische Arbeit, kompakt wie eine Spanplatte und gespickt mit Rosinen. Ich würde für die nächsten Stunden gesättigt sein.

Siv hatte eine Stoffpuppe mit herausgebracht. Jetzt saß sie über die Puppe gebeugt und schwatzte ihr ins Ohr. Die Puppe war ein Mädchen in einem blauen Kleid mit weißer Schürze wie Alice im Wunderland. Es fehlte nur noch ein Kaninchen, und die verrückte Teegesellschaft wäre komplett gewesen.

Ich setzte die Teetasse ab. »Mit welchem von euren Söhnen war Tor Aslaksen befreundet?«

»Mit Odin, sie waren gleichaltrig«, sagte Aslaug Schrøder-Olsen, bevor sie ihr Mann unterbrach:

»Wir sprechen nicht mehr darüber!«

Sie schaute ihn fragend an. Dann senkte sie den Kopf, sich mit ihrem Schicksal abfindend.

»Das Leben auf dem Waldboden«, murmelte ich.

»Was hast du gesagt?« knurrte Schrøder-Olsen.

Siv schaute auf mit einem nachdenklichen Ausdruck im Gesicht. »Totto hat gesagt, daß alles in Ordnung ist. Daß sich alles regeln würde.«

Er wandte sich ihr zu. »Was?«

»Ich habe Totto alles erzählt. Er hat gesagt –«

»Genug, es reicht!« Er verdrehte die Augen nach oben. »Das ist zuviel an einem Tag. Tut mir leid, Veum, aber du mußt gehen.«

»Aber Harald –«, sagte seine Frau, bestürzt über diesen Mangel an Konduite.

»Ich kann, verdammt noch mal, dein Gesicht nicht länger ertragen!«

Ich erhob mich ruhig und sagte leise: »Das war, ich möchte es nicht verschweigen, die höflichste Art, auf die man mich jemals zur Hölle gewünscht hat.« Ich verbeugte mich leicht vor seiner Frau. »Ich bedanke mich, gnädige Frau. Es hat vortrefflich geschmeckt.« Ich wandte den Kopf. »Siv...«

Sie schaute auf.

»Mach's gut, Siv«, sagte ich weich.

Sie lächelte, ohne etwas zu sagen. Für ein oder zwei Sekunden war sie anwesend, ein Spiegelbild ihres eigenen Ich von einem Sonnenstrahl gestreift.

Dann war der Augenblick vorbei, und ich drehte mich um und ging. Hinter mir war es totenstill, als wäre die Teegesellschaft eine Sinnestäuschung gewesen, die jetzt vorbei war.

Unten beim Auto blieb ich stehen und blickte hinauf zu dem

blau gestrichenen Haus, in dem Tor Aslaksen aufgewachsen war. Im Garten vor dem Haus kniete eine Frau und war mit einem Rosenbeet beschäftigt.

Ich ließ den Wagen stehen und ging zu ihrem Gartentor. Ich klopfte leicht ans Tor und fragte: »Frau Aslaksen?«

Sie reagierte nicht.

Etwas lauter wiederholte ich: »Frau Aslaksen?«

Sie schaute auf.

Sie brauchte nichts zu sagen. Sie *war* es. Ihr Gesicht war in Trauer erstarrt, ein Grabstein für ihren Sohn, in Marmor gemeißelt.

Ich deutete auf den Gartenweg als Frage, ob ich hereinkommen dürfe.

Sie nickte hilflos, und ich öffnete das Tor.

28

Sie richtete sich langsam auf, so wie man das Wachsen einer Pflanze in Zeitlupe sehen kann. Aber sie würde nie eine Blüte tragen. Sie war für immer verblüht.

Sie war für die Gartenarbeit angezogen, eine braune altmodische Gabardinehose, ein grüner Pullover, der vor einem Vierteljahrhundert bessere Zeiten gesehen haben dürfte, und an den Händen gelbe Gummihandschuhe, um sich nicht schmutzig zu machen. In der einen Hand hielt sie eine kleine blaue Harke, in der anderen eine mit Insektenvertilgungsmittel gefüllte Gartenspritze.

Das Haar hatte sie unter einem braunen Kopftuch versteckt, das sie sich um den Kopf gebunden und an der Stirn verknotet hatte wie früher die Putzfrauen. Sie war vermutlich jünger als Aslaug Schrøder-Olsen, aber in wesentlich schlechterer Verfassung, gezeichnet von einer älteren Trauer als der über den plötzlichen Tod ihres Sohnes. Die Lippen waren streng und schmal, ohne Andeutung von Schminke, und die Haut im Gesicht wirkte wie unebener

Marmor, scharfkantig, mit vielen Runzeln und übersät von Leberflecken wie Schmutzspritzer nach einem starken Regenguß. Ihr Blick war blau und blaß, so wie alle Farben an ihr von der Zeit verwässert waren.

»Anne-Marie Aslaksen?« fragte ich.

Sie nickte und bewegte die Lippen, aber ohne etwas zu sagen.

»Mein Name ist Veum. Ich möchte mein Beileid aussprechen.«

Sie neigte sich vorsichtig und formte die Lippen zu einem schwachen Danke, immer noch, ohne einen Laut von sich zu geben.

»Ich weiß nicht, ob ich – ob du mit mir reden möchtest? – Ich war es, der ihn gefunden hat. – Deinen Sohn. Tor.«

Ich hielt inne und suchte nach Leben in ihren versteinerten Zügen.

Die Augen wurden feucht, und sie hob automatisch einen der Gummifinger und wischte sich die Augenwinkel.

Sie deutete mit der anderen Hand auf einen kleinen, weiß gestrichenen Gartentisch.

Ich nickte, und sie ging voraus.

Wir setzten uns, sie auf eine Bank mit dem Rücken zur Hauswand, ich auf einen Stuhl mit der Sonne im Nacken.

Sie bückte sich und legte die Insektenspritze und die Harke beiseite. Dann rollte sie umständlich die Gummihandschuhe von den Fingern wie nach einer Operation. Vielleicht waren es die Stimmbänder, die sie operiert hatte, denn jetzt brachten sie endlich Laute hervor. »Veum?«

Ich nickte.

Ihre Stimme war dünn und zerbrechlich wie gesprungenes Porzellan, als sie fortfuhr: »Ja, die Polizei erwähnte... Sie waren eine Art Nachtwächter, oder nicht?«

»Ja.« Sie hatte recht. Genau diese Funktion hatte ich. Nachtwächter am hellichten Tag.

»Erzählen Sie, wie Sie ihn fanden. Ich halte das jetzt aus.«

Ich berichtete so behutsam wie möglich ohne so unnötige Details wie Lisbeth Finslo. Ich berichtete, wie ich ihren Sohn am Grund des Schwimmbeckens in dem Haus, das ich bewachte, gefunden hatte, daß ich hineingesprungen war und ihn herausgezogen hatte und an ihm ohne Erfolg Wiederbelebungsversuche gemacht hatte.

Von Lisbeth Finslo sagte ich überhaupt nichts. Das überließ ich der Polizei. Ich erwähnte auch sein Auto nicht, und wo es wiedergefunden wurde. Und den Fall Camilla hütete ich mich anzusprechen.

Ich behielt sie die ganze Zeit sorgfältig im Auge, um unerwartete Reaktionen zu sehen. Aber es kamen keine. Es kam überhaupt keine Reaktion. Sie saß da wie ein Gedenkstein auf dem Friedhof, festgeschmiedet von der Sonne, verwittert von der Zeit und ohne andere äußere Kennzeichen als die Trauer.

»Dann habe ich die Polizei angerufen«, schloß ich meinen Bericht. »Und das war alles. Ich dachte, Sie würden es vielleicht gerne erfahren, aus meinem Mund.«

Sie nickte schwach. »Wie... wie hat er ausgesehen?«

Ich zögerte. »Normal. Er war nicht lange im Wasser gelegen. Wenn man es nicht gewußt hätte, man hätte annehmen können, er schlafe.«

»Sah er aus, als hätte er seinen Frieden gefunden?«

Ich musterte die blau gestrichene Holzwand, als sei das die Farbe des Friedens. »Frieden? – Ja, das könnte man sagen. Er zeigte keine Anzeichen von Schmerz oder Angst oder was auch immer.«

»Ja, das verwischt der Tod«, sagte sie trocken. »Mein Mann hatte, als er starb, ein langes und schmerzvolles Krankenlager hinter sich. Die letzten Monate weigerte er sich, Tor zu sehen. Der war damals erst dreizehn, und Jan Peder, mein Mann, sagte, er wolle, daß der Junge sich an ihn erinnere, wie er gesund war, bevor ihn der Verfall zu einem Kadaver mache, wie er es ausdrückte, einem lebendigen Kadaver. Aber sogar er wurde schön im Tod trotz all der quälenden Gedanken. Er hatte so sehr das Gefühl, zu früh zu sterben, zu vieles nicht gemacht zu haben. Er dachte an uns, wie es weitergehen würde, wenn er fort war. – Aber wir bekamen Hilfe«, schloß sie leise und richtete ihren Blick auf die Jodlerburg der Schrøder-Olsens.

Ich folgte ihrem Blick. »Er war gut befreundet mit den Jungs der Schrøder-Olsens, dein Sohn?«

»Mit Odin vor allem. Trygve war weiter weg. War älter. – Aber ihr Vater erwies sich als Ehrenmann. Er unterstützte ihn während des Studiums, ließ ihn während der Ferien in der Fabrik arbeiten und an den Wochenenden Nachtwache machen, gegen gute Bezahlung. Und danach, als er fertig war, stellte er ihn ein, gab ihm einen guten Posten. Jan Peder hätte stolz auf ihn sein können!«

Ich zögerte einen Augenblick. »Er... Er war mir ja völlig unbekannt. Ich meine, als ich ihn fand. Aber jetzt, hinterher, kommt es mir so vor, als würde uns der Tod verbinden. Seit es passiert ist, denke ich ständig an ihn. Ich habe das Gefühl – daß ich ihn gerne gekannt hätte.«

Sie sah mich forschend an, als durchschaute sie mich sofort. »Hätten ihn gerne gekannt? Sie?«

Ich legte den Kopf schräg und nickte vorsichtig, um nicht zu übertreiben.

»Hmm«, sagte sie und ließ mich nicht aus den Augen, als warte sie auf eine bessere Begründung.

Aber ich hatte keine. Eine Hummel flog vorbei, den Sommer in großen gelben Satteltaschen zwischen den Beinen verpackt. Sie summte zufrieden, während sie eine Rose verführte, und flog sorglos weiter zum nächsten Opfer, das seine Staubgefäße dem naseweisen Freier öffnete, trunken vom Nektar Tausender von Novizen.

Quälende Gedanken machten ihren Mund zu einem Strich. »Und das jetzt, nachdem er endlich eine gefunden hatte.«

»Eine –?«

Sie leckte sich rasch über die Lippen, als könne das lindern. »Sein Leben war nicht glücklich.«

Ich wartete, ohne etwas zu sagen. Sie mußte von sich aus weiterkommen.

»Ich habe oft gedacht, daß er, weil sein Vater so früh starb, zu eng an mich gebunden war. Ich habe ihn deshalb immer ermuntert, sich – Ersatz zu suchen.« Sie wandte wieder den Kopf. »Wie Schrøder-Olsen da drüben. Wie – der ältere Bruder des Kameraden.«

»Trygve?«

»Ja. Er wurde ja sein Chef, später. – Und lange hat er hier gewohnt. Wurde hier erwachsen. Brachte aber nie eine Freundin mit nach Hause! Als wollte er mir nicht – weh tun.«

»Aber er *hatte* Freundinnen?«

Sie schloß die Augen und öffnete sie wieder. »Schließlich habe ich ihn aufgefordert, auszuziehen, habe gesagt, er solle sich selbst etwas suchen.«

»Die Wohnung in Fyllingdalen?«

»Ja. Das war 1975. Damals war er sechsundzwanzig Jahre alt. Doch er ist weiterhin allein geblieben. Hat nur die Arbeit gekannt.«

»Freunde hatte er aber schon? Er war doch Mitglied im Fliegerverein, oder?«

Sie blickte auf und sagte leise: »Können Sie sich etwas Einsameres vorstellen als die große blaue Leere da oben? Ganz allein in einem kleinen Gefährt, das einen solchen Lärm macht, daß man nicht miteinander reden kann, ohne zu schreien?«

»Bist du selbst einmal mit oben gewesen?«

Sie nickte, und ein unwillkürliches Zittern durchlief sie. »Er hat mich mitgenommen, einmal. Später weigerte ich mich. Es ist unnatürlich, da oben zu hängen wie – wie... Schmetterlinge auf Nadeln!«

»Du hast gesagt, daß er *jetzt*...«

»Ja. Ich habe es gemerkt, wie eine Mutter das merkt, ohne daß er ein Wort darüber verloren hätte. – Und nun werde ich sie wohl nie kennenlernen.«

Ein unangenehmer Gedanke kroch unter einem Stein in mir hervor: *Nein, wahrscheinlich nicht. Es sei denn, daß –*
»Du meinst also, daß er jetzt eine Freundin hatte?«
Sie nickte ruhig. »Die letzten vier, fünf Monate, ja. Ich habe es an seinen Augen gesehen, wenn er mich besuchte, und an einem Zug um den Mund, daß er endlich jemanden kennengelernt hatte – der ihn heilte von seiner Sehns... jemanden wie nie zuvor. Ich habe es gesehen, ein paarmal, daß er mir gerne davon erzählt hätte. Wie damals, als er klein war und im Geschäft in Nesttun ein Weihnachtsgeschenk für mich gekauft hatte und es fast nicht aushielt, schon vorher davon zu erzählen! So stolz war er – jetzt auch.«

So stolz – über Lisbeth Finslo? – *Ich habe aber einen Freund*, hatte sie gesagt. *Einen festen Freund.* – Tor Aslaksen?

»Hat er – keinen Namen genannt?«
Sie schüttelte den Kopf.
»Keine Bilder?«
»Nein.«
»Hmm.« Wieder flog eine Hummel vorbei, vielleicht war es dieselbe, den Beutel gefüllt und mit Blütenstaub im Haar, schwankend und schwirrend, als wäre sie von der Sonne zart geküßt worden. Weit oben überwachte sie eine Libelle, ein MIG-Jäger im Auftrag der Hüter der Moral, für die der Sommer ein Greuel ist und der Winter das einzig Reine, das Ultima Thule des Kalenders.

»Die Schwester von Trygve und Odin, Siv. Soviel ich weiß, war er wie ein Bruder für sie?«

»Oh ja.« Zum ersten Mal erschien etwas wie ein leises Lächeln um ihren Mund. »Die Arme. Aber sie war ja so klein. Sie hat dann angefangen, ihn Totto zu nennen. Später hieß er nur so.«

»Er hatte eine enge Verbindung zu ihr, auch nach dem Unfall, wenn ich mich nicht täusche?«

»*Ja*, sie *waren* wie Geschwister. Wäre der Unfall nicht passiert, vielleicht hätten *sie*...«

Ich legte meine Worte auf die Goldwaage, bevor ich sie aussprach: »Meinst du – daß auf diesem Gebiet schon eine Verbindung bestand, *bevor* sie verunglückt ist?«

Sie schaute mich gespannt an. »*Auf diesem Gebiet?* Sie meinen... Oh nein, das ist mehr so ein Gedanke im nachhinein, der Traum einer Mutter für ein Kind, das sie nicht mehr...« Sie schluckte. »...hat.«

Ich sagte nichts mehr. Fünf Tage waren seit dem Tod ihres Sohnes vergangen, und ich konnte sie nicht nach dem Fall Camilla fragen. Ich brachte es nicht übers Herz.

Ich erhob mich und bedankte mich.

Sie begleitete mich vorbei an dem Rosenbeet, an dem sie bei meinem Kommen gearbeitet hatte. Sie blieb stehen und sagte: »Diesen Rosenstrauch habe ich für ihn gepflanzt. Er soll hier wachsen, solange ich lebe. Ich werde ihn pflegen wie ein lebendiges Wesen. Das einzige, das ich noch habe.«

Sie schielte mit gebeugtem Kopf herauf zu mir. »Aber das ist Unsinn, nicht wahr, Herr Veum? Als könnten Blumen lebende Menschen ersetzen. Als wäre selbst das Leben des Geringsten unter uns nicht mehr wert als sogar die schönste Blume!«

Selbst des Geringsten unter uns klang es in meinen Ohren, als ich mich höflich verabschiedete, das Tor hinter mir schloß und zu meinem Wagen ging.

Als ich wegfuhr, kniete sie wieder vor dem frisch gepflanzen Rosenstrauch wie eine gläubige Katholikin vor einem persönlichen Heiligen. Im Stillen fragte ich mich, ob sie ihn wohl Tor nannte.

Mit dem Kopf voller Gedanken verließ ich Store Milde. Drei Stunden später saß ich auf dem Schnelldampfer nach Florø.

29

Florø liegt zwischen den Mündungen von Nordfjord und Sunnfjord auf einer Halbinsel. Mit seinen weiß gestrichenen Häusern auf flachen Felsbuckeln sieht es aus wie ein Städtchen im Süden des Landes, und niemand wüßte zu sagen, weshalb es hier in den Westen verbannt wurde. An einem Frühsommertag mit flirrender Sonne über der Stadt erwartet man, mit weichen Konsonanten angesprochen zu werden. Spät im November bei stürmischem Meer ist es in Sibirien freundlicher.

Für den Country-und-Western-Distrikt Sogn und Fjordane liegt Florø in Alaska. Es ist das Klondyke des Distrikts, allerdings fehlt das Gold. Falls es kein Gold *ist*, das Schwarze, das sie irgendwo vor ihrer Küste aus dem Meer hochpumpen. An glasklaren Winternächten mit der Dunkelheit als Reflektor sieht man den Widerschein der Goldfunde da draußen wie ein Märchenschloß am Westhimmel. Schade nur für die Stadt, daß Askeladden* an Florø vorbeihinkte mit all seinen Einkehrplänen, als er unterwegs nach Mongstad und Møre war.

Es war immer noch hell, als ich am Kai der Hurtigrute an Land ging. In der goldenen Abendsonne lag Florø da wie eine friedliche Mischung aus Schulort und Industriezentrum mit Markt und allem, was man sich vorstellt, von Textilgeschäften mit amerikanischen Firmennamen bis zu Chinarestaurants mit Mittagstisch. Zwischen die ursprünglichen Holzgebäude waren unübersehbar die achtziger Jahre eingezogen mit Betonklötzen, gebaut von Versicherungsgeldern und Bankaktien, sicher wie Ameisenhaufen jetzt, nachdem die Konjunktur mit dem Wind gewechselt hatte und einem kalt und unangenehm in den Rücken blies. Zeit zu verkaufen. Zeit, um Graupapier ins Schaufenster zu hängen und die Ladentür endgültig zu verriegeln. Der Einzug der Gläubiger und ein Gruß an alle anderen, die zu spät kamen. Sie werden nie eine Eisenbahnlinie nach Florø bauen. Dieser Zug ist längst abgefahren. So gesehen ist Florø ein Stück Norwegen en miniature, ein Ort, wo du dich stets wie zu Hause fühlen wirst.

Jannicke Finslo wohnte weit droben in der Livius-Smithgata, in einem kleinen weißen Holzhaus nicht weit von der Kirche.

Jannicke Finslo – Per Bruheim stand auf dem Türschild wie eine Verlobungsanzeige.

Ich klingelte und fragte mich dabei, wer wohl dieser Livius Smith sein mochte. Klondykes letzter Goldschürfer oder der erste von Smiths Freunden?

Dann öffnete Jannicke Finslo die Tür, und ich wußte sofort, daß sie es war. Die Ähnlichkeit war frappierend, auch wenn ihr Haar länger und heller war als das von Lisbeth. Die Züge hatten dieselbe Mischung aus Ernst und Aufrichtigkeit, und obwohl sie jetzt von Resignation geprägt waren, verrieten die Fältchen in den Augenwinkeln, daß ihr das Lachen nicht schwer fiel, solange ihr das Leben Veranlassung dazu gab. »Veum?«

»Das bin ich.«

»Komm rein.«

Ich legte in einem blau gestrichenen hellen Flur ab und folgte ihr in eine geräumige Küche mit Ausblick auf den Hafen. Auf der Anrichte stand ein Teller mit belegten Schnitten, zugedeckt mit einer Plastikfolie, und eine Thermoskanne Kaffee. »Ich dachte, du hast vielleicht Hunger«, murmelte sie und zog einen vernickelten Küchenstuhl mit Lehne und einem Sitz aus rotem Kunstleder hervor.

Ich setzte mich. Sie stellte den Teller mit den Schnitten auf den Tisch und goß mir Kaffee in einen weißen Becher. Sie fragte nicht, ob ich etwas anderes wolle. Man trinkt keinen Tee in Sogn und Fjordane.

Selbst blieb sie stehen und lehnte sich mit einer halbvollen Tasse an die Anrichte. Sie trug eine dunkelblaue Bluse mit einem Anker auf der einen Brusttasche, ungebleichte Jeans und Seehundfellpantoffeln mit samischem Muster. Ihr Gesicht war blaß und schmal, und sie hatte dunkle Ringe unter den Augen.

»Per macht Überstunden«, sagte sie.

»Wo?«

»Unten in der Werft.«

»Und Kari?«

»Sie ist ins Kino gegangen. Ich bin froh, wenn sie an etwas anderes denkt.«

Ich nickte und nahm eine Schnitte mit Lammwurst und Gurke. Dann fielen wir uns gegenseitig ins Wort: »Und es gibt immer noch nichts –«

Wir stockten, und ich fuhr allein fort: »Nein, leider. Hier auch nicht, wenn ich recht verstehe?«

Sie schüttelte den Kopf. Dann machte sie einen weiten Bogen mit der freien Hand. »Ich begreife nicht, was da passiert sein könnte! Ich begreife es einfach nicht!«

»Es gab also keinerlei Anzeichen, daß etwas passieren würde?«

»Im Gegenteil! Wir hatten eine klare Absprache. Kari sollte sofort nach Schulschluß kommen und Lisbeth am darauffolgenden Wochenende. Wir haben ein Ferienhaus auf Askrova, und da weder Per noch ich vor Juli Urlaub haben, sollten sie und Kari die ersten zwei Ferienwochen dort verbringen. Die letzte Woche wollten sie hier wohnen und für uns das Haus hüten, und danach war die Rede davon gewesen, daß Kari vielleicht eine Freundin hierher bringt und noch eine Weile bleibt, während Lisbeth wieder zu ihrer Arbeit muß.«

»Hm. Wie verkraftet sie es? – Kari.«

Jannicke Finslo deutete auf die Schüssel, ein Zeichen, mich zu bedienen. »Sie... Ich glaube, sie hat noch nicht ganz begriffen, was passiert ist. Die Ungewißheit. Sie befindet sich in einer Art von latentem Schockzustand, der sich, und davor habe ich Angst, verschlimmern wird, sobald – Gewißheit herrscht.«

Ich nahm eine Scheibe mit Sardinen in Tomatensauce. »Du befürchtest das Schlimmste?«

Sie nickte ernst. »Das tue ich. Ich kenne meine Schwester. Ich weiß, daß sie Kari niemals so etwas zumuten würde, freiwillig.«

Die Sardinen blieben mir im Hals stecken, und ich mußte sie mit

aller Gewalt schlucken. »Kürzlich am Telefon sagtest du, Kari sei adoptiert?«
»Ja.«
»Wann war das?«
»Die Adoption?«
»Ja.«
»Oh... Sie war schon ziemlich groß. Die leibliche Mutter war drogenabhängig, und sie hatte bereits als Säugling bei Pflegeeltern gelebt. Aber aus irgendeinem Grund wurde sie diesen Pflegeeltern weggenommen und in eine Institution gebracht, wo Lisbeth und Erik sie holten.«
»Eine Institution?«
»Ja, ein Kinderheim eben. Ihr fehlt nichts, wenn du das glaubst!«
»*Ziemlich groß*, sagtest du. Wie groß?«
»Ich weiß nicht genau. Wir hatten uns zu dieser Zeit etwas aus den Augen verloren, wenn du verstehst, was ich meine. Per arbeitete in Stavanger, und Lisbeth und Erik verbrachten ein Jahr in Spanien im Zusammenhang mit seinem Architekturstudium. Wir sind erst raufgezogen, als unsere Mutter starb und wir das Haus hier übernahmen. Und das war... 1979. Im Sommer. In dem Jahr kam Kari in die Schule.«
»1979? Und da habt ihr sie das erste Mal gesehen?«
»Äh-Kari?«
Ich nickte.
»Ja, so war das wohl. Sie hatten das Kind inzwischen einige Jahre.«
»Und ihr hattet auch vorher keine Bilder von ihr gesehen?«
»Doch, doch. Wir bekamen ja Weihnachtspost – mit Bildern... glaube ich. – Warum in aller Welt fragst du mich das alles?«
Ich zögerte etwas. »Ich möchte es so ausdrücken: Manche setzen Puzzlespiele zusammen, andere sammeln die Teile. Ich gehöre zu letzteren. Wenn alle Teile vorhanden sind, mache ich

das Bild. Aber meistens bleiben mir einige Puzzleteile übrig. Damit muß ich leben.«

»Ich versteh kein Wort!«

Ich wechselte das Thema. »Habt ihr Kinder?«

Ihr Blick ließ mich sofort los, und ein ferner Winter strich mit kaltem Finger über ihre Stirn und hinterließ sein Zeichen. »Nein«, sagte sie kurz. »Es liegt uns offenbar nicht, Kinder zu *bekommen*.«

Ich wollte gerade zu einem mit Roquefort und rotem Paprika verzierten Häppchen greifen, als die Haustür geöffnet wurde.

Wir schauten uns an.

»Das ist Kari«, sagte sie leise.

Wir hörten schnelle Schritte, und Kari stand in der Tür und blickte sich forschend um. »Ist Mama –?« fragte sie und wagte nicht, mich anzusehen.

»Nein, leider«, sagte Jannicke Finslo mit weicher Stimme. »Das ist Veum. Er sucht nach ihr.«

»Hallo«, sagte ich.

Hallo, kam die stumme Antwort.

Sie war angezogen wie die jungen Mädchen in diesem Jahr, eine ein wenig zu große cremefarbene Flanellhose mit Hängehintern wie bei einem alten Mann, kurze grüne Lederjacke und lässiges gelbes T-Shirt. Körperbau und Haarfarbe unterschieden sich völlig von den beiden mir bekannten Vertreterinnen der Familie Finslo. Sie war robust und rothaarig, mit hellbraunen Sommersprossen über Nase und Wangen und einem niedlichen, kleinen Mund, der an eine noch nicht aufgegangene Blumenknospe erinnerte.

»War der Film gut?« fragte die Tante.

Sie rümpfte die Nase.

»Hast du jemanden getroffen?«

Sie schüttelte den Kopf und zuckte die Schultern, was meiner Meinung nach soviel heißen sollte wie: *Jedenfalls niemanden, von dem ich dir erzählen würde.*

»Willst du nicht deine Jacke aufhängen und dich setzen?« fragte ich freundlich.

Sie warf einen Blick auf den Teller und nickte. Dann verschwand sie im Flur, und Jannicke Finslo öffnete die grün lackierte Kühlschranktür, nahm einen Karton Milch heraus und füllte den Inhalt in einen großen Becher.

Kari kam zurück. Sie setzte sich schwer auf einen freien Küchenstuhl, nahm sich eine Schnitte, trank einen Schluck Milch, legte die Ellbogen auf den Tisch und starrte an mir vorbei aus dem Fenster.

Ich räusperte mich. »Wie du von deiner Tante gehört hast, suche ich nach deiner Mutter.«

Sie reagierte nicht, aber ihr Blick wurde gläsern, und ich sah, wie sich ihre Lippen zusammenzogen. Sie war stark geschminkt, der Mund und die Augen, und der Kontrast zu dem roten Haar wurde durch weißen Puder betont, den sie für ihr Gesicht verwendet hatte.

»Ich versuche, einige Fakten zu sammeln, die dazu führen könnten, sie zu finden.« Ich ließ den Satz auf sie wirken, ehe ich fortfuhr: »Woran wir natürlich alle interessiert sind, ist, ob sie, bewußt oder unbewußt, zu erkennen gegeben hat, daß – etwas nicht in Ordnung war in der letzten Zeit.«

Sie nickte schweigend, ein Zeichen, daß sie begriffen hatte, worum es ging. Aber sie sagte nichts.

»Ich weiß, daß es schwer ist, über solche Dinge zu reden, wenn es die eigene Mutter betrifft. Aber ich – habe einige Erfahrung mit solchen Situationen. Als ausgebildeter Sozialarbeiter habe ich viele Jahre mit Kindern und Jugendlichen gearbeitet. Du kannst mir vertrauen, Kari. Was du mir sagst, bleibt ganz unter uns.«

Jannicke Finslo bewegte sich vorsichtig, und ich schaute zu ihr. Ich fuhr fort: »Vielleicht möchtest du lieber mit mir allein reden, ohne Zuhörer?«

Jannicke Finslo öffnete den Mund, und Kari sagte leise: »Ja.«

Die Tante sah sie mit verletztem Stolz an. Dann wandte sie das

Gesicht ab, ging zur Tür und sagte mit undeutlicher Stimme: »Ich gehe hinüber und sehe nach, ob etwas im Fernsehen ist.«
Nachdrücklich schloß sie die Tür hinter sich. Wir waren allein. Kari hob den Kopf und schaute mich an: »Sie hatte Angst.« Eine kalte Hand umklammerte mein Herz. »Angst? Deine Mutter?«
Sie nickte. »Ich habe es gemerkt. In den letzten Wochen. Irgendwas hat sie beunruhigt und ein paarmal –«
»Ja?«
»Sie hat immer sofort den Hörer aufgelegt, wenn ich heimkam und sie gerade telefonierte. Beendete das Gespräch, *wir reden später nochmal darüber*, und dann hat sie aufgelegt.«
»Und sie hat nichts zu dir gesagt, keine Andeutung gemacht, *was* sie beängstigte?«
»Nein. Aber eines Abends...«
»Ja?«
»Eines Abends – ziemlich spät – ich lag schon im Bett, klingelte es wieder. Ich mußte auf Klo, und die Tür war angelehnt, und ich konnte nicht anders, mußte lauschen.«
»Verstehe. Und was hast du gehört?«
»Ich weiß nicht mehr genau den Wortlaut, aber es war etwas in der Richtung wie *du solltest dich da nicht einmischen, Tor, das kann gefährlich werden.*«
»*Tor*? Hat sie wirklich Tor gesagt?«
»Ja. Das ist einer, der ein paarmal angerufen und nach ihr gefragt hat. Ich habe das auch der Polizei gesagt. *Hier ist Tor, ist deine Mutter zu Hause?*«
»Du solltest dich da nicht einmischen, Tor, das kann gefährlich werden? – Noch mehr?«
»*Ja gut. Ich werde versuchen, ob ich es machen kann.* Und zum Schluß so ungefähr: *ja, so unauffällig wie möglich, ich werde sehen, was ich tun kann, aber sei vorsichtig, hörst du?* – Dann hat sie aufgelegt.«
Ich schrieb es auf. »Ich werde versuchen, ob ich es machen

kann. So unauffällig wie möglich, ich werde sehen, was ich tun kann?«

Sie nickte.

»Das könnte die Nachforschungen einen gewaltigen Schritt weiterbringen, Kari! Warum hast du das nicht früher gesagt? Der Polizei, meine ich?«

Sie rutschte unruhig hin und her. Dann sagte sie so leise, daß ich sie kaum verstand: »Ich habe solche Angst, noch mal verlassen zu werden. Wenn Mama auch weg ist, dann hat mich zum vierten Mal jemand verlassen! Als – würde mich niemand haben wollen.«

Ich sah sie an. »Zum vierten... Erinnerst du dich, wann du zu – deinen Eltern gekommen bist?«

»In etwa.«

»Wie alt warst du da?«

»Vier.«

»Und wann war das?«

»Wann ich vier war?« Sie rechnete rasch nach. »1976.«

»1976? Und da kamst du zu – Erik und Lisbeth?«

»Ja?« Sie schaute mich verständnislos an.

»Gut.« Ich verfolgte diesen Aspekt der Sache nicht weiter. »Sonst gibt es keine Einzelheiten, die dir einfallen? Dieser Tor, weißt du mehr über ihn?«

»Er war nie bei uns zu Hause.«

»Aber sie – hat ihn doch erwähnt?«

»Nur indirekt. Daß sie sich abends mit jemandem treffe oder so.«

»Und wie lange ruft er schon an?«

»Ich erinnere mich an seinen Namen wegen einiger Anrufe in den letzten Monaten. Aber sie kann ihn ja trotzdem schon länger kennen.«

»Dein Vater... Erik... ist 1982 umgekommen, nicht wahr?«

Ihr Mund wurde hart. »Ja.«

»Und im selben Jahr seid ihr nach Bergen gezogen?«

Sie nickte.

»Vor fünf Jahren.« Ich tastete mich behutsam weiter. »Weißt du... Hat deine Mutter seitdem andere... Freunde gehabt?«

Sie starrte vor sich hin. Wieder kam etwas Glasiges in ihren Blick. »Nicht, daß ich wüßte. Keinen, den sie mit nach Hause nahm. Aber ich hatte auch ständig Angst, daß – ich meine, sie ist ja noch jung und – schön – und es wäre komisch, wenn...«

»...niemand sich für sie interessieren würde?«

»Ja?«

»Und davor hattest du Angst? Daß das passieren könnte?«

»Angst?«

»Du hast selbst dieses Wort verwendet.«

»Habe ich? – Aber ich meinte es nicht so! Nur das – was ich davor sagte. Plötzlich wieder allein sein müssen.«

»Aber du und deine Mutter, ihr habt euch doch recht gut verstanden, soweit ich weiß?«

»Kennst du sie?«

Ich nickte. »Flüchtig. Sie hat mich behandelt.«

»Schmerzen im Rücken?«

»Nacken.«

Sie nickte, auf einmal sehr erwachsen. »Damit haben viele Probleme. Rücken und Nacken.«

»Und weiter oben, wenn du so fragst. Das Stück zwischen den Ohren, vereinfacht ausgedrückt. – Aber was ich sagen wollte... Glaubst du, deine Mutter würde dich verlassen, weil sie einen getroffen hat – einen neuen Mann?«

»Neein.« Sie zog das Wort in die Länge wie ein kleines Kind, das sich nicht sicher ist, was es weiß oder will.

Ich seufzte. »Du hast also nie den Nachnamen von diesem Tor gehört?«

»Nein. Tante Jannicke sagte etwas von... Ist nicht auch einer, der Tor heißt, vermißt... oder?«

Ich sah sie lange an. Ich hatte den Eindruck, sie würde es packen, deshalb nickte ich und erwiderte: »Vermißt, ja, in der Bedeutung von tot.«

Das Glas vor ihrem Blick wurde fingerdick, eine andere Reaktion beobachtete ich nicht.

Weiter kamen wir auch nicht. Wir riefen Tante Jannicke wieder herein, und ich wurde zu einer weiteren Runde Häppchen verurteilt und noch einer Tasse Kaffee, ehe ich mich zurückziehen durfte in meine vorbestellte Residenz, in diejenige der Übernachtungsmöglichkeiten der Stadt, die am besten zu meinem neuen Lebensstil paßte und auf meine Klienten sicher einen durch und durch vertrauenswürdigen Eindruck machen dürfte: das Missionsheim.

Bevor ich schlafen ging, blätterte ich in dem Buch, das in der Nachttischschublade lag, und tröstete mich mit Matt. 7,7: *Suchet, so werdet ihr finden.* – Wenn schon sonst nichts, so hatte mir der Ausflug nach Florø immerhin ein paar neue Puzzleteile beschert. Jetzt mußte nur noch das Brett gefunden werden, um zu sehen, wie die Stücke mit den anderen zusammenpaßten.

Ich schlief unruhig und erwachte zeitig, besorgt, das erste Schiff zu versäumen, das Norwegens westlichste Stadt zirca 8.30 Uhr verläßt.

Im Morgennebel, leicht und golden wie Champagnerschaum, pflügten wir durch den Schärengarten des Westlandes, passierten Seezeichen wie Alden und Lifjell und genossen die Aussicht auf Sula und Gulen, bevor uns der Lurefjord hineingeleitete in die enge Durchfahrt bei Alversund, und der Byfjord Bergen vor uns ausbreitete in aller vorsommerlicher Pracht wie eine japanische Pastellmalerei auf knisterndem Reispapier. Es war, als hätte der Himmel irgendwo ein Loch, durch das das schöne Wetter drang, falls es nicht die verschlissene Ozonschicht war, die nicht mehr imstande war, die Wärmestrahlung abzuhalten.

Es war 11.30 Uhr, als ich am Strandkai an Land ging.

Auf den Ständen der Gemüsehändler lagen die Früchte der Jahreszeit in einem Farbspektrum von weiß, gelb, orange bis dunkelrot und den verschiedensten Grüntönen. Auf dem Blumenmarkt knallte ein Feuerwerk von Sommer in einer Farbskala, für die das

Blickfeld kaum ausreichte. Über der grünen Fassade des Fløifjells stand weit geöffnet der Himmel. Wir hängten endgültig die Wintersachen zum Lüften und putzten bis in den letzten Winkel.

Ich ging rauf in mein Büro.

Auf dem Anrufbeantworter wartete eine Nachricht. Ich spulte das Band zurück und startete. Eine metallische Stimme sagte: *Mitteilung des Polizeipräsidiums Bergen. Sie werden gebeten, sofort mit Hauptkommissar Hamre in Verbindung zu treten. Wiederhole: Sofort.* Und weil man der Auffassungsgabe des Empfängers offenbar nicht traute, wurde das Ganze noch mal wiederholt.

Weitere Nachrichten gab es nicht.

Ich schaltete den Anrufbeantworter aus, hob den Hörer ab und wählte die Nummer des Präsidiums. Ich bekam Hamre, und er redete im Ein- und Ausatmen: »Wo, zum Teufel, bist du gewesen, Veum?«

»Nicht weit weg. In Florø.«

»Und was zum Henker hast du da getrieben?«

»Der ist mir nicht begegnet, dagegen Lisbeth Finslos Familie.«

Er verstummte für einige Sekunden. »Schwester und Tochter?«

»Ja. Ich habe dir doch erzählt, daß mich die Schwester beauftragt hat, auf eigene Faust zu suchen.«

»Okay... Du brauchst nicht länger zu suchen.«

»Habt ihr –«

Er unterbrach mich: »Wir haben sie gefunden. – Kannst du sofort mal rüberkommen?«

»Ja natürlich, aber ich –«

»*Sofort*, Veum!«

»Ist sie – tot?«

»Was denkst du denn, Veum?« sagte Jacob E. Hamre und legte auf.

30

Bilder, Gedanken und Eindrücke schossen mir durch den Kopf, während ich im Eiltempo das kleine Stück von meinem Büro zum Präsidium lief. Jannicke Finslo, die nicht begriff, was los war. Kari, die Angst hatte, alleingelassen zu werden. Das Auto, das 1982 mit einer Leiche aus dem Solheimsfjord gezogen wurde, und am Donnerstag Tor Aslaksen auf dem Grund eines Swimming-pools. Die Zeitungsbilder von der kleinen Camilla Farang, verschwunden seit 1979, Siv Schrøder-Olsen mit Blumensträußen in den Händen, die Kette der Demonstranten vor dem Haupttor in Hilleren. Lisbeth Finslo, die vor mir auf den Wegen des Arboretums läuft, ihre Lippen auf meinen, das Gesicht, ihr Gesicht, als sie vom Swimmingpool heraufkommt: *Ich habe nicht geahnt! Ich wußte nicht!* Lisbeth, deren Verschwinden genauso lange her war wie Tor Aslaksens Tod. Wo hatte man sie gefunden, wie hatte sie ausgesehen, was war mit ihr passiert?

Hamre wartete im Büro. Er blickte auf und brummte: »Diesmal warst du schnell.«

Ich nickte stumm.

»Setz dich.«

Ich tat, was er sagte.

Er beugte sich über seinen Schreibtisch und fixierte mich auf seine typische Weise.

Ich wartete.

»Wie gesagt, Veum. Wir haben sie gefunden. Leider – und glücklicherweise. Je nachdem, wie man es sehen will.«

»Sie ist mit anderen Worten – tot?«

»Ja.«

Ich ließ das Wort auf mich wirken. Bereits auf dem Weg hierher hatte ich den metallenen Geschmack der Gewißheit im Mund gehabt. Den Geschmack nach Tod, ebenso unwiderruflich wie der Herbst, ebenso gewiß wie eine Infektion im Blut.

»Ermordet?«
»Ja. Erwürgt. Und es ist schnell gegangen.«
Ich schüttelte den Kopf. Ich war unfähig, mir das vorzustellen. Das einzige, was ich im Moment klar zu sehen vermochte, war Kari.
»Wann habt ihr sie gefunden?«
»Heute morgen. Ein Mann, der seinen Hund ausführte.«
»Und – wo?«
Er druckste herum. »Ich muß dich um einen Gefallen bitten, Veum.«
»Und der wäre?«
»Ich möchte einen Abdruck deiner Autoreifen – und der Schuhe, die du an dem Abend, an dem sie verschwand, anhattest.« Rasch fügte er hinzu: »Natürlich nur, um dich abhaken zu können.«
»Natürlich«, sagte ich. »In Ordnung. Willst du es schriftlich haben?«
»Nein danke.« Er deutete ein Lächeln an.
»Na? *Wo?*«
Er rieb die Hände aneinander, mit einem trockenen, knirschenden Laut wie von Papier. »Auf Bønestoppen. Ein Stück von der Straße weg. Sie hat dort die ganze Zeit gelegen, da sind wir uns ziemlich sicher.«
»Ohne daß sie jemand entdeckt hat?«
»Sie war gut versteckt. In einem Entwässerungsgraben, unter Blättern und Zweigen des letzten Herbstes, die man auf sie gehäuft hatte.«
Ich fing jetzt an, sie zu *sehen*, als er konkret wurde. »Mit anderen Worten, er – jemand, der sie möglicherweise vor dem Haus in Kleiva abpaßte, erwürgte sie dort und fuhr direkt hinauf nach Bønestoppen, verscharrte die Leiche und fuhr – wieder nach Hause?«
»Oder weiter nach Oasen. Im Auto von Tor Aslaksen. So sieht die Theorie aus. – Sie ist schon in der Gerichtsmedizin. Wir werden hören, was sie rausbringen.«

»Keine Anzeichen eines sexuellen Vergehens?«

»Nichts, was darauf hinweisen würde. Ihre Kleidung war jedenfalls in Ordnung.«

»Mit anderen Worten: Alles deutet darauf hin, daß die beiden Fälle zusammenhängen?«

»Hast du das jemals bezweifelt?«

»Nein, eigentlich nicht. – Kari, die Tochter, meinte, sie hätte in der letzten Zeit Angst vor etwas gehabt.«

»Angst? Vor was denn?«

»Das wußte sie nicht. Sie hat nur ein Telefongespräch belauscht, das die Mutter mit einem gewissen Tor führte...«

»Ja und?«

»Und in dem die Mutter etwas in der Art sagte wie, du sollst dich da nicht einmischen, das ist gefährlich. Im weiteren Gespräch ging es darum, daß sie versuchen sollte, irgend etwas zu arrangieren, möglicherweise ein Treffen, so unauffällig wie möglich – und erneut die Aufforderung, vorsichtig zu sein.«

Hamre schrieb, daß es auf der Tischplatte kratzte. »Warum, zum Teufel, hat sie das nicht früher gesagt?«

»Hätte das geholfen – der Mutter, meine ich?«

»Trotzdem!«

»Vielleicht fand sie meine Art zu fragen einfühlsamer als die der Polizei. Ich hatte immer eine glückliche Hand bei – Kindern und älteren Damen.«

»Daran wird's liegen. – Jedenfalls Angaben, die wir brauchen können. Wir werden natürlich noch selbst mit ihr reden, später.«

»Habt ihr die Angehörigen benachrichtigt?«

Er nickte. »Die Polizei da oben kümmert sich um den Teil der Angelegenheit. Die Polizei und der Pfarrer.«

Ich fühlte mich zurückversetzt in das weiß gestrichene Holzhaus, in die modernisierte Küche, zu den zwei Frauen in der Livius-Smithgata in Florø. Die Nachricht war jetzt definitiv, darauf hatten die beiden gewartet, beziehungsweise sich davor gefürchtet. Der Richter gibt die Antwort, und sie lautet: tot.

»Habt ihr irgendeine Spur?« fragte ich dann.

Hamre schaute mich an. »Ich hoffe es.«

»Ist es möglich, den Tatort zu besichtigen?«

Er schaute mich wieder an, mit einem längeren Blick. »Vielleicht. Ich will selbst hin.« Er griff nach einer Aktenmappe. »Wo hast du dein Auto stehen, Veum?«

Ich erklärte es.

»Und die Schuhe?«

Ich deutete darauf. »Dieselben.«

»Gut. Dann erledigen wir zuerst *das* und fahren danach gemeinsam raus zum Bønestoppen.«

»Wie ein altes Liebespaar auf Nostalgietrip?« sagte ich bissig.

»Eher wie zwei verschmähte Freier.«

»Du hast recht. Der Tod raffte die Braut hinweg. Wir wurden gewogen und zu leicht befunden. Diesmal.«

»Genau, Veum. Diesmal.«

Wir erhoben uns und gingen, wie zwei Clowns in einer eingeübten Nummer. Aber niemand lachte, und wir bekamen keinen Applaus. Wir bekamen nur die Gesellschaft des anderen und davon hatten wir längst genug.

31

Ein Tatort ist ein Tatort ist ein Tatort.

Dieser lag unterhalb einer Sackgasse, die Bønesheia heißt, an einem steilen, mit Kiefern bewachsenen Abhang. Das ganze Gebiet war mit Hilfe eines rot-weißen Plastikbandes abgesperrt, das man von Baum zu Baum im weiten Umkreis um die Fundstelle gespannt hatte.

Wir parkten das Auto hinter einer Handvoll Zivilfahrzeugen und einem Streifenwagen. Zwei, drei Fotografen und Journalisten stürzten auf uns los, und Hamre reckte die Hände in die Luft. »Kein Kommentar. Um vier Uhr ist Pressekonferenz.«

»Aber ihr könnt doch wenigstens verraten, *wen* ihr gefunden habt?« versuchte es ein so junger Journalist, daß ich ihn verdächtigte, von einer Schülerzeitung zu kommen.

Hamre schüttelte schweigend den Kopf, stieg über die Absperrung und gab mir ein Zeichen, ihm zu folgen. »*Ihr* bleibt da«, sagte er zu den Presseleuten und übersah die Tatsache, daß einige der Fotografen bereits genug Bilder von ihm und mir geschossen hatten, um damit die Wände von Gamlehaugen* zu tapezieren.

Wir stiegen über die Betonelemente, die die Fahrbahn von der Natur trennten, blieben stehen und schauten nach unten. Einige Polizeibeamte kamen herauf zu Hamre, um Meldung zu machen, aber er gebot ihnen Schweigen wie Moses mit den Gesetzestafeln beim Abstieg vom Berg Sinai.

Oben in einer der Kiefern, auf halber Höhe, hatten sich ein paar Kinder aus alten Schalungsbrettern ein Baumhaus gezimmert. Weiter unten fiel der Hang steil ab zur Schule von Bønes und nach Øvre Kråkenes, gut getarnt hinter dichten Wänden von Kieferngehölz. Vor unseren Augen breitete sich Fana aus in all seiner Gutmütigkeit, von Natlang und Landåsfjellet im Nordosten bis zur Achse Fanafjellet-Flesland im Süden. Unter uns lag Nordåsvannet mit derselben aufdringlichen Unschuld wie in der letzten Woche. Die Marmorinseln verband eine romantische Bogenbrücke, und auf der anderen Seite des Nordåsvannet hatten sich die Neubauten in den letzten zehn Jahren wie eine Seuche ausgebreitet, so daß jetzt eine fast zusammenhängende Besiedelung von der alten Stadtgrenze bis Sandsli bestand.

Ich drehte mich um und schaute hinüber auf die andere Seite der Straße, wo Kolonnen von Reihenhäusern, so neu, daß es bis hierher nach Bausparverträgen roch, ihre Nasen hin zum bewaldeten südlichen Rücken des Løvstakken streckten. Auch der war im Begriff, vom Grundstückshunger der achtziger Jahre aufgefressen zu werden. – Eine exponierte Stelle, um eine Leiche loszuwerden, sollte man denken, aber gerade hier starrte die Rückseite einer Garagenzeile mit blinden Betonaugen hinaus zum Nordåsvannet.

Ich machte trotzdem eine Kopfbewegung hinauf zur Häuserreihe. »Niemand hat etwas gesehen?«

Hamre zuckte die Schultern. »Wir sind schon dabei, eine Tür-zu-Tür-Befragung durchzuführen. Aber viele sind bei der Arbeit und ein Teil sicher im Urlaub, es kann also lange dauern, ehe wir mit allen gesprochen haben.«

»Wo lag sie?«

Er deutete hinunter zu einigen Wacholderbüschen, wo diverse bekannte Gesichter der technischen Abteilung längst mit ihren Untersuchungen beschäftigt waren.

»Und sie hat hier die ganze Zeit gelegen?«

»Vermutlich.«

Ich machte eine Kopfbewegung zu dem Baumhaus. »Ist es nicht merkwürdig, daß niemand sie bemerkt hat?«

Hamre sah mich grimmig an. »Wieder sind die Schulferien gegen uns, Veum. Aller Wahrscheinlichkeit nach waren in den letzten Tagen keine Kinder in der Hütte, denn von dort aus war sie gut sichtbar. Von hier, hinter den Büschen, ist es eigentlich nicht möglich, sie zu entdecken.«

»Wie wurde sie – ich meine, hat man sie hinuntergetragen?«

»Wir gehen davon aus, daß der Täter hier am Straßenrand parkte, an einer wegen der Garagen kaum einsehbaren Stelle. Wahrscheinlich hat er sie nur über die Betonbrüstung gehievt und runterrollen lassen. Spuren an der Leiche deuten daraufhin.«

Mich schauderte, und ich biß die Zähne so fest zusammen, daß es schmerzte. Mir war, als spürte ich wieder ihre Fingerspitzen an meinen Nackenmuskeln, kalt wie Eis.

»Und dann?«

»Er ist ihr nachgegangen, möglicherweise, um sie in die Büsche zu schieben, in jedem Fall aber, um sie mit allem, was er an Blättern und Zweigen finden konnte, zuzudecken. Aber nur so viel, daß sie trotzdem leicht zu sehen war, wenn man genau aufpaßte. – Wir fanden einige Fußspuren da unten, die uns hoffentlich – Ergebnisse bringen.«

»Du bist sicher, daß es ein Mann war?«

»Falls nicht, dann jedenfalls eine Frau, die zupacken kann.«

»Aber eine Autospur habt ihr unmöglich finden können auf dem blanken Asphalt?«

»Nein, aber weiter oben ist ein Wendeplatz mit Betonstaub von Gießarbeiten. Den haben wir ebenfalls abgesperrt und von den vorhandenen Spuren Abdrücke genommen.« Er machte eine weite Handbewegung über die Fundstelle. »Das wichtigste ist, daß wir sie gefunden haben, Veum. Haben wir die Leiche, finden wir erfahrungsgemäß auch eine Spur.« Seine Augen zogen sich zusammen. »Irgendwo zwischen diesen Bändern finden wir vermutlich das oder die Indizien, die uns schließlich zum Mörder führen.«

Ich fühlte mich durch und durch deprimiert. Was einmal ein lebender Mensch gewesen war, Lisbeth Finslo, mit Organen, die pumpten und filterten, Muskeln, die sich dehnten und zusammenzogen, Haaren, in die der Wind fuhr, Poren, die sich öffneten und schlossen, Blicke, die auf andere Blicke trafen, Lippen, die... Nun war sie nichts anderes als ein Leichenfund, ein Leimstreifen für Indizien, ein Aktenordner mit Nummer, ein Rechtsfall, ein Fressen für die Gerichtsmediziner und schließlich: Asche in einer Urne, in die Erde gesenkt, ein Name in einen Stein geritzt und ein Andenken für die, die sich in einigen Jahren noch an sie erinnern, bis auch die Erinnerung verblaßt und nichts mehr bleibt als ein vermooster Grabstein und ein Tatort.

Denn Tatorte wird es immer geben. Von jedem Tatort schreit das Blut zum Himmel und erinnert an unsere Schicksale. Zu einem Tatort kannst du immer zurückkehren.

Ich folgte Hamre hinunter zu den Wacholderbüschen, wo man sie gefunden hatte. Die Spurensucher hockten da mit ihren Plastiktüten, ihren Löffeln und kleinen Spaten, mit ihren Klebebogen und ihren Fotoapparaten wie bei einer archäologischen Ausgrabung. Aber das einzige, was hier ans Licht gebracht wurde, waren die Ruinen eines zerstörten Lebens, ein abgebrochener Lebenslauf und ein stummer Schrei.

Die Beeren an den Wacholderbüschen schimmerten grün wie ungelebtes Leben. Es roch überall stark nach Wald und Harz. Zu unseren Füßen wimmelte es von Ameisen wie in einer Großstadt zur Mittagszeit. Die Vögel bohrten ihre Triller wie Ahlen durch unsere Köpfe, ohne hinterher die Löcher zu verstopfen. Der Durchzug erzeugte vereinzelte Orgeltöne wie die Begleitung für ein entferntes Begräbnis.

Für Lisbeth Finslo wurde Bønesheia die letzte Sackgasse, in die sie kam. Wir anderen mußten uns einen Ausweg suchen.

Hamre schaute mich blaß an. »Ich gehe davon aus, dir ist klar, daß dies jetzt *unser Fall* ist, Veum? *Hundertprozentig?*«

Ich nickte und murmelte: »Ich werde mich auf den Fall Camilla konzentrieren. Dann habe ich etwas anderes zu denken.«

»Tu das. *Die* Spuren sind so kalt, daß du kaum etwas falsch machen kannst.«

Ich blickte mich mißgestimmt um. »Hast du mich mit hierhergenommen, nur um mir das zu erzählen?«

»Um dir die Realitäten in diesem Fall vorzuführen, Veum. – Und um zu sehen, wie du am Tatort reagierst.«

»Und die Konklusion dieses psychologischen Tests, sobald sie vorliegt?«

»Wird dir schriftlich zugeschickt, Veum. In doppelter Ausfertigung. Einmal für dich und einmal für deinen Arzt.«

»Und wenn ich keinen Arzt habe?«

»Dann schick's an die Müllabfuhr. Das hilft genauso viel.« Er lächelte stramm. Er hatte mich nie gemocht, und er hatte daraus auch kein Hehl gemacht. Aber er hatte trotzdem eine Art, sich auszudrücken, daß ich ihn seinem Kollegen Dankert Muus vorzog. Das ist wohl das, was man Charme nennt. Entweder du bist damit gesegnet oder nicht. Was mich betraf, so zahlte ich für das bißchen, das ich mitbekommen hatte, viel zu hohe Zinsen.

»Ich laß dich von jemandem zurückfahren. Denn ich bleibe noch ein Weilchen hier.«

Er wollte gerade einen der uniformierten Wachtmeister rufen, aber ich kam ihm zuvor. »Nicht nötig. Ich nehme den Bus.«

»Wie du willst, Veum. Du unterstützt die öffentlichen Verkehrsmittel?«

»Viel zu selten, leider. Aber wenn ich es mache, fühle ich mich nicht mehr so allein.«

»Dann gute Fahrt.«

»Danke ebenfalls.«

So schieden wir wie zwei zufällige Bekannte, den Mund voller Phrasen und den Kopf voll mit einer Leiche.

Ein Tatort ist ein Tatort ist ein Tatort. Diese Rechnung geht jedenfalls immer auf.

32

Das Rathaus in Straume wirkt wie ein Vorschuß auf die neunziger Jahre und wartet auf bessere Zeiten. Von seiner strategisch günstigen Lage mitten auf Lille Sotra wacht es über den Wochenmarkt, Sartor senter, die Stadtrandsiedlung auf Hjelteryggen, die Verkehrswege nach Süden und auf die Marginalabgabe der Steuerzahler.

Der Fall Camilla war zwar acht Jahre alt, aber nichtsdestotrotz geeignet, einem auch heute noch Tür und Tor zu öffnen. Der Büroangestellte des Liegenschaftsamtes schleppte Bücher an, die schwerer waren als das kommunale Sozialbudget, und schlug die richtigen Seiten auf, ohne als Ausgleich für seine Mühen auch nur den Betrag einer Stempelgebühr zu verlangen. Er rückte die Hornbrille zurecht, strich sich die lange rote Locke aus der Stirn und befeuchtete auf dem Briefmarkenschwamm bei jedem Umblättern die Finger. Er hatte einen tadellosen Krawattenknoten und ein gewinnendes Wesen, so gewinnend, daß er den Rest seines Lebens in diesem Rathaus Bürokraft bleiben würde.

Vibeke Farang hatte nördlich von Sekkingstad von ihren Eltern ein Häuschen geerbt. Vor sechs Jahren hatte sie das frühere Sommerhaus für das ganze Jahr bewohnbar gemacht. Ich zeichnete mir auf meinen Block rasch einen Lageplan, dankte für seine Zuvorkommenheit und gelangte gerade noch ins Freie, bevor sie endgültig für diesen Tag schlossen. Es war vier Uhr, und die Gemeinde mußte nach Hause zum Essen.

Die Sonne brannte wie ein ägyptischer Fluch. Beinahe wäre ich in Bildøy in die Bibelschule gefahren, um für ein rasches Sündenbekenntnis Ablaß zu erlangen, aber ich widerstand der Verlockung und folgte der Straße weiter in westlicher Richtung in der Hoffnung, das Meer würde mir zum Nachmittagskaffee eine kühle Brise bescheren.

Ich fand Vibeke Farangs Namen auf einem grünen Briefkasten am Straßenrand, fünf, sechs Kilometer südlich von Eide, wo das Meer seine Tore sperrangelweit geöffnet hat und sich im Sund zwischen Dyrøy und Algrøy, das wie ein nordnorwegisches Fischerdorf auf dem fruchtbarsten Boden ganz im Norden der Insel liegt, mit schäumendem Shampoo das Haar wusch.

Ich parkte den Wagen am Straßenrand hinter einem zehn, zwölf Jahre alten Opel Kapitän Kombi in einer Farbe wie trüber Rotwein. Von dort folgte ich einem bescheidenen Fußweg hinunter Richtung Meer, über kleine Ansammlungen von gelbgrünen wetterharten Grashalmen, von Gischt und Westwind sauber gewaschene Felsnasen und Ritzen und Vertiefungen voller Kieselsteine, um den Zugang zu erleichtern. Wie ein entsprechender Fingerzeig des Schicksals endete der Pfad an einem Maschenzaun und einem Tor mit einem Schild, auf dem stand: *Privateigentum. Zugang verboten.*

Ich war es nicht gewohnt, mich von leeren Drohungen beirren zu lassen, also öffnete ich das Tor, ohne in eine Selbstschußanlage zu geraten. Der einzige Suchscheinwerfer, der mich traf, war die Sonne.

Ich ging weiter auf dem Pfad und kam zu einem Felsvorsprung, der jäh ins Meer abfiel. In Beton gegossene Treppenstufen führten hinunter zum Haus, das ich von hier aus direkt von oben sah.

Das Dach war mit Teerpappe überzogen, und die Wände waren blaugrau gebeizt mit Bauernrot an den Ecken und Türen. Ich hörte Musik, entdeckte aber niemanden.

Einen Moment ließ ich den Blick am Horizont entlangschweifen, von Süd nach Nord.

Ich war schon mal in dieser Gegend gewesen. Im Sommer 1981 hatte ich meinen ganzen Urlaub hier verbracht, in der Hütte eines entfernten Verwandten. Ein paar Jahre später war ich weiter im Norden der Insel in einer Hütte einem Burschen auf der Spur, der sich in Luft aufgelöst hatte. Und was ich noch weiter nördlich, Richtung Øygarden, vor knapp sechs Monaten erlebt hatte, war unbeschreiblich. – So bildete Sotra eine Art Refrain in meinem Leben, ein Ort, zu dem ich immer häufiger zurückkehrte.

Ich schaute wieder hinunter zum Haus. Die Musik dort unten klang hermetisch und aufdringlich wie Gammel Turnermarsj in neuer Verpackung.

Die Hände in den Taschen und mit lässigem Schritt, um aller Welt meine friedlichen Absichten zu zeigen, stieg ich die Betonstufen zur Rückseite des Hauses hinunter.

Wenn ich von einer kühlen Brise geträumt hatte, so wurde ich enttäuscht. Die Felskuppe hinter mir warf die Sonne zurück in meinen Nacken, ließ den Schweiß zwischen meinen Schulterblättern hervorperlen und den Kopf in seiner Verankerung schwanken wie ein Ballon, kurz bevor er aufsteigt.

Die Musik war jetzt deutlicher zu hören, von der Vorderseite des Hauses her. Ich folgte ihr um die Ecke und rief dabei vorsichtig: »Hallo-o?«

Vor dem Haus hatte man eine zweistufige Betonterrasse gegossen, mit einer Miniaturausgabe von Babylons hängenden Gärten, gestaltet von Wicken an der Trennlinie der beiden Ebenen. Die Musik kam von der unteren Terrasse aus zwei tellerförmigen Lautsprechern an einem länglichen schwarzen Kassettenrecorder.

Die Frau, die sich dort unten aufhielt, bewegte sich nach der Musik in einer Art von verzögertem Rhythmus, langsam und energiegeladen, was den herrschenden Takt der Melodie sowohl spiegelte wie herausforderte. Ich erkannte einige der Übungen wieder aus meiner bescheidenen Jugend, eine Art von synkopiertem Yoga, doch zu keiner dieser Übungen wäre ich jetzt fähig gewesen.

Sie war geschmeidig wie eine Schlange, ein Flechtwerk durchtrainierter Muskeln. Sie spielten wie sanfte Wellen unter ihrer dunkelbraunen Haut, zerteilten und fragmentierten ihren Körper in Muskelpartien, Sehnen, Diaphragmen und Membranen wie bei einer medizinischen Ausstellungspuppe zur Vorführung vor neuen Medizinstudenten.

Der eng sitzende Bikini war cremegelb und sehr apart, wenn er nicht vom Sonnenöl Fettflecken gehabt hätte. Das Haar war kurz auf der Stirn, mit gebleichten Strähnen und hoch oben im Nacken mit einem grünen Band zu einem Knoten zusammengefaßt.

Sie wirkte wie ein typischer Eigenbau, glänzend von teuren Ölen, jederzeit zum Auftritt in einer beliebigen Meisterschaft bereit. Und sie hatte das meiste eigenhändig erreicht. Es ist möglich, daß Gott der Architekt war und der Zufall Baumeister, aber die gröberen Außenarbeiten hatte sie selbst vorgenommen. Ihr Körper war so muskulös, daß es, wäre nicht das Bikinioberteil und die Breite der Hüften gewesen, Schwierigkeiten bereitet hätte, ihr Geschlecht zu bestimmen.

Aber das Gesicht erkannte ich wieder. Es war braun gebeizt von der Sonne, und zuviel Sonne in zu langen Perioden hatten ihr vorzeitig ein Netz von Falten eingebracht. Trotzdem sah ich das acht Jahre alte Zeitungsbild vor mir, die Augen genauso unergründlich und dunkel wie damals.

»Hrmmm«, räusperte ich mich. »Vibeke Farang?«

Sie schaute herauf zu mir, mitten in einer Bewegung. Dann beendete sie die Bewegung, ließ den Kopf nach vorne fallen und verharrte einige Sekunden in völliger Stille, wobei sich nur das Zwerchfell in langsamen, tiefen Atemzügen bewegte.

Dann faltete sie die Beine unter sich und stand ohne Zuhilfenahme der Arme auf. Mit federnden Schritten ging sie zu dem Kassettenrecorder und stellte ihn mit der großen Zehe ab. Dann wandte sie sich mir in entspannter Verteidigungshaltung zu, klar zum Ausfall, sollte ich etwas im Schilde führen, und ihrem Gesichtsausdruck nach zu urteilen ziemlich siegessicher. »Und wer –?«

»Veum. Varg Veum. Ich komme wegen – Camilla.«

Ihr Gesicht hellte sich plötzlich auf, als sei ich ein himmlischer Engel und sie hätte acht Jahre auf die Botschaft gewartet, die ich ihr bringen würde. »Gibt es was Neues?« fragte sie mit zitternder Stimme.

Ich schüttelte schnell den Kopf. »Nein, leider. Zu meinem Bedauern. Nicht direkt.«

Ihr Blick verschwand für einen Augenblick. Dann kam er wieder, sehr wachsam. Ich sah, wie sich die Beinmuskeln strafften, und die Arme hingen locker zu beiden Seiten wie bei einem Revolverhelden, bereit zur großen Entscheidung auf der letzten Rolle eines Western. »Wer bist du?«

Hinter ihr stürzte sich eine Möwe hinunter aufs Meer wie ein Stück Sonne, das sich gelöst hatte. Sie zersplitterte die Wasseroberfläche und stieg Sekunden später mit kräftigen Flügelschlägen wieder hinauf ins Himmelsblau, einen zappelnden Fisch im Schnabel.

»Veum, wie gesagt. Ich bin Privatdetektiv.«

»Heißt das, daß jemand dich engagiert hat? Vielleicht – Bård?«

»Neinnein. Ich war mit einem anderen Fall beschäftigt, und da ergab sich plötzlich ein Zusammenhang mit dem Fall Ca... mit dem Fall, der deine Tochter betraf.«

»Und welcher Zusammenhang ist das?«

»Tor Aslaksen.«

Wie die Möwe am Himmel über uns verschwand, so verschwand sein Name in ihren Augen. Ich konnte ihn aber noch ziemlich lange sehen.

Schließlich sagte sie leise: »Ja, ich habe gelesen, daß er verunglückt ist.«

Wir standen schweigend einen Augenblick da. Ich war naß vor Schweiß. Um der Haut Luft zuzuführen, zog ich das Hemd aus der Hose und öffnete die oberen Knöpfe.

»Willst du etwas zu trinken?« fragte sie. »Orangensaft?«

»Ja gerne! Und eine Kanne frische Luft, wenn du hast.«

Sie warf einen Blick auf die Armbanduhr. »Wir können einen Spaziergang am Meer entlang machen, wenn du willst. Und dabei reden.«

»Guter Vorschlag.«

»Ich ziehe mir nur eben was an«, erklärte sie, stieg die wenigen Stufen zu der Terrasse, auf der ich stand, herauf und ging so nah an mir vorbei, daß ich sie hätte berühren können. Aber ihr Mißtrauen war weg. Ich fiel in die Rubrik ungefährlich.

33

Ich blickte mich um.

Neben dem Kassettenrecorder lagen zwei Hanteln, ein Badetuch und ein aufgeschlagenes Taschenbuch mit Umschlag nach oben. Eine Frau mit tiefem Ausschnitt wurde von einem Mann mit hohem Haaransatz umarmt, und die pastellfarbenen Titelbuchstaben gaben einen zusätzlichen Hinweis auf die Tendenz des Werkes. Auf dem Recorder lag eine Sonnenbrille mit hellgrünem Gestell.

Auf der oberen Terrasse stand ein Set Gartenmöbel in Weiß, und zusätzliche Sonnenstühle lehnten unter der Dachtraufe zusammengeklappt an der Wand.

Die Schatten waren scharf, und die Sonne brannte wie eine glühende Münze auf meinem Nacken. Ich atmete tief, tief ein und streckte die Zehen in meinen leichten Schuhen, als könnte das helfen.

Sie kam wieder heraus, ein blaukariertes Hängerkleid über dem Bikini. Auf einem dunkelgrünen Plastiktablett hatte sie zwei Gläser und eine große Kanne Orangensaft mit Eiswürfeln.

Sie steckte die Füße in weiße Leinensandalen und schenkte uns ein. »Bitte.«

Ich griff nach dem einen Glas, setzte es an die Lippen und leerte es in einem langen und unhöflichen Zug. Die Eiswürfel blieben am Boden des Glases liegen, und ich sah, wie sie vor meinen Augen schrumpften. Ich öffnete den Mund und schluckte sie auch noch.

Sie schaute mich ironisch an und füllte mein Glas erneut. »Schmeckt's?«

»Wunderbar!« Ich starrte über das Meer. »Es ist unglaublich heiß.«

»Das liegt an der Klimaveränderung«, sagte sie so nüchtern, als kommentierte sie die Windrichtung.

»Veränderung? Das ist doch unverändert – seit über einer Woche.«

»Ja, aber die Extremwerte. Wir werden wärmere Winter bekommen, Hitzewellen im Sommer und starke Stürme im Herbst und Spätwinter. Das Polareis wird schmelzen und das Wasser steigen.«

»Du wohnst jedenfalls in sicherer Höhe.«

»So geht es, wenn die Menschenkinder meinen, sie seien groß und spielen mit etwas, von dem sie eigentlich keine Ahnung haben.«

Ich leerte das zweite Glas und stellte es auf den Tisch. »Wollen wir los?«

Sie zeigte die Richtung. »Da führt ein Weg hinunter zum Meer, unterhalb der Terrasse.«

Ich nickte und ging die Stufen zur unteren Plattform hinunter. Ich wies mit der Hand auf den Kassettenrecorder und die Hanteln. »Du trainierst?«

»Gehört zu meinem Job«, sagte sie.

»Ach so? Was denn?«

»Ich bin Ausbilderin in einem Fitneßcenter. Außerdem habe ich Bodybuilding schon als junges Mädchen in der Freizeit betrieben.«

»Das ist kaum zu übersehen.«

»Danke, falls es als Kompliment gemeint war.«

»Bekommst du sonst keine?«

»Doch, aber nicht überall. Nicht jeder erlebt den menschlichen Körper als Teil derselben heiligen Natur, die uns umgibt. Daß auch er gepflegt und umsorgt und keinen unnötigen Belastungen ausgesetzt werden sollte.«

Wir stiegen die letzten, mit der Hand gefertigten Stufen zu einer Brücke hinunter, an der ein kleines Holzboot ohne Motor vertäut war. »Deshalb rauche ich nicht, trinke nicht, ernähre mich vernünftig, trainiere regelmäßig, und wenn ich Boot fahre...« Sie deutete auf den Kahn.

»Dann ruderst du.«

»Genau. – Wenn du die Brücke überquerst, geht der Weg auf der anderen Seite weiter.«

Ich tat, was sie sagte. Ein schmaler Trampelpfad führte unterhalb der Felsen entlang, bewachsen mit kurzem, gelbem Gras und an den Rändern bescheidene, trockene Felsküstenblumen, einige gelb, einige blaßrot. Bei jedem Schritt, den wir gingen, spürte ich fast wie ein Wunder den ersten Lufthauch einer unsichtbaren Meeresbrise, so sanft, daß es kaum mehr war als der Atem von einem, der hinter dir steht, aber nichtsdestoweniger: es kühlte.

Sie kam an meine Seite. »Was ist eigentlich passiert – mit Tor?«

Ich beobachtete sie aus den Augenwinkeln. »Er ist ertrunken. – Hattest du noch Kontakt zu ihm?«

»Oh nein – nie mehr. Seit damals – als es passiert ist.« Sie zögerte ein wenig, bevor sie sagte: »Ich weiß nicht, wieviel du gehört hast.«

»Worüber?«

»Über Tor und mich.«

»Nun...«

»Aber welche Verbindung siehst du zwischen seinem Tod und dem, was mit Camilla passiert ist?«

»Magst du darüber reden?«

»Über Camilla?«

»Ja?«

Wir waren auf einem Felsen angelangt. Die Brise strich uns leicht durchs Haar, feucht von Salzwasser. Draußen sahen wir das Meer wie eine dunkle Manege. Darüber erstreckte sich der Horizont als silberglänzende Schnur, und auf der Schnur balancierte ein Schiff, uns Zuschauer in atemlose Spannung versetzend, die wir machtlos waren wie zwei in eine Loge verbannte Clowns.

Sie sagte leise: »Ich glaube nicht, daß jemand, der so etwas nicht erlebt hat, weiß, wie unsereinem zumute ist.«

Ich schaute sie an, ohne etwas zu sagen.

»Eine Sache ist es, ein Kind auf natürliche Weise zu verlieren. Durch Unfall, Krankheit. Aber wenn ein Kind verschwindet und du nie Gewißheit hast! – Mein Leben endete an dem Tag, an dem Camilla verschwand. In den acht Jahren, die seitdem vergangen sind, war keine Minute, in der ich nicht an sie gedacht habe.«

Ich nickte, sagte aber immer noch nichts.

»Die ersten Tage – obwohl alles chaotisch und verwirrend war – gab es jedenfalls eine Hoffnung. Daß sie wieder auftauchen könnte. Oder daß sie gefunden wird, ohne allzuviel erduldet zu haben. – Man hört ja von Leuten, die selbst keine Kinder kriegen können und...«

Sie unterbrach sich selbst. »Dann kamen die langen Wochen, in denen du nur zu Gott betest, daß du sie zurückzubekommst, egal was sie mit ihr angestellt haben, damit du sie trösten und in den Arm nehmen kannst, ihr die Lebensfreude zurückgeben kannst, wenn sie nur bei dir ist! – Die gräßlichen Bilder, die schrecklichen Phantasien, was man mit ihr gemacht haben könnte, wie sie dein kleines Mädchen mißbraucht und sie schließlich – vielleicht – nur liegengelassen haben. Ich fing an zu suchen, in immer größeren Kreisen um das Haus, wo wir gewohnt haben. Ich kam an den Teichen und Tümpeln vorbei, starrte hinein, ob etwas zu erkennen war, das nicht dorthin gehörte. Ich schaute unter Wurzeln und große Steine, hob Büsche hoch, stieg in halb gefüllte Wassergräben – ging immer größere Kreise. Wenn ich Autostraßen überquerte, dachte ich: Vielleicht war es so. Vielleicht war da ein Autofahrer, der sie anfuhr und mitnahm, um sie wieder rauszuwerfen – woanders. Barmherziger, nicht wahr? Ein schönerer Tod für Camilla, als wenn man sie einfach...« Ihre Stimme brach. »...mißbraucht und liegengelassen hätte.«

Ihr Blick streifte über die offene Natur um uns, die Felsen bis zum Meer, die Klippen, die kleinen Schären, die Häuser auf Algrøy, die Sonne, die im Meer glitzerte, den Hauch von Horizont, das intensive Blau des Himmels über uns. »Kinder sind wie unberührte Natur. Bis ein paar Erwachsene kommen und ihren Unrat auf sie abladen. Ihr schmutziges Leben.«

Ich sagte immer noch nichts. Das war ein Lauf, den sie zu Ende laufen mußte; dann würde ich an der Ziellinie stehen mit Bananen und XL-1.

»Jetzt denke ich: Heute ist sie fünfzehn Jahre. Ich denke nicht *würde sein*, ich denke *ist*. Ich sehe sie vor mir, wie sie ein anderes Leben führt, getrennt von uns, aber doch dasselbe Mädchen. Camilla. *Meine* Camilla.«

Sie war angekommen. Sie hob den Kopf und sah mich an, mit tiefen, waagerechten Falten auf der Stirn. Ihr Blick war blind und durchsichtig wie von einer Skulptur aus Eis. »Was wolltest du eigentlich wissen?«

Ich suchte nach den richtigen Worten, die mich auf den rechten Weg in dem dunklen Wald führen würden, in dem sie sich nach wie vor befand. »Ich – wollte nur einige Details. Woran du dich erinnerst von dem Abend, an dem sie verschwand.«

Sie schaute mich mit leerem Blick an. »Der Abend? – Der ist für mich irgendwie weg. Ich weiß nicht mehr, ob das, woran ich mich erinnere, der Abend *ist* oder ob er nur dazu geworden ist – in meiner Phantasie. Das ist alles so unwirklich. Immer noch.«

»Aber Tor Aslaksen – er kam zu dir?«

Sie nickte, und ihr Blick schweifte ab, wieder hinaus zum Horizont. Das Schiff da draußen war jetzt weg. Ich hoffte, daß es wohlbehalten auf die andere Seite gekommen war, und falls nicht, daß das Sicherheitsnetz aufgespannt gewesen war.

»Wie hast du ihn kennengelernt?«

»Im Fitneßcenter. Er erschien dort manchmal, um zu trainieren.«

»Ein Treffpunkt für Muskeln?« sagte ich und versuchte, einen leichteren Ton anzuschlagen.

»Man kann es so nennen«, erwiderte sie monoton. Nach einer kurzen Pause fuhr sie fort: »Er war nett. Bescheiden, aber man konnte sich gut mit ihm unterhalten. Er hat mich zum Essen eingeladen. Ich sagte, daß ich verheiratet sei, aber...« Mit schwächerer Stimme sagte sie: »Bård war so viel weg. – Eines Tages hat er mich zu sich nach Hause eingeladen. Es wurde...«

»Ein Verhältnis?«

»Eine Freundschaft.«

»Aber ihr –«

»Ja, wir schliefen miteinander!«

»Und an dem Abend, an dem Camilla verschwand?«

Sie nickte und schluckte. »Ja, auch da. Ich war bei ihr und habe nachgeguckt, ehe wir ins – Schlafzimmer gingen. Da war sie in ihrem Bett. Schlief wie ein kleiner Engel in ihren Kissen. – Und das war das letzte – das war das letzte, was ich von ihr gesehen habe.« Die Tränen kamen ohne Vorwarnung wie Regen vom wolkenlosen Himmel. Irritiert wischte sie sie mit der gekrümmten Handfläche weg.

»Und ihr – ihr habt nichts gehört?«

Sie schüttelte energisch den Kopf. »Nein, nein! Aber wir –! Die Hintertür war nicht verschlossen. Sie ist ganz einfach aufgewacht, hat reingeguckt – zu uns, hat verstanden oder nicht verstanden, jedenfalls – ist davongelaufen – raus – und direkt in... die Ewigkeit. Hinaus in die Dunkelheit, wo etwas Böses und Gefährliches auf sie wartete.«

»Und danach?«

»Danach?«

»Ja, ich meine – Tor Aslaksen war gefahren, da hast du gemerkt, daß Camilla weg war, oder?«

»Ja – wir, ich brachte ihn zur Tür, nahm Abschied und ging dann, bevor ich mich hinlegen wollte, noch mal in ihr Zimmer, um zu sehen, ob sie gut schliefe. – Als ich feststellte, daß sie nicht da war, verwirrte mich das zuerst nur. Ich ging aufs Klo, um zu sehen, ob sie dort saß. Dann rannte ich durchs ganze Haus, bis ich entdeckte, daß die Hintertür offenstand. Ich bin rausgelaufen, hinters Haus, hab nach ihr gerufen. Ohne Antwort zu bekommen. Ich bin die Häuserreihe entlanggelaufen, habe gerufen und gerufen. – Dann bin ich reingegangen und habe die Polizei verständigt.«

»In welchem Zimmer befand sich diese Hintertür?«

»Im Kinderzimmer.«

»Hast du etwas gesagt zu – Tor Aslaksen, später?«

»Nein, wir – nie mehr! Ich habe natürlich nachher noch ein paarmal mit ihm gesprochen, während der Ermittlungen. Da war ja das mit dem Auto, das er für mich in die Werkstatt gebracht hat. Aber ansonsten brach die Verbindung zwischen uns völlig ab. Er war genauso verzweifelt über das, was passiert war. In gewisser Weise hatten wir wohl beide das Gefühl, daß es unsere Schuld war. Und das *war* wohl auch so. Er kam jedenfalls nie mehr in das Fitneßcenter, und ich bin ihm nie begegnet!«

»Und dein Mann –«

»Das ist auch auseinandergegangen. Er hatte ja nun alles erfahren!«

»Ja, aber trotzdem. Bei einer Tragödie von solcher Tragweite müßte doch alles andere unwichtig werden, selbst –«

»Nun scheint es aber doch so zu sein, daß manche Beziehungen durch Rückschläge gestärkt werden, während andere daran zerbrechen. Unsere kränkelte damals bereits. Und daß so etwas wie mit Tor und mir entsteht, ist ja nicht ohne Grund, oder?«

»Nein. Wahrscheinlich nicht.«

»Als dann die erste Aufregung vorüber war und sich die Gemüter gewissermaßen wieder beruhigten, hat der junge Herr Farang seine Koffer gepackt und ist aufs Land gezogen.«

»Aufs Land?«

»Einfach weg! Weg von der Zivilisation, dem Bösen, dem Streß – alles zusammen. Hinaus in die Idylle! Jetzt wohnt er auf einem Berghof in irgendeinem gottverlassenen Nest weit drinnen im Hardangerfjord mit Frau und Kindern, und allem was dazugehört.«

»Hast du noch Kontakt zu ihm?«

»Schon lange nicht mehr.«

Ich zögerte ein bißchen. »Er war ja – verreist – als es passierte?«

»Ja. Auf einem *Seminar*«, sagte sie so bissig, daß es troff von Pech und Schwefel.

»Wenn ich ein paar Namen nennen darf...«

Sie blickte auf die Armbanduhr. »Wir müssen langsam zurückgehen.«

»Erwartest du jemanden?«

Sie nickte.

»Lisbeth Finslo, verbindest du etwas damit?«

Sie schaute mich verständnislos an. »Wer ist das?«

»Der Name sagt dir nichts?«

Sie schüttelte den Kopf.

»Bodil Schrøder-Olsen?«

»Nein.«

»Sie hieß damals allerdings anders.«

»Wer soll *das* sein?«

»Eine frühere Kollegin deines Mannes.«

»Bodil? – Nein, keine Ahnung... Hat sie etwas mit Odin Schrøder-Olsen zu tun?«

»Ja. Sie ist mit seinem Bruder verheiratet. Kennst du Odin?«

»Jeder weiß doch, wer das ist. Außerdem trainiert er bei uns.«

»Ach ja. Trainierte er etwa gemeinsam mit Tor Aslaksen?«

»Nein, das war lange danach... Erst die letzten zwei, drei Jahre kommt er zu uns. Kannten sich Tor und Odin?«

Ich lächelte und konnte mir die mythologische Parallele nicht verkneifen. »Wie Vater und Sohn. Sie waren Jugendfreunde und frühere Kollegen.«

»Hm. Da gibt es offenbar viele sich kreuzende Linien.«

»Viel zu viele«, sagte ich und versuchte, mir im Geiste eine Karte über die wichtigsten davon zu zeichnen.

Wir hatten jetzt das Ende des Pfades erreicht. Plötzlich bückte sie sich und pflückte eine der blaßroten Blumen. Sie wandte sich mir zu und sagte mit plötzlicher Leidenschaft in der Stimme: »Weißt du, wie diese Blume heißt, Veum?«

»Nein. Botanik war nie meine starke Seite.«

»Meine auch nicht. Aber sie wachsen immer hier. Nur mit dem Unterschied, daß sie damals, als ich Kind war, wunderbar süß-sauer dufteten.« Sie rümpfte die Nase. »Jetzt riechen sie bitter.« Sie warf die Blume weg, die wie eine verstümmelte Leiche auf dem felsigen Untergrund liegenblieb. »Als hätte sich die Verschmutzung des Meeres schon bis hierher ausgebreitet.«

Ich blickte auf das Meer hinaus, das aussah wie Öl, so still lag es da. »Durchaus denkbar.«

»Weißt du –« Sie biß sich auf die Unterlippe.

»Ja?«

Sie schaute hinunter zu der Blume. »Jedesmal, wenn ich eine solche Blume pflücke, denke ich – bekomme ich irgendwie ein schlechtes Gewissen.«

»Weswegen?«

»Das ist, als ob...« Ihre Augen wurden wieder blank. »Als sei Camilla in der Blume. Als sei sie zurückgekehrt ins Leben in einer neuen Form, und da...« Sie flüstert es beinahe: »...habe ich sie gepflückt.«

Ich spürte ein saugendes Gefühl in der Magengegend, und mit

einem vorsichtigen Lächeln streckte ich die eine Hand aus, faßte sie an der Schulter und drückte sie vorsichtig, als wollte ich sagen: *Ich verstehe dich, Vibeke. Ich komme mit dir beim Jüngsten Gericht, Vibeke. Ich werde ein gutes Wort für dich einlegen.*

Ohne noch etwas zu sagen, gingen wir weiter.

Als wir hinunterkletterten zur Brücke, murmelte ich: »Wer weiß – ob ich hier – als weißer Spierling – in Urzeiten gewesen bin.«

Sie schaute auf zu mir. »Was?«

»Knut Hamsun, in einem Gedicht.«

»Es erinnert mich aus irgendeinem Grund an Simon and Garfunkel.«

»Da kannst du recht haben. Aber ich glaube, es waren Tobben und Ero.«

Wir überquerten die Brücke und begannen den Aufstieg zum Haus.

»Wie lange hast du noch in der Bjørnsdalrodung gewohnt?« fragte ich hinter ihrem Rücken.

Sie blieb stehen. »Noch einige Jahre. Eigentlich wollte ich nicht bleiben. Aber ich wagte auch nicht wegzuziehen. Ich dachte mir – manchmal, wenn ich abends alleine da saß, Monate nach ihrem Verschwinden, ich dachte: Jetzt kommt sie. Plötzlich klopft sie an die Scheibe an der Hintertür und will rein. Und dann ist es, als hätte sie sich nur verlaufen und endlich wieder heimgefunden. – Aber sie kam nie.«

Im Weitersteigen sagte sie: »Ich hatte schon lange diese Hütte von meinen Eltern übernommen. Zur gleichen Zeit wie... In den darauffolgenden Jahren – steckte ich meine ganze freie Zeit hier rein, um eine winterfeste Wohnung daraus zu machen. – Ich habe das meiste selbst gemacht. Es wurde eine Art Manie, eine Form der systematischen Desensitivierung. Die ganze Zeit mit etwas anderem beschäftigt sein – hartes Training oder hier draußen arbeiten – *während* ich an sie dachte, bis ich schließlich an sie denken *konnte*, ohne in Tränen auszubrechen.«

Wir waren jetzt an der unteren Terrasse angelangt.

Von der oberen Terrasse ertönte ein dünnes Räuspern, und der Mann da oben schaute zur selben Zeit auf seine Armbanduhr wie Vibeke Farang auf ihre.

Ich hatte ihn schon früher gesehen, als er vor dem Eingangstor von NORLON A/S eine Pressekonferenz abhielt. Es war Håvard Hope von der Grünen Erde.

34

Håvard Hope strich sich über das glatte, helle Haar mit der schrägen Stirnlocke. Das grelle Sonnenlicht ließ seine blasse Haut unnatürlich, fast albinoartig erscheinen. »Noch ein bißchen später, und ich wäre nicht mehr hier gewesen«, sagte er zu Vibeke Farang.

»Tut mir leid, aber – ich bin am Meer entlang gegangen – mit Herrn Veum.« Sie bewegte sich in seine Richtung, während ich stehenblieb, teils abwartend, teils diskret.

Wir bildeten eine Art Dreieck: er auf der Terrasse oben, ich hier unten und sie die wenigen Stufen zwischen uns hinaufgehend.

»Ich weiß nicht, ob du ihn kennst...«

Er nahm mich in Augenschein. »Nein, das glaube ich nicht.« Er nickte reserviert.

Ich nickte ebenfalls. »Mein Name ist Veum. Varg Veum. Ich habe kürzlich deine Pressekonferenz draußen bei NORLON miterlebt.«

»Welche?« sagte er unfreundlich.

»Letzten Freitag.«

Er zuckte die Schultern. »Es waren so viele. – Heißt das, daß du Journalist bist?«

»Wenn die Heilsarmee aus Detektiven besteht, bin ich Journalist.«

»Und was soll diese Antwort?«

»Weil er eben das ist«, mischte sich Vibeke Farang ein. »Privatdetektiv.«

Die gelben Zähne, die Håvard Hope entblößte, hätten einer umfassenden Überholung bedurft, und ich kam ihm schnell zuvor: »Zuständig für private *Ermittlungen*.«

Er drehte sich halbwegs zu Vibeke Farang, die leise sagte: »Es geht um Camilla.«

»Läßt man dich denn nie in Ruhe?« murmelte er mißmutig.

Sie legte eine Hand auf seinen Arm. »Ich gehe rein und zieh mich an.«

Er nickte, und sie nahm die leeren Gläser und die Kanne Orangensaft mit hinein.

Es entstand eine Pause, in der sich keiner wohlfühlte. Wir versuchten zu gleicher Zeit, sie zu beenden.

»Was –«

»Wie –«

Wir unterbrachen uns selbst, und er machte ein Zeichen, daß ich ausreden solle.

»Wie sieht es aus bei NORLON?«

Er kniff die Lippen zusammen, bevor er antwortete. »Es gibt Anzeichen, die auf den Ausbruch einer neuen, ernsten Konfrontation hindeuten, entweder am Wochenende oder gleich zu Beginn der nächsten Woche.«

»Und ihr bleibt hart?«

Er bewegte sich unruhig. »Natürlich.«

»Welche Haltung nimmt denn die Polizei ein?«

»Solange wir uns vor dem Werksgelände aufhalten, sind wir auf öffentlichem Gebiet, und solange wir den allgemeinen Verkehr nicht behindern, der gleich Null ist, warten sie ab.«

»Aber sie greifen doch ein, wenn es zu Handgreiflichkeiten kommen sollte?«

»Das nehme ich an. Es handelt sich ja im Grunde um eine politische Angelegenheit. Von höherer Ebene muß für das Werk eine klare Vorschrift erlassen werden, wie mit dem giftigen Abfall zu verfahren ist. Das ist alles, was wir fordern.«

»Ihr vertretet mit anderen Worten eine Lösung auf dem Verhandlungswege?«

Er wiederholte seine nervöse Bewegung. »Es bestehen natürlich unterschiedliche Auffassungen, aber im großen und ganzen sind wir uns einig – *ich trete* jedenfalls dafür ein«, schloß er und reckte sich.

»Odin Schrøder-Olsen auch?«

»Er hält sich, aus verständlichen Gründen, diesmal im Hintergrund. Ursprünglich war er eigentlich *gegen* die ganze Aktion.«

»Ja, aber er hat einige Erfahrung in solchen Aktionen. Mir soll keiner erzählen, daß er nicht einen massiven Einfluß auf die Strategie ausübt. Außerdem spielt er auf dem eigenen Platz, um es so auszudrücken.«

»Mir liegt nicht daran, dir irgend etwas vorzumachen«, sagte Håvard Hope mit einer Miene wie ein trotziges Schulmädchen.

»Machst du auch Konditionstraining?«

»Training? Wie? Sehe ich so aus?«

Ich betrachtete seine dünnen Ärmchen, die aus dem dunkelblauen leichten Hemd wie weiße Tentakel ragten. »Nun, jedenfalls nicht im Fitneßcenter. – Ich dachte eher, nachdem du doch offensichtlich auf vertrautem Fuße mit Vibeke Far...«

Ich unterbrach mich selbst, weil die, über die wir redeten, wieder rauskam. Sie hatte sich Jeans und ein T-Shirt angezogen. Sonst gab es keine sichtbaren Veränderungen. »Ich will nur eben alles reinstellen...« Sie machte eine Kopfbewegung hin zum Kassettenrecorder, dem Buch und den übrigen Sachen auf der unteren Terrasse.

Ich bückte mich und half ihr mit den Hanteln. Sie waren ziemlich schwer. Ich hätte Probleme gehabt bei zwanzigmal hintereinander.

Als sie mit dem Radio in der Hand an mir vorbeiging, stieg mir Maiglöckchenduft in die Nase. Der war vorher nicht dagewesen.

Ich ging mit ihr rauf und rein.

»Einfach auf den Boden legen«, sagte sie.

Ich legte die Hanteln ab und blickte mich rasch um. Die Ausstattung war immer noch ferienhausmäßig, die Wände mit Holz verkleidet, Flickenteppiche auf dem Boden, Landschaftsbilder an den Wänden und die Möblierung aus Kiefer und gewebten Stoffen. In einer Ecke stand eine kleine elektronische Orgel, und ganz oben auf einem Bücherregal starrte mich ein fast unnatürlich großes und erschreckend lebendiges Portraitfoto der kleinen Camilla an. In gedämpften Farben gehalten und auf Leinenpapier entwickelt, wirkte es wie ein altes Gemälde, was sie vielleicht noch lebendiger erscheinen ließ als auf einem gewöhnlichen Foto.

Vibeke Farang war weiter ins Haus gegangen, es klang, als sei sie in der Küche. Ich betrachtete mir Camilla, 1979 sieben Jahre alt, vier oder fünf, als dieses Bild gemacht wurde. Ihre Haare waren länger, als ich sie von den Zeitungsfotos her in Erinnerung hatte, und die Schleife darin größer und weißer. Die Augen waren groß und staunend, und um den Mund spielte ein kleines Lächeln, ebenfalls geprägt von diesem Staunen, mit dem Kinder gewöhnlich das merkwürdige Tun der Erwachsenen beobachten.

Es tat physisch weh, das Bild anzuschauen. Ich riß mich gewaltsam los und ging wieder hinaus in die Sonne und zu Håvard Hope.

Er knurrte mich an: »Gibt es etwa keine anderen Orte als ein Fitneßcenter, um jemanden kennenzulernen?«

»Sicher, warum denn nicht?«

»Vibeke ist nämlich aktiv in der Bewegung!«

»Grüne Erde?«

»Und *so* haben wir uns kennengelernt.«

»Und wer hat sie dorthin gebracht – Odin Schrøder-Olsen?«

»Spielt das eine Rolle, *wer* –«

»Nein. – Und ihr seid *nur gute Freunde*, wie es in den Illustrierten steht?«

»Ich bin gekommen, sie zu *holen*. Wir haben – äh – Abendschicht.«

Ich lächelte leicht. »Ihr habt bereits Schichtbetrieb? Offenbar gut organisiert.«

»Organisation macht stark, Veum«, sagte er, als sei er vom Gemeindeverband geschickt. »Wir müssen ausgeruht sein, wenn der große Kampf beginnt.«

»Ruft nach König Arthur und den Rittern von der Schwafelrunde«, sagte ich.

»Tafelrunde.«

»*Schwafelrunde*. Es handelt sich doch um Politik, oder?«

Er seufzte. Er sah müde aus. Er erinnerte mich an einen Studenten eineinhalb Wochen vor dem Abschlußexamen, und wie ein Student, mit dem ich ein oder zwei Tage das Bett geteilt hatte, zu mir gesagt hatte: Ein Abschluß ist nicht schwierig. Er ist nur viel.

Dann kam Vibeke Farang heraus und verkündete, daß er im Mündlichen dran sei. Sie war mit anderen Worten fertig zur Abfahrt.

Auf dem Weg von dem Häuschen nach oben fragte ich, ob sie hier draußen wohne, ohne ein eigenes Auto.

»Ich habe eine alte Rostlaube, aber...«

»Wir müssen das Parken bei NORLON begrenzen«, sagte Håvard Hope kurz. »Und *ein* Auto bedeutet weniger Schadstoffe als zwei.«

»Außerdem holen wir noch welche ab am Hjelteryggen«, fügte sie hinzu.

»Und außerdem würde es ein bißchen blöd aussehen, wenn alle Umweltdemonstranten mit dem eigenen Auto ankämen, stimmt's?« meinte ich abschließend.

Mehr wurde nicht gesagt, bis wir auf der Hauptstraße waren. Håvard Hope fuhr einen umweltfreundlichen rußfarbenen Volvo mit einem zweistelligen Benzinverbrauch und hergestellt, lange bevor das Wort Katalysator erfunden wurde. Der burgunderfarbene Opel Kapitän gehörte ihr.

Ich deutete auf den Opel. »Ist das derselbe Wagen wie –?«

Sie nickte. »Ich konnte mir nie einen neuen leisten, und – der hier hat eine Art emotionalen Wert für mich.«

»Hmm.«

Ehe sie sich in den Volvo setzte, sagte sie: »Wenn du auf etwas stoßen solltest – wegen Camilla – dann zögere nicht, mich zu benachrichtigen, zu jeder Tageszeit. *Zu jeder*, hast du gehört?« Sie starrte mich so ernst an, daß ich schon fürchtete, krank auszusehen.

Ich nickte. »Selbstverständlich.« Ich reichte ihr die Hand. »Danke für dein Entgegenkommen.«

Sie lächelte nicht, nahm aber meine Hand und drückte sie leicht wie eine Frau, die die Scheidung beantragt hat, die Hand des öffentlichen Vermittlers drücken würde.

Håvard Hope beugte sich aus dem Fenster des Volvo. »Kommst du jetzt, oder –?«

Sie kam, und ich wartete ein paar Minuten, bis sie weggefahren waren, bevor ich mich in meinen Wagen setzte und ihnen in derselben Richtung folgte. Ich hatte nie viel dafür übrig, im Kielwasser von Brautpaaren mit einem Schleier aus Auspuffgasen zu segeln.

35

Ich fuhr den Umweg über Hilleren. Es war, als käme man zu einem Abklatsch vom vergangenen Freitag.

Håvard Hopes Volvo parkte beim Supermarkt oben am Berg, aber ich sah weder ihn noch Vibeke Farang in der Nähe. An der Abzweigung standen zwei neue Polizisten und machten mir ein Zeichen, daß ich nicht runterfahren könne.

Ich nickte zum Zeichen, daß ich mir darüber im klaren sei und schaute durch das runtergekurbelte Fenster.

Der Medienrummel war vorbei. Man hatte zu anderen Vernissagen geladen. Nicht einmal ein tragbares Tonbandgerät von Radio Puddefjord war in der Nähe, und die Fotoapparate, die ich sah, waren privat.

Doch die Kette der Demonstranten war zur Stelle, dichter und länger als vor fünf Tagen und noch leichter bekleidet. Man sah keine grüne Windjacke mehr, und viele saßen mit nacktem Oberkörper da. Sollte die Aktion noch einige Wochen dauern, würden sie alle braun werden wie die Neger. Das ersparte ihnen den Herbsturlaub auf Gran Canaria.

Der mir am nächsten stehende Polizist, ein untersetztes Bübchen um die vierzig, zwinkerte mir zu und sagte: »Wenn du mitmachen willst, dann los!«

»Heute nicht. Ich muß heim und Sandkuchen backen«, sagte ich, ließ den Motor wieder an, blinkte links, schaute in den Rückspiegel und bog wieder in den Hillerenvei ein.

Ich bremste am Haupttor von Haakonsvern mit der Schnauze nach draußen, um nicht reingeholt und der versuchten Spionage verdächtigt zu werden.

Ich holte das Notizbuch heraus und blätterte bis zu der Seite mit der Überschrift CAMILLA.

Ich hakte Vibeke Farangs Namen ab und starrte ein Weilchen auf den nächsten, Bård Farang, um dann zu beschließen, daß der Tag schon zu weit fortgeschritten war, um nach Hardanger und zurück zu fahren.

Ich bewegte den Finger ein Stück weiter nach unten, bis ich beim dritten Namen war: *Raymond Sørensen.* Verhaftet 1979, aber am folgenden Tag freigelassen, ohne ihm das Geringste nachweisen zu können.

Trotzdem...

Raymond Sørensen hatte eine Anschrift in der Daniel-Hansens-Gate, im Herzen des früheren Nedre Nygård, durch die Entwicklung aber umgetauft in Vetle-Manhattan. Ich fuhr stadteinwärts.

Das Backsteinhaus, in dem er wohnte, lag gleich bei der St. Jakobs Kirche, die man Kleinkirche nannte, lange bevor man in unmittelbarer Nachbarschaft die Wolkenkratzer des Liliputvolkes errichtete.

Das Treppenhaus war abgenutzt und in schlechtem Zustand, man sah, daß die Gegend viele Jahre lang von Sanierungsabsichten bedroht war.

Wie eine grauweiße Staubschicht lagen immer noch die Reste des Winters in diesen Häusern, in deren Wänden selbst um Mittsommer kaum mehr als ein vorsichtiges Tauwetter festzustellen war.

R. Sørensen stand auf einem kleinen Stück Pappe, das mit rostigem Reißnagel an eine der Türen im zweiten Stock gepinnt war. Der Name war mit Kugelschreiber geschrieben, in runden, kindlichen Buchstaben.

Ich läutete an der Türglocke. Eine halbe Minute später wurde die Tür einen Spalt geöffnet. Über eine stabile Sicherheitskette guckte mich das Fragment eines länglichen, melancholischen Gesichts an. »Wasn los?«

»Raymond Sørensen?«

Die Augen waren wäßrig und blaß. »Issn mit dem?«

»Bist du das?«

Er überlegte. Dann nickte er. »Was willstn?«

»Kann ich reinkommen?«

»Wasn los? Hier kommt kein Jehova und keiner vom E-Werk rein!«

»Ich wollte mit dir reden – über eine alte Geschichte.«

Er versuchte, die Tür zu schließen, aber ich hatte schon meinen Fuß dazwischen. »Der Fall Camilla.«

»Da red ich nicht drüber – mit keinem.«

»Ich weiß, daß du unschuldig warst.«

Auf seiner glatten Stirn glitzerte es feucht. »Wieso willstn dann mit mir red'n?«

»Ich wollte nur einige allgemeine Gesichtspunkte klären.«

Er musterte mich mißtrauisch. »Einige Was-haste-gesagt?«

Ich seufzte. »Welches Handlungsmuster zugrunde liegt für...

Ich meine – was einen dazu bringt, Dinge zu machen wie – du weißt schon.«

Er wurde rot. »Ich hab nie so was gemacht! Ich hab sie höchstens ein bissl gestreichelt!«

»Gestreichelt?«

»Ich hab nie eine entführt! Das war immer freiwillig!«

»Freiwillig? – Ich kenne nun die Fälle, wegen denen du gesessen hast, nicht im einzelnen, aber... Du *hattest* zu der Zeit ein burgunderfarbenes Auto, oder?«

»Hab ich dir nicht gesacht, daß ich nicht drüber red? Was, zum Teufel, willstn hier? Wer bistn eigentlich? Wieder so'ne verdammte Blattlaus?«

»Hast du schon früher von solchen Besuch gehabt?«

»Ich erkenn euch am Geruch!«

»Ich bin aber keine von ihnen. Mein Name ist Veum. Private Ermittlungen.«

»Private was-fürn-Zeug? Du kannst meinetwegn zur Hölle und zurück fahrn mit deinem privaten Dingsbums!«

»Paß auf.« Ich blickte mich redend um. »Wäre es nicht einfacher, wenn wir dieses Gespräch in deiner Wohnung führen könnten?«

»Hier kommt keiner rein!« Er schaute auf den Boden. »Und wennste den Fuß nicht wegtust, hol ich die Axt.«

»Die hast du wohl stets griffbereit, falls du plötzlich deine Wohnung kurz und klein schlagen willst?«

Er glotzte mich böse an.

»Komm schon, Raymond, nur ein paar Minuten!«

»Ich geb dir gleich ein paar Minuten mitten in die Fresse! Kapiert ihr denn nie, wie einfach das is?«

»Einfach?«

»Daß es der Postbote war, wasn sonst!«

»Der Postbote?« Ich war so überrascht, daß ich den Fuß aus dem Türspalt zog.

Er benutzte sofort die Gelegenheit und knallte die Tür zu.

Ich starrte auf die dunkelbraune Tür mit der abgeblätterten Farbe. – *Der Postbote?*

Ich blieb einige Minuten stehen, um zu sehen, ob etwas passieren würde, aber ich kannte meine Pappenheimer gut genug und verzichtete auf einen weiteren Klingelversuch.

Falls nötig, würde ich lieber noch mal kommen.

Mit nachdenklichen Schritten ging ich die Treppe runter und hinaus ins Tageslicht. – *Der Postbote?*

Ich fuhr langsam zurück ins Büro. – *Der Postbote.* Irgendwo bimmelte ein Glöckchen.

Im Büro suchte ich mir die Nummer von Bård Farang in der Kommune Kvam heraus und griff zum Telefon.

Eine Kinderstimme meldete sich. »Hallo?«

»Tag. Ist dein Vater zu Hause?«

»Ja. Wer, soll ich sagen, daß es ist?«

»Ich heiße Veum, aber er kennt mich nicht.«

»Wer bistn dann?«

Ich spürte, wie ich ungeduldig wurde. »Kann ich deinen Vater sprechen?!«

Es ertönte das Geräusch eines Schluckes, wenn die letzten Wassertropfen runterrinnen. Ein Stück entfernt hörte ich dieselbe Stimme: »Papa! Da issn böser Mann und will mit dir sprechen!«

Kurz darauf vernahm ich ein förmliches: »Ja, hallo?«

Ich legte meine Stimme in die liebenswürdigsten Falten. »Ja guten Tag, spreche ich mit Bård Farang?«

»Ja. Wer spricht da?«

»Mein Name ist Veum. Varg Veum. Du kennst mich nicht. Ich bin – äh – tätig in privaten Ermittlungen, und in Verbindung mit einem Fall, den ich bearbeite, haben sich gewisse Zusammenhänge ergeben mit – dem Fall Camilla.«

Es entstand eine Pause. »Gut. Und was willst du von mir?«

»Ich möchte dir einige Fragen stellen. Ich habe mir überlegt, dich zu besuchen, zum Beispiel morgen?«

Erneute Pause. »Hast du schon mit anderen gesprochen?«

»Ich habe mit deiner Fr... – mit deiner ehemaligen Frau gesprochen, wenn du das meinst.«

»Ja, das – meinte ich.«

»Und sie war sehr entgegenkommend. Aber ich benötige unterschiedliche Perspektiven des Falles, um es so auszudrücken.«

»Na gut, ich möchte dir keine Knüppel zwischen die Beine werfen. Wie war noch mal der Name?«

»Veum.«

»Bist du schwindelfrei, Veum?«

»Einigermaßen.«

»Dann hole ich dich mit dem Boot bei Røyrvik ab. Weißt du, wo das ist?«

»Nein.«

»Auf halbem Weg zwischen Tørvikbygd und Strandebarm. Um welche Zeit?«

»So früh wie möglich. Ich müßte um vier Uhr wieder in der Stadt sein.«

»Könntest du um elf hier sein?«

»Das geht in Ordnung. Dann holst du mich ab?«

»Mach ich.«

Ich legte auf und wählte die Nummer von NORLON A/S. Es meldete sich eine Frauenstimme.

Ich bemühte mich, bürokratisch zu klingen. »Gesundheitsamt. Berge. Ich suche einen – äh – Clausen, der bei euch beschäftigt war.«

»*Monrad* Clausen?« kam es scharf.

»Ja? – Er war, sehen wir mal nach – Meister dort, stimmt das?«

»Ja, das war Monrad. Aber er ist längst in Pension.«

»Na... Ja dann... Sie haben nicht zufällig seine Adresse?«

»Ich glaube, er ist zurückgezogen nach... Augenblick.«

Ich wartete und hoffte, er möge nicht zurück nach Kirkenes gezogen sein.

Sie war wieder da, Befriedigung in der Stimme. »Wie ich vermutet habe. Er ist hinauf nach Vaaksdal gezogen. Wollen Sie die genaue Adresse?«

»Ja bitte.« Ich atmete erleichtert aus und notierte die Adresse. Ich konnte es schaffen, bei ihm vorbeizuschauen nach meinem Besuch bei Bård Farang, falls der nicht zu lange dauerte.

So weit, so gut.

Ich lehnte mich ermattet zurück. Ich hätte dringend einen Schluck nötig.

Aber jetzt wußte ich das. Es gab Tage wie diesen, die dazu beitrugen, daß ich hier saß mit einer Dosis Antabus unter der Haut versteckt und nicht in der Lage, etwas Stärkeres zu trinken als Kaffee. Ich fühlte mich wie eine alte graue Wolldecke voller Schmutz und Dreck, bei nächster Gelegenheit zum Aussortieren bestimmt.

Der Tag war wie eine Serie von Kurzschlüssen. Ich mußte immer wieder an Kari denken, und wie es ihr jetzt wohl ginge, nachdem sie vom Schicksal ihrer Mutter erfahren hatte. Oder an Lisbeth Finslo selbst, wie sie fast eine Woche unter Büschen gelegen hatte, mausetot. Gleichzeitig summten die Gespräche mit Harald und Aslaug Schrøder-Olsen in meinem Hinterkopf und das Bild von Siv, ihre hilflosen Hände um einen willkürlich gepflückten Blumenstrauß, gingen über in das Bild von Vibeke Farang, in das für den trainierten Körper zu alte Gesicht. Über dem Ganzen schwebte der Schatten von Camilla, die aller Wahrscheinlichkeit nach damit nicht mehr zu tun hatte, als daß Tor Aslaksen einst ein Verhältnis mit ihrer Mutter gehabt hatte. Und als sei das noch nicht genug, drängte sich das Haupttor von NORLON ins Gehirn, wo die Kette der Demonstranten wie eine alptraumhafte Landschaft von Totenköpfen vor einem giftig-gelben Hintergrund erschien.

Ich zuckte heftig zusammen. Für ein paar Sekunden war ich eingenickt.

Ich stemmte die Handballen auf den Schreibtisch, erhob mich und ging zum Waschbecken, wo ich mir eiskaltes Wasser übers

Gesicht laufen ließ, mich rot und warm frottierte und ein bißchen erfrischt zum Schreibtisch zurückkehrte.

Ich rief Karin Bjørge an und fragte, ob sie verdreckte Wolldecken zum Kaffee empfange. Sie bot an, selbige sogar zum Essen einzuladen.

Ich fuhr mit Sandpapier hinter den Augen hinauf nach Fløenbakken. Die Stadt um mich war in einen schillernden, grellen Karneval verwandelt, wo die Menschen viel zu leicht bekleidet herumliefen, sich wie Geisteskranke zulächelten und aussahen, als hätten sie keine Ahnung, was um sie herum vorging. Mein Mund war ausgedörrt. Ich brauchte –

Was ich bekam, war ein langer, weicher Kuß, zwei besorgte blaue Augen und ein Schinkenomelett mit Bratkartoffeln.

»Du mußt einmal zu mir kommen und *meine* Spezialiät kosten, Karin. Tomatenbohnen und Spiegeleier.«

Danach saßen wir auf ihrem Sofa, jeder eine Tasse Kaffee in der Hand. Durch die offene Balkontür drang Vogelgezwitscher, eingepackt in Glaswatte aus Verkehrslärm, damit wir nicht davon verzaubert würden.

Ich erzählte ihr alles von Anfang bis Ende. Sie saß da und hörte zu mit halb geöffnetem Mund und Augen, die gleichsam größer und größer wurden.

Am Ende blieben wir sitzen, ohne etwas zu sagen, lauschten dem Gesang der Vögel, dem Verkehrslärm und unseren eigenen Gedanken.

»Ich verstehe, daß du dich deprimiert fühlst, Varg«, brach sie die Stille.

»Was mich irgendwie am meisten quält, sind all die unschuldigen Opfer. Kari, die in der vielleicht verletzlichsten Zeit ihres Lebens plötzlich wieder alleingelassen wird. Siv – ein Opfer von Weiß-Gott-wem, vielleicht nur vom Schicksal, vielleicht von etwas anderem. Lisbeth – aus welchem Grunde mußte *sie* sterben, auf eine solche Weise? Aber am schlimmsten – am schlimmsten ist der Gedanke an Camilla. Solche Geschichten brennen sich ein in dich, und du wirst sie nie los. Die Ungewißheit. Daß du nie weißt, vielleicht nie erfährst – was eigentlich passiert ist!«

Ich schaute von der Balkontür weg zu ihr. »Kannst du verstehen, was in solchen Menschen vorgeht, die Ich-weiß-nicht-was mit kleinen Mädchen wie Camilla anstellen?«

»Nein. Aber ich erinnere mich, daß ich oft ähnliche Gedanken hatte in all den Jahren, die wir mit Siren, meiner – du weißt schon, verbrachten.«

Ich wußte es, nur allzu gut.

»Ich dachte: Warum tut sie sich so was an? Was treibt sie dazu, ihren Körper vollzupumpen mit Gift, sich völlig zu zerstören, in so jugendlichem Alter? – Und weiter: Was denken sich die, die ihr diesen Stoff verschaffen, die reich daran wurden, die sie benutzten – und wegwarfen! – Ist hier das Böse schlechthin am Werk – oder die pure Dummheit?«

Sie machte eine weite Handbewegung Richtung Fenster. »Und dann dachte ich noch weiter. Sind wir im Grunde besser? Spritzen wir nicht unsere Stadt voller Gift – und das Land – ja den ganzen Erdball?«

»In *diesem* Fall ist es hoffentlich pure Dummheit.« Ich folgte ihrem Blick hinaus über die Stadt, die aus der Entfernung in einem Schönheitsbad aus braungrauem Rauch lag, mit schwarzen Flekken, wo der Verkehr am dichtesten war. Die Sonne stach mit ihren scharfen Testnadeln in die Materie, als wolle sie Proben entnehmen, aber ich befürchtete, daß sie mit dem Resultat kaum zufrieden sein dürfte.

»Besteht da nicht eine gewisse Übereinstimmung – in der Zerstörung eines Kindes und in der Zerstörung einer ursprünglich perfekten Natur?«

»Ja vielleicht, aber das hier ist so *konkret*. Und gleichzeitig so rätselhaft! Ich meine – wo ist sie geblieben?«

»Was hat der eine gesagt, mit dem du gesprochen hast?«

»Raymond Sørensen? – Daß es der Postbote gewesen ist. – Warum?«

»Weil ich einmal einen Kurzkrimi gelesen habe. Da geschah in einem Haus ein Verbrechen, aber niemand hat jemanden hinein oder hinausgehen sehen. Dann entdeckte man einen Brief im Briefkasten, oder so ähnlich. Jedenfalls stellte jemand die Frage: Was ist mit dem Postboten? – Ja, *ihn* hatte man natürlich gesehen. Er war dagewesen. Mit anderen Worten...« Sie nickte mir zu, ich sollte es sagen dürfen.

»Der Täter war der Postbote. – Das war so offenkundig, daß niemand darauf geachtet hatte.«

»Genau.«

»Ich besuche morgen ihren Vater.«

»Zum Beispiel.«

Ich blieb in Gedanken versunken sitzen, und neue Muster bildeten sich in meinem Kopf.

Sie verschaffte sich vorsichtig Eingang. »Bleibst du – über Nacht?«

Unsere Blicke trafen sich. »Wenn wir früh genug aus den Federn kommen?«

Und so geschah es.

36

Ich nahm die Fähre von Hatvik nach Venjaneset und fuhr über Fusa nach Hardanger. Ich kam an der alten Holzkirche vorbei, an den fischreichen Gewässern in Hålandsdalen und traf bei Mundheim auf den Hardangerfjord. Von dort folgte ich der Reichsstraße nach Norden.

Um diese Jahreszeit zum Hardanger zu kommen, war wie mit offenen Augen in das Heimvideo der kühnsten Tagträume eines Fremdenverkehrsdirektors zu fahren. Der Fjord lag wie eine blaue Spalte in der Landschaft, aus der der Morgennebel wie Dampf aus unterirdischen Saunen quoll. Die steilen Bergwände erhoben sich wie graue und grüne Trampoline für die Sonnenstrahlen, die hin-

und hergeworfen wurden, einmal wie weißes Gold im Wasser, dann grüne Lichtpunkte in den Bäumen am Fjord entlang. In diesem Jahr hatte der Winter lange gedauert, und die letzte Blüte lag noch wie Schneereste auf den Apfelbäumen. Fischerhütten und Fjordhöfe, Ruderboote, Anlegestege und die weiß gestrichene Kirche am Horizont ließen das Ganze wie eine perfekte Fata Morgana erscheinen, eine Ansichtskarte, an uns geschickt von Tidemand und Gude* aus der schönsten aller Welten, in der jeder sein eigener Fremdenverkehrsdirektor war. Eia, wär'n wir da.

Doch in der Bootswerft bei Omastrand lag ein nagelneuer Katamaran klar zum Stapellauf, ein Zeichen, daß der Fortschritt trotz allem auch diesen Winkel der Erde erreicht hatte.

Ich parkte vor dem einstigen Landhandel von Røyrvik. Vergilbte Plakate erinnerten an ein Geschäft, das der Konkurrenz in Strandebarm und Tørvikbygd hatte weichen müssen.

Gleich unterhalb der Straße bildete ein Geröllstrand eine natürliche Grauzone zum Fjord. Ich stieg dort hinunter und blickte übers Wasser.

Draußen vom Fjord kam ein kleiner Oselvar* angetuckert, ausgerüstet mit einem altmodischen Zweitakt-Außenbordmotor. An Bord des Bootes saß ein Mann mit langen, dunklen Haaren, bekleidet mit einem zerschlissenen und verwaschenen T-Shirt, das einmal rot gewesen war, und abgeschnittenen Jeans. Bei sich hatte er einen etwa vierjährigen Jungen, rothaarig und mit khakifarbenen kurzen Hosen.

Der Mann blinzelte gegen die Sonne und rief, bevor das Boot an Land stieß: »Veum?«

Ich nickte, und er winkte, ein Zeichen, daß es in Ordnung war. Ich freute mich darüber. Endlich mal eine normale Begrüßung.

Der Mann stellte den Motor ab, sprang mit der Trosse in der Hand an Land und vertäute rasch das Boot. Er fuhr sich mit der Hand durchs Haar, das im Nacken als lockerer Pferdeschwanz zusammengefaßt war. Es blitzte braun in seinen schmalen Augenschlitzen, als er mir die Hand gab. »Bård Farang.«

Die Stimme klang dunkel und selbstsicher, und er strahlte eine Art Charisma aus, das mich an Odin Schrøder-Olsen erinnerte. Er hatte ein Lächeln wie ein Engel von Raffael, mit großen weißen Zähnen und hellroten Lippen. Die Haut war dunkelbraun, das Haar fast schwarz und die einzige Andeutung, daß er längst die Dreißig hinter sich hatte, waren graue Strähnen um die Ohren und der breite Fächer von Lachfältchen in den Augenwinkeln.

Wenn er von Raffael gemalt war, stammte der Knabe von Rubens, ein bißchen feist und die Haut den roten Haaren entsprechend blaßrosa. Er glich dem Vater nicht besonders.

»Tja, das ist Olav, der mittlere.«
»Du hast mit anderen Worten drei?«
»Ja.«
»Und Camilla?«
»Sie rechne ich nicht mehr – dazu.«
»Warum nicht?«
»Sie ist tot.«
»Bist du sicher?«
»Kannst du mir einen Grund nennen, daß sie es nicht ist? Bist du deshalb hergekommen?«
»Nein nein. Ich wundere mich nur – weil du dir so sicher bist.«

Er trat etwas näher. »Paß auf. Säuglinge kann man möglicherweise entführen und wie eigene Kinder aufziehen, aber nicht eine normal entwickelte Siebenjährige, die weiß, wie sie heißt, wo sie wohnt, wer ihre Eltern sind und was sie sonst noch alles mitgekriegt hat. – Vielleicht sogar ein bißchen zuviel, wenn du verstehst, was ich meine?«

Ich nickte und schaute hinunter zu Olav. »Es ist vielleicht nicht der richtige Augenblick...«

Er beruhigte sich. »Stimmt. Ich muß noch einkaufen. Ich nehme das Auto, dann geht es schneller. Wartest du hier?«
»Ja. Wie weit mußt du?«
»Nur nach Strandebarm. Wir sind in einer knappen halben Stunde zurück.«

Er nahm den Jungen bei der Hand, hängte sich einen vorsintflutlichen grauen Rucksack um, ebenso norwegisch wie brauner Ziegenkäse, und stieg in den alten dunkelblauen Mazda Kombi, der bei einer kleinen Abzweigung oberhalb der Straße seinen Dauerparkplatz hatte. Kurz darauf waren sie weg, hinein in die Bucht nach Strandebarm.

Ich blieb auf dem Geröllstrand wartend sitzen, wie auf einem Gemälde von Edvard Munch.

Sie kamen zurück, stellten den Wagen ab und stiegen mit einem prall gefüllten Rucksack aus. Olav hielt mir einen großen grünen Apfel hin mit einer weißen saftigen Bißstelle. »Da schau, Mann!«

Ich lächelte. »Hast du das alles gegessen?«

Er nickte stolz und strahlte mich an.

Bård Farang legte den Sack ins Boot und wandte sich an mich. »Klar zur Überfahrt?«

»Wo wohnt ihr eigentlich?«

Er deutete quer über den Fjord auf einen kleinen Bauernhof auf einem Felsvorsprung einige hundert Meter über dem Fjord.

»Und wie heißt der Ort? Sturmhöhe?«

Er lachte. »Nein. Uren, Luren, Himmelturen.«

Ich machte eine Kopfbewegung zum Auto. »Klaut das hier niemand?«

»Ach woher. Diese alte Karre schaut keiner zweimal an.«

Ich machte eine Kopfbewegung über den Fjord. »Aber ihr habt doch eine Straßenverbindung zur Fähre in Jondal, oder?«

»Das schon, aber der eigentliche Verkehrsweg ist nun mal seit jeher der Fjord. Außerdem habe ich keine Lust, mich von den Fährzeiten abhängig zu machen, wenn ich in der Stadt bin.«

»Dann fährst du also in die Stadt?«

»Ja, ab und zu.«

»Wann warst du das letzte Mal dort?«

Er machte eine vage Handbewegung. »Ach, vor ein paar Wochen. – Kommst du?«

Als uns der Fahrtwind um die Nase wehte und der Motor seinen

Tuckerrhythmus gefunden hatte, begann er zu deuten und zu erklären. »Da unten sieht man die Nordseite von Varaldsøy und westlich davon den Bondesund. Im Osten stößt der Sildefjord auf den Auslauf des Maurangerfjords, der aber von der Landzunge dort verdeckt ist. Hamaren.« Er deutete in die entgegengesetzte Richtung. »Vikingnes.« Er deutete quer über den Fjord. »Grotnes.«

Selber machte ich eine Kopfbewegung nach hinten. »Und da drinnen liegt Hjartnes. Wie ich sehe, befinden wir uns im naseweisen Teil des Hardangerfjordes.«

Er verzog sein Gesicht zu einem Lächeln. »Jede zweite Ortsbezeichnung in dieser Gegend hat *nes* oder *vik** in der Endung.«

»Heißt das, daß jeder zweite Bewohner entweder ein Nessekonge oder ein Viking ist?«

»Aus uns sind jedenfalls Bergbauern geworden.«

Ich richtete den Blick wieder nach vorne. Je näher wir kamen, umso steiler wirkte der Weg hinauf zu dem Hof, wo Bård Farang sich niedergelassen hatte. »Was hat dich dazu gebracht, hierher zu ziehen?«

Ein Zucken überlief das braungegerbte Gesicht. »Eine Art Überdruß an der Zivilisation und was sie mit sich bringt. – Und da denke ich nicht *nur* an Camilla. Obwohl das sicher ein Beweggrund war. – Die Flucht aufs Land: Du kennst wahrscheinlich das Schlagwort. Aber für mich wurde es zur Realität, und ich fühle mich wohl so.«

»Um diese Jahreszeit kann ich das verstehen, aber mitten im Winter?«

Er zuckte die Schultern. »Das geht, irgendwie.«

»Aber man ist doch völlig isoliert?«

»Fühlst *du* dich nicht auch oft isoliert – da drüben?« Er machte eine Kopfbewegung nach hinten zu der Seite des Fjordes, die wir verlassen hatten, als befinde sich dort die Zivilisation.

»Ja schon.«

»Solange ich jemanden habe, der bei mir ist, wir sind eine Gemeinschaft und führen ein einfaches, unkompliziertes Leben..., solange bin ich zufrieden. Wir haben nur solche Probleme, die uns die Natur bereitet, und die Natur müssen wir einfach akzeptieren. Wir sind selbst nur ein Teil davon. Wird sie krank, sind wir krank. Ist sie gesund, geht's uns gut.« Er machte eine Kopfbewegung hinein nach Røyrvik, ein Symbol für das, was verkehrt ist auf der Welt. »Alles ist so hart, brutal und materialistisch da drüben. Geld, Geld, Geld. Bestimmt alles. Zeit, Zeit, Zeit. Ich weiß es, Veum, ich bin in der Branche gewesen. Wo Zeit gleich Geld ist und alles, was schneller geht als gestern, gepriesen wird. Deshalb haben wir ja den Computer bekommen: um Zeit zu sparen. Aber die Zeit, die uns übrigbleibt, verwenden wir nicht für uns selbst oder andere oder etwas Nützliches. Das wäre ja in Ordnung. Nein, wir verwenden sie, um mehr Geld zu verdienen.«

»Und mit *wir* meinst du...«

»Mit *wir* meine ich die Gesellschaft generell, die Wirtschaft, Privatpersonen, wie du willst.«

»Dich eingeschlossen, mit anderen Worten?«

Er lächelte weiß. »Nein. Jetzt nicht mehr.«

Wir waren über dem Fjord. Der Motor wurde abgestellt, das Boot legte an, und Bård Farang vertäute es. Dann zog er das Boot heran, damit ich an Land steigen konnte. Er hob Olav und den Rucksack rüber zu mir, befestigte das Boot achtern an einer orangen Boje und sprang schließlich selbst an Land.

Wir befanden uns gleich unterhalb der nach Süden führenden Straße von Jondal. Oberhalb der Straße war ein Lastenaufzug, der hinauf zum Hof ging. An dem Kasten, mit dem die Lasten transportiert wurden, war ein Briefkasten befestigt, auf diese Weise brauchten sie nicht jeden Tag wegen der Post runterzulaufen. Unterhalb des Aufzugs führte der Fußweg steil hinauf zum Hof.

Bård Farang legte den Rucksack in den Aufzug und nahm Olav auf die Schultern. Dann begannen wir mit dem Aufstieg.

Der Weg erforderte anfangs noch keine Kletterkünste. Wir überquerten ein Geröllfeld, wo die Steine stufenförmig geschichtet waren, und kamen dann zu einer Scharte. Hier hatte man zu beiden Seiten Wacholderbüsche und kleine Birken, um sich festzuhalten, falls man die Hände frei hatte, und das war dringend geboten, denn die natürlichen Felsstufen waren manchmal ziemlich hoch. An den schwierigsten Stellen hatte man ein Eisengeländer in den Felsen zementiert, aber große Strecken mußte man sich auf sich selbst verlassen.

Auf halbem Weg drehte ich mich um und wagte einen Rundblick. Die schmale Landstraße unter uns war zu einem Radweg geschrumpft. Das Boot, das uns über den Fjord gebracht hatte, sah wie ein Spielzeugschiff aus. Unter uns lag der Hardangerfjord wie ein Sehnen in der Brust. Und wir hatten es noch weit.

»Gigantisch, was?« sagte Bård Farang von oben.

»Kaum ein Ort, um den Ruhestand zu verbringen«, murmelte ich.

»Ach, da oben haben Leute gewohnt, bis sie fast neunzig waren. Früher.«

»Dann vermute ich, daß sie auch oben *geblieben* sind.«

»Na ja. Es wurden auch Särge heruntergelassen.«

»Blaubeeren, Papa!« rief Olav auf einmal und warf sich nach vorne, daß sein Vater für einen Moment das Gleichgewicht verlor.

»Noch nicht reif, Olav«, sagte Bård Farang. »Sie sind gerade erst rot.«

»Dann Bauchweh?« fragte der kleine Kerl unbekümmert.

»Mhm. Ganz viel Bauchweh«, sagte der Vater und schaute ihn ernst an.

Wir setzten unseren Weg nach oben fort. Wir näherten uns dem Absatz, auf den man den Hof gebaut hatte, und allmählich veränderte sich das Gelände. Die Rinne, in der wir gingen, weitete sich, und der Aufstieg wurde leichter. Das, was von unten wie eine kleine Felsnase ausgesehen hatte, erwies sich als sanft ansteigendes und verhältnismäßig breites Plateau in der Felswand. Ein Steinmäuerchen markierte die Grenze zu den steilen Stellen, und ein Stangenzaun rahmte den Besitz im Süden und im Norden ein. Dahinter war kein Zaun nötig. Dort ragte der Berg auf, steiler und dunkler als sonstwo.

Wir öffneten ein Gatter, und zwei Kinder kamen uns entgegen, ein fünfjähriges Mädchen mit den langen, dunklen Haaren des Vaters und noch unsicher auf den Beinen ein etwa zweijähriger Knirps mit kreideweißen Locken, schwerer Windel und einem skeptischen Daumen in dem einen Mundwinkel.

»Hei!« sagte das Mädchen zum Vater und betrachtete mich neugierig.

»Hei, Marthe«, sagte Bård Farang.

Er drehte sich zu mir. »Das ist also Marthe und der Kleine da, das ist der Johannes.«

»Hei, hei«, lächelte ich. »Ich heiße Varg.«

»Marthe«, sagte sie ein bißchen verlegen, als wüßte ich das nicht bereits.

Johannes sagte nichts. Er starrte mich nur mit großen Augen an und schob dabei mit dem Daumen die ganze Hand in den Mund. Ich kam mir vor wie der neue Kaplan und überlegte, wie lange es wohl her war, daß er jemanden von unten hatte raufkommen sehen.

Der Hof bestand aus einem weiß gestrichenen Wohnhaus und einem roten Nebengebäude. Auf der Wiese vor den Gebäuden waren Heureiter aufgestellt, und auf dem Schräghang dahinter gab es einen Kartoffelacker und große Gemüsebeete, einige davon mit schwarzem Plastik überzogen. Das Plateau verschmälerte sich nördlich der Häuser wieder, und dort blökten von der Bergheide her schüchtern einige Schafe, als wollten sie sagen, daß sie auch noch da waren.

Als wir das Wohnhaus erreicht hatten, kam von der Rückseite eine Frau um die Ecke. Sie hatte Erde an den Händen.

Es war eine hochgewachsene rothaarige Frau, das Haar stramm im Nacken geknotet und mit einem Pferdeschwanz, der einen halben Meter lang über den Rücken hinunterwallte. Die Haut war die gleiche, leicht durchsichtige wie bei dem mittleren Sohn, dazu gesprenkelt mit hellbraunen Sommersprossen, die Lippen aufgesprungen und trocken. Sie war bekleidet wie ihr Mann, verschlissene, abgeschnittene Jeans, umgekrempelt wie Bermudashorts, und ein hellgrünes T-Shirt, gebleicht von der Sonne und dem Waschen. Sie benutzte offensichtlich keinen BH, und wenn ich mich nicht sehr irrte, war in ihrem strammen Bauch ein weiteres Kind unterwegs.

Mit dem üppigen Aussehen, der Wärme der hellbraunen Augen und den erdigen Händen wirkte sie wie die leibhaftige Mutter Erde, eine wunderbare Version der Gaia. Als sie lächelte, sah ich, daß sie zehn Jahre jünger war als ihr Mann, oder aber sie war gegen Falten geimpft.

Sie hielt mir die Hände hin. »Tut mir leid, daß ich dir nicht die Hand geben kann, aber ich bin gerade beim Unkraut rupfen.«

»Das macht nichts.«

»Ja, das ist also Veum«, sagte Bård Farang. »Und das ist meine Frau, Silje.«

Wir tauschten einen mentalen Händedruck, indem wir uns diskret anlächelten.

»Auf dem Herd steht Wasser«, sagte sie. »Gießt du Tee auf, Bård?«

Er nickte. »Ich möchte nur zuerst ein bißchen mit Veum reden. Ich rufe, wenn wir fertig sind.«

Sie lächelten sich an, als kämen sie eben vom Standesbeamten und hätten das ganze Leben vor sich.

Die Kinder hatten sich zum Spielen zurückgezogen, in einen großen Steinhaufen neben dem Geräteschuppen. Sie lachten laut über irgend etwas.

Ich schaute an ihnen vorbei, ließ den Blick schweifen, über die grünen Hänge, den Steinwall und außerhalb davon die Birken, über den Fjord, der weit unten zu einem silbern glänzenden Metallband mit einigen Schiffen als dunklen Oxydierungen geworden war, und hinüber zu den Bergen auf der andern Seite, der Vesoldo im Norden und der Tveitakvitingen im Nordwesten.

Ein perfektes Bild. Fast zu perfekt. Ich hoffte, daß es noch so perfekt war, wenn ich mit Bård Farang gesprochen hatte.

»Kommst du mit rein, Veum?«

Ich nickte und folgte ihm ins Haus.

37

Es war, als betrete man ein Haus wie vor fünfzig Jahren. Die Wände bauernrot, gelb und weiß und dekoriert mit gewebten Wandteppichen im traditionellen Muster, Schwarzweißfotos von der Landwirtschaft früherer Zeiten in schwarzgelackten Rahmen, Portraits von Menschen, die vermutlich hier gewohnt hatten, und einige amateurmäßig gemalte Bilder mit Motiven von der Fjordlandschaft draußen.

Wir nahmen Platz, jeder auf einem Stuhl mit hoher Lehne an dem glatt polierten, ovalen Tisch mit einem kleinen Häkeldeckchen in der Mitte. Das Fernsehgerät fehlte, aber sie hatten ein Radio. Das modernste Einrichtungsstück bildete das dunkelblaue Tastentelefon, das an der Wand hing und die Verbindung zur Zivilisation aufrechterhielt.

Bård Farang musterte mich abschätzend. »Private Ermittlungen, hast du das nicht gestern gesagt, am Telefon?«

Ich bestätigte es.

»Und deine Ermittlungen betreffen – den alten Fall?«

»Nein. Ich untersuche das Verschwinden einer Person in der vergangenen Woche. Einer jungen Frau.«

»Wie heißt sie?«

»Lisbeth Finslo. Sagt dir der Name was?«

»Überhaupt nicht. Oder sollte er?«

»Lieber nicht.«

»Und du meinst, daß das etwas mit Camilla zu tun hat?«

»Ich schließe nicht aus, daß ein Zusammenhang besteht, ja. Das ist der Grund, weshalb ich –«

»Welcher?«

»Ich wollte erstmal gerne aus deinem Mund hören, wie du das Verschwinden deiner Tochter seinerzeit erlebt hast.«

»*Aus meinem Mund?* Was meinst du damit? Ich war ja fünfhundert Kilometer entfernt.«

»In Oslo, soviel ich weiß?«

»Außerhalb von Oslo. Ich war auf einer Fortbildung, hing mit meiner Arbeit zusammen.«

»EDV?«

»Einführung in eine neue Technologie. Aber –«

»Was meinst du mit *außerhalb von Oslo?*«

»Ein Fortbildungszentrum zwischen Oslo und Lillestrøm. Irgendwo oben auf Gjelleråsen. Ich war an so vielen Orten, ich kann sie kaum mehr auseinanderhalten.«

»Gjelleråsen? Das ist jedenfalls nicht weit von Oslo.«

»Sag mal, was hat das – wolltest du nicht etwas über Camilla hören, *aus meinem Mund?*«

Ja doch, Verzeihung – das war eine Abschweifung. Wir kommen später darauf zurück.«

»Kommen zurück worauf –?« Er schaute mich gereizt an. »Als *ich* zurückkam, damals, war Camilla jedenfalls verschwunden.«

»Wann hast du es erfahren?«

»Vibeke hat mich angerufen, früh am Morgen, völlig hysterisch.«

»Früh am Morgen? Wie früh?«

»Hör mal, Veum, ich habe keine Ahnung, worauf du hinauswillst, die Polizei hat jedenfalls mein Alibi gründlich überprüft, als bestünde überhaupt Grund zu der Annahme, daß –! Ich hätte die letzte Maschine von Fornebu nach Flesland erwischen können, wenn nicht zwischen vierzig und fünfzig Kursteilnehmer bestätigt hätten, daß ich sozial anwesend war, bis lang nach Mitternacht. – Aber zurück hätte ich *nicht* kommen können, mit einem gewöhnlichen Linienflug!«

»Und mit einem Sportflugzeug?«

Er breitete seine Arme weit aus. »*Ich* kann nicht fliegen!«
»Hmm. Nun ja.«
»Demnach gibt es überhaupt nichts, was du erfahren könntest, *aus meinem Mund*, über das, was passiert ist. Vibeke und Camilla brachten mich nach Flesland und winkten mir zum Abschied. Als ich zurückkam, war sie weg. Und *nach und nach*, als ich die näheren Umstände zu hören bekam...« Er beugte sich vor, mit gespanntem Oberkörper.
»Welche Umstände meinst du?«
Er lehnte sich wieder zurück. »Darüber stand nichts in der Zeitung.«
»Nein, aber du meinst wahrscheinlich die Tatsache – daß deine Frau an diesem Abend einen Freund zu Besuch hatte.«
Er schaute mich an. Dann nickte er und seufzte. »Du weißt es also?«
»Was hast du gedacht, als du es erfuhrst?«
Er zuckte die Schultern. »Daß es eine überraschende Neuigkeit war. Und wie beschissen ich es fand, daß Camilla die Leidtragende war.«
»Hast du mit Eifersucht reagiert?«
Er schnitt eine Grimasse. »Eifersucht? Nein, ich glaube nicht. Die Beziehung zwischen Vibeke und mir *war* schon brüchig. Und ich werfe ihr nichts vor. Ich habe unten im Boot davon gesprochen. Zeit, Zeit, Zeit; Geld, Geld, Geld. Damals hatte ich von beidem zu wenig. Jetzt habe ich immerhin von ersterem genug.«
»Du hattest möglicherweise selbst –«
»In dem Fall würde dich das nichts angehen. Und es hätte nichts mit Camillas Verschwinden zu tun gehabt!«
»Die Zeit danach, wie hast du sie erlebt?«
»Nachdem sie verschwunden war? Das war die Hölle. Polizei und Presse, Trubel und Aufregung, Vibeke war ständig auf hundert. Selbst versuchte ich, es ein bißchen – gemäßigter zu nehmen.«
»Aber es muß dir doch nahegegangen sein?«

Er wurde rot. »Und wie.« Er schlug sich mit der geballten Faust auf die Brust. »Das sitzt immer noch hier drinnen.« Er öffnete die Hand und hielt mir beide Hände hin. »Sollte ich jemals den erwischen, der es getan hat, ich erwürge ihn kaltblütig!«

»So stark ist das Gefühl?«

»Ja, so stark. Ich habe Camilla geliebt – wie ich alle meine Kinder liebe! Sie war so zutraulich. Als sie klein war und wir mit dem Auto wegfuhren, lag sie immer zugedeckt auf dem Rücksitz und schlief, hatte nie Angst, ich würde sie nicht wohlbehalten dorthin bringen, wohin wir wollten, oder wir würden sie bei der Ankunft nicht wecken. – Oft lag sie wach im Bett, auch wenn ich lange nach Schlafenszeit heimkam, und da mußte sie jedesmal mit mir reden, mußte erzählen, was sie gemacht hatte, was sie – und Mama – geredet hatten. Und schließlich eine lange, feste Umarmung, dann konnte sie endlich schlafen. Und *dann* war sie nach einer halben Minute eingeschlafen.«

Ich lächelte ein wenig, als könne ich sie vor mir sehen.

»*Daran* lag es also nicht, eher daran, daß ich begriffen und – resigniert habe, schon nach den ersten Tagen. Als sie nicht mehr auftauchte und man sie bei der Durchsuchung der Gewässer und des Geländes der näheren Umgebung nicht fand, war mir klar, daß ein Verbrechen stattgefunden haben mußte. Das machte mich verrückt vor Wut, aber ich konnte ja nichts machen, jedenfalls nicht, bevor das Schwein gefaßt war! – Danach war ich – ein gebrochener Mann, beruflich. Ich fand nie mehr den alten Schwung. Ich fühlte mich desillusioniert, deprimiert – aber statt meinen Kummer im Alkohol zu ersäufen, wie es so viele andere tun…« Er schaute mich an, als könne man es sehen.

»Statt dessen kam ich, endlich, hierher als Konsequenz eines neuen Lebensstils. – Vibeke und ich trennten uns. Ich schloß mich der alternativen Bewegung an, traf Silje bei einer Umweltaktion, und dann – haben wir uns zusammengetan. Und wurden mit der Zeit mehr – hier oben.« Er blickte sich um, deutlich zufrieden mit der Situation.

»Du erwähntest Umweltaktionen. Machst du bei solchen Aktionen immer noch mit?«

Er nickte. »Das ist das einzige gesellschaftliche Engagement, das ich beibehalten habe. Aber jetzt mit den Kindern läuft es meistens so, daß ich allein teilnehmen muß.«

»Dann warst du vielleicht letzten Donnerstag auch in der Stadt?«

»Letzten Donnerstag? Wenn du die Demonstration in Hilleren meinst, da war ich tatsächlich, in den ersten Tagen.«

»Du *warst* also dort?«

»Ja. Was ist daran verwunderlich?«

»Und du warst die ganze Zeit da draußen? Sonst nirgends?«

Er schaute mich verständnislos an. »Was soll denn das? Wegen der Frau, die verschwunden ist?«

»Schlimmer noch.«

»Schlimmer? Wurde sie –«

»Sie wurde gefunden, ja. Und sie ist tot. Ebenso wie ihr Geliebter. Tor Aslaksen – wenn dir *der* Name etwas sagt.«

Seine Gesichtsmuskeln zogen sich zusammen. »Tor Aslaks... *Der* Tor Aslaksen?«

»Erraten.«

»Und er ist tot – auch tot? Seit wann?«

»Seit letztem Donnerstag. Tot –, ermordet.«

»Aber du glaubst doch nicht im Ernst, daß ich –«

»Du hast gerade gesagt, wenn du dem begegnen würdest, der es getan hat, dann würdest du ihn kaltblütig erwürgen.«

»Aber du glaubst doch nicht... Glaubst du, daß – es war ja nicht Tor Aslaksen, der –«

»Nicht direkt. Aber vielleicht indirekt. In deinen Augen. Schließlich war er es, der deine Frau davon abgehalten hat, um es so auszudrücken, gut genug aufzupassen auf – Camilla.«

»Wenn ich die Sache so gesehen hätte, ich hätte ihn mir schon 1979 vorgeknöpft, Veum. Warum in aller Welt sollte ich das jetzt tun, acht Jahre später?«

»Okay. – Was ist nach *deiner* Meinung damals mit Camilla passiert?«

Er machte eine weite Armbewegung. »Ich weiß es nicht. Sie ist aufgewacht und rausgegangen, nur so kann ich es mir vorstellen. Niemand wird doch so dreist sein und ins Haus kommen, wenn jemand anwesend ist. Irgendeiner muß draußen gestanden und auf sie gewartet haben.« Er ballte und öffnete seine Fäuste, als wolle er dem Gehirn Extrablut zuführen.

Dann erhob er sich. »Jetzt gehe ich und setze Teewasser auf. Willst du auch?«

Ich nickte.

Als er zurückkam, sagte ich unvermittelt: »Du hattest damals eine Kollegin, die deinen Posten übernahm, als du aufgehört hast. Bodil Soundso.«

Er schaute mich mißtrauisch an. »Ja? Bodil Hansen meinst du wahrscheinlich?«

»War sie auch dort auf Gjelleråsen in der Fortbildung?«

»Ob sie was – jaa, das nehme ich an. Warum?«

»Zwischen euch war nicht mehr als – kollegiale Freundschaft?«

»Falls mehr, ginge es dich nichts –«

»Sie kurvt mit Sportflugzeugen am Himmel herum!«

»Na und?«

»Ach, ich habe das nur erwähnt. Sie hat mich kürzlich mitgenommen und mir Bergen gezeigt, aus der Vogelperspektive. Sie heißt übrigens nicht mehr Hansen, aber das weißt du sicher.«

»Nein, stell dir vor, ich habe keine Ahnung. Ich habe seit vielen Jahren keinen einzigen Gedanken an sie verschwendet, bis du gekommen bist – und sie erwähnt hast.«

»Schrøder-Olsen heißt sie jetzt.«

»Schrøder-Olsen? Ist sie etwa verheiratet mit –«

»Mit einem der beiden. Trygve Schrøder-Olsen. Der Juniorchef ist inzwischen groß geworden. Der große, böse Wolf in Hilleren himself.«

»Hmm.«

»Apropos. Schrøder-Olsen hat eine Schwester. Siv. Als ich sie zum erstenmal traf, fragte sie: *Bist du der Vater von dem kleinen Mädchen?* – Bist du ihr jemals begegnet?«

»Der Schwester von Schrøder-Olsen? Wo in aller Welt hätte ich sie treffen sollen? Und warum nahm sie an, *du* könntest...«

»Sie ist wie ein kleines Kind – wegen eines Gehirnschadens. Sie hatte einen Unfall, im April 1979.«

»Im April 1979. Etwa zur selben Zeit wie...«

»Nicht nur etwa. Genau am selben Tag, Farang. Am 26. April.«

Er runzelte die Stirn und machte eine weite Armbewegung, wirkte wie ein personifiziertes Fragezeichen. »*Ich* sehe keinen Zusammenhang!«

»Ich auch nicht. Noch nicht.«

Es pfiff von der Küche her, und er verschwand wieder.

Gleich darauf kam er zurück. »So, der Tee zieht. Wenn du noch weitere Fragen hast, dann stelle sie jetzt.«

»Nein, ich glaube nicht... deine Fr... deine frühere Frau meine ich. Vibeke. Stehst du mit ihr in Verbindung?«

»Inzwischen nicht mehr. Nein, schon lange nicht mehr.«

»Sie nimmt auch an der Aktion in Hilleren teil.«

Er sah positiv überrascht aus. »Tatsächlich? Das ist interessant zu hören. Aber sie war nicht gleichzeitig mit mir dort.«

»Sie gehört vermutlich zur Reserve, nachdem sie voll arbeitet.«

»Wie geht's ihr?«

»Einigermaßen glaube ich. Obwohl das mit Camilla weitaus traumatischer gewesen sein muß, als es trotz allem bei dir zu sein scheint. Ich meine – *sie* hat keine neue Familie gegründet. Sie hat *keine* Kinder mehr gekriegt.«

»Ist *das* auch verkehrt?«

»Nein, nein, um Gottes Willen.«

Damit hörten wir auf. Wir nahmen den Tee mit nach draußen auf die Vortreppe, wo die Vormittagssonne schräg über Berg und Fjord schien.

Die Tassen waren weiß und blau, und dazu gab es selbstgebakkenes Brot, gewürzt mit Dill. Die Kinder spielten oben auf der Wiese, während Silje, mit Nachnamen Jondal, Bård Farang und ich uns eine friedliche Tasse Kräutertee schmecken ließen, auf einem Plateau hoch über dem Hardangerfjord, an einem Donnerstag mit Seewind und Hochdruckwetterlage, ungefähr in der Mitte der zweiten Hälfte der achtziger Jahre.

Wir sprachen hauptsächlich darüber, wie das Leben unter solchen Verhältnissen aussieht. Sie fanden es harmonisch und befriedigend, auch wenn sie im vergangenen Winter fast zehn Tage wegen der Schneemassen abgeschnitten gewesen waren.

»Und was ist, wenn die Kinder in die Schule müssen?«

»Unten fährt ein Schulbus. Das ist nicht schlimmer als für die Menschen früher. Eher leichter, denn zu der Zeit fuhr nicht mal ein Bus.«

»Kommst du ab und zu in die Stadt, Silje?«

Sie drehte mir ihr Gesicht zu, mit einem lustigen Glitzern in den Augen. »Nur, wenn es sich nicht vermeiden läßt. Ich schicke Bård für die nötigen Erledigungen.«

»Ins Pol?*«

»Nein, nein, wir trinken nicht, rauchen nicht, spielen keine Rockmusik –«

»Nicht einmal ein bißchen guten, altmodischen Rock 'n' Roll?«

»Rock ist dämonische Musik, Veum«, warf Bård Farang ein und schaute mich ernst an. »Lärm.«

»Ah, wirklich?«

»Und wir haben unseren Frieden hier oben gefunden.« Er richtete den Blick nach oben. »Wir haben uns wieder mit Gott versöhnt.«

»Nicht schlecht. Ich wußte gar nicht, daß ihr euch gezankt habt.«

»Deshalb mache ich weiter mit bei Umweltaktionen.«

»Weil…«

»Weil die Erde zerstören, heißt, ein Geschenk zerstören, das uns Gott gegeben hat. Die saubere Luft, das gesunde Meer, die nicht vergiftete Krume. All das gab er uns bei der Schöpfung, und wir – wir tun alles, um es zu vergeuden, es zu verdrecken, es krank zu machen. – Ich glaube, Veum, daß das einzige, was die Welt vor einer totalen Umweltkatastrophe retten kann, eine allumfassende religiöse Erweckung ist, von heute an bis zur Jahrhundertwende. Weil es die einzige Erweckung ist, die alle vereinen kann, trotz politischer Differenzen. Wir müssen wieder Freunde Gottes werden, wir alle.«

»Egal, wie er heißt?«

»Egal, ob er sich nun Allah oder Jahve, Christus oder einfach HERR nennt.«

Ich nickte schwach. »Ich nehme an, daß ich auch in seinem Adreßbuch stehe, irgendwo weit hinten.«

»Unter V«, sagte Silje.

Ich lächelte sie schnell an. »Genau! Unter V.«

Danach bedankte ich mich für die Einladung.

Bård Farang begleitete mich nach unten, setzte mich über den Fjord und wartete, bis er sah, daß ich mein Auto angelassen hatte, bevor er vom Land abstieß und mir winkte, während er nach Osten davontuckerte.

Ich blieb einen Augenblick im Auto sitzen und schaute über den Fjord hinauf zum Bergbauernhof auf der anderen Seite und dachte dabei an die Menschen, die ich getroffen hatte und die da oben wohnten.

Ich schob eine Kassette mit waschechtem 1970er Rock ins Autoradio. Mit Warren Zevon, und das einzig Dämonische war einer der Refrains: *A-oooo-oh, Werewolves of London – A-ooooo-oh, Werewolves of London...*

Dann setzte ich meinen Wagen in Bewegung und fuhr zurück in die Zivilisation. Es war eine nur allzukurze Fahrt. Denn die Zivilisation gehört zu den Orten, die zu verlassen viel länger dauert als dorthin zurückzukehren.

38

Mitten im Gebirge zwischen Samnanger und Trengereid, unmittelbar vor der alten Poststation bei Gullbotn, kommt man zu einem Schild, das darauf hinweist, daß man nun hineinfährt in die Bergen Kommune. Käme man als Tourist mit dem Auto aus Usbekistan, hätte man den Eindruck, daß in Norwegen sogar die Großstädte dünnbesiedelt sind. Der Grund, warum die Grenze hier gezogen wurde, ist allein die Vergrößerung der Kommune 1972, das Ergebnis einer Auseinandersetzung mit Trondheim in den sechziger Jahren, welche Stadt nun Norwegens zweitgrößte ist. Würde man die Grenze ernst nehmen, müßte man zu dem Schluß kommen, daß der größte Teil der Stadtbevölkerung aus Schafen besteht.

Von Gullbotn führt die E 68 steil abwärts zum Sørfjord und verschwindet südlich von Trengereid in einem Tunnel. Hier bog ich ab, blinzelte mich durch einen der dunkelsten und engsten Tunnels des Vestlandes und erreichte Vaksdal, wo der längst pensionierte Meister von NORLON, Monrad Clausen, die ihm verbliebenen Lebensjahre verbrachte. Leider sah er nicht so aus, als seien es noch viele.

Monrad Clausen wohnte in einem grün gestrichenen Haus dem Bahnhof gegenüber, mit Aussicht auf Ulvsnesøya, wo kein Heim für schwer erziehbare Knaben mehr ist, sondern eine offene Vollzugsanstalt für Häftlinge mit großzügiger Ausgangsregelung.

Eine weißhaarige Frau in einem blauen Strickkleid, als wären wir mitten im Winter, ließ mich herein, nachdem sie mit Clausen geredet hatte, der nicht ihr Mann, sondern ihr Bruder war. »Er liegt hier unten im Parterre«, sagte sie leise, als wir reingingen. »Er schafft keine Treppen mehr, deshalb haben wir ihn nach unten in die alte Wohnstube verfrachtet.«

Sie öffnete die Tür, und mir war sofort klar, daß Monrad Clausen kaum mehr als einige Monate in diesem Leben verweilen dürfte. Er saß in einem kurzen Bett mit vier Kissen im Rücken und einer Gesichtsfarbe, die mit den Kissen übereinstimmte. Er hatte sich rasiert, denn die Gegend um den Mund sah aus wie ein Schlachtfeld, zu dem die Sanitätstruppe noch nicht vorgedrungen war. Die Haut hing in Falten über dem mageren Hals, und die Hände, die auf der Decke lagen, waren groß und kraftlos wie an Land gezogene Tümmler.

Als ich reinkam, schielte er mit dunklen, müden Augen zu mir herüber.

Ich blieb vor dem Bett stehen, etwas verlegen, wie ein ferner Verwandter bei einem Höflichkeitsbesuch. Ich beugte mich vor, wußte nicht, wie gut er noch hörte. »Vielen Dank, daß du Zeit hast, mit mir zu reden.«

»Zeit?« sagte er mit gemessenem Sarkasmus. »Und wärs der Teufel gewesen, ich hättn reingelassen.«

»Monrad!« rief seine Schwester und warf mir einen verzeihenden Blick zu.

Ich lächelte beschwichtigend, und sie beugte leicht den Kopf. »Darf ich Ihnen eine Tasse Kaffee anbieten?«

»Ja, gerne«, sagte ich, und sie ging.

Monrad Clausen betrachtete mich. »Und was will er von mir?«

Ich schaute auf den Stuhl, der neben dem Bett stand, machte ein Zeichen und setzte mich ohne formelle Einladung. »Ich stelle Nachforschungen an über verschiedene Vorkommnisse bei NORLON in der Zeit, als du dort Meister warst.«

Sein Gesichtsausdruck straffte sich. »Nachforschungen? Für wen?« Seine Stimme klang heiser und rauh, als hätte er früher viel schreien müssen.

»Äh – es betrifft die Umstände, die zu dem Unfall von Siv Schrøder-Olsen geführt haben – am 26. April 1979.«

»Äh so?«

»Alles zu erklären, würde zu weit führen, aber es besteht eine gewisse Verbindung zum Tod von Tor Aslaksen.«

»Is der Aslaksen tot?«

»Ja. Ertrunken. Letzten Donnerstag.«

»Ich krieg hier im Busch nicht viel mit.« Er betrachtete schwermütig seine großen Arbeiterhände, die tatenlos dalagen, wie eine stillgelegte Fabrik. »Nachdem ich aufgehört hab, bin ich hier rausgezogen zu meiner Schwester, die Witwe war. Sie wohnt hier oben seit ihrem neunzehnten Jahr – komisch, daß sie nicht verrückt geworden is. Früher hat ja noch der Zug angehalten, jetzt braust er einfach vorbei. Wennde inne Stadt willst außer der Zeit, mußte den Bus nehmen, obwohls mit der Bahn nur ne halbe Stunde wär. Das nennen se umweltfreundliche Politik, die da oben!«

»Stimmt.«

»Der Aslaksen, war nicht auf'n Kopp gefallen. Ich und er, wir sind auf einer Seite gestanden, bei NORLON. – Weißte, was die Küken vorhatten?«

»Nein?«

»Paß auf. Ich war im Werk von Anfang an, als es 1949 losging, und wir haben ja die ganze Zeit mit der Schweinerei gearbeitet – Blausäure, und Schlimmeres! – Warum glaubst'n, daß ich hier lieg, keine Luft krieg, weil die Lungen wie Stein sin, und so morsche Knie, daß ich damit höchstens einmal am Tag bis zum Lokus komm?«

Seine Schwester trat ein und stellte eine Tasse Kaffee auf den Tisch neben mir. Die Untertasse klirrte leise beim Absetzen, und sie murmelte: »Beschwert er sich wieder? Wenn ich nicht gewesen wäre, er wäre längst im Pflegeheim.« Sie dämpfte ihre Stimme noch mehr. »Das ist das Gift, das er sein Lebtag eingeatmet hat. Es hat sich im Hirn festgesetzt –«

»Was murmelst du da, Margit?« brummte der Bruder vom Bett her. »Hör nicht auf sie, Veum. Total meschugge, das Weib!«

Sie verließ kopfschüttelnd den Raum und murmelte vor sich hin. Ich probierte den Kaffee. Er war dünner als der Psalmengesang auf der Jahresversammlung der Heidenmission, man konnte die Körner auf dem Tassengrund zählen. Ich kam bis fünf und gab auf.

»Anfangs, da ham'se das Gift einfach in den Fjord laufen lassen – direkt in den Vatlestraumen die ganze Scheiße. – Dann ham'se gemeint, es wär schlauer, es an Land zu lagern. Da ham'se 'nen alten Brunnen in der Nähe aufgefüllt, bis der fast übergelaufen wär. – Und weißte, was se dann gemacht haben?«

»Nein?«

»Dann ham'se den Brunnen jedes Mal, wenn er voll war, leergemacht und das Zeug in irgendwelche Moore gefahren, die ihnen gehören, draußen bei Breisten in Åsane!«

»Direkt ins Moor gekippt?«

»Haargenau! – Aslaksen war immer dagegen. Ich auch! – Aber was hättn wir tun solln? Die andern ham bestimmt, und wenn wir aufgemuckt hätten, was wär mit den Arbeitsplätzen passiert? Ich war immerhin Vertrauensmann. Mußte in erster Linie an die Männer denken...«

»Aber an diesem Abend, es war, glaube ich, ein Donnerstag, der 26. April 1979 – worum ist es da gegangen?«

»Ja, da kam so'n top-secret Bericht aufn Tisch, über Verschmutzung des Grundwassers draußen bei Breistein. Diese Gegend ist damals gerade attraktiv geworden. Als Bauland. Nun ham se das Ausleeren von dem Brunnen abgebrochen und eine Krisensitzung einberufen, um elf Uhr abends.«

»Wer hat an der Sitzung teilgenommen?«

»Tja, zu 'ner Sitzung is es ja nicht mehr gekommen, es wurde zum Rückzug geblasen, um es so auszudrücken, wie das mit dem Fräulein Schrøder-Olsen passiert is.«

Ich beugte mich vor. »Und wer war anwesend, als es passierte?«

»Wer da war? – Ich eben und Thomassen, aber der is auch tot. Dann the Schrøder-Olsen-Brothers, Trygve und Odin – tja, und der Aslaksen. Er ist als letzter gekommen, das weiß ich noch. Abgesehen von dem Alten natürlich, auf den wir gewartet ham – Schrøder-Olsen persönlich.«

»Augenblick. Während ihr da oben gewartet habt, hat da jemand von euch den Raum verlassen?«

»Verlassen? Nicht, daß ich wüßte. Aber nachher, da is ja so viel auf einmal passiert, daß... Aber ich glaubs nicht.«

»Kannst du dich erinnern, was geschah, als Schrøder-Olsen und seine Tochter kamen?«

Er überlegte. »Nein... Odin ist, glaub ich, am Fenster gestanden und hat Ausschau nach ihnen gehalten, und er hat uns auch Bescheid gesagt. Dann weiß ich nur noch, daß wir einen Schrei gehört ham und so'n Gepolter die Treppe runter, und alle sin auf und davon. Tja, wir sin nu hinterhergetappt, der Thomassen und ich. Aber da war's schon passiert. Sie ist bewußtlos dagelegen, später hat sich rausgestellt, daß das Genick gebrochen war, und es gab 'nen ziemlichen Aufstand. Mit Rettungswagen und so, und der Alte is mitgefahren. Von 'ner Sitzung war nicht mehr die Rede, an dem Abend. Und lang nachher auch nicht.«

»Hast du – eine Ahnung, was Siv an diesem Abend zugestoßen ist?«

»Zugestoßen? Hat nich aufgepaßt und ist die Treppe runter, die Ärmste. In so 'nem Fall hilft die dickste Brieftasche nix. Wennste fällst, dann fällste, aus welcher Schicht du auch kommst.«

»Gab es keine Hinweise auf eventuelle ungebetene Gäste?«

»Ungebetene Gäste? Diebe, meinste?«

»Ja?«

»Nee. Alles war verriegelt und verschlossen. Thomassen und ich haben zugesperrt beim Weggehen. Wir war'n die letzten, zusammen mit dem Aslaksen. Die Brüder sin ja auch gleich ins Krankenhaus.«

»Aber ein Nachtwächter war schon da?«

»Nicht zu der Zeit. Eine Wachgesellschaft hat regelmäßig die Runde gemacht, und da gabs 'ne Alarmanlage.«

»Die aber vielleicht abgeschaltet war, wegen der Sitzung?«

»Ja, das schon. Wir hamse beim Weggehen angemacht.«

»Aha. – Sonst noch was?«

Er schaute mich lange an. »Nee. Fehlt noch was? Ich hab meine Arbeit gemacht im Blausäuredunst, und jetzt lieg ich hier am Lebensabend, wie se im Bethaus sagen. Aber siehste irgendwo 'nen Engel, der mich beschützt? Kommt jemand vom Unternehmerverband vor Weihnachten mit 'ner milden Gabe? Hängt die Verdienstmedaille vom König an der Wand? – Nee. Ich lieg nur hier und vertrockne! Und bald wird's aus sein mit mir. Und wer wird dann 'ne Träne vergießen? Die Margit sicher nicht. Die wird erleichtert aufschnaufen und sagen: Gott sei Dank, er ist dahingegangen! – *Das* können se mir aufn Grabstein schreiben: *Gott sei Dank, er ist dahingegangen!*«

Ich lächelte leicht. »Harald Schrøder-Olsen sitzt im Rollstuhl.«

»Im Rollstuhl? Der Schrøder?« Er überlegte. »Aber ich nehm fast an, daß er sein Essen nicht im Plastiktopf von der Gemeindeschwester kriegt, und den Doktor braucht er bloß rufen. Er hat sicher 'nen eigenen Masseur, oder?«

»Jetzt nicht mehr. Aber er hatte.«

»Na? Was sag ich!«

Die Schwester kam herein. »Jetzt sind sie mit dem Essen da, Monrad.«

»Was gibt's denn heut? Marinierte Bettvorleger? In Spinatsoße?«

Sie warf mir einen entschuldigenden Blick zu. »Sie sind so nett, bringen dreimal die Woche das Essen – und das ist der Dank!«

Ich seufzte. »Na, dann will ich nicht länger stören. Vielen Dank auch für eure Hilfe.«

»Nichts zu danken!« ertönte es vom Bett. »Grüß den Schrøder und sag ihm, ich gönns ihm aus ganzem Herzen!«

»*Was* gönnen?«

»Den Rollstuhl, zum Henker! Den Rollstuhl!«

Ich schaute ihn noch mal an, als ich ging. Er war noch ein Stück weiter in den Kissen versunken, als würde er gleich endgültig darin verschwinden.

Die Schwester begleitete mich hinaus. Leise sagte sie: »Er ist nicht immer so. Sie müssen ihn aufgeregt haben. Manchmal ist er so guter Laune, daß er singt.«

Ich warf ihr einen skeptischen Blick zu. »Was denn? – *Der Sieg ist uns gewiß?*«

»Nein, inzwischen mehr *Es reckt sich ein Land in den ewigen Schnee.*«

Ich dankte für die Aufklärung und beendete den Besuch. Unten am Bahnhof brauste ein rotbrauner Zug durch mit 120 Stundenkilometern Richtung Bergen, als müsse er eine wichtige Depesche nach Trondheim befördern, darüber, daß die Stadtgrenze noch ein Stück weiter ausgeweitet wurde. Der Bürgermeister wird einen Zusammenbruch bekommen. Bergen wird nie mehr so sein, wie es mal war.

39

Draußen in Hilleren war die Situation unverändert. Die Demonstrantenkette hielt sonnenverbrannt die Stellung und wurde mit Flüssigkeit aus großen Plastikflaschen versorgt, zu trinken mit Hilfe von knickbaren Strohhalmen, wie die Fußballer bei einem WM-Spiel in der Pause vor der Verlängerung. Falls nicht schon das Elfmeterschießen bevorstand.

Die Gorillas an den Flanken beäugten mich mißtrauisch, als ich mich näherte, und mir war nur zu klar, was sie von mir hielten.

Ich ließ den Blick von Gesicht zu Gesicht wandern, ohne jemanden zu erkennen. Vibeke Farang war bei der Arbeit, und weder Håvard Hope noch Odin Schrøder-Olsen befanden sich in diesem Stadium des Konflikts in den Schützengräben.

Ich war voller Unruhe. Es gab zu viele lose Fäden, zu viele Etiketten ohne Bezeichnung.

Ich schaute hinunter zum Haupttor von NORLON, durch den Maschenzaun und auf den großen Vorplatz, auf dem immer noch das unheimliche Tankfahrzeug stand.

Bist du der Vater von dem kleinen Mädchen? hatte Siv mich gefragt, und vor zwei Tagen hatte sie mir anvertraut: *Ich habe Totto alles erzählt.* Totto war identisch mit Tor Aslaksen, und dieser hatte vor ziemlich genau einer Woche noch hier gearbeitet. Derselbe Tor Aslaksen, der ein Verhältnis mit Camilla Farangs Mutter gehabt hatte und vermutlich auch mit Lisbeth Finslo. Ein Mann mit dem Tod als Visitenkarte, so wie es aussah. Ein Mann mit dem Schicksal auf dem Gewissen. Ich hätte ihn gerne kennengelernt. Aber wie so oft schon im Leben war ich zu spät gekommen.

Meine angeborene Neugier zog mich hinunter zum Werkstor, zu den beiden Wachtmeistern und demselben Pförtner wie letztes Mal. Der Mann mit dem verunglückten Kartoffelzinken. Er schien mich sogar wiederzuerkennen.

Ich begrüßte ihn und fragte nach Ulrichsen.

»Nicht da. Is nach Hause.«

»Sonst jemand von der Verwaltung?«

»Schrøder-Olsen höchstpersönlich is noch da.«

»Können Sie ihn anrufen und ihm sagen, daß ich mich auf dem Weg zu ihm befinde? Mein Name ist Veum.«

»In Ordnung. So 'ne Fresse wie deine vergißt man nicht.« Er schloß auf, und ich überlegte, ob ich das Kompliment erwidern sollte.

Er öffnete das Tor einen Spalt, wobei er die Demonstrantenkette scharf im Auge behielt, und ich schlüpfte rein.«

Als ich auf den Eingang zu den Büros zusteuerte, sagte er hinter mir: »Ich ruf an und meld, daß de kommst.«

»Tu das«, erwiderte ich und sagte mir im stillen: *Und hör dir an, wie er das findet.*

Ohne weitere Reaktionen abzuwarten, ging ich die fünf Stufen hinauf zur Eingangstür, drückte die Klinke runter und trat ein.

Ich versuchte mir die Situation vorzustellen. – Ich war Siv, und mein Vater ist bereits vorausgegangen hinauf zum Konferenzraum. Zur Linken hatte ich die Tür mit der geriffelten Glasscheibe und dem Schild: PRODUKTION – LABOR. Natürlich hätte da jemand herauskommen können, aber da wäre sie noch nicht weit genug, um runterzufallen. Falls sie überhaupt gefallen war. Niemand hatte sie fallen *sehen*. Jemand hätte sie niedergeschlagen haben können, genau dort, wo sie liegen blieb. Andererseits: Ihr Vater hatte gehört, daß sie fiel, und sie hatte sicher von dem Sturz Schürfwunden oder Prellungen an Armen und Beinen. – Warum wurde die Sache nicht untersucht?! Es ist schon schwer genug, eine Vergangenheit zu rekonstruieren, die in Berichten vorliegt. Aber wenn es außer ungenauen Aussagen nichts gibt, erscheint der Versuch fast aussichtslos.

Ich stieg hinauf bis zum Treppenabsatz, von dem aus sie nach Meinung des Vater gefallen sein mußte. Zur Rechten hatte ich das hohe, zum Vorplatz zeigende Fenster und auf dem nächsten Absatz den Eingang zu den Büros.

Von dort hätte jemand heruntergerannt sein können, ohne sie zu bemerken, um ihr dann auf dem Absatz plötzlich zu begegnen. Sie hatte aufgeschrien, der Unbekannte hatte sie weggeschoben, sie hatte das Gleichgewicht verloren und... Ich schaute die Stufen hinunter... dunk-dunk-dunk-dunk!

Irgendwo über mir ging eine Tür, und ich hörte die Stimme von Trygve Schrøder-Olsen. »Hallo? Veum?«

Ich drehte den Kopf in seine Richtung. »Ja?«

»Was, zum Teufel, treibst du hier? Komm sofort rauf!«

»Vielen Dank für die Einladung«, murmelte ich und ging das letzte Stück hinauf.

Trygve Schrøder-Olsen stand oben in der Tür, die Hemdsärmel hochgekrempelt, die Krawatte gelöst und die Hände in die Seiten gestemmt. Er machte einen gereizten und gestreßten Eindruck, und die Frisur war ein bißchen aus der Fasson geraten – nicht viel, aber genug, um bei der Jahresversammlung der Aktionäre kommentiert zu werden. »Was erlaubst du dir? Hinterhältig am Pförtner vorbeischmuggeln! Ich habe ihm klare Anweisungen gegeben. Wenn du das noch mal versuchst, werden wir die Polizei bitten, dich zu entfernen.«

»Warum nicht lieber Blausäure nehmen? Die ist ungleich effektiver. Ist das der erwähnte Sitzungsraum?«

Er versperrte mir die Tür.

»Hast du etwas zu verbergen?« fragte ich. Ich blickte über seine Schulter und hinein durch die Tür. Ich sah nur Möbel aus Mahagoni, einen mit grünem Filz bezogenen Tisch und große Stöße Rechnungen und Papier. »Nicht abgeheftete Belege, was?« Die Wände waren mit einer Seidentapete in klassischem Muster überzogen, wie in Versailles oder einem anderen Einödhof. »Hier drinnen habt ihr gesessen, ist das richtig?«

Er machte eine resignierte Handbewegung. »Gesessen *wann* – und *wer*?«

»1979, an jenem Tag, als deine Schwester Siv hier so tragisch verunglückt ist.«

Ich weiß nicht, warum, aber an der Stelle schien ich seinen schwachen Punkt erwischt zu haben. Wie eine Stoffpuppe gab er den Weg frei und ließ mich rein. »Aber was hast denn du damit –«

Ich behielt die Initiative. »Ich habe am Dienstag mit deinem Vater gesprochen. Damit ich mir das Ganze vorstellen kann. Folgende Personen waren anwesend...«

Er schaute mich mißmutig an. »Anwesend? Bei der Sitzung?«

Ich fuhr fort: »Du, Odin, Tor Aslaksen, der Vertrauensmann – wie hieß er gleich wieder?«

»Thomassen.«

»Und Clausen, der Meister, stimmt das?«

Er schaute mich abweisend an.

»Und ihr habt auf den Chef gewartet, Harald Schrøder-Olsen.«

Er nickte stumm.

»Die Sitzung betraf –«

Er gab keine Antwort.

»Es war eine wichtige Angelegenheit, nicht wahr? Sehr wichtig?«

Er nickte.

»Was stand auf der Tagesordnung?« Ich machte eine Kopfbewegung zu den Fenstern, die hinaus zum Vorplatz gingen, zum Haupttor und der Demonstrantenkette davor. »Dasselbe wie heute? Wie den giftigen Abfall unter den Teppich kehren, kostengünstig und mit möglichst wenig Scherereien für den Betrieb?«

Er wurde rot. »Stimmt! Unter uns bestand ein Konflikt. Wir haben auf meinen Vater gewartet. Keiner wußte, für welche Seite er sich entscheiden würde.«

»Odin und du, ihr wart uneins, vermute ich.«

Er schaute mich triumphierend an. »Nein, stell dir vor, das waren wir nicht. Das war, *bevor* er seine Skrupel bekam. Odin und ich lagen auf gleicher Linie. Wer opponierte, war Tor – Tor Aslaksen, und er hatte Clausen für sich gewonnen. Thomassen dagegen war eher ein bedächtiger Mensch – er wartete ab.«

»Um es klar auszusprechen: Tor Aslaksen war für eine, sagen wir, mehr verantwortungsvolle Linie, gesellschaftlich betrachtet, während für dich und Odin der Profit Priorität hatte.«

Er schnitt eine Grimasse. »Wenn das so einfach gewesen wäre, Veum. Zu diesem Zeitpunkt – bestanden keine verantwortungsvollen Wege, den Abfall ohne einschneidende Konsequenzen für die finanzielle Lage des Betriebs loszuwerden. Wir haben über Möglichkeiten der Lagerung diskutiert. Jahrelang haben wir den alten Brunnen aufgefüllt – der sich unter dem Schachtdeckel mitten auf dem Parkplatz dort draußen befindet – und da gelagert. War der Brunnen voll, wurde er geleert – aber die Diskussion heute dreht sich ja darum, wo bringen wir das Zeug hin? – Damals... Wir hatten einen Bericht auf dem Tisch, streng vertraulich, über die Verschmutzung des Grundwassers in einem Gebiet, das wir damals als Hauptlagerplatz benutzten...«

»Auf Breistein in Åsane?«

»Das –« Er unterbrach sich selbst. »Wer hat dir das erzählt?« sagte er scharf.

Ich gab keine Antwort.

Er begegnete meinem Blick, wie sich zwei Autos in einer steilen Kehre treffen und eines ausweichen muß, um das andere vorbeizulassen. In diesem Fall war er es, der nachgab. Er schaute an mir vorbei, zur Ahnengalerie hinter mir. »Nun ja. Wir besaßen ein Areal – in dieser Gegend und hatten gewisse Bebauungspläne.«

»Die durch den vertraulichen Bericht verhindert wurden?«

Gut, wir mußten uns nach – äh – anderen Möglichkeiten umtun.«

»Und die waren –«

»Also, das hat nichts... Warum stellst du all diese Fragen, Veum? Die Leute dort draußen *wissen* darüber Bescheid. Du glaubst doch nicht, Odin hätte sie in Unkenntnis darüber gelassen? *Inside Information*«, sagte er mit einem bitteren Unterton.

»Damals stand er jedenfalls auf deiner Seite?«

»Sowohl Odin wie ich hatten führende Positionen im Werk. Dann hörte er auf und ließ mich allein mit...«

»Dem Bart im Briefkastenschlitz?«

»*Der Verantwortung!*«

»Okay. Aber dieser Tag, von dem ich sprach. Da kam es zu keiner Entscheidung.«

»Nein.« Er strich sich übers Gesicht. »Es herrschte eine gereizte Stimmung. Wir warteten auf meinen Vater. Er hatte einen Drink genommen, und Siv fuhr ihn. Sie hatte gerade den Führerschein gemacht und fuhr natürlich vorsichtiger als er gewöhnlich. Es dauerte also länger.«

»Und ihr habt inzwischen alle im Sitzungszimmer gesessen – die ganze Zeit?«

»Alle, die ganze Zeit, was meinst du damit? – Wir haben den Wagen gehört, als er kam, und Odin ging zum Fenster und stellte fest, daß sie es waren. – Jetzt kommen sie! sagte er. – Wir haben erleichtert aufgeatmet, aber dann hörten wir Siv unten im Treppenhaus schreien. – Ich weiß noch... Odin drehte sich zu mir, er stand immer noch am Fenster, und unsere Blicke begegneten sich. Er war leichenblaß. – Was, zum Teufel, war *das*? rief er, und wir rannten zur Tür. Und unten, am Fuß der Treppe, lag Siv. Seitdem ist sie...« Er machte eine weite Armbewegung. »Du weißt ja.«

»Aber genau das meine ich doch. Bevor das geschah, seid ihr alle hier oben versammelt gewesen. Keiner von euch hätte Siv treffen können und –«

»Nein, nein. Natürlich nicht. Wir waren alle zusammen hier oben. Außerdem wäre mir nie eingefallen, daß irgend jemand ihr was tun könnte. Es war ein Unfall. Sie stürzte – und schrie beim Fallen – das war alles. Es gab keine Hinweise auf einen Einbruch, keinen Hinweis, daß sich Unbefugte im Gelände aufgehalten hatten.«

»Aber dein Vater«, sagte ich nachdenklich. »Dein Vater war noch nicht oben. Er ist der unsichere, bewegliche Faktor in diesem Bild, nicht wahr?«

Er schaute mich schockiert an. »Was meinst du? Du willst doch wohl nicht andeuten, daß – das ist das Unerhörteste, was ich je...«

»Aber unmöglich ist es nicht, oder?«

»Doch, Veum! Genau das ist es – unmöglich. Menschlich gesehen unmöglich, unwahrscheinlich, unlogisch und, was es sonst noch an *Un*'s geben mag!«

»Unmenschlich?« murmelte ich.

Wir blieben stehen und starrten einander an. Schließlich sagte ich: »Und der Tagesordnungspunkt. Das Problem mit dem Abfall. Was ist daraus geworden?«

»Ein Schuß in den Ofen. Warum, meinst du wohl, hocken diese Typen da vor unserem Tor, Veum?«

»Demnach hat sich Tor Aslaksen mit seiner Auffassung nicht durchsetzen können – weder damals noch später?«

»Er wurde ja in diese andere Affäre hineingezogen. Das war ungefähr zur selben Zeit.«

»Welche andere Affäre? Sprichst du vom Fall Camilla?«

»Ja.«

»Deine Frau war ja eine Kollegin von Camillas Vater, Bård Farang. Habe ich gehört.«

»Bodil? Hast du gehört?« Er bemühte sich, ironisch zu klingen, es glich aber eher einer Bankrotterklärung. »Ich habe sie damals noch nicht gekannt. Das ist gut möglich.«

»Gut möglich? Sie hat sicher davon erzählt?«

»Wieso? Wir reden nie über das – was gewesen ist. Außerdem habe ich mich nie interessiert für – diese Art von Kriminalität.«

»Auch nicht auf der menschlichen Ebene?«

»Wie bitte?«

»Ach so, ihr habt ja keine Kinder, dann ist alles klar. Was ihr habt, sind Aktien. Ich habe vergessen, daß ich eine Stütze der Gesellschaft vor mir habe, tut mir leid.«

»Ich glaube, du verläßt jetzt schleunigst den Raum, Veum. Widrigenfalls muß ich den Pförtner anrufen, der dich dann mit Hilfe der Polizei entfernen wird.«

»Weißt du, was ich herausgefunden habe, Schrøder-Olsen? Daß die kleine Camilla Farang am selben Abend verschwand, an dem deiner Schwester der tragische Unfall widerfahren ist. Und ich bin darüber hinaus davon überzeugt, daß zwischen den beiden Ereignissen ein Zusammenhang besteht. Und nicht genug damit, glaube ich mit Bestimmtheit, daß dieser Zusammenhang eine Menge zu tun hat mit den Todesfällen von Tor Aslaksen und Lisbeth Finslo jetzt vor einer Woche.«

»Lisbeth Finslo?«

»Und diesen Zusammenhang gedenke ich herauszukriegen, und wenn ich nach Breistein in Åsane muß, um etwas zu finden. Kapiert?«

»Breistein in Åsane? Ich verstehe kein Wort, Veum.«

»Nicht?«

»Aber das eine sage ich dir...« Er hob die Stimme. »Du bewegst dich in gefährlichem Gelände. Treib es nicht zu weit, Veum.«

»Darf ich das als Drohung auffassen?«

»Das kannst du, verdammt noch mal, machen, wie du willst. Überleg es dir gut!«

Ich blickte mich um. Sitzungsräume bewirken so etwas bei manchen Menschen, verleihen Stärke und ein Rückgrat, um gegen andere Drohungen auszustoßen. Und solche Menschen sind selten ohne Macht. Ehe du dich versiehst, bist du bankrott.

»Und was Bodil betrifft...«

»Ja?«

»Nein. Ist unwichtig. Verschwinde, Veum – oder ich...« Er ging zum Telefon, das auf einem kleinen Tischchen in der Ecke stand.

Ich hob abwehrend die Hände und brach freiwillig auf.

An der Pforte stellte ich fest, daß der Pförtner sich nach wie vor an mein Gesicht erinnerte. Aber beim nächsten Mal würde ich nicht mehr reinkommen. Nicht ohne königliches Dekret, und selbst mit einem solchen nur unter Vorbehalt.

Ich marschierte an der Demonstrantenkette vorbei und blickte mich um. Oben beim grünen Feldherrnzelt saßen vier oder fünf Personen um einen Propangaskocher und eine Kaffeekanne, weiße Steingutbecher in den Händen. Einer von ihnen war Håvard Hope.

Als er meiner ansichtig wurde, stand er rasch auf und kam mir auf halbem Weg entgegen, als wolle er nicht, daß die anderen hörten, worüber wir sprachen.

»Was ist denn jetzt wieder los?« sagte er leise mit einer gewissen Gereiztheit in der Stimme.

»Ist Odin hier?«

»Nein. Worum geht's?«

»Weißt du, wo er ist?«

Er schaute auf die Uhr. »Um diese Zeit ist er höchstwahrscheinlich im Fitneßcenter anzutreffen. Wenn du dich beeilst. Er wird hier wieder gegen sechs erwartet.«

»Welches Fitneßcenter?«

Er verzog das Gesicht zu einem schiefen Grinsen. »Es heißt *Body & Soul* und liegt in der Nygårdsgate.«

»Aber auf Billie Holiday dürften sie sich dort kaum in der Werbung berufen.«

»Kaum.«

»Und das ist, wenn ich richtig verstanden habe, dieselbe Einrichtung, in der Vibeke Farang arbeitet?«

Er nickte. »Sie hört aber heute um vier auf.«

»Ich habe mit ihr nichts mehr zu besprechen. Jedenfalls heute nicht.«

»Zum Glück«, sagte er kurz.

»Was meinst du damit?«

»Daß es nicht gut für sie ist, wenn diese alten Geschichten immer wieder aufgewärmt werden. Sie kommt nie los davon.«

»Das dürfte gerade für derartige – Geschichten typisch sein. Daß man sie bis an sein Lebensende mit sich herumschleppt.«

»Mag sein. Trotzdem wird nichts besser, wenn ständig jemand von außen daherkommt und sie daran erinnert.«

»Ständig? War in letzter Zeit noch jemand bei ihr?«

Er zuckte die Schultern. »Dauernd taucht jemand auf. Journalisten, Schnüffler der verschiedensten Sorten und was weiß ich noch.«

»Kennst du Bård Farang?«

»Ich weiß, wer er ist.«

»Er ist auch aktiv in der Umweltbewegung. Er ist die ersten Tage hier draußen gewesen, hat er gesagt.«

Er wandte seinen Blick ab. »Aha. Wenn er das gesagt hat, wird es wohl stimmen.«

Ich sah ihn forschend an. »Du und sie, ihr seid –?«

Er tat, als hätte er nicht verstanden. »Wenn du also Odin treffen willst, würde ich dir empfehlen, jetzt loszufahren. Sofort.« Er nickte kurz, wandte mir den Rücken zu und ging zu den anderen Demonstranten zurück, die ihre Köpfe zusammengesteckt hatten und in meine Richtung linsten, als wäre ich ein Staudammbauer oder noch Schlimmeres.

40

Ein Fitneßcenter in der Nygårdsgate zu betreiben, in der garantiert abgasverseuchtesten Verkehrsader Bergens, klingt wie ein Einfall der Ironie des Schicksals. Allerdings gab es die Einrichtung schon zu einer Zeit, als der Autoverkehr noch nicht derart luftverpestend war.

Gesundheit und Schönheit war eines der ersten Gesundheits-Institute in der Stadt, wie es damals hieß, als man sich noch mit norwegischen Firmennamen begnügte. Zu Beginn der achtziger Jahre in Verbindung mit der neuen Welle der Körperertüchtigung, wie sie mit Jane Fonda als der Schutzheiligen über den Atlantik geschwappt kam, änderte es Namen und Charakter zu dem zeitgemäßen *Body & Soul*.

Über diese Namensänderung könnte man lange philosophieren. Einerseits war *body* wesentlich konkreter als *Gesundheit*. Umgekehrt war *soul* womöglich noch schwerer zu definieren als *Schönheit* und entschieden esoterischer. Eines traf jedenfalls zu: In der Eingangshalle *hingen* keine Bilder von Billie Holiday.

Große violette Buchstaben auf breiten Glastüren verrieten mir, wo sich die Firma befand. Ich folgte dem Duft von stark parfümiertem Shampoo hinauf in den ersten Stock, wo sich mir hinter einer neuen, doppelten Glastür der mit einer Cafeteria kombinierte Empfang offenbarte.

Die Tische der Cafeteria waren rund, weiß und aus Plastik, ebenso wie die dazu passenden, sitzfreundlichen Stühle. Auf einer Anrichte standen große Thermoskannen mit Tee und Kaffee. Eine Kühlvitrine bot Mineralwasser und verschiedene Salate an, außerdem aufgeschnittene Vollkornbrötchen mit Käse und Salat oder Schinken und Ei. An den Wänden hingen hinter ungerahmten Glasplatten große pastellfarbene Plakate von Aerobic-Athleten in engen Trikots. Um die Tische saßen eine Handvoll mehr oder minder geglückter Nachbildungen.

Alle waren sie bemüht zufällig angezogen, das passende Stirnband zum farbenprächtigen Trikot, das so knapp anlag, daß einige es vorgezogen hatten, sich ein Frotteehandtuch um die Hüfte zu schlingen, um zu verbergen, daß es noch ein gutes Stück hin war zu den Vorbildern an den Wänden. Die meisten waren sehr jung: meiner Meinung nach zu jung, um schon in geschlossenen Räumen zu trainieren. Aber in meinem Alter stand mir dazu keine Meinung zu. Zwischen ihnen und mir lagen fast zwei Generationen Hallentraining, und Marathonläufer waren in diesen Kreisen vermutlich ebenso passé, wie Elvis Presley.

Nichtsdestoweniger wurde ich von der Empfangsdame mit einem zuvorkommenden Lächeln bedacht. Die junge Frau, die hinter ihrer Theke saß, würde vermutlich mit weniger Schminke im Gesicht gesünder aussehen. Wieviel *soul* sie besaß, wußte ich nicht, aber ihr *body* war unübersehbar, wies eindrucksvolle Proportionen auf.

Sie trug ein enges weißes T-Shirt mit dem Firmenemblem in violetten Pastellfarben dekorativ auf den Brüsten verteilt: *Soul* wölbte sich auf der einen, *Body* auf der andern. Um die Mitte hatte sie einen schmalen schwarzen Ledergürtel, um aller Welt zu beweisen, wie schlank und rank sie gerade da war, während die enge türkise Leggins in dem seidenfeuchten *Look*, wie ihn alle bevorzugten, kein Hautfältchen der Phantasie überließ, obwohl sie keine solchen *hatte*.

»Und womit kann ich dir helfen?« schnurrte sie freundlich.

»Da würde mir eine Menge einfallen.«

Das Lächeln wurde eine Idee steifer. »Möchtest du vielleicht eine Probestunde?«

Ich widerstand der Versuchung. »Heute nicht. Eigentlich wollte ich mich nur mit einem treffen, der hier trainiert. Odin Schrøder-Olsen. Ist er noch hier?«

»Odin, ja.« Sie richtete ihren Blick auf das aufgeschlagene Terminbuch, das sie vor sich liegen hatte. »Aber er ist jetzt sicher in der Sauna. Wenn du dich setzen willst, in zirka zehn Minuten wird er draußen sein.« Sie machte eine Kopfbewegung zur Anrichte. »Falls du auf etwas Lust hast, es ist Selbstbedienung. An der Wand hängt die Preisliste, und du zahlst hier bei mir.«

»Praktisch«, sagte ich und bedankte mich für das Angebot.

Ich hatte tatsächlich Hunger. Ich holte mir Salat, eine Flasche Farris und eine Tasse Kaffee, bezahlte und suchte mir einen Platz an einem leeren Tisch.

Die Sportsfreunde übersahen mich entweder völlig oder musterten mich von oben herab, als wäre ihnen schleierhaft, wo ich denn *dieses* Trainingshabit erstanden hatte. Den meisten standen Schweißperlen auf der Stirn, und ihre Trikots zierten feuchte Flekken, aber vermutlich nicht deshalb, weil ich sie nervös machte. Die Innentemperatur, kombiniert mit der draußen, ließ bereits das Führen der Kaffeetasse zum Mund zu einer schweißtreibenden Angelegenheit werden.

Über eine unsichtbare Anlage rieselten Trimmrhythmen in den Raum, und durch zwei kreisrunde Fenster in einer rotlackierten Schwingtür sah man in regelmäßigen Zwischenräumen der Fitneß huldigende Wesen vorbeihuschen, wie Tänzer im Eisballett in zu hohem Tempo. Ich erwartete, sie bei nächster Gelegenheit gegen die Bande krachen zu hören, aber das einzige Geräusch, das ich vernahm, war das rhythmische Klacken der Trimm-dich-Geräte, Gummisohlen, die auf dem Boden landeten, und an Federn hängende Gewichte, die zu schnell zurücksprangen.

Als ich den Salat gegessen, das Farris getrunken und die Kaffeetasse geleert hatte, ging ich wieder rüber zur Donna an der Theke und fragte, ob sie sicher sei, daß Odin wirklich da *war*.

»Natürlich. Er geht nie ohne seine Tasse Tee. Unterhält sich mit den Leuten.«

»Arbeitest du schon lange hier?«

»Nee. Aber ich habe einige Jahre hier trainiert.«

»Und was war das für ein Training?«

»Karate«, sagte sie und schaute mich an, als wolle sie sehen, ob ich Lust hätte, auszuprobieren, wie gut sie war.

»Kennst du Vibeke Farang?«
»Klar. Du auch?«
Ich nickte.
»Sie steht mehr auf Bodybuilding.«
Steht mehr auf. Ich würde nie aufhören, mich über die Formulierungskünste der neuen Generation zu wundern. Ebenso wie ich gerne gewußt hätte, was sie veranlaßt hatte, sich dem Training, das sie machten, hinzugeben.
»Da kommt er. – Odin! Da ist einer, der mit dir reden will.«
Die rote Schwingtüre schlug hinter ihm zu, und Odin Schrøder-Olsen beschrieb eine Kurve von der Anrichte hin zu mir. Er strich sich den feuchten Haarschopf aus der Stirn, trocknete sich leicht das Gesicht mit einem nassen Handtuch und grinste sein mit Tau benetztes Bubenlächeln. »Veum? Immer auf der Lauer?«
»Ich möchte gerne einiges mit dir besprechen.«
»Dann komm. Wir setzen uns hier rüber.«
Er holte sich Tee, ich goß mir noch eine Tasse Kaffee ein, und wir nahmen an dem Tisch Platz, an dem ich vorher gesessen hatte.
Die anderen Gäste grüßten Odin freundlich. Einige von ihnen nickten sogar mir zu. Nun, nachdem sich herausgestellt hatte, daß ich *einen der Ihren* kannte...
Er legte seine Brille auf den Tisch und fuhr sich mit dem Kamm durch das kurze, dunkle Haar, das von Dusche und Sauna noch feucht war. »Untersuchst du immer noch die Umstände von Tors Tod?«
»Nein. Die Polizei hat ein Verbot verhängt. Ich darf mich nicht mehr damit befassen.«
»Ni-hicht? – Und warum kommst du dann zu mir?«
»Nun, um mich genauer auszudrücken, so ist mir untersagt, die Umstände seines – oder des Todes seiner Freundin zu untersuchen.«
»Seiner Freundin? Ist sie auch tot?«
Ich nickte. »Was ich aber untersuchen *darf*, ist die Rolle, die er

in der als Fall Camilla bekannt gewordenen Angelegenheit spielte.«

»Der Fall Camilla?«

»Ja, du erinnerst dich daran?«

»Jaja. Natürlich. Aber ich glaube nicht, daß ich dir hier behilflich sein kann.«

»Du kennst doch Bård Farang?«

»Bård Farang – ja richtig... er macht bei uns mit, ab und zu. Aber er wohnt nicht – er wohnt irgendwo anders, drinnen beim...«

»Hardanger. Ich habe mit ihm gesprochen. Wußtest du, daß er Camillas Vater war?«

»Nein. Davon hatte ich keine Ahnung. Aber ich habe, ehrlich gesagt, auch nicht weiter mit ihm gesprochen. Er gehört nicht gerade zum harten Kern, und die Bewegung ist mittlerweile ziemlich groß geworden.«

»Er hat aber vorigen Donnerstag und Freitag mitgemacht, so wie er behauptet.«

»Ja? – Das kann schon sein.«

»Hast du ihn gesehen?«

Er formte noch mal den Namen. »Bård Farang, Bård Farang? Ehrlich gesagt, Veum, ich bin mir nicht sicher.«

»Deines Wissens könnte er also der Aktion durchaus einige Stunden ferngeblieben sein, zum Beispiel vorigen Donnerstag.«

»Am ersten Tag der Aktion? Da ist so viel passiert, es war das pure Chaos, jeder hätte an dem Tag an- oder abwesend sein können.«

»Hm. Vibeke kennst du aber besser, seine Verflossene?«

»Vibeke – äh...«

»Sie arbeitet *hier* und ist, soviel ich verstanden habe, in gewisser Weise liiert mit deinem Unterführer, Håvard Hope.«

»Ach ja. Diese Vibeke. Ja genau, sie heißt Farang.«

»Camillas Mutter«, sagte ich.

»Weißt du, Veum, davon hatte ich wirklich keine Ahnung. Ich

glaube... Mein Interesse konzentriert sich jetzt seit Jahren auf die Umweltproblematik und was dazugehört, alles andere habe ich gewissermaßen weggeschoben.« Er lächelte offenherzig. »Es gibt trotz allem Grenzen, wieviel selbst ein so intelligenter Mensch wie ich überblicken kann.«

»Dann erzähl von dem Gift.«

»Welchem Gift?«

»Das Gift von NORLON. Und deinem Verhältnis dazu.«

»Das ist eine lange Geschichte.«

»Ich habe Zeit.«

»Davon habe ich nicht so viel.«

»Soviel ich weiß, warst du früher mal auf der anderen Seite des Zaunes?«

»Der Apfel fällt nicht weit vom Stamm, bis dir jemand einen Tritt versetzt.«

»Stimmt. – Und wer hat dir einen Tritt versetzt?«

Er nahm einen Schluck Tee. »Um es kurz zu machen, Veum. NORLON hatte seit jeher Giftmüll produziert. Es wird künstliche Polyacrylfaser hergestellt, auf der Basis von Acetylen und Blausäure. Nicht viel Abfall. Aber genug, um Schwierigkeiten hervorzurufen. Auf lange Sicht.«

»Und diese Schwierigkeit wurde in einem Brunnen auf dem Werksgelände deponiert, ist das richtig?«

»Davon *weißt* du also schon. – Ja, das stimmt. Mein Vater war sich dieser Schwierigkeit durchaus bewußt. Er war da seiner Zeit weit voraus. Die Fabrik wurde auf dem Grundstück eines alten Bauernhofes errichtet. Geht man zurück bis ins Mittelalter, gehörte es möglicherweise einmal zum Munkeliv Kloster. Es gab jedenfalls auf dem Gelände einen natürlichen Brunnen. Von großer Tiefe. Dieser wurde unten mit Beton abgedichtet und jahrelang als Abfallgrube benützt.«

»Hundert Prozent dicht?«

»Es läßt sich nichts Gegenteiliges feststellen. Doch Ende der sechziger Jahre war die Grube ganz einfach voll. Und da wurde der

Entschluß gefaßt, sie auszuleeren und den Inhalt an einem anderen Ort zu deponieren. Und das wurde später wiederholt, sooft es nötig war.«

»Und dieser andere Ort, das war...«

»Nun... Ich weiß nicht, ob ich –«

»Breistein in Åsane?«

»Das weißt du also auch?«

»Ich habe Gerüchte gehört.«

»Mein Vater besaß dort ein größeres Stück Land.«

»Und gab es dort auch einen stillgelegten Brunnen?«

»Nein. Aber ein Moor.«

»Ein Moor. Aha. Da konnte man den Abfall hinkarren und reinkippen?«

»Ja.«

»Ich dachte, du sagtest, dein Vater sei seiner Zeit vorausgewesen.«

»Ja schon, das war ja auch am Ende seiner... Trygve hat im selben Herbst, als Vater aufhörte, übernommen.«

»Vielleicht als Folge eines Konflikts?«

»Ja.«

»Du gehörtest doch zu dieser Zeit zur Firmenleitung?«

»Ja, aber – nicht lange. Eine Begleiterscheinung genau dieses Konflikts war meine – nun, ökologische Bekehrung.«

»Und worin bestand der Konflikt?«

Er runzelte die Stirn. »Nun, zum Transport des Abfalls brauchten wir einen Tankwagen, so einen, wie er jetzt vollbeladen vor der Fabrik steht. Technisch gesehen war es kein Problem. Wir öffneten den Grubendeckel auf dem Brunnen, pumpten das Zeug raus, fuhren es nach Åsane und weg damit. Weil wir wußten, daß das nicht so ganz in Ordnung war, erledigten wir es nach Feierabend. Ein paar eingeweihte Arbeiter halfen, Trygve und ich waren selbst dabei, Tor...«

»Ich fange an zu verstehen, warum Führungskräfte so hohe Löhne bekommen. Habt ihr auch Schmutzzulage gekriegt?«

»Aber dann, im Frühjahr 1979, entstand dieser Konflikt, weil mein Vater sich vorgenommen hatte, das Gelände da draußen zu verkaufen. Åsane wurde als Bauland erschlossen, und der Quadratmeterpreis stieg gewaltig. Tor war es, der die Frage stellte: Und was ist mit dem Grundwasser?«

»Diese Frage deinem Vater stellte?«

»Trygve und mir! Wir schlugen vor, das Ganze stillschweigend zu übergehen, aber Tor schlug mit der Faust auf den Tisch und sagte: In dem Fall bringe ich es an die Öffentlichkeit. – Wir waren gezwungen... Es wurde die Sitzung einberufen, spät abends. Clausen und Thomassen waren mit der Leerung der Grube beschäftigt, als Tor kam und sie stoppte. Es kam zu einem gewaltigen Krach und endete damit, daß wir meinen Vater hinzuziehen mußten. Aber da – geschah etwas anderes.«

»Der Unfall mit Siv?«

Er schaute mich erstaunt an. »Genau. – Dadurch wurde alles vereitelt. Wir schlossen den Deckel wieder und hatten genug zu tun, damit fertig zu werden. Tor wurde ebensowenig verschont.«

»Du denkst an den Fall Camilla?«

»Richtig.«

»Und du hast dich zurückgezogen?«

»Ja. Ich hatte einige heftige Auseinandersetzungen mit Tor, und wir wurden danach nie mehr so richtige Freunde. Ich verstand ja, daß er recht hatte und zog die Konsequenzen. Machte einen Schlußstrich.«

»Während er blieb, bei NORLON.«

»Er dachte wohl, auf diese Weise die Situation am besten kontrollieren zu können.«

»Das Verhältnis zwischen Trygve und ihm kann nicht sonderlich gut gewesen sein?«

»Daran gewöhnt man sich. In der Wirtschaft sind solche Konflikte normal.«

»Und wie steht es mit – Trygves Frau?«

»Bodil? Was ist mit ihr?«

»War etwas zwischen ihr und Tor Aslaksen?«

Er lächelte streng. »Da habe ich wirklich keine Ahnung, Veum. Ich habe es so aufgefaßt, daß –«

»Nur in Anknüpfung an andere Ereignisse. Wie den Fall Camilla.«

»Jetzt verstehe ich dich nicht ganz.«

»Womit wir dieses Gespräch eigentlich begannen, erinnerst du dich?«

»Ach so, ja –«

»Und Camilla Farang verschwand an genau demselben Tag, an dem sich dieses andere ereignete.«

»Dieses andere...«

»Mit Siv. – Sag mal, wäre dein Vater imstande – Siv etwas anzutun?«

»Mein Vater? Siv etwas antun? Du meinst doch nicht – welche Veranlassung sollte *er* haben?«

»Welche Veranlassung sollten *andere* haben? – Was ist an jenem Abend draußen bei NORLON geschehen, Odin?«

»Geschehen? Da darfst du mich nicht fragen!«

»Aber du warst doch anwesend?«

»Nicht unten im Treppenhaus.«

»Nein, denn dort befand sich nur dein Vater! Und Siv.«

Er fuhr sich über die Augen, setzte die Brille auf, warf einen Blick auf die Uhr und erhob sich. »Tut mir leid, Veum, man erwartet mich draußen in Hilleren.« Er lächelte entschuldigend. »Stabsbesprechung.«

Ich erhob mich. »Denk nach über das, worüber wir gesprochen haben. Denk darüber nach, ob du vielleicht etwas vergessen hast, etwas weit hinten in der Erinnerung, weggeschoben, daß man es kaum mehr findet.«

Er schaute mich prüfend an. »Ja? – Okay. Ich werde tun, was ich kann. Bezweifle aber, ob etwas zum Vorschein kommt.«

»Denk daran wie an Giftmüll, unerlaubterweise gelagert an einem Ort, den nur du kennst. Vielleicht hilft das zur Inspiration.«

»Vielleicht, Veum.«

Wir gingen denselben Weg.

»Kommst du morgen wieder?« zwitscherte die Dame hinter der Theke Odin zu.

»Selber Ort, selbe Zeit«, erwiderte er.

Mich fragte sie nicht. Ich notierte mir das auf ihr Schuldenkonto für den Tag des Gerichts. An ihrem Körper gab es nichts auszusetzen. Doch ihre Seele hatte sicher einige Flecken. Und *mich* würde sie nicht dazu einladen, selbige abzuwaschen.

In der Nygårdsgate trennten sich unsere Wege. Ich ging über die Straße zum Parkplatz vor der Grieg-Halle. Er ging Richtung Bygarasjen, aber kaum, um von dort den Bus zu nehmen. Er würde garantiert seinen VW ohne Kat holen, als sei das Sammeln von Antiquitäten Teil seines Umweltengagements.

41

Breistein liegt auf der Schattenseite von Åsane, von alters her ein armer Landstrich, wo das größte Vergnügen darin bestanden hat, die Sonne von Osterøy drüben jenseits des Fjords scheinen zu sehen. In neuerer Zeit konnte man die Fähre nach Valestrandsfossen nehmen und die Sonne auf der Flucht erwischen. Früher mußten sich die Bewohner mit ein bißchen Fischfang und einem kargen Anbau von Getreide und Kartoffeln begnügen.

Nach wie vor gehörte Breistein zu den am dünnsten besiedelten Teilen von Åsane. Ich fuhr an der neuen Trabrennanlage bei Haukås vorbei und folgte der Straße durch dunkles Kieferngehölz hinunter zum Fjord. Ich hatte den Fähranlegeplatz schon hinter mir, als ich oben in der Wiese das große Schild entdeckte, den Wagen am Rand der schmalen Straße parkte und ausstieg, um die Gegend näher in Augenschein zu nehmen.

Die Bauarbeiten befanden sich noch in einem frühen Stadium. Zwei große gelbe Bulldozer waren mit einem ersten Aushub beschäftigt, doch ihre Benützer hatten längst Feierabend gemacht. Das Gebiet hinter dem provisorischen Maschenzaun lag verlassen da und auf dem Schild des versperrten Tores hing ein Schild mit der Botschaft: BAUARBEITEN – BETRETEN VERBOTEN.

Letzteres hatte ich auch gar nicht vor. Der Eindruck, den ich bei einem Blick durch den Zaun gewann, war mehr als ausreichend. Doch die nützlichste Information erhielt ich von dem großen Schild, das erklärte, was geplant war. *Hier baut* A/S MILJØBO *neue, umweltfreundliche Wohnungen zu erschwinglichem Preis. Wer Interesse hat: Sofort anrufen...*

Ich notierte mir die Telefonnummer, die ich wählen konnte, falls ich eine Wohnung brauchte, ohne daß mir das viel sagte. Aber dann erinnerte ich mich, in welchem Zusammenhang ich kürzlich von Breistein in Åsane gelesen hatte. Wenn ich mich nicht sehr irrte, war es in einer der Freitagzeitungen, wo MILJØBO als Anhängsel der Umweltbewegung Grüne Erde erwähnt wurde...

Das war jedenfalls eine Sache, die Odin Schrøder-Olsen vergessen hatte, mir zu erzählen.

Mit tief gerunzelter Stirn fuhr ich wieder in die Stadt zurück.

Einer der hellsten Tage dieses Jahres neigte sich dem Ende zu. Draußen über Askøy hing die Abendsonne wie eine Goldmedaille, kollektiv verliehen für lange und treue Dienste. In den Wirtsgärten schäumte es weiß um die Münder an den Biergläsern, bevor der große Schluck seine Bestimmung fand. Auf den Trottoirs flanierten Leute paarweise oder in Gruppen, gemächlich wie Lemminge auf Valiumkur. Wenn es einen Menschen in der Stadt gab, der freiwillig zu Bett ging, dann nur, weil er Gesellschaft hatte.

Ich parkte beim Gemüsemarkt, überquerte die Straße und ging hinauf in mein Büro.

Beim Aufsperren der Tür zum Wartezimmer hätte die Art, wie sich der Schlüssel drehte, bei mir sämtliche Alarmglocken in Funktion setzen müssen. Aber wahrscheinlich war auch ich von dem Sommerabend betäubt. Oder aber die Tagesereignisse lagen in zu vielen Schichten auf meiner Aufmerksamkeit.

Sie kamen hinter der Tür vor, Gesichtsmasken über den Kopf gestülpt. Das war das einzig Gemeinsame an ihnen. Der, der mich am Arm packte und ihn mit einer schnellen Bewegung auf den Rücken drehte, war kräftig und breitbeinig, hatte Jeans an, blaues T-Shirt und eine leichte rote Freizeitjacke. Der im Hintergrund trug eine elegante, helle Hose, einen beigen Staubmantel und eine unempfindliche Magenpartie. Ein breiter roter Schlips hing unter der Gesichtsmaske heraus wie eine lange Zunge.

Ich drehte mich halb um, unsicher, was sie im Schilde führten, als ein gezielter Schlag seitlich an meinen Hals in ein paar armseligen Sekunden den Sommer zum Winter werden ließ und den Abend zur Nacht.

Ich hätte Meteorologe werden sollen. Oder hätte die Wettermeldungen besser lesen sollen. Jetzt fiel der Luftdruck so rasch, daß ich ohnmächtig wurde. Doch jemand hielt mich aufrecht, mit starken Fäusten. Jemand, der mehr mit mir vorhatte als nur ein einfaches K. o. Jemand, der etwas wollte.

42

Als ich erwachte, saß ich auf einem Stuhl, geknebelt und gefesselt und mit einer engen, dunklen Binde vor den Augen.

Ich bewegte vorsichtig den Kopf. Es schmerzte im Nacken.

Ich versuchte es mit den Armen. Sie waren an den Gelenken zusammengebunden, hinter der Stuhllehne.

Ich prüfte die Beine. Sie waren am Stuhl befestigt.

Ich saß festgeschnallt wie ein Astronaut, ohne zu wissen, wohin die Reise ging. Ich war mir allerdings sicher, daß sie nicht angenehm werden würde. Der Seegang war bereits beträchtlich.

»Er is wach«, erklang es roh und rostig wie eine Stimme aus Alteisen.

Hinter mir hörte ich, wie sich eine Blechschublade langsam schloß. »Ein interessantes Archiv hast du da, Veum«, sagte jemand. Es war eine auffallende Stimme, pastorenhaft, mit einem etwas verfeinerten Stavanger-Tonfall. »Ich könnte es gut gebrauchen.« Ich hörte das Geräusch von Papier, das in großer Menge auf dem Boden landete. »Wenn ich sonst nichts zu tun hätte.«

Ich grunzte, immer noch groggy von dem brutalen Nackenschlag. »Und man erzählt, du sollst recht schlagfertig sein, Veum.«

»Gerüchte«, murmelte ich hinter der gekochten Kartoffel, die jemand in meinen Mund gestopft haben mußte.

»Schnauze!« sagte die Alteisenstimme kurz und bündig.

»Was wollt ihr von mir?«

»Wie ich höre, hast du das Saufen aufgegeben, Veum«, sagte der Pastor.

»Ahso? Die AA schaut rein, um zu kontrollieren?«

Keine Antwort, aber mein Gehör nahm etwas anderes wahr. Das Geräusch eines Schraubkorkens, der abgedreht wurde.

In meiner Mundhöhle wurde es trocken. »Paßt auf, wir können doch miteinander reden, wenn ihr mir sagt, was ihr *wollt?*«

»Ziemlich heiß zur Zeit, was, Veum?«

Ich biß die Zähne zusammen.

»Du schwitzt jedenfalls.«

Ja, mir brach der kalte Schweiß aus.

»Lust auf einen Drink?«

Ja! – Mehr als je zuvor – Nein! Nicht mit Antabus im System.

»Welcome to the party, Veum.«

Sie hielten den Flaschenhals an meine Lippen. Der Geruch von billigem Fusel biß mir in die Nase. Ein akutes Unbehagen stieg in mir auf, eine intensive Übelkeit, und die Wüstenbildung in meinem Mund nahm katastrophale Formen an.

»Ihr könnt mich doch nicht... zwingen?«

»Nicht?« Der Pastor war jetzt nähergekommen. Ich spürte seine Finger in meinen Haaren, als er meinen Kopf nach hinten zog und meinen Schlund öffnete. »Du kannst es dir aussuchen, wie du es willst. Mit oder ohne Zähne. – Aber eines kannst du nicht.« Er flüsterte es beinahe, mit einem kargen Lächeln in der Stimme. »Du kannst uns nicht hindern.«

Ich überlegte mir, wie er aussehen mochte. Die Stimme würde ich niemals vergessen, aber ich wollte wissen, wie er aussah, wer er war und wo er wohnte, damit ich ihn besuchen und über seinem Bett spuken konnte, wenn er auf seinem Kopfkissen lag und von der Gestapo träumte.

Er drückte meinen Kopf noch ein Stück nach hinten.

Ich versuchte, das Gesicht wegzudrehen, aber die Scharniere im Nacken waren festgerostet. Ich wollte die Lippen zusammenpressen, aber der Mann, der vor mir stand, drückte den Flaschenhals so stark, daß meine Vorderzähne schmerzten.

Mit einem Keuchen öffnete ich den Mund, um Luft zu schnappen. Die Mundhöhle füllte sich mit Alkohol. Ein gezielter Magenschwinger bewirkte, daß ich tief einatmete und die brennende Flüssigkeit in einem tiefen Schluck runtergezogen wurde.

Eine lähmende Resignation packte mich. Beim nächsten Schluck war der Widerstand geringer. Die Mengen waren zu groß, und in der Speiseröhre brannte es wie Lynol, und Magen und Eingeweide wanden sich in Krämpfen.

»Was *wollt* ihr denn überhaupt?« krächzte ich.

»Laß es ein bißchen wirken«, sagte der Pastor über meinem Kopf, und der Flaschenhals verschwand.

»Jetzt werd ich mir selbst mal einen genehmigen«, schnarrte es vor mir.

»Nicht zuviel.«

»Nein, nein.«

Ich hörte im Hinterkopf die Stimme des Oberarztes von Hjellestad: *Antabus wirkt hemmend auf den Abbau von Acetaldehyd im Körper, so daß die Konzentration dieses Stoffes dir eine Reihe von unangenehmen Symptomen beschert. Ich würde dir dringend davon abraten, es auszuprobieren, Veum... dringend davon abrat... drrr... abbbr...*

»Er schläft!«

»Dann sorg dafür, daß er wieder aufwacht.«

Eine geübte Hand klatschte mir ins Gesicht, mit der flachen Hand von rechts, dann von links und umgekehrt.

Mein Körper zuckte. Ich murmelte: »Nicht... ich habe Antab...«

Es war wie beim Zahnarzt. Der Kopf wieder nach hinten, Maul auf, etwas, was du nicht mochtest, hinein, glp, glp, glp!

Ich spürte, wie mir der Fusel über Kinn und Hals lief und rein ins Hemd. Ich war lebendiges Aas, das die Geier bereits mit ihren Schnäbeln bearbeiteten. Ich stank nach Tod und Verwesung.

»Hörst du mich, Veum?« flüsterte es boshaft in mein Ohr. Ich nickte und murmelte etwas, das ich selbst nicht verstand.

»Dich erwartet eine Hölle, weißt du das?«

Ich nickte wieder, schweigend. Ich hatte Tränen in den Augen, aber die straffe Binde hielt sie zurück.

»Das ist noch gar nichts gegen das, was dir blüht, wenn du nicht bald siehst, daß du Land gewinnst, klar?«

»L... ge... wo denn?« brachte ich heraus.

»Weg von dem ganzen Dreck, in dem du ständig herumwühlst! Kapiert?«

»M-m-m... das ist kein... ich ver – verstehe nicht... wer von den dreien...«

»Zur Sicherheit, Veum, ein Rat von mir. Und er ist gut gemeint. – Mach Urlaub, tauch unter, sieh zu, daß du Land gewinnst!«

»Uh f-f-f... Seid i-hir von der Po-Polizei?« lallte ich.

»Er ist immer noch witzig, Fred. Hau ihm noch eine rein.«

»Nein! Nein...«

Der Schlag kam, daß mein ganzer Körper sang. *Fred.* Das durfte ich nicht vergessen. *Fred ist nicht der Schlimmste.* Eher umgekehrt.

Ich war krank. Todkrank. Meine Haut war heiß und trocken, das Herz pochte wie ein Janitscharenorchester auf Tournee mit einer Dampfwalze, ich hatte Atembeschwerden, war verschmutzt wie der Sørfjord kurz vor dem Umkippen wegen des Aluminiums.

Mein Kopf wackelte und schwankte. Jeden Moment konnte ich in Ohnmacht fallen. Es war ein Gefühl wie die Pest im Muskelgewebe: die schleichende, todbringende Pest. Ich war krank, sterbenskrank.

»Beim nächsten Mal liest du deine eigene Todesanzeige zum Frühstück, kapiert?«

Ka-ppp-iert! Ich brachte es nicht heraus, aber ich nickte.

Frühstück? Kein Frühstück in so einem Augenblick! Mutter, gib mir die Sahne. Fred ist nicht der Schlimmste, das ist der Pastor. – Ich würde nichts vergessen. Nichts vergessen, nichts vergessen.

Waffelherzen und abgenutztes Linoleum. Staubflocken wie Straußenfedern. Froschperspektive an den Bodenleisten entlang. Erwachen zu einem Sturm. Die Augen sind offen, die Binde weg. Die Arme Spaghetti, die Beine hängen noch am Stuhl fest.

Beim nächsten Mal Todesanzeige. Land gewinnen, untertauchen.

Tiefer runter konnte ich nicht. Dazu müßten sie mich erst begraben.

43

Ich lag bäuchlings am Boden, der Stuhl auf mir. Es dauerte etwa drei Jahrhunderte, die Knoten des Seils, die mich an ihn fesselten, zu lösen. Vom Stuhl bis rüber zum Schreibtisch waren es mindestens vierzig Kilometer. Und erst beim fünften Versuch gelang es, die richtige Telefonnummer zu wählen.

»Ja hallo?«

»Ka-Ka-Karin?«

»Wer ist da? Weißt du, wie spät es ist?« Sie sprach in mein gegenüberliegendes Ohr und hörte sich an wie Miss Piggy mit Sprachfehler.

»Ich bin's.«

»Varg? Was ist los mit dir?« Ihre Stimme umkreiste mich und

kam von mehreren Stellen gleichzeitig, wie angreifende Indianer in einem Western aus den vierziger Jahren mit John Ford.

»Kann ich raufkommen zu dir?«

»Du klingst so merkwürdig. Du hast hoffentlich nicht...«

Ich leckte mir mit einer Zunge über die Lippen, die sich anfühlte wie am Gaumen festgenagelt. »Nein. Aber ich brauche Hilfe.«

»Hast du... Okay. Ich gehe runter und schließe auf. Fährst du?«

Ich lachte hysterisch. »Nein, nein. Ich rufe meinen Chauffeur an.« Ich verlor den Hörer, und die Verbindung war unterbrochen. Ich hoffte, sie meinte nicht, ich hätte einfach aufgelegt.

Ich schaute auf die Uhr. Viertel nach zwei. Draußen eine blaue Nacht, einer Scheherazade würdig, voller Märchen.

Dann rief ich, beim dritten Versuch, meinen Privatchauffeur an, 99 09 90.

»Taxizentrale, Guten Morgen!«

»Fröhliche Weihnachten, ihr seid aber früh munter!«

»Wie bitte?«

Ich bestellte den Wagen, und sie sagte, er sei unterwegs.

Ich rappelte mich auf, schleppte mich zum Waschbecken und hielt den Kopf unter das laufende Wasser, ein gutes Stück hinein bis ins nächste Jahrhundert. Es half – ein bißchen. Aber ich war immer noch stärker seekrank als während einer Überquerung der Nordsee Mitte Dezember, bei der ich am Abend allzuviel Zollfreies an der Bar konsumiert hatte.

Ich verschloß die Türen hinter mir, und als ich beim Aufzug angekommen war, ging ich zurück und überprüfte die Türen nochmal.

Der Aufzug beförderte meinen Magen abwärts, aber der Kopf blieb oben im dritten. Das war ein unangenehmes Gefühl, als wäre man ein Hampelmann in der Hand eines kleinen Kindes.

Der Aufzug kam zum Stehen, und – spjongggg! – schnellte mein Kopf zurück an seinen Platz.

Ich öffnete die Türen und wankte raus, wo das Taxi mit stinkenden, kleinen Auspuffwölkchen wartete.

»Hast du den Wagen für heute oder für morgen bestellt?« fragte der Fahrer, völlig unbeeindruckt von meinem natürlichen Charme und der zauberhaften Anmut der Sommernacht.

Ich ignorierte ihn und kroch auf allen Vieren auf den Rücksitz.

Er beobachtete mich skeptisch, begab sich dann aber, nachdem er sein mageres Portemonnaie in der Innentasche befühlt hatte, hinters Steuer. Es war reif für etwas Ein- oder Zweistelliges, jedenfalls wenn es auf einem Geldschein stand.

Ich gab ihm die Adresse, zwei Hausnummern zu früh, wie sich später herausstellte, und er fuhr mich dorthin ohne weitere Bemerkungen außer einigen unzufriedenen Grunzern, wenn er einen nächtlichen Fußgänger verpaßte, auf den er es abgesehen hatte.

Als wir da waren, reichte ich ihm einen Schein und meinte großzügig, das sei so in Ordnung.

»Soll das ein Witz sein, he?«

Er hielt den Schein hoch. Es war ein Fünfziger, und die Uhr zeigte *68.00*.

Ich kramte einen Hunderter raus, drehte ihn, um zu sehen, ob es der richtige sei, hielt ihn über die Lehne nach vorne und wiederholte meinen Satz.

Er steckte den Schein kommentarlos in sein Portemonnaie. Erst als ich auf dem Trottoir stand und der Wagen bereits Fløenbakken hinauffuhr, merkte ich, daß er auch den Fünfziger behalten hatte.

Ich orientierte mich.

Ich war einen Block zu weit oben, und es dauerte einige Zeit, bis ich mich zurechtgefunden hatte. Aber Karin stand am Fenster und erwartete mich, und die Tür unten war offen.

Als ich die letzten Treppenstufen hinaufstolperte, kam mir ihre Stimme entgegen und empfing mich. »Das hätte ich nicht von dir erwartet, Varg! Glaubst du, es hat mir nicht gereicht, all die Jahre mit Siren?«

Mein Blick schwamm mir voraus hinauf zu ihr. »Es ist nicht so, wie du denkst, Karin.«

»Das hat sie auch immer gesagt!«

Ich war oben bei ihr. Sie trug einen blauen Morgenrock, und ich griff nach ihren Schultern, nicht weil ich sie umarmen wollte, sondern um mich abzustützen.

Sie wich zwei Schritte zurück und wandte sich angeekelt ab. »Du stinkst wie ein Besoffener, Varg!«

Ich fiel nach vorne und schlug mit dem Kopf auf den Boden.

»Och!« klang es über mir, dann packten mich ihre Hände unter den Achseln und zerrten mich mit Gewalt über die Türschwelle. »Was sollen denn die Nachbarn denken?« fauchte sie.

»Sind die jetzt noch auf?« murmelte ich.

Die Tür fiel hinter mir ins Schloß, und ich hatte das Gefühl, als würde ich eingedost. Um die Verbindung mit der Wirklichkeit nicht zu verlieren, faßte ich sie um die Knöchel.

Langsam kletterte ich ihre nackten Beine nach oben, bis zu den Kniekehlen, und weiter die Oberschenkel... »Varg!« rief sie und zog mich an den Haaren.

Ich unterbrach meine Klettertour, zwang den Kopf nach hinten und begegnete ihrem Blick. Der war zweitausend Meter über mir, wo die Luft so dünn war, daß sie sicher eine Sauerstoffmaske brauchte.

»Es ist nicht so, wie du denkst, Karin! Das haben andere mit mir gemacht! Schau her!« Ich ließ ihre Oberschenkel los und hielt ihr die Hände hin, damit sie die Striemen von den Fesseln sehen konnte.

Ich hätte nicht loslassen sollen.

Jetzt rutschte ich den ganzen Weg wieder runter, und diesmal kam ich nicht mehr hoch.

Diesmal fiel ich endgültig in Ohnmacht.

44

Ich schwebte in einer wollenen Dunkelheit.

Von weit weg vernahm ich ihre Stimme. »Ihn dazu bringen, daß er sich übergibt? Und dann schwarzer Kaffee? Okay.« Danach das Geräusch eines Telefonhörers, der aufgelegt wird.

Ich war ein alter Mann. Ich mußte zur Toilette gebracht werden. Aber ich durfte mich nicht hinhocken. Sie zwangen mich in die Knie, bogen meinen Kopf über die Schüssel und sagten, ich solle den Finger in den Hals stecken.

Ich war ein alter Mann, ohne Widerstandskraft, deshalb machte ich, was sie sagten.

Ich schnappte nach Luft. Der Magensack hing zum Trocknen auf der Kloschüssel und erst, als ich es geschafft hatte, mich zu erheben, schnalzte er zurück an seinen Platz.

Alter Mann macht, so gut er kann. Der eine Arm hier, der andere dort. So, ja. Die Gürtelschnalle, der Hosenlatz. Das Übrige. Hat sie mich berührt? Das muß Zufall gewesen sein, denn es wiederholt sich nicht.

Der *Geruch* nach frischem Bettzeug. »Schlaf jetzt, Varg.«

Ich schlafe. Lange. Ich träume. Zuviel. Als ich erwache, bin ich durchgeschwitzt, und im ganzen Zimmer duftet es nach frisch aufgebrühtem Kaffee.

Auf dem Nachtisch steht eine weiße Tasse. Dampf steigt auf.

Sie sitzt neben dem Bett. Sie hat ein rot-weiß gestreiftes T-Shirt an, enge Jeans, müde Augen und ungeschminkte Lippen. »Ich habe angerufen und mich krank gemeldet«, sagt sie weich.

»Was fehlt dir?« frage ich.

»Du«, antwortet sie und lächelt.

Ich trinke zwei Tassen schwarzen Kaffee und schlafe auf der Stelle ein.

Als ich das nächste Mal erwache, ist der Tag vorbei. Sie steht in der Tür, genauso angezogen wie vorher. »Hast du Hunger?«

Ich horche in mich. »Ich glaube schon.«
»Ich habe etwas zu essen warmgestellt.«
»Vielleicht sollte ich zuerst duschen.«
Sie nickt und ist weg.
Ich stehe in der Dusche und lasse das heiße Wasser auf mich prasseln, eine Generation lang oder zwei, bis keines mehr da ist.
Es hängt ein männlicher Morgenmantel an der Tür. Er ist so neu, daß an der einen Tasche noch das Preisschild hängt. Er ist braun und grün, und ich fühle mich darin wie in einem sonnendurchfluteten, naturgeschützten Wald.
Es stehen zwei Gläser da, in jedem eine Zahnbürste.
Wie in früheren Zeiten putzte ich mir die Zähne vor dem Essen. Ich fuhr mit den Fingern durch die nassen Haare, versuchte, meinen Blick im Spiegel festzuhalten. Aber der machte nicht mit. Mir war immer noch schwindlig.
Ich kam zu Tischtuch und gedeckter Tafel wie ein Rekonvaleszent im Pflegeheim. Aber ich aß nicht soviel, wie sie gehofft hatte, und nachher wußte ich nicht mehr, was es gab.
Der Sonnenuntergang schlich sich wie ein Dieb ins Land, ehe die Nacht alle Konturen verwischte und die Stadt in ein weiches blaues Seidenpapier packte und per Eilboten an den nächsten Morgen schickte.
Die Musik kam von weit weg. *Mood indigo*, gespielt auf einer samtigen Klarinette.
Wir saßen nebeneinander auf dem Sofa. Sie lehnte sich behutsam in meinen Arm, als befürchte sie, ich könne blaue Flecke bekommen.
»Welcher Tag ist heute?« fragte ich.
»Freitag.« Nach einer Weile sagte sie vorsichtig. »Bist du schon soweit zu erzählen, was passiert ist?«
Ich nickte und erzählte.
Danach war ihr Gesicht hart und streng. »So etwas haben sie mit Siren auch gemacht.« Sie ballte die kleinen Fäuste. »Ich weiß nicht, was ich tun würde, wenn ich wüßte, wer es war! In sol-

chen Situationen verstehe ich, daß man jemanden ermorden kann.«

»Ich hab es überlebt.«

»Siren aber nicht! Sie hätten genausogut mein eigenes Kind umbringen können!«

»Ich verstehe dich.«

»Was willst du tun?«

»Zur Polizei gehen.«

Sie schaute mich zweifelnd an. »Klingt vernünftig«, sagte sie ohne Überzeugung.

»Ja, nicht wahr?« sagte ich, einfach wie ein Lexikon, aufgeschlagen bei V.

»Fühlst du dich jetzt besser?«

»Wie eine Landschaft nach einem Orkan. Während die Rettungsmannschaften anrücken.«

»Möchtest du dich hinlegen?«

Ich nickte. *Mood indigo* war übergegangen in *Night and day*, und die Klarinette hatte ein Saxophon abgelöst, während das Klavier Melodienreigen spielte wie Regentropfen auf einer offenen Fensterscheibe. – Herrgott, wie ich mich nach Regen sehnte!

Ich stand auf und streckte die schmerzenden Muskeln. Ich hatte Zypressen hinter den Augen, Zitronenschalen im Mund, Säure im Blut. Sie stützte mich hinüber ins Schlafzimmer und fragte, ob ich auch diese Nacht allein schlafen wolle.

Ich sitze auf dem Bett. Der Morgenmantel sitzt locker.

Sie steht vor mir, und ich antworte: »Nein, heute nacht nicht.«

Ich öffne ihre Hose am Bauch und streife sie ihr langsam ab. Sie hebt die Arme und zieht das T-Shirt über den Kopf. Sie hat nichts drunter.

»Aber ich weiß nicht, ob ich kann«, murmle ich.

»Das erwarte ich auch nicht«, sagt sie weich und schmiegt sich an mich wie die fallenden Blütenblätter eines Kirschbaumes nach der Blüte.

Sie legt die Arme um mich und duftet so nah und süß, duftet wie ein Sommertag, an dem die Schwalben höher fliegen als sonst.

Und bald darauf zeigt sich, daß ich doch kann.

45

Samstag und Sonntag flatterten wir wie Schmetterlinge unter der klaren, sonnigen Glasglocke, die die Vorsehung mit der Aufschrift *Frühsommer* über die Stadt gestülpt hatte.

Die Vergiftung war überwunden. Die Kräfte kehrten zurück. Ich aß wie ein Wolf, leerte den Mineralwasservorrat der Stadt, forderte das Schicksal vor die Klinge und küßte wie ein Siebzehnjähriger, der so etwas noch nie gemacht hatte.

Montag früh ging ich zur Polizei und bat um eine Unterredung mit Jacob E. Hamre.

Er empfing mich mit einer womöglich noch größeren Zurückhaltung als sonst. Er wirkte überarbeitet, gestreßt und übelgelaunt, mit Ringen unter den Augen und für seine Verhältnisse auffallend dunklen Bartstoppeln. Krawatte und Jackett waren achtlos über die Stuhllehne geworfen, und das Hemd sah aus, als hätte er es von der Reinigung zurückbekommen mit der Bemerkung, da ließe sich leider nichts machen.

»Veum?« reagierte er ungeduldig. »Ich hab keine Zeit! Ich habe zwei ungeklärte Morde auf dem Tisch liegen, und niemand räumt sie weg. *Deinen* Beistand brauche ich nicht. Was willst du?«

»Einen Überfall melden.«

Er schloß die Augen und öffnete sie wieder. »Den diensthabenden Beamten findest du, wenn du raus gehst und drei Treppen run...«

»Die Angelegenheit hängt mit all dem zusammen – mit dem du dich rumschlägst.«

»Mit dem *wir* uns rumschlagen. Genau, Veum. *Wir.*« Er lehnte sich zurück, wischte sich müde über die Augen, machte eine

Handbewegung, daß ich mich setzen solle, und sagte mit offensichtlichem Sarkasmus: »Dann erzähl mal, Veum, erzähl mir alles!«

Ich erzählte, und er hörte schweigend zu, ohne etwas zu notieren.

Als ich fertig war, meinte er: »Zwei Mann, sagst du, und der eine sprach Stavanger-Dialekt? Und sie haben dir geraten, unterzutauchen, Ferien zu machen? – Ich hätte es nicht besser formulieren können, Veum.«

»Demnach hast wohl du sie geschickt, was?«

Er lächelte schwach. »Willst du die Sache anzeigen?«

»Ja, aber –«

»Das kannst du unten beim diensthabenden Beamten. Ich habe verflucht noch mal keine Zeit, um –«

»Begreifst du denn nicht, Hamre, daß das alles zusammenhängt?«

Er beugte sich vor und sagte scharf: »Als wir uns das letzte Mal sahen, Veum, hast du versprochen, dich mit dem Fall Camilla zu begnügen! Alles andere, was du anbringst –«

»Das taucht aber alles ständig auf! Diese Dinge hängen zusammen, Hamre. Der Fall Camilla, die Affäre NORLON und die Morde an Tor Aslaksen und Lisbeth Finslo!«

Er stand auf, dunkelrot im Gesicht. »Dann erzähl mir verdammt noch mal, was du entdeckt hast und wir übersehen haben!« schrie er.

Dann blieb er stehen und schaute mich an, wobei sich seine Gesichtsfarbe allmählich normalisierte wie bei einem chemischen Prozeß. Er setzte sich schwer auf seinen Stuhl. »Tut mir leid, Veum. Entschuldige. Aber ich bin das ganze Wochenende nicht aus diesen vermaledeiten vier Wänden rausgekommen. – Laß hören, was du zu sagen hast.«

»Ich fange von ganz vorne an. Das heißt mit dem ältesten Fall. Mit der kleinen Camilla, die eines Abends im April 1979 verschwindet. Ihre Mutter, Vibeke Farang, hat ein Verhältnis mit Tor

Aslaksen, der an dem Abend, als die Tochter verschwindet, bei ihr zu Besuch ist, um es nett auszudrücken. Tor Aslaksen muß spät noch zu einer Konferenz in seine Firma NORLON, weil es über die Lagerung des giftigen Abfalls Unstimmigkeiten gibt. An dieser Konferenz nehmen außerdem die Brüder Odin und Trygve Schrøder-Olsen teil, zwei der Angestellten – und der Seniorchef persönlich, Harald Schrøder-Olsen. Das heißt, man erwartet ihn, und er wird chauffiert von seiner Tochter Siv. Als sie eintreffen, geschieht etwas. Siv fällt eine Treppe runter, – vielleicht wird sie gestoßen, vielleicht von einem Eindringling über den Haufen gerannt, vielleicht war es einfach ein Unfall. Wie auch immer, sie bricht sich das Genick und ist lebenslänglich behindert.«

Hamre hat sich gespannt von vorne gebeugt. »Gut – und was dann?«

»Siv trägt einen Gehirnschaden davon. Sie ist – lebt ständig in ihrer eigenen Welt. Aber das erste, was sie mich fragte, als ich sie vor eineinhalb Wochen zum ersten Mal traf, war: *Bist du der Vater von dem kleinen Mädchen?*«

»Bård Farang?«

Ich nickte.

»Sie hat dich mit Bård Farang verwechselt? Sie muß ihm begegnet... Könnte Bård Farang der unbekannte Eindringling gewesen sein, den du erwähnt hast? – Nein.«

»Nein?«

»Denn falls das am selben Abend passiert ist, an dem die kleine Camilla verschwand, so hat Bård Farang ein Alibi.«

»Von euch abgesegnet. Da ist nur eines an diesem Alibi...«

»Und das wäre?«

»Bård Farang befand sich auf einem Fortbildungsseminar bei Oslo. Daran erinnerst du dich sicher. An diesem Seminar nahm eine junge Kollegin von ihm teil, Bodil Hansen.«

»Ja?«

»Diese Bodil Hansen ist eine begeisterte Amateurfliegerin. Für

Sportflugzeuge. Ich habe den Eindruck, daß sich die beiden damals näher standen, als sie heute bereit sind zuzugeben.«

»Hast du mit ihr gesprochen?«

»Ja. Sie heißt allerdings inzwischen anders. Und ist mit Trygve Schrøder-Olsen von NORLON verheiratet.«

Er schloß die Augen und überlegte. »Aber... aber –« Er öffnete sie wieder. »Nur in den Romanen von Agatha Christie verschaffen sich die Leute auf diese Weise falsche Alibis. Es gab verläßliche Angaben darüber, daß – wie lange glaubst du, braucht ein Sportflugzeug von Oslo nach Bergen – und zurück?«

»Verläßliche Angaben – von einem Haufen sinnlos besoffener Seminarteilnehmer?«

»Und was hätte er hier anstellen sollen – seine eigene Tochter entführen?«

»Nein, natürlich nicht. Aber angenommen, er hatte irgendeinen Auftrag draußen bei NORLON – Industriespionage, Umweltbelastung, was weiß ich – und angenommen, Bodil *damals* Hansen half ihm dabei. Stell dir den Schock vor, den er bekam, als er, wieder zurückgekehrt nach Oslo, frühmorgens am Telefon erfährt, daß seine Tochter verschwunden ist – während er sich nur einige Kilometer vom Tatort entfernt aufhielt und eigentlich doch nicht da war!«

»Aber – aber was hat das mit Tor Aslaksen und Lisbeth Finslo zu tun?«

»Tor Aslaksen ist die Schlüsselfigur. Er war in den Fall Camilla verwickelt. Er ist mit Bodil Hansen, jetzt Schrøder-Olsen geflogen, und ich meine das wörtlich, *ist geflogen*. Er hat bei NORLON gearbeitet. Und er war der erste der beiden, der ermordet wurde.«

»Und *warum* wurde er ermordet?«

»Weil er etwas wußte. Etwas, das er an eine neutrale Person weitergeben wollte. Nämlich an mich.«

»Ja und?«

»Lisbeth Finslo fungierte als Mittelsmann. Sie und Tor Aslaksen hatten ein Verhältnis. Er hatte angefangen, sich mit etwas herumzuschlagen, das sie ängstigte. Das wissen wir aus dem Munde der Tochter. Lisbeth kannte mich. Wahrscheinlich war sie es, die den Vorschlag machte, mit mir Kontakt aufzunehmen. Er wollte es möglichst unauffällig anstellen, weil wichtige Persönlichkeiten in seiner unmittelbaren Nähe verwickelt waren, und eine Gelegenheit bietet sich, als Lisbeth mir das Haus von Pål und Helle Nielsen zeigen will. – Aber dann kommt uns jemand zuvor. Jemand, der Tor Aslaksen auf eine Reise ohne Rückfahrkarte schickt, auf den Grund eines Swimming-pools, aber nie mehr an die Oberfläche, wenn du verstehst, was ich meine.«

»Die Poesie ist unüberhörbar, aber zutreffend, Veum.«

»Lisbeth bekommt einen Schock, rennt raus und – in die Arme des Täters.«

»Oder der Täterin.«

»Oder der Täterin. Es kommt zu einem Handgemenge, und sie begegnet ihrem Schicksal, wird in ein Auto gezerrt, wird zum nächsten günstigen Platz im Gelände gekarrt – in dem Fall Bønestoppen – und ward nicht mehr gesehn. Wieder mal ein Beispiel dafür, daß die Rolle des Mittelsmannes meistens ein undankbares Geschäft ist.«

Hamre schaute mich nachdenklich an. »Nicht unmöglich, Veum. Erklärt vieles. Sogar die Handschuhfasern.«

»Handschuhfasern?«

»Wir haben Fasern von Handschuhen unter den Fingernägeln von Lisbeth Finslo gefunden. Der Einbrecher benutzte natürlich Handschuhe.«

»Aber nichts deutet auf einen Einbruch hin.«

»Nein, aber trotzdem. Wer sich da drinnen bewegt, unerlaubt, tut das nicht ohne Handschuhe.«

»Es gab einen Schlüssel zur Tür, die zum Pool führt.«

»Ja?«

»Bei Schrøder-Olsen senior, der das Becken für sein physiotherapeutisches Training benutzte, mit Lisbeth Finslo als Therapeutin.«

»Aber wie sollte Bård Farang sich den verschaffen?«

»Nicht ohne Helfershelfer. Auch diesmal.«

»Nimm bloß nicht an, daß deine erste Theorie hieb- und stichfest ist, Veum. – Du *hast* dich schon öfter geirrt, wenn ich mich recht erinnere.«

»Darf ich einen Augenblick zurückkommen auf NORLON?«

Auf seiner Stirn entstanden tiefe Falten, und er hob die Augenbrauen. »Meinetwegen.«

»Harald Schrøder-Olsen besaß ein Grundstück draußen bei Breistein in Åsane, wo NORLON jahrelang seinen Giftmüll abgeladen hat. Bevor ich heute morgen hierherkam, war ich beim Katasteramt der Kommune.«

»Aha? Waren die schon so früh da?«

»Die Augen hatten sie jedenfalls offen. Und sie halfen mir, so gut sie konnten.«

»Das heißt, du hast erfahren, daß –«

»Das Grundeigentum da draußen wurde vor zirka einem halben Jahr von Harald Schrøder-Olsen überschrieben, gemäß einer Grundbucheintragung vom 8. Mai 1985 und notariell beglaubigt zehn Tage später.«

»Nun ja. Und auf wen überschrieben?«

»Das wußte ich bereits. Auf eine Aktiengesellschaft, die sich A/S MILJØBO nennt, durch den Vorsitzenden.«

»MILJØBO? Hört sich modern an. Und der Vorsitzende, wer ist das?«

Ich legte eine kleine Kunstpause ein. »Eine Dame namens Bodil Schrøder-Olsen, geborene Hansen.«

»Verflixt und zugenäht!«

»So etwas Ähnliches habe ich auch gesagt, Hamre.«

46

Wir blieben sitzen und schauten uns an. Wir hatten unsere Becher geleert und waren beide gespannt, ob Gift darin gewesen war.

Ich reinigte den Hals. »Ich glaube, ich habe so etwas wie einen Draht zu Siv Schrøder-Olsen, Hamre.«

Er hob die Augenbrauen. »Und wie alt ist sie jetzt?«

»Sechsundzwanzig. Mental betrachtet allerdings nur vier oder fünf.«

Er schüttelte den Kopf. »Als Zeuge unbrauchbar. Die Anklage würde sie nicht mal mit der Zange anfassen.«

»Ich könnte versuchen, mit ihr zu reden – ob es wirklich Bård Farang *war*, den sie an jenem Abend gesehen hat... Wenn es überhaupt gelingt, mit einer klaren Frage zu ihr vorzudringen.«

Er machte eine weite Armbewegung. »Ich *könnte* einige unserer Spezialisten für Verbrechen an Kindern mit ihr reden lassen. Möglicherweise erreichen sie etwas.«

»Willst du es nicht zuerst mich versuchen lassen? Ich habe, glaube ich, bereits eine gewisse Vertrautheit zu ihr hergestellt.«

Er sah mich lange an. Dann verschob er einen seiner Papierstöße, als wolle er Zeichen setzen für seine Beschlußfassung. »Okay. Aber behutsam vorgehen, Veum. Sie kann nie mehr tun als uns eine Richtung weisen. Im Gerichtssaal werden wir sie nicht brauchen können.«

»Verstehe. – Und was machen wir mit Bodil Schrøder-Olsen?«

Er legte einen gewissen Nachdruck in seine Stimme, die ganz flach wurde. »Ich werde mir die ganze Angelegenheit noch mal vornehmen, Veum. Ich werde nachdenken über das, was du gesagt hast, über die Rolle von Tor Aslaksen – und die von Lisbeth Finslo – aber du überläßt das uns allein, kapiert?«

»Verstanden. Euch überlassen.« Ich erhob mich.

Er hob den Zeigefinger. »Noch eine Kleinigkeit, Veum, bevor du runtergehst und deine Anzeige machst...« Er legte eine Denkpause ein, lang genug, daß ich hätte protestieren können, aber ich unterließ es. »Der Name Birger Bjelland, sagt der dir was?«

»Nur ganz leise und entfernt. Aber irgendwo klingelts trotzdem.«

»Ein sogenannter Geschäftsmann. Er bewegt sich in der Grauzone zwischen legalem und illegalem Erwerbsleben, um es so zu formulieren.«

»Und –?«

»Kommt ursprünglich aus Stavanger. Das war's.«

Ich schaute ihn ironisch an. »Soll ich diese Information mit hinunter zur Wache nehmen oder gibst du sie ihnen direkt?«

Er lächelte schwach. »Sie sollen selbst draufkommen, Veum. So können sie uns beweisen, wie gut sie sind.«

»Dann befürchte ich, daß der Fall gegessen ist«, sagte ich und ging, drei Stockwerke tiefer.

Ich bereute es in dem Augenblick, in dem ich die Tür öffnete. Der diensthabende Beamte hatte nicht gerade das Pulver erfunden. Der Sirup lag eher auf seiner Linie. Ansonsten war er äußerst liebenswürdig, aber es kostete mich fünfzig Minuten, bis ich draußen war.

Ich marschierte runter zum Strandkai.

Vor meinem Wartezimmer blieb ich stehen, lauschte an der Tür nach Geräuschen, die nicht hergehörten.

Ich vernahm nichts Derartiges und schloß vorsichtig auf.

Ich wiederholte die Prozedur an der Tür zum Büro, aber auch hinter dieser Tür warteten keine ungebetenen Gäste.

Am Boden neben meinem Besucherstuhl lagen immer noch die Stricke, mit denen sie mich gefesselt hatten. Wie ein zufälliger Fächer lagen meine Papiere um den grauen Aktenschrank, wie sie der eine Schläger verstreut hatte, und der Wasserhahn tropfte. Daran war aber ich schuld, ich hatte vergessen, ihn richtig zuzudrehen.

Das machte ich jetzt, schob die Papierstöße auf einen Haufen in eine Ecke und beschloß, den größten Teil versuchsweise in

Makulatur zu verwandeln, sobald ich wieder über etwas Zeit und Raum verfügte.

Die Anzeige des Anrufbeantworters leuchtete grün. Da erwartete mich eine Nachricht.

Ich spulte das Band zurück und hörte es ab.

»Veum?« Es war eine Frauenstimme. Ich erkannte sie wieder, wußte aber nicht, wo ich sie hintun sollte, bis sie sagte, wer sie war. »Hier spricht Silje Jondal. Verheiratet mit Bård Farang.« Sie machte wieder eine Pause, als warte sie, daß der Apparat sie unterbreche oder weil sie nicht wußte, wie sie fortfahren sollte. »Ist – hast du Bård getroffen? Er ist in die Stadt gefahren, gleich nachdem du – weg warst, und bis heute, es ist Samstag, hat er sich noch nicht gemel –«

Sie wurde von dem Piepton unterbrochen, die Aufnahmezeit war vorüber. Nach dem Ton kam sie wieder. »Hallo? Ja, also – würdest du so nett sein und mich anrufen, falls er nicht – falls du – sobald es dir möglich ist?« Lange Pause. Dann legte sie auf, ohne noch etwas zu sagen. Doch der Seufzer kurz vor dem Auflegen war unüberhörbar, drang vom Hardanger am Samstag bis nach Bergen heute.

Ich ließ das Band noch ein Stückchen laufen, doch sonst war nichts drauf, und sie hatte nicht zurückgerufen.

Ich schaltete den Anrufbeantworter aus, blieb stehen und starrte den Apparat an. – Bård Farang in der Stadt, seit Donnerstag? Ohne sich zu melden?

Wir kamen jetzt im Sturmschritt voran. Der Augenblick der Wahrheit lag hinter der nächsten Ecke. Aber welche Wahrheit war es – und welche Ecke?

Ich wählte die Nummer des Bergbauernhofes am Hardanger. Sie antwortete gleich beim ersten Läuten. »Ja? Hallo? Bård?« erklang es aufgeregt.

»Veum.«

»Ach! Ich habe gehofft, daß es... Hast du meine Nachricht erhalten? Warum hast du nicht früher angerufen?«

»Ich war – verhindert. Ich habe deine Nachricht erst jetzt bekommen.«

»Oh, aber da –«

»Und ich verstehe dich so, daß du auch noch nichts von ihm gehört hast?«

»Nein! Nein!« Ihre Stimme war unklar, wie starker Regen die Sicht durch die Frontscheibe des Autos undeutlich macht. Ich merkte, daß sie weinte und die Tränen ihre Stimme in Streifen schnitt. »Das war noch nie... so etwas ist noch nie passiert, Veum. Ich bin ganz verrückt vor Angst. Ich befürchte, daß ihm etwas zugestoßen ist. Die Kinder – ich bin nicht fähig, mich zu konzentrieren, egal auf was! Ich sitze nur neben dem Telefon und warte. – Und du bist schuld daran!« rief sie mit plötzlicher Aggression. »Seit du hier gewesen bist – war nichts mehr mit ihm anzufangen, und am selben Nachmittag ist er gefahren!«

»Donnerstag?«

»Ja!« Sanfter fügte sie hinzu: »Du hast nicht – hast ihn nicht gesehen?«

»Nein, aber ich war in den letzten Tagen auch nicht viel außer Haus. Ich bin – krank gewesen.«

»Oh.«

»Du hast keine Ahnung, wo er sein könnte, bei wem er wohnen könnte?«

»Ne-in.«

»Eltern? Familie?«

»Nicht in Bergen.«

»Alte Freunde?«

Schweigen.

»Freundinnen?«

Sie zögerte. »Hast du seine – Ex-Frau getroffen?«

»Vibeke? Ja. Glaubst du, daß er bei ihr sein könnte?«

»Ich weiß nicht. Sie haben ja eine große Tragödie gemeinsam erlebt. Und ich – Du hast ihn wahrscheinlich auch deshalb besucht?«

»Ja doch. Das will ich nicht leugnen. Aber du findest es jedenfalls seltsam, daß er dich nicht angerufen hat?«

»Ja.« Sie weinte leise.

Es ist schwieriger, jemanden durchs Telefon zu trösten, als wenn man ihm den Arm um die Schultern legen kann. »Möchtest du, daß ich ihn für dich suche?«

Sie schluchzte. »Ich weiß nicht! – Aber wenn du ihn *siehst*, kannst du ihn bitten... vielleicht... mich anzurufen?«

»Ja. Das werde ich tun. Ich könnte mir durchaus vorstellen, daß er bei der Demonstration in Hilleren voll eingespannt ist, und wenn sich die Dinge dort zuspitzen, sitzt er möglicherweise einfach in der Demonstrantenkette fest und kommt nicht weg. Um zu telefonieren, meine ich.«

Ich hatte ein Körnchen Hoffnung in ihre Stimme gesät. »Glaubst du?«

»Das wäre ohne weiteres denkbar. Ich werde später mal rausfahren. Dann halte ich nach ihm Ausschau, und falls er nicht weg kann, rufe ich zurück – und schicke einen Gruß. Gut so?« Ich bemühte mich, optimistischer zu klingen, als ich mich fühlte.

Sie akzeptierte es. »Oh ja, und vielen Dank! – Dann rufst du... ruft ihr an?«

»Einer von uns. Hundertprozentig. Bis dahin Tschüß.«

»Tschüß.«

Ich seufzte schwer, während ich auflegte. Wieder jemand, den ich enttäuschen würde. Wieder jemand, dem ich eine andere Botschaft würde übermitteln müssen als erwartet. Wieder ein Samen, der nie aufgehen würde.

Ich rief zu Hause bei Vibeke Farang an. Niemand hob ab.

Ich rief bei *Body & Soul* an. Sie feierte Überstunden ab.

Dann ging ich nach Hause, holte den Wagen und fuhr über Skansen in südliche Richtung.

Die Sonne knallte mir auf den Kopf wie das Zepter eines verrückten Monarchen. Der Sommer hatte sich festgefahren, ein

Zeichen, daß die Zeit aus den Fugen geraten war. Ich war unterwegs, um mit Siv zu sprechen.

47

Ich hörte ihn, bevor ich ihn sah, in einer der ersten Kurven nach Blomsterdalen. Sein alter VW knatterte wie ein rabiater Dampfkochtopf kurz vor der Explosion. Ich drückte auf die Hupe, blinkte rechts und bremste. Dabei versuchte ich, Odin Schrøder-Olsen auf der Gegenfahrbahn auf mich aufmerksam zu machen.

Im Rückspiegel sah ich, daß er kapiert hatte. Wir stiegen aus unseren Fahrzeugen und trafen uns auf halbem Wege, wie zwei freigelassene Spione beim Austausch an einer mitteleuropäischen Grenzstation.

»Was gibt's?« fragte er.

»Irgendwas Neues?« sagten wir gleichzeitig.

Mit der Hand machte er ein Zeichen, daß ich weiterreden sollte.

»Ich meine – ist dir was eingefallen?«

Er schien irritiert. »Was eingefallen?«

»Zu unserem Gespräch kürzlich.«

»Ich kann nicht in der Vergangenheit graben, Veum. Ich habe mehr als genug mit dem täglichen Kram zu tun. Da draußen muß man sich auf das Schlimmste gefaßt machen!«

Ich schaute unbewußt hinüber zu Store Milde und danach fragend ihn an.

Er schnitt eine Grimasse. »Nein, nein. Ich meine NORLON, in Hilleren! Ein Zusammenstoß steht unmittelbar bevor.«

»Warum denn?«

»Weil die Frist abgelaufen ist und keiner Vernunft annehmen will.« Er machte eine Bewegung über die Schulter. »Ich komme gerade von dort, von einem letzten Versuch, eine Verhandlungslösung zustande zu bringen.«

»Mit wem?«

»Mit denen, die mehr Verstand haben müßten. Mein Vater, der sein ganzes Gewicht als Seniorchef in die Waagschale werfen könnte, und Bodil.«
»Bodil?«
»Sie hängt auch mit drin, ob sie will oder nicht!«
»Wegen MILJØBO meinst du?«
»Das hast du also auch gehört?«
»Neulich.«
»Mehr noch, um Trygve zu beeinflussen – positiv.«
»Und es verlief ergebnislos?«
Er starrte verbittert an mir vorbei. »Ja. Heute morgen war der Fahrer des Tankwagens da. Es geht heute los, Veum, da bin ich mir ziemlich sicher. Kommst du mit raus?«
Ich überlegte, aber nicht lange. »Ja. Aber zuerst muß ich mit deiner Schwester reden.«
»Siv? Niemand *redet* mit Siv, ernsthaft!«
»Ich möchte es jedenfalls versuchen.«
Er schaute mich kopfschüttelnd an. »Wenn du nichts Besseres mit deiner Zeit anzufangen weißt, bitte.« Dann nickte er und ging zurück zum Wagen.
Ich rief ihm nach. »Hast du am Wochenende Bård Farang gesehen?«
Er drehte sich um und nickte. »Ja. Er ist in Hilleren gewesen, fast die ganze Zeit.«
»Fast die ganze – wie ist das zu verstehen?«
»Na ja – wir demonstrieren schließlich nicht rund um die Uhr.«
Er winkte zum Abschied wie ein zugeknöpfter Redner auf einer peinlichen Pressekonferenz.
Ehe ich mich ins Auto setzte, bemerkte ich eine Veränderung. Wind war aufgekommen, eine heiße und kräftige Brise von Südwest, kochend vor aufgestauter Energie. Er fuhr mir mit einer Leidenschaft ins Haar wie jemand, der mich lange nicht mehr gesehen hatte.
Ich starrte ihm ins Gesicht. Der Himmel war unverändert blau

und die Sonne unverändert bombastisch, nur kleine, weiße Wolken trieben vom Meer herüber wie Schafe auf der Flucht vor einem unsichtbaren Grasbrand, von Minute zu Minute schneller.

Ich setzte mich ins Auto und fuhr weiter.

Ich bog ab zur Fana Folkehøgskole und parkte hinter einem dunkelblauen Mazda Kombi. Beim Abschließen des Wagens dämmerte mir, daß ich dieses Auto schon mal gesehen hatte, vor noch gar nicht langer Zeit.

Ich öffnete das Tor und ging mit raschen Schritten hinauf zur alten Holzvilla.

Aslaug und Harald Schrøder-Olsen saßen am Gartentisch, intensiv ins Gespräch vertieft. Als ich um die Ecke kam, klappten sie zu wie Austern, verstummten und schauten mich an, genauso freundlich wie zwei Menüs, die zu bestellen ich mir nicht leisten konnte.

»Ist Bodil hier?« stieß ich hervor.

Aslaug Schrøder-Olsen blieb höflich. »Nein, sie ist weggegangen.«

Ihr Mann fiel ihr sofort ins Wort. »Und was hat Sie das zu kümmern, Veum?«

»Nun, ich habe nur gehört, sie sei hier.«

Aslaug Schrøder-Olsen preßte demonstrativ die Lippen aufeinander. Ihr Ehemann sagte: »In dem Fall hat es sich um eine Privatangelegenheit gehandelt, in die Sie Ihre lange Nase nicht zu stecken haben.«

»Äh...« Ich griff automatisch nach meiner Nase. »Oder Siv? Wäre es möglich, daß –«

»Nein«, sagte er kategorisch.

Sie schaute auf die Armbanduhr. »Gleich eins... Sie sollte jetzt zurück sein.« Sie warf einen ängstlichen Blick hinüber zum Arboretum und stand halb vom Stuhl auf.

Harald Schrøder-Olsen schloß die Augen, um seine Gereiztheit zu verbergen, und ich sagte: »Da will ich nicht länger stören. Entschuldigung.«

Sie sah mich hilflos an. »Veum, wenn du sie sehen solltest –«

»Ich habe nein gesagt!« unterbrach sie ihr Mann. »Es macht mir nicht das geringste aus, Sie zu verklagen!«

»Weswegen?« sagte ich und verließ die beiden, ohne die Antwort abzuwarten. Er konnte mich im Himmel verklagen, wegen all dem, was ich mir aufhalste. Die Engel waren auf meiner Seite.

Einen Augenblick überlegte ich, ob ich den Wagen bis zum Mini-Arboretum nehmen und dann gehen sollte, ließ es dann aber sein. Statt dessen setzte ich mich in Trab.

Ich war voller Unruhe und wußte auch wieder, wem der geparkte Wagen gehörte. Es war Bård Farangs dunkelblauer Mazda. – Aber wo war er? Bei Bodil – oder mit demselben Anliegen unterwegs wie ich?

Ich erhielt die Antwort auf der Anhöhe direkt vor dem Mini-Arboretum.

Er kam mir keuchend entgegen, als hätte er ein neues Loch in der Ozonschicht entdeckt. Als er meiner ansichtig wurde, blieb er wie angewurzelt stehen und blickte sich nach beiden Seiten um, als schätze er seine Fluchtmöglichkeiten ein.

»Bård!« rief ich, um ihn zurückzuhalten.

Da lief er weiter, auf mich zu. »Es ist zu spät. Wir müssen die Ambulanz anrufen! Ich wollte nur mit ihr reden, wegen Camilla – die bringen uns noch alle um!« Sein Blick war völlig irre, und die Stimme zitterte vor Verzweiflung.

Ich spürte, wie ich eiskalt wurde. Ich packte ihn an den Oberarmen und schüttelte ihn. »Wovon redest du? Ist etwas passiert?!«

Er deutete zum Mørkevatn. »Im Wasser da unten... Sie... Ich betrachtete ihn. Das Haar ungekämmt, das Gesicht zuckte. Die Ruhe, die ich am Hardanger an ihm beobachtet hatte, war zerstört. Übrig blieben die nackten, ungeschützten Nerven, ein offenes Minenfeld. »Du willst wohl nicht behaupten –?«

Er nickte heftig.

Ich ließ ihn los und schob ihn in die Richtung, aus der ich gekommen war. »Weißt du, wo ihre Eltern wohnen?«

Er schüttelte hilflos den Kopf.

»Die braune Villa gleich gegenüber von dem Platz, wo du parkst. Sag ihnen Bescheid. Sie sollen anrufen bei – sag, daß ich hier unten bin und – versuche...«

Ich wußte nicht, was ich versuchen würde. Ich wußte lediglich, daß ich es so eilig hatte wie noch nie. Ich ließ ihn stehen, mitten auf dem Weg wie ein Kind, das sich verlaufen hatte.

Vor der nächsten Wegbiegung schaute ich rasch zurück. Er bewegte sich in entgegengesetzter Richtung.

Ich rannte an der Eiche des Kronprinzen vorbei und zu dem Pfad, der zum Mørkevatn führt, das wie ein blindes Auge zwischen den Birken lag.

Am Ufer blieb ich abrupt stehen.

Die Seerosen schwammen wie Klumpen gestockten Blutes im Wasser und da, unter der dunklen Oberfläche, sah ich sie.

Sie lag auf dem Rücken, im seichten Wasser nicht weit vom Ufer, mit offenen Augen, als wollte sie sich nur ein wenig ausruhen.

Aber das ganze Gesicht befand sich unter Wasser, und oben trieben verstreut die Blumen des Straußes, den sie gerade gepflückt hatte, wie ein letzter, unbeholfener Gruß auf einem Grab.

48

Ich watete bis zu den Knien in den See, packte Siv unter den Armen und zog sie an Land. Ihr Kleid hing schwer wie Tang an ihr.

Ich legte sie auf den Bauch, hob sie in der Mitte hoch und leerte das Wasser aus ihren Lungen. Dann drehte ich sie auf den Rücken, öffnete ihren Schlund und legte meinen Mund auf ihren.

Ich blies den Atem tief in sie hinein, hob das Gesicht und beobachtete ihren offenen, leblosen Blick. Aber ich vernahm nur den Wind, der durch die Baumkronen über uns wehte: der ewige Atem des Universums.

Wieder spürte ich ihre kalten Lippen auf meinen, wieder blies ich hinein.

Ich schielte nach allen Seiten. Auch an diesem Tag keine kecken Burschen am anderen Ufer, nur ein einzelner kecker Bursche auf dieser Seite.

Ich stöhnte laut –
– und küßte sie,
wieder
und wieder
und wieder...

Ihre Augen waren aus Glas, die Haut bläulich, die Lippen wie tote Schnecken, mit dem Bauch nach oben. Ihre Blumen trieben immer noch auf der Oberfläche des Mørkevam, frisch gepflückte Butterblumen, Glockenblumen, Waldanemonen und wie sie alle hießen. Aber ihre Hände hatten sich für die Ewigkeit geöffnet, und sie war kein kleines Mädchen mehr in einem allzu erwachsenen Körper. Die Zeit hatte sie eingeholt, und sie war das, was sie war: eine junge Frau, allzu früh gestorben.

Jetzt hörte ich Sirenen aus der Ferne.

Mit Tränen in den Augen mußte ich zugeben, daß ich verloren hatte, trotzdem machte ich noch einen Versuch, Leben in diese tote Puppe zu blasen. Aber sie war eine Statue, die umgekippt wurde, als der Tod seinen Staatsstreich machte. Sie würde nie mehr auf dem Sockel stehen und ihre dicklichen Händchen mit Blumen jemandem entgegenstrecken.

Ich hörte Stimmen und hastige Schritte.

Junge Männer in der grauen Uniform des Rettungsdienstes mit dem roten Kreuz am Oberarm verhielten ihren Schritt, als sie unserer ansichtig wurden.

Immer noch kniend, schaute ich auf zu ihnen, als seien es spezielle Boten, von denen ich noch nie gehört hatte.

Der eine von ihnen machte ein bedenkliches Gesicht. Er lehnte die Trage an einen Baumstamm, und der andere bückte sich und tastete ohne große Hoffnung nach ihrem Puls.

Dann richtete er sich auf mit einem Ausdruck, als hätte er Kreuzschmerzen. »Das ist ein Fall für die Polizei«, sagte er über meinem Kopf.

Ich legte meinen Mund auf ihren und versuchte noch einmal, sie zum Leben zu erwecken.

Leise murmelte eine Stimme hinter mir: »Das nützt nichts. Zu spät.«

Ich hob das Gesicht und schaute ihr tief in die Augen. – Alles, was ich sah, war mein eigenes Spiegelbild. Ihr Geheimnis hatte sie dorthin mitgenommen, wohin sie gegangen war.

Ich erhob mich schwerfällig und murmelte: »Zuviel des Wassers hast du, arme Schwester! Drum halt' ich meine Tränen auf...«

»Was hast du gesagt?« fragte der eine Sanitäter, ein von blonden Locken eingerahmtes, braungebranntes Gesicht.

Ich schüttelte nur den Kopf und erwiderte nichts.

»Kennst du sie?«

»Ja.«

»Petter ruft jetzt die Polizei, über Funk. Wir müssen – hier warten.«

»Sie läuft uns nicht davon.«

»Nein.«

Die Polizei kam, als hätte der Wind sie herbeigeweht, der ständig zunahm. Jetzt heulte er wie die armen Seelen in den Baumkronen um uns, die Wasseroberfläche des Mørkevatn kräuselte sich zu kleinen, steilen Wellen, und ihre Blumen wurden an Land getrieben wie überflüssig gewordene Beweise.

Hamre kam mit dem zweiten Schub, noch bevor sie den Tatort abgesperrt hatten. Der Blick, den er mir zuwarf, war wie eine Festrede vom Vortag. Darin war alles enthalten, was er mir nie gesagt hatte. Aber das Wesentliche war kurz und bündig: »Wer ist sie?«

»Siv Schrøder-Olsen. Ich bin zu spät gekommen.«

»Wie üblich.«

»Mhm.« Er verließ mich und gab seinen Kollegen leise Anordnungen.

Ich blieb stehen, wo ich stand, als wäre ich festgewachsen. Ein seltenes Gewächs: *lupus vargveumus*. Blüht nur sehr kurz. Gedeiht bevorzugt neben Leichen und verwelkt rasch.

Hamre kam zurück. »Etwas zu berichten?«

»Ich bin hergekommen vor – vierzig Minuten. Oben am Weg begegnete mir Bård Farang, mit irrem Blick, und sagte, sie sei hier unten.«

»Bård Farang?«

»Camillas Vater.«

»Heißt das, daß *er* sie gefunden hat?«

»Ja. Aber er ließ sie liegen.«

»Liegen? Wie meinst du das?«

»Im Wasser. Ich habe sie dann rausgezogen.«

»Hat er sie liegengelassen – unter Wasser – ohne festzustellen, ob sie –?«

»Es sieht so aus.«

»Wo ist er jetzt?«

»War er nicht oben bei Schrøder-Olsens?«

»Da sind wir noch nicht gewesen. Haben die nicht die Ambulanz gerufen? Warum sind sie nicht hier?«

»Er sitzt im Rollstuhl. Hat einen Schock – was weiß ich. Vielleicht kann sie ihn nicht alleinlassen.«

Hamre winkte einem Wachtmeister. »Sæve! Fahr rauf zu...« Er schaute mich an. »In welchem Haus wohnen sie?«

Ich erklärte es.

»Erkundige dich, ob ein Mann da ist namens Bård Farang. Falls nicht, veranlasse eine interne Fahndung. – Kannst du ihn beschreiben, Veum?«

Ich beschrieb ihn, so gut ich konnte, und fügte auch Automarke und Farbe hinzu. Der Wachtmeister notierte sich alles und verschwand.

Hamre schüttelte demonstrativ den Kopf, um auszudrücken, was er von dem Ganzen hielt.

»Und ich?« fragte ich.

»Du? – Du kannst zur Hölle fahren, Veum. Wie ich dich kenne, findest du auch dort eine Leiche.«

Ich warf noch einen Blick auf Siv, den letzten. Aber sie hatten bereits eine graue Wolldecke über sie gebreitet. Darunter schlief sie den großen Schlaf, und wenn sie immer noch Alpträume hatte, gab es keinen Trost. Niemand würde sie wecken. Niemand würde sie festhalten.

Ich ging.

Ich war oben an der Straße, als mir schlagartig die Bedeutung des Ganzen aufging, mich wie eine Übelkeit überfiel. – Wenn jemand bereit war, so weit zu gehen, dann war das, was Siv zu sagen hatte, wichtiger, als ich anfangs gedacht hatte. Damit wurden die Fäden, die die drei Fälle verbanden, noch enger geknüpft.

Aber *wer*? – das war nach wie vor eine offene Frage.

Oben beim Wagen blieb ich stehen.

Bård Farangs Mazda war weg.

Ich schaute hinauf zur Schrøder-Olsen'schen Villa. Da stand sie, badete in der frühen Nachmittagssonne ohne das geringste Anzeichen der Aufregung, die dort herrschen mußte.

Ich hatte keine Lust, raufzugehen. Ich war unterwegs zu anderen Konfrontationen.

Ich setzte mich in den Wagen und fuhr nach Hilleren.

Draußen am Meer ballten sich dunkle Wolkenmassen zusammen wie Barrikaden gegen den Sommer. Der Waffenstillstand war vorbei und ein Unwetter braute sich zusammen.

Und in Hilleren war es, wie Odin prophezeit hatte. Man mußte sich auf das Schlimmste gefaßt machen.

49

Es war, als käme man zu einem Schlachtfeld, wo sich die Parteien zum letzten, entscheidenden Kampf aufstellten, und in der Mitte als Puffer eine zahlenmäßig zu schwache Polizeieinheit.

Die Demonstranten hatten alle Reserven zusammengetrommelt und zählten zwischen hundert und zweihundert Personen. Hinter den Toren von NORLON bildeten Arbeiter einen Verteidigungsring um den großen, unheimlichen Tankwagen, wie die Soldaten bei den Ameisen sich um die Königin scharen, um sie vor Eindringlingen zu schützen. Zwischen dem Tor und den Demonstranten, die keine Kette mehr waren, sondern eine Volksmenge, hatten sich zehn uniformierte Polizisten aufgestellt, mit finsteren Gesichtern. Oben an der Straße versuchten zwei Beamte, Schaulustige zurückzuhalten, während die Vertreter von Presse, Funk und Fernsehen mit ihren Ausweisen herumwedelten und freies Geleit forderten. Es war wie am ersten Tag: Fernsehkameras, tragbare Tonbandgeräte, die Pressefotografen an den westlichen Golanhöhen der Fabrik und die Journalisten mit den sensationshungrigen Gesichtern, bereits eifrig dabei, die ersten Eindrücke auf ihren Blöcken festzuhalten.

Ich parkte am Straßenrand und umging im Kielwasser von zwei Journalisten den Wachposten.

Die Stimmung war aufgepeitscht, erregt und gereizt. Schlagworte wurden im Takt gerufen. »NEIN ZUM GIFT! NIEDER MIT NORLON! – NEIN ZUM GIFT! NIEDER MIT NORLON!« Die Demonstranten hakten sich unter, Kette hinter Kette, bis sie eine kompakte, bewegliche Decke bildeten.

Getrennt von den anderen ein Stück droben auf der Anhöhe beim grünen Kommandozelt sah ich Håvard Hope und Vibeke Farang heftig miteinander diskutieren. Die Schlagworte, die sie schrien, stimmten nicht mit denen der anderen überein, sie schrien sich damit auch nur selber an.

Er packte sie am Arm, aber sie riß sich los, und ihr Gesicht drückte einen stummen Schrei gegen ihn aus.

Odin Schrøder-Olsen kam vom Zelt runtergelaufen. Er blieb bei ihnen stehen und sagte etwas. Einen Augenblick blieben sie am Hang stehen wie drei Feldherrn bei einer letzten Beratung, uneins, wo der Angriff erfolgen sollte.

Vibeke Farang zuckte die Schultern und wies mit weiter Geste auf die wimmelnde Demonstrantenmenge unter ihnen. Håvard Hope schüttelte ablehnend den Kopf und machte eine unbestimmte Handbewegung. Odin blieb stehen, versuchte, sich einen Überblick über die Situation zu verschaffen. Da sah er mich. Zuerst tat er so, als hätte er mich nicht bemerkt. Dann kam sein Blick zurück und krallte sich fest.

Ich gab ihm ein Zeichen.

Er schien nicht verstehen zu wollen.

»Es ist wichtig!« rief ich ihm zu. »Es geht um Siv!«

Er sagte etwas zu Vibeke Farang und Håvard Hope und kam runter zu mir.

»Was hast du gerufen?« fragte er aus einigen Metern Abstand.

»Deine Schwester Siv. Sie ist –«

»Ja?«

»Sie ist –«

»Spuck aus, Mann!«

»Tot, Odin – tot.«

Er schaute mich an mit einem gewissen verzeihenden Erstaunen, als glaube er, ich wolle ihn auf den Arm nehmen. »Aber – du wolltest doch mit ihr reden?«

»Ich bin zu spät gekommen.«

»Was heißt das? – Und wie – sie kann doch nicht einfach sterben?«

»Doch, leider.« Ich wandte mich halb dem Werksgelände zu. »Ist dein Bruder da unten?«

»Ja, ich glaube schon. Bodil ist eben gekommen. Sie wollte ihm wohl erzählen, was passiert ist.«

»Wenn sie jetzt kam, weiß sie es möglicherweise noch gar nicht. – Man kann also *rein* da unten?«

Er lächelte müde. »Speziell vertrauenswürdige Personen.«

»Du auch?«

»Ich?« – Er fuhr sich verlegen durch das dunkle Haar und rückte die Brille zurecht. »Doch, wahrscheinlich schon, solange ich meine Leibwache nicht mitbringe.«

»Sollten wir es ihnen nicht sagen?«

»Woran ist sie denn gestorben?«

»Ertrunken. Aber wenn wir zu Trygve und Bodil runtergehen, brauche ich nicht alles zweimal erzählen.«

»Okay. – Komm.«

Die Rufe der Demonstranten klangen lauter, als wir uns näherten. »NEIN ZUM GIFT! NIEDER MIT NORLON! – NEIN ZUM GIFT! NIEDER MIT NORLON!«

Mitten in der aufgebrachten Menge erkannte ich den Kopf von Bård Farang, aber ich hatte jetzt keine Zeit für ihn. Er würde hier bleiben bis zum bitteren Ende, da war ich mir ziemlich sicher.

Wir gingen an den Demonstranten vorbei, und einige der Nächststehenden stimmten einen neuen, donnernden Ruf an: »O-DIN! O-DIN! O-DIN!« Hätte Olav der Heilige das gehört, würde ihn das Gefühl beschlichen haben, vergebens auf der Erde gewesen zu sein.

Odin wirkte abwehrend, wollte *diesen* Refrain vermeiden.

Die zehn Polizisten postierten sich breitbeinig vor dem Tor. Von drinnen glotzte der Pförtner ängstlich durch das Drahtgeflecht. Drüben auf der Laderampe saß eine Handvoll Arbeiter und trank Kaffee aus einer Thermoskanne, während sich eine zweite Gruppe ständig vor dem Tankwagen in Bereitschaft hielt. Aus geöffneten Autotüren hörte man fetzige Musik.

Ein Oberwachtmeister mit dunklem Schnauzer und einem Mienenspiel wie Robocop streckte uns beide Handflächen entgegen und sagte barsch: »Stehenbleiben! Hier kommt kein Unbefugter vorbei!«

Odin übersah ihn und wandte sich durch das Tor an den Pförtner. »Åsebø! Ruf Trygve an und richte ihm aus, daß ich ihn sprechen muß.«

Der Pförtner nickte und ging in sein Kabuff.

Zu dem Polizisten sagte Odin leise: »Geschäftsführender Direktor Trygve Schrøder-Olsen, mein Bruder.«

Durch das offene Fenster der Pförtnerloge rief Åsebø: »Er will wissen, um was es geht?«

»Sag ihm, daß Si... Sag ihm, es betrifft einen Todesfall in der Familie.«

Der Pförtner nahm wieder den Hörer. Kurz darauf kam er raus und nickte dem Beamten zu. »Geht in Ordnung.«

»Und der da?« Der Oberwachtmeister deutete auf mich.

»Gehört zu mir«, sagte Odin.

Die Polizisten ließen uns passieren und stellten sich hinter uns in einem neuen Bogen auf, vorbereitet auf einen plötzlichen Ausfall aus der Menge beim Öffnen des Tores.

»O-DIN! O-DIN!« rief die Menge hinter uns, und dröhnender Applaus begleitete uns durch die schmale Öffnung im Tor, ehe das Schloß klirrend hinter uns zufiel.

Ich drehte mich um und schaute zurück.

Die Menge jubelte und rief: »NEIN ZUM GIFT! NIEDER MIT NORLON!«

Håvard Hope saß alleine oben am Hang, isoliert von den anderen. Ich hielt Ausschau nach Vibeke Farang. Da war sie, auf dem Weg hinein in die Volksmenge, steuerte direkt auf ihren Ex-Mann zu...

Jetzt war sie bei ihm, und er drehte sich um zu ihr. Sie sagte etwas, und er nickte.

Dann legte er einen Arm um sie, und gemeinsam wandten sie sich wieder dem Werkstor zu, stimmten im Chor in den Refrain ein: »NEIN ZUM GIFT! NIEDER MIT NORLON!«

»Kommst du?« fragte Odin hinter mir.

»Ja.«

Wir überquerten den Vorplatz. Einige der Arbeiter warfen Odin feindliche Blicke zu, und ein paar murmelten kaum hörbar Kommentare. Die übrigen folgten uns mit den Augen, bis wir im Gebäude waren.

»Er ist sicher im Büro«, murmelte Odin.

Ich folgte ihm die Treppe zu den Büros hinauf, dieselbe Treppe, die seine Schwester vor acht Jahren runtergefallen war, ein Sturz, der jetzt seine eigentliche Bedeutung verloren hatte.

Ich blickte hinaus durch das hohe Fenster und direkt auf den Tankwagen, der frontal zum Werkstor stand und mit dem Heck zu uns, unmittelbar bei dem rostbraunen Deckel, der den alten Giftbrunnen verschloß.

Da, und genau da, fand ich das letzte Puzzleteil und wußte, wonach ich so lange gesucht hatte, im dunkeln. Jetzt hatte ich alle Teilchen. Ich brauchte sie nur noch richtig zusammenlegen.

Odin war bereits eine halbe Treppe über mir, und ich mußte mich beeilen.

Wir kamen in die Verwaltungsbüros, wo ich vor einer Ewigkeit, so schien es mir, Bürovorsteher Ulrichsen getroffen hatte. Dieselben beiden Schutzheiligen bewachten den Eingang: der blonde Frühsommertag und der kühle Herbstabend. Als Odin eintrat mit mir auf den Fersen schauten sie ihn an wie den Leibhaftigen, herabgestürzt von weit oben, und mich wie seinen Propheten.

»Hallo, meine Lieben! Ist Trygve drinnen?«

Die Ältere antwortete: »Der Herr Direktor ist in seinem Büro.«

»*Frau* Direktor vielleicht auch?« sagte Odin sarkastisch, ging an ihnen vorbei und klopfte an die Tür mit Trygve Schrøder-Olsens Namensschild.

Er gewährte ihnen zehn Sekunden, um sich vorzubereiten, falls sie mit etwas Privatem beschäftigt sein sollten. Dann ging er direkt hinein und winkte mir zu folgen.

Ich zwinkerte der jungen Blonden zu und blickte untertänig

die stramme Scharfe an. Im Büro schloß ich rasch die Tür hinter mir und stellte mich davor wie ein Söldner bei der Okkupation eines Regierungsgebäudes.

Bodil und Trygve Schrøder-Olsen saßen jeder an einer Seite des Schreibtisches, gerade so weit voneinander entfernt, daß sie hörten, was der andere sagte, ohne schreien zu müssen. In einem plötzlichen Gedankensprung versuchte ich mir die beiden im Bett vorzustellen; sie waren trotz allem miteinander verheiratet. Ich schaffte es nicht. Ihnen haftete etwas so auffallend Distanziertes und Geschäftsmäßiges an, es war unmöglich.

»Du bist also runtergekommen?« sagte ich zu Bodil.

Ihre Antwort erfolgte stumm, war ein verächtliches Verziehen der Oberlippe.

Ihr Mann erhob sich hinter dem Schreibtisch. »Was, zum Teufel, ist los, Odin? Warum hast du den da mitgebracht?« Ich verbeugte mich leicht, um mich für die Aufmerksamkeit zu bedanken, während er fortfuhr: »Von welchem Todesfall sprichst du? Es ist doch nicht...« Er dämpfte die Stimme und hob die Augenbrauen. »...der Alte?«

»Nein, Trygve«, sagte Odin leise. »Es ist... Siv.«

Es wurde still. Die einzigen Geräusche, die wir hörten, waren Bodil, die tief Atem holte, ein Telefon, das klingelte – und abgehoben wurde – weit weg, und das schwache Echo der Kampfrufe von draußen: »*Nein zum Gift... nieder mit* NORLON...«

Trygve Schrøder-Olsen starrte seinen Bruder an, fassungslos über die Nachricht. Er wankte einen Augenblick und mußte sich an der Schreibtischplatte festhalten. »Wa-was soll das heißen... Ist *Siv-?!*«

Odin drehte sich halb zu mir. »Veum ist mit der Nachricht gekommen.«

»Veum? Wieso das?« Er deutete gereizt auf das Telefon. »Warum hat denn niemand –«

»Das soll er selbst erzählen.«

»Es ist wahrscheinlich so neu«, sagte ich, »daß noch niemand anrufen konnte. Ich weiß nicht, wie es eure Eltern aufgenommen haben, ich habe sie nur – gefunden.«

»Sie gefunden?« fragte Trygve.

»Wo?« sagte Bodil mit schwacher Stimme.

»Im Mørkevatn«, erwiderte ich. »Ertrunken.«

»Im Mørkevatn?!« sagte Trygve irritiert, als sei das ein höchst unpassender Ort.

»Ein – Unglück, oder?« fragte Bodil.

»Ein Unglück kommt selten allein«, erwiderte ich orakelartig.

Ich betrachtete mir die Versammlung: Bodils delikate Schönheit, verhärtet vom Ehrgeiz, Trygves brüske Autorität, gerade dabei, Sprünge zu kriegen, und Odins fast feminine Empfindsamkeit hinter den Brillengläsern. Eines hatten sie gemeinsam. Keiner von ihnen vergoß auch nur eine Träne wegen der ertrunkenen Schwester und Schwägerin.

»Kannst du uns jetzt alles erzählen, Veum?« fragte Odin.

Trygve schaute ihn an. »Weißt du auch nicht mehr als das?«

Odin schüttelte den Kopf. »Er wollte es erzählen – *coram publico* sozusagen.«

Trygve warf einen Blick aus dem Fenster. »Als hätten wir nicht schon genug um die Ohren!«

Odin deutete in dieselbe Richtung. »Das hast du dir selbst eingebrockt. Ihr hättet auf mich hören sollen – früher.«

Der Lärm draußen hatte beträchtlich zugenommen. Die Parolen klangen noch einstimmiger, und man hörte ein bedrohliches Geräusch, als werde das Haupttor mit großer Gewalt bearbeitet.

»Könnten wir nicht darauf verzichten, *darüber* jetzt zu sprechen?« fragte Bodil leise. »Dann würden wir erfahren...« sie schaute mich an.

»Da gibt es nicht viel zu erzählen«, sagte ich. »Ich wollte sie etwas fragen. Siv. Etwas, worauf nur sie die Antwort wußte.«

»Siv hat überhaupt nichts gewußt!« sagte Trygve mit erneuter Gereiztheit. »Was du da redest, ist alles Unsinn. Sie war völlig wirr im Kopf!«

»Das habe ich auch gemeint«, sagte Odin. »Wenn auch mit anderen Worten.«

»Ich wollte es aber nun mal versuchen«, fuhr ich fort, hartnäckig wie ein Turmspringer auf dem Weg nach unten. »Doch es war zu spät. Für mich.«

»Für *dich*?« fragte Odin. »Meinst du, daß jemand anders –«

»Ich habe Bård Farang da unten getroffen. Eigentlich hat er sie gefunden.«

»Bård Farang? Was wollte der denn da? Was hatte er mit Siv zu tun?«

»Sie hat ihn vielleicht wiedererkannt?« sagte ich inquisitorisch.

»Ihn wiedererkannt?«

»Jetzt aber Schluß mit diesem Gerede!« mischte sich Trygve ein. »Ich habe keine Zeit, hier rumzustehen und mir Geschichten anzuhören.« Er griff zum Telefonhörer. »Ich rufe zu Hause an und –«

»Warte!« sagte ich. »Noch nicht. Leg auf.«

Seltsamerweise gehorchte er.

»Er hatte ja noch keine Gelegenheit, etwas zu erzählen«, sagte Bodil und blickte mich direkt an.

»Da gibt es nicht viel zu berichten. Bård Farang sagte, sie liege da unten. Ich bin hingerannt – und habe sie gefunden. Sie war ertrunken, im Mørkevatn, nicht weit vom Ufer.«

»Nicht weit vom Ufer...« wiederholte Bodil automatisch.

»Dann war es kein –?« begann Trygve.

»Es ist kaum anzunehmen, daß es ein Unfall war«, nickte ich. »Es sei denn, sie verlor das Bewußtsein. Aber das glaube ich nicht.«

Odin machte eine Bewegung mit der Hand. »Aber wer –?«

Ich seufzte und musterte alle drei mit einem raschen Blick. »Tja, was meint ihr?«

Sie schauten sich gegenseitig an. Odin zuckte die Schultern. Trygve schüttelte unwirsch den Kopf. Bodil fixierte mich erneut, als wolle sie die Antwort unbedingt auf meinem Gesicht finden.

Mein Blick blieb an Trygve hängen. »Ich soll dich von Birger Bjelland grüßen.«

Sein Kinn klappte nach unten und ermöglichte vollen Durchzug. »Birg... Bjelland? Was ist mit ihm?« Große, deutliche Schweißtropfen bildeten sich auf seiner Oberlippe, und am Hals bekam er hellrote Flecken.

»Du hast doch geschäftliche Verbindungen zu Birger Bjelland, nicht wahr?«

Er fummelte mit einem Finger an der Innenseite des Hemdkragens. »Ja, ab und zu, aber...«

»Ich soll dich von ihm grüßen und dir sagen, daß er nicht gründlich genug gearbeitet hat. Und nächstes Mal möchtest du jemand anderen beauftragen.«

Er stand auf den Hinterpfoten, und es fehlte nicht viel, daß er auf dem Rücken lag, den Bauch entblößt, offen für jeden Angriff. »Hat Birger Bjelland wirklich *gesagt* –«

Seine Frau griff ein, mit einer Stimme, die wie Eisstücke klirrte: »Trygve!«

Er schaute auf zu ihr, wie ein gut dressierter Hund, und nickte. Sie wandte sich mir zu: »Was soll das alles heißen, Veum?« Die Gedanken prasselten auf mein Gehirn wie Hagel auf ein Wellblechdach. Das war ein solcher Lärm, daß ich nicht in der Lage war, sie zusammenzuhalten. Langsam sagte ich: »Das soll heißen, daß alles... irgendwie zusammenhängt mit – MILJØBO.«

Sie lächelte säuerlich. »Sooo? Und wie?«

»Nun, ich...« Ich blickte in die Runde. Alle drei erwarteten sie eine Antwort. »Du bist doch die Vorsitzende des Projekts, oder?«

»Und wenn?«

»Du trägst die Verantwortung dafür, daß es ein Erfolg wird, nicht wahr?«

»Finanziell, ja. Aber ich bin nicht Eigentümerin.«

»Nein? Wer dann?«

Darauf bekam ich keine Antwort. Denn in dem Augenblick ertönte ein dröhnendes Geräusch von draußen, ein Knall, wie wenn eine Stahlkonstruktion in Stücke geht, und gleichzeitig erklang einstimmig ein Jubelschrei von den Demonstranten und gleich darauf wie tausend knatternde Fahnen das Geräusch laufender Füße.

»Was zum Teufel –« rief Trygve und stürzte zum Fenster.

»– war das?« schloß Odin und rannte hinterher.

Trygve wandte sich an Bodil. »Sie haben das Haupttor durchbrochen!« Er deutete auf das Telefon. »Ruf die Polizei an!«

»Aber – die ist doch da?«

»Sie brauchen Verstärkung! Oh mein Gott!«

Er wandte sich wieder zum Fenster. Neben ihm zuckte Odin zusammen.

Jetzt war ich selbst beim Fenster.

Es war ein schockierender Anblick, wie ein geborstener Betondamm, durch den Kaskaden von Wasser fluten und alles mitnehmen, was im Wege steht.

Die breiten Torflügel waren aus den Angeln gerissen, und wie ein Wolkenbruch strömten die Demonstranten herein. Sie steuerten im Laufschritt auf den Tankwagen zu, wo die Schutztruppe der Arbeiter überrannt wurde wie die Verteidigungslinie einer Provinzmannschaft, aufgestellt gegen die Juniorenmannschaft aus Brasilien.

Hinter den Demonstranten kamen wie die wilde Jagd die Medienvertreter: Fernsehfotografen, Journalisten und Pressefotografen. Das war für diese Woche das Ereignis des Jahrhunderts, bedeutender als die Schlacht von Stiklestad* und spannender als das Pokalendspiel.

Die zehn Polizisten hatten keine Chance. Sie wurden ebenso beiseite gefegt wie die Tore, und jetzt versuchten sie, sich von hinten mit ihren Knüppeln durch die Demonstranten vorzuarbeiten. Einer von ihnen blies in die Trillerpfeife, und oben von der Straße kamen die beiden Gendarmen heruntergelaufen, als könnten sie irgend etwas ausrichten.

»Was haben sie bloß vor?« stöhnte Trygve.

»Sie kapern den LKW!« rief Odin mit einer Mischung aus Triumph und Schrecken in der Stimme.

Der Tankwagen war bereits umringt. Der Fahrer wurde mit Gewalt von seinem Sitz gezerrt und wie ein besiegter Raufbold in einem Jugendzentrum übermannt und auf den Boden gelegt. Eine Hand schoß in die Luft, und es blitzte etwas in der Sonne.

»Der Zündschlüssel!« stöhnte Trygve.

Zwei Personen enterten den LKW. Die eine hatte langes, dunkles Haar, im Nacken als Pferdeschwanz zusammengehalten. Die andere schien geschmeidig wie ein Panther, mit Zebrastreifen im Haar, das oben nachlässig zu einem Knoten zusammengefaßt war. Für mich bestand kein Zweifel. Das waren Vibeke und Bård Farang.

»Bonnie und Clyde«, murmelte ich.

»Was?« bellte Trygve.

Der Motor des Tankwagens brüllte auf, und die Demonstranten spritzten jubelnd zur Seite.

Hinter uns war Bodil am Telefon.

Odin drehte sich zu ihr. »Ist es die Polizei?«

Sie nickte.

»Sag ihnen, sie müssen höllisch vorsichtig sein! Der LKW ist eine tödliche Bombe! Er kann ganz Bergen auslöschen!«

Der große Tankwagen steuerte langsam auf das Tor zu.

Die Polizeibeamten stellten sich in den Weg, aber Bård Farang stieg aufs Gas und beschleunigte hin zur Öffnung im Zaun.

Die Beamten warfen sich im letzten Augenblick zur Seite, das Fahrzeug schleuderte durch die Öffnung und fuhr mit gräßlich heulendem Motor hinauf zur Hauptstraße.

Odin packten meinen Arm. »Hast du einen Wagen, Veum?«

»Ja.«

»Komm! Wir müssen hinterher!«

Trygve umklammerte seinen Arm. »Odin, halt sie auf, um Gottes willen, halt sie auf! Das ist eine Katastrophe!«

Ich begegnete Bodils Blick. Sie stand wie ein Gipsabdruck am

Telefon, immer noch mit dem Hörer in der Hand. Aber sie sprach nicht hinein, und sie hörte nicht, was am anderen Ende gesagt wurde.

Odin riß sich von seinem Bruder los, und wir rannten die Treppe runter.

»War das nicht Bård Farang?« keuchte Odin.

»Stimmt!« japste ich zurück. »Und er hat eine Menge zu rächen!«

50

Draußen auf dem Vorplatz war es zu heftigen Tumulten gekommen zwischen den Demonstranten auf der einen und der Polizei und den Arbeitern auf der anderen Seite. Die Kavallerie hatte ihren Dienst getan. Jetzt war es Zeit für den Kampf von Mann gegen Mann.

Wir liefen in einem großen Bogen um sie herum. Unmittelbar bei dem zertrümmerten Haupttor stand Håvard Hope mit hängenden Armen und einem Gesichtsausdruck, als hätte er gerade eins über den Schädel gekriegt. Als er Odin erblickte, zischte die kürzeste Lunte los, die ich seit langem gesehen hatte: »Siehst du jetzt, wohin das führt?! Damit wird unsere ganze Bewegung zerrissen! Bist du dir darüber klar, was der LKW anrichten kann?«

»Halt die Klappe! Wir werden sie aufhalten!« Wir rannten an ihm vorbei, und Odin fügte hinzu: »Wenn wir es schaffen. – Wo steht deine verdammte Karre?«

Ich deutete in die Richtung. »Gleich da oben.«

Ich war völlig aus der Puste, und mein Herz schlug wie ein Schwergewichtsboxer, als wolle es den Brustkorb sprengen. Odin war zehn, fünfzehn Meter vor mir. »Der graue Corolla!« rief ich.

Wir waren angekommen. Ich schloß auf, klemmte mich hinters Steuer, entriegelte die Beifahrertür und gab Gas, noch ehe er die

Tür ganz zu hatte. »Welchen Weg – sind sie – gefahren?« japste ich.

»Den!« Er deutete Richtung Håkonshella.

»Okay.« Die Reifen quietschten, als ich hochschaltete und der Wagen wie ein angeschossenes Tier auf die Fahrbahn raste. Wir waren fast im Straßengraben, da griffen die Vorderräder, und ich bekam den Wagen unter Kontrolle. Wir waren auf achtzig, als ich in den dritten schaltete und wir stachen in die Kurve wie ein Jagdflugzeug. »Wohin, glaubst du, wollen sie?«

»Keine Ahnung. Ich hoffe nur, wir holen sie ein!«

»Was hast du gemeint mit – tödlicher Bombe?«

»Genau, was ich gesagt habe!« Wir passierten die Abzweigung nach Håkonshella und fuhren weiter Richtung Alvøen. »Wenn der Tankwagen voll ist, beträgt der Inhalt eine halbe Tonne konzentrierten Blausäureabfalls. Sollte er bei einer Kollision in die Luft gehen, mitten im Zentrum von Bergen, kann sich innerhalb von einer oder zwei Minuten eine Gaswolke entwickeln, die im Umkreis von zwanzig Kilometern jedes Leben vernichtet!«

Ich sah ihn schräg von der Seite an. »Ist das ernst?«

»Das ist blutiger Ernst, Veum!« Odin war bleich und sein Gesicht verzerrt. »Die kurven mit einer Atombombe im Rücken herum!«

Ich lachte hohl. »Ich höre schon die Nachrichtensprecher! – Hier die neuesten Nachrichten. Von Bergen wird gemeldet, daß die Stadt gegen 18.30 Uhr heute abend ausgelöscht wurde... – Glaubst du, jemand würde reagieren, in Trondheim oder Oslo?«

»Das ist, verdammt noch mal, kein Spaß, Veum!«

Wir fuhren unter der Sotra-Brücke durch. »Galgenhumor, Odin – Lachen auf dem Schafott.«

An den ersten Godvikskurven standen zwei Autos im Graben, und eine Handvoll Menschen deutete aufgeregt Richtung Stadt. »Kilroy was here«, murmelte ich lakonisch und raste an ihnen vorbei, als hätten sie besondere Schutzengel.

Die vielen Haarnadelkurven zwischen Godvik und Brønndalen

hatten sie behindert. Als wir Sotraveien vor uns erblickten, bekamen wir den Tankwagen zum ersten Mal zu Gesicht. Runter zum Lyderhornsvei Richtung Vadmyra und Loddefjord zitterte die Tachonadel bei hundert. Meter um Meter arbeiteten wir uns an den LKW heran, und ich sah schon meinen Führerschein nach Sotra flattern, falls in der Gegend zufällig gerade eine Geschwindigkeitskontrolle sein sollte. Unten bei Bjørndalspollen blinkte Blaulicht.

»Die sollen bloß keine Sperre aufrichten!« rief Odin.

»Vielleicht benutzen sie Nägelmatten?«

»Die Reifen sind zu dick! – und außerdem, wenn sie ins Schleudern kommen und mit einem anderen Auto zusammenstoßen... Poff!« Er machte eine entsprechende Bewegung mit den Armen.

»Dann ist es vielleicht unklug, sie zu verfolgen? Und gescheiter, nach Hellesøy zu fahren und das Beste zu hoffen?«

Aber ich blieb auf dem Gas. Der Tankwagen donnerte wie ein Panzer durch das Tal. Bård Farang stand auf der Hupe und kümmerte sich an den Kreuzungen einen Dreck um rote Ampeln. Auf den Trottoirs spritzten die Leute zur Seite, als hätten sie Angst, vom Luftzug mitgenommen zu werden, und erschreckte Autofahrer klammerten sich mit Gesichtern voller Panik ans Steuer ihres Wagens wie an die rot-weißen Rettungsbojen mit der Aufschrift VESTA-HYGEA. Und im Kielwasser folgten wir wie ein verspätetes Echo.

Die Polizei hatte den Verkehr an der Kreuzung beim Bjørndalpollen gesperrt, und sie winkten mit dem STOPP-Schild wie bei einer normalen Verkehrskontrolle. Aber Bård Farang war nicht an einer Überprüfung seiner Lichtanlage interessiert, und wir rasten mit neunzig am Tatort vorbei, heftig gestikulierend unsere guten Absichten beteuernd. In der langgezogenen Kurve zur Kreuzung in Bjørndalstræ sah ich im Rückspiegel vier, fünf Fahrzeuge mit Blaulicht die Verfolgung aufnehmen. Über die Kreuzung und am Liavannet entlang waren wir wie ein Trauerzug, der mit zu hoher Geschwindigkeit das letzte Geleit gab. – *Guten Abend. Hier ist die Nachrichtenredaktion. Kein Überlebender, als Bergen heute abend um 18.30 Uhr –*

»Was denken die sich wohl?« stöhnte ich.

»Keine Ahnung! Was hast du damit gemeint, daß er – jede Menge zu rächen habe?«

Ich konzentrierte mich darauf, den Wagen auf der Straße zu halten. Zwischendurch murmelte ich: »Hast du das immer noch nicht begriffen?«

»Nein.«

Wir näherten uns dem dicht besiedelten Gebiet Nygård. Der Tankwagen vor uns machte keine Anstalten, abbiegen zu wollen. Er folgte Kringsjåveien um die Landzunge und hinein nach Laksevåg. Jetzt hatten wir das Zentrum von Bergen im Blickfeld, die Bergflanken von Fløien und Ulriken und einen Himmel, von dem die Sonne plötzlich verschwunden war, als habe auch sie keine Lust, den Untergang Bergens zu sehen. Eine grauweiße Wolkendecke weit, weit oben hatte den Vorhang vorgezogen und die Stadt ihrem Schicksal überlassen.

An den Bordsteinkanten und zum Teil oben auf den Trottoirs des Kringsjaveien standen Autos in beiden Richtungen, als wollte man eine eigene Spur frei lassen, damit der verrückte Trauerzug von Ytre Laksevåg her passieren könne.

Wir näherten uns Puddefjordsbroen und der Abzweigung ins Zentrum von Bergen. Aber auch hier bog der Tankwagen nicht ab.

»Das Steuer muß eingerastet sein«, murmelte ich.

Geradeaus brausten sie weiter über die Carl-Konows-Gate direkt hinein in die Michael-Krohns-Gate und im selben irrsinnigen Tempo zum Danmarksplatz.

»Verflucht noch mal«, sagte Odin. »Hoffentlich haben sie es geschafft, hier den Verkehr zu sperren!«

Sie hatten es geschafft. Wir donnerten über den dichtesten Verkehrsknotenpunkt der ganzen Region, vorbei an einem Spalier von Blaulicht und provisorischen Polizeisperren, quer über die

Kreuzung und hinein in die Ibsens-Gate Richtung Landås und Haukeland Krankenhaus.

»Ist das wirklich so mit der Wolke?« fragte ich Odin.

»Ob das wirklich so ist? Das ist blutiger Ernst. Auch Haukeland würde zu klein sein, falls der Wagen in die Luft fliegt!«

Als besinne er sich plötzlich auf Verkehrsregeln, blinkte Bård Farang in der Kreuzung Ibsens-Gate – Haukelandveien abrupt links, schlitterte um die Kurve und verschwand im Tunnel unter dem Krankenhaus, als ginge es um eine dringende Einlieferung in die unter Etage.

Ich kam ebenfalls ernsthaft ins Schleudern, drehte mich zweimal um mich selbst, bis ich den Wagen wieder unter Kontrolle hatte, schaltete zurück, zwang die Reifen in die Kurve und jagte hinterher, direkt vor dem vordersten Streifenwagen.

Der Tankwagen hatte wieder einen Vorsprung gewonnen, aber bei Årstadvollen waren wir erneut auf Rufweite, was den Abstand betraf.

Odin klammerte sich ans Armaturenbrett und beugte sich vor. »Verfluchter Mist, Veum! Wenn die vorhaben, was ich jetzt befürchte...«

Derselbe Gedanke schoß mir in den Kopf. »Du meinst – Svartediket?«

»Ja, zum Teufel noch mal!«

Und wir hatten recht. Am Ende des Årstadveien rumpelte der Tankwagen über den rechten Bordstein und bog in den Svartediksvei. Er drückte sich links an dem Baum vorbei, der mitten auf der Kreuzung bei Lappen stand und preschte den Tarlebøwei hinauf.

»Und die Schranke?« rief ich.

»Hält nicht eine Sekunde!« erwiderte Odin.

Mit einem Knall stieß der Tankwagen gegen die Schranke, die Isdalen für den Verkehr sperrt. Einen Augenblick sah es so aus, als würde er gestoppt. Dann stieß der Motor eine besonders große Auspuffwolke aus, brüllte auf wie ein Tier der Vorzeit und zerspitterte den starken Schlagbaum. Eine Staubwolke aus Kies hinterlassend raste der LKW weiter, Golibakken hinauf und hinein ins Isdalen, fünfzig Meter oberhalb des Svartediket, dem Hauptreservoir für die Trinkwasserversorgung der Stadt.

51

Isdalen schneidet sich wie ein kanadisches Tal zwischen Fløien und Ulriken ein, von Fichten bekränzt und mit dem Svartediket als großem See in der Mitte.

Anfangs war Isdalen nur der innerste Talgrund hinauf Richtung Kjeften und Trolldalen auf der Rückseite des Ulriken, der Name hat aber abgefärbt und bezeichnet nun das gesamte Tal, das ursprünglich Våkendalen hieß. Våkendalen reduziert sich inzwischen auf das Steilstück hinauf nach Tarlebø Richtung Norden, während Hardbakkadalen nordöstlich steil aufsteigt und zum Borgerkaret führt, ein Wagen- und Postweg bis weit zurück in die Zeit von König Sverre*. Bis Anfang der fünfziger Jahre waren die Bauernhäuser noch bewohnt. Jetzt lag das Tal einsam da, abgesehen von der regelmäßigen Benutzung durch Jogger und Wanderer, Hundehalter und Touristen.

Das Gepräge einer Wildnis hat das Tal behalten. Wenn man am innersten Ufer des Svartediket steht, kann man sich nur schwer vorstellen, daß sich ein paar Meter weiter Norwegens zweitgrößte Stadt befindet.

In dieses Tal hinein donnerte der grüne Tankwagen wie ein wild gewordener Stier in einen Porzellanladen. Bård Farang stand auf der Hupe, damit Fußgänger und Jogger sich noch retten konnten, bevor sie plattgewalzt würden wie ausgelatschte Turnschuhe. Ein Schäferhund ging zum Angriff auf den Eindringling über und entging nur knapp seiner Umwandlung in Labskaus* mit Schwanz, weil sein Herrchen ihn gewaltsam am Halsband zurückzog.

Der riesige LKW pflügte über den schmalen Schotterweg wie

ein Schneepflug auf einem verschneiten Paß, und in der Staubwolke dahinter hielten wir immer den gleichen Abstand. Auf der kurvigen Straße erwies sich der Corolla wendiger als der Tanklaster, und in den engen Kurven fuhren wir so nah auf, daß wir bremsen mußten. »Gibt es irgendeine Möglichkeit, ihn zu stoppen?«

»Wenn ich nur wüßte, was sie vorhaben!« erwiderte Odin. »Wenn die von der Straße abkommen und im See landen, kann das Trinkwasser für Monate verseucht sein.« – *Hier die neuesten Nachrichten. Aus Bergen wird gemeldet, daß die gesamte Stadtbevölkerung sich ambulant einem Auspumpen des Magens unterziehen mußte, nachdem* – »Aber die größte Gefahr ist nach wie vor die Explosion. Eine Gaswolke mit dem Zug dieses Tales hinter sich würde nicht nur das Stadtzentrum in Mitleidenschaft ziehen, sondern auch große Teile von Fana.«

An der Betonabgrenzung der Straße flogen die Funken, als sich der Tankwagen durch die engen Kurven zwängte. Für einen kurzen Moment sah ich vor zur nächsten Kurve, wo eine Gruppe von zwanzig, dreißig Läufern individuell reagierte, einige, indem sie sich über den Zaun Richtung See stürzten, andere, indem sie auf allen Vieren den mit Wacholder bewachsenen Hang hinaufkletterten, um ihr Leben zu retten, während einige wie gelähmt mitten auf der Straße stehenblieben. Der Tankwagen kam ins Schleudern, die Funken sprühten hoch in die Luft, und neben mir schrie Odin: »Jetzt ist es soweit, Veum! Vergiss dieses Leben und fahr zur Hölle!«

Ich trat voll auf die Bremse und zwang das Steuer nach links, so daß wir wie beim Moto-Cross für Autos in die Zielkurve schleuderten.

Um nicht direkt die erstarrten Freizeitsportler zu überfahren, fuhr Bård Farang geradeaus weiter. Es sah aus, als versuche der LKW wie ein Raupenfahrzeug den Berg zu besteigen. Er riß Wacholderbüsche aus, knickte Bäume wie Zündhölzer und endete mit einem Knall an einem Felsblock, daß wir die Berge um uns singen hörten.

Unter meinen Reifen knirschte der Kies, als würden Zähne zermahlen, dann standen auch wir. Es roch nach verbranntem Gummi und Öl, und durch meine Adern rauschte pures Benzin. Ich war gleichfalls kurz davor, in die Luft zu fliegen und mich in eine Wolke zu verwandeln.

Dann war alles still.

Wir befanden uns in einem plötzlichen Vakuum, einer Schleuse in der Zeit. Das Blut pochte gegen die Schläfen, und wir hörten nichts als unseren keuchenden Atem.

Ich hatte die Augen geschlossen, wartete auf den Knall und die Katastrophe.

Aber nichts geschah.

Ich öffnete sie wieder, hob den Kopf und schaute zu dem Tankwagen.

Er stand mit dem Kühler nach oben etwas schief im Gelände. Das eine Vorderrad drehte und drehte sich, wie ein Rad der Ewigkeit, gräßlich singend, ein Geräusch wie das Jammern eines weidwunden Tieres.

Aus dem Führerhaus taumelte Bård Farang und hielt sich den Kopf. Er wandte sich zur offenen Tür und streckte die Hand hinauf. Vibeke Farang ergriff sie und folgte ihm.

Hinter uns stoppten die Streifenwagen mit quietschenden Bremsen, zwei von ihnen so dicht hintereinander, daß sie auffuhren.

Bård Farang deutete den Berghang hinauf, wo ein steiler Pfad zum Midtfjell führte. Dann zog er Vibeke Farang hinter sich her. Sie hielt sich das eine Knie und hinkte beträchtlich. Aber sie waren immer noch auf freiem Fuß, Bård und Vibeke Farang, Bonnie und Clyde der Umweltbewegung.

Ich drehte den Kopf zu Odin. »Sollen wir – versuchen, sie aufzuhalten?«

Er saß apathisch da und starrte hinter ihnen her. Dann schüttelte er den Kopf. »Die Polizei nimmt sie fest – oben am Gipfel. Wichtiger ist der LKW.« Er befreite sich langsam vom Sicherheitsgurt, der einen dunkelblauen Streifen über seinem Schlüsselbein hinterlassen hatte.

Die ersten Polizisten waren bereits an uns vorbei und hinter den beiden her. Sie hatten keine Chance. Sie würden den Gipfel gar nicht erreichen.

Guten Abend, hier ist die Nachrichtenredaktion. Bergen entging heute gegen 18.30 Uhr nur knapp einer totalen Vernichtung, als ein Pärchen in einem Tankwagen, gefüllt mit blausäuregesättigtem Industriemüll – Ich verscheuchte die Stimme in meinem Innern und suchte ungeduldig einen anderen Sender.

Ein unfreundlicher Polizeibeamter nahm uns in Augenschein. »Das wird nicht billig! Kann ich Führerschein und Wagenpapiere sehen?«

Ein Jogger, Anfang vierzig mit rotem T-Shirt und großer Brille, stellte sich neben ihn. »Wir arbeiten im Haukeland Krankenhaus. Können wir helfen?«

Ich deutete auf den Beamten. »Dringend Erste Hilfe erforderlich. Eine straffe Kompresse, genau zwischen die Ohren.«

Hinter mir lachte Odin hysterisch, als hätte jemand einen Witz gemacht. Als gäbe es überhaupt noch etwas zu lachen.

52

Die folgenden Stunden verliefen hektisch. Das Tal wurde für jeden Verkehr gesperrt. Ein Feuerwehrhubschrauber besprühte den gestrandeten Tankwagen mit Schaum, und eine Gruppe in Schutzanzügen suchte nach eventuellen Leckstellen, stieg ins Führerhaus und schaltete die Zündung aus.

Die Spaziergänger und Läufer mußten an diesem Abend einen anderen Weg zurück in die Stadt nehmen, über Tarlebø und Blåmanen. Der Betriebssportverein des Haukeland Krankenhauses seinerseits bekam die Rechnung präsentiert für diesen Lauf am Montag nachmittag, mußte eine Erste-Hilfe-Station einrichten für aufgeregte Wanderer mit verstauchten Knöcheln und bedrohlichen Anzeichen von Schockzuständen.

Bonnie und Clyde wurden vom Berg runtergeholt, Bård Farang in Handschellen, Vibeke ohne. Wieder im Tal wurden sie zu einem Streifenwagen geführt und mitgenommen, ohne daß wir auch nur einen Blick mit ihnen gewechselt hätten.

»Dann *war* es Bård Farang, der...« sagte Odin neben mir. »Ob sie es gemeinsam gemacht haben?«

»Was denn?«

»Das mit – Tor und... alles andere!«

»Tja.«

Ich schaute dem Wagen lange nach, als er verschwand. – Bård Farang... Ich konnte nicht anders, ich mußte an seine neue Frau denken, an Silje und die drei Kinder, Marthe, Olav und Johannes, vaterlos und alleingelassen auf einem Berghof hoch über dem Hardangerfjord, mit einer Aussicht, die außer fernen Gipfeln wenig bot. Ich fragte mich, was ihn bewogen haben mochte, sie zu verlassen und seine erste Frau aufzusuchen. – War es wegen der gemeinsam erlebten Tragödie, die sie mit natürlicher Notwendigkeit wieder zusammenführte, als das Verbrechen endlich vergolten werden sollte? Und war ich es, der ihn, ohne es zu wissen, auf die richtige Spur gebracht hatte? – Oder gab es andere Gründe?

Wir erstatteten dem nach wie vor unfreundlichen Polizeibeamten kurz Bericht, und er kam zu dem Schluß, daß wir wohl kaum persönlich verantwortlich gemacht werden könnten für das, was geschehen war. Er entließ uns deshalb ohne weitere Auflagen.

Der Wagen wurde zur nächsten Wendemöglichkeit dirigiert, einem alten Steinbruch beim Aufstieg zum Tarlebø. Dort mußten wir warten, bis fast alle Streifenwagen in der Schlange hinter uns da waren, dann durften wir die Schnauze talauswärts wenden.

Es war ziemlich dunkel geworden, als wir Isdalen verließen, das lag aber nicht an der Tageszeit. Die Wolkendecke, die sich an diesem Juniabend über Bergen gelegt hatte, war wie Blei.

Als wir an dem zersplitterten Schlagbaum in Golibakken vorbeifuhren, sagte Odin: »Ich werde mich zu meinen alten Eltern begeben. Dieser Tag muß ihnen zugesetzt haben – nicht nur uns.«

Wir bogen in den Årstadvei ein, und ich sagte: »Ich kann dich hinfahren. Ich muß deinen Vater ohnehin etwas fragen.«

»Aha? – Was denn?«

Wir bewegten uns an diesem Abend beide wie in Zeitlupe und erst, als wir den Haukelandtunnel hinter uns hatten, gab ich eine indirekte Antwort: »Wie schlecht *ist* eigentlich die Verfassung deines Vaters?«

»Wie schlecht? – Du hast ihn doch selbst gesehen? Du verdächtigst ihn doch nicht...«

»Nein, ich habe nur überlegt. Manche Leute sind verdammt beweglich, trotz Rollstuhl. Und wie ich kürzlich mit eigenen Augen *gesehen* habe, ist er physisch ausgezeichnet in Form, für sein Alter. Jedenfalls, was den Oberkörper betrifft.«

»Absurd.«

»Ich habe sogar Menschen erlebt, die es so angenehm empfanden, umsorgt zu werden, daß sie es vorzogen, im Rollstuhl zu bleiben, obwohl sie in Wirklichkeit gesund waren.«

»Nicht mein Vater, Veum – das kann ich dir versichern! Er kann sich gar nicht ruhig halten.«

»Nein?«

»Nein.«

Wir fuhren Bjørkelundbakken hinunter. Vor uns breitete sich das, was einmal die Fana Kommune gewesen war, aus wie ein Flickenteppich in der künstlichen Dämmerung silbern zusammengenäht. Die Wolkendecke war jetzt so dicht, daß die Berggipfel darin verschwanden, und über Nordåsvannet lag eine zähe Dunstschicht wie ein ausgedehntes Gähnen in der offenen Landschaft.

»Du hast gesagt«, ergriff Odin vorsichtig wieder das Wort, »daß Bård Farang eine Menge zu rächen hatte?«

»Ja.«

»Hat er deshalb – gemeinsam mit Vibeke – diese hirnverbrannte Aktion gestartet?«

Ich nickte langsam. »Als eine Art Rache vielleicht – an NORLON, oder an der Gesellschaft, an all den glücklichen Unwissenden, die auf die eine oder andere Weise gleichsam an dem, was mit ihrer Tochter passierte, beteiligt waren.«

»Ich verstehe nicht, was du meinst. Der Skandal hätte doch in erster Linie NORLON getroffen, oder nicht?«

»Vermutlich. Und die Wasserwerke.«

»Aber es hat doch niemand von NORLON ihre Tochter umgebracht?«

»Nicht?«

»Nein?«

»Und du bist sicher, daß Camilla tot ist?«

»Daran besteht inzwischen allgemein kein Zweifel mehr, oder?«

Bei der Ampel vor Paradis blieben wir bei Rot stehen, als hielte man uns noch nicht für würdig reinzukommen. Aber wir erlangten Vergebung und bekamen Grün, und als wir nach links Richtung Hop abbogen, sagte ich leise: »Tor Aslaksen hat Camilla Farang umgebracht.«

»Was?« kläffte er. »Das lehne ich ab zu... Das mußt du näher erklären«, fuhr er still fort.

Neue Ampel, neue Wartezeit.

»Diese Lösung liegt auf der Hand. So offensichtlich, daß... Der Postbote, den niemand gesehen hatte, weil er einfach da *war*.

»Was faselst du denn jetzt, Veum?«

»Paß auf. Tor Aslaksen hält ein Schäferstündchen mit Vibeke Farang, ihr Mann ist auf Fortbildung bei Oslo. Aslaksen hat nicht viel Zeit, denn bei NORLON muß ein Konflikt entschieden werden. Und so hat er Vibeke versprochen, den Wagen der Farangs zu nehmen und ihn am nächsten Morgen in die Werkstatt zu bringen.«

»Ja?« Seine Stimme klingt gespannt.

»Stellen wir uns vor, Camilla wird wach, hört Geräusche, steht auf und wird Zeuge dessen, was im Schlafzimmer vor sich geht.

Vielleicht glaubt sie wie Kinder oft in dieser Situation, es passiere etwas Schreckliches mit der Mutter. Sie sucht Trost an der einzigen Stelle, wo sie ihn finden kann – beim Vater.«

»Aber –«

»Richtig, der ist nicht da. Aber das *Auto* ist da, das sie in erster Linie mit ihm verbindet – und die Decke auf dem Rücksitz, in die sie sich beim Mitfahren immer kuschelt. Dort – so denkt sie – ist sie geborgen.«

»Du meinst, das Kind hat das Haus verlassen und sich ins Auto gelegt, das nicht abgeschlossen war?«

»So muß es gewesen sein. Denn als Tor Aslaksen nicht lange darauf mit dem Wagen wegfuhr, lag sie auf dem Rücksitz und schlief.«

»Und du meinst... daß er sie entdeckt hat und daß er –? Nein. Nicht Tor. Das machst du mir nicht weis!«

Wir näherten uns nun Rådalskrysset. Links lag das Einkaufszentrum Lagunen mit der chronischen Autoschlange: Käufer, die rein oder raus wollten, Angestellte, die raus oder rein wollten. Wem das Stehen in einer Autoschlange das Gefühl sozialer Geborgenheit gibt, der sollte Lagunen besuchen, egal zu welcher Tageszeit.

Vor uns warteten zwei neue Ampeln.

»Als ich gesagt habe, daß Tor Aslaksen die kleine Camilla Farang umgebracht hat, hätte ich mich vielleicht klarer ausdrücken müssen. Ich meine nicht, daß er es mit Absicht getan hat. Aber ohne es zu wissen.«

»Hm.« Er klang unzufrieden.

»Und damit meine ich schlicht und ergreifend, daß er die Kleine, die auf dem Rücksitz schlief, nicht bemerkte, sondern direkt zu Norlon gefahren ist, auf dem Parkplatz rechts vom Haupttor den Wagen abstellte und zur Krisensitzung eilte, ohne das Geringste zu merken. – Kapiert?«

Er nickte mit skeptischem Gesichtsausdruck.

»Dann kommt dein Vater – und Siv.«

»Ja?«

»Ihr anderen seid im Konferenzraum und wartet. Auch Tor Aslaksen.«

»Ja, ja.«

»Vielleicht wird Camilla vom Motorengeräusch des Wagens deines Vater wach. Doch jetzt weiß sie nicht mehr, wo sie ist. Sie steigt aus dem Auto. Sie ist an einem Ort, wo sie noch nie war. Aber da drüben sieht sie eine Tür, sieht beleuchtete Fenster. Sie geht in die Richtung. Hinter dem Fenster zwischen den Stockwerken sieht sie eine junge Frau, Siv. Vielleicht denkt sie, es ist die Mutter. Vielleicht gibt ihr der Anblick Sicherheit.«

»Siv? Sicherheit?« Er lächelte wehmütig.

»Sie winkt ihr zu, läuft in ihre Richtung, nimmt Blickkontakt mit ihr auf, und dann... wird sie buchstäblich von der Unterwelt verschluckt. Sie war direkt auf die offene Luke zugegangen, hinter dem Tankfahrzeug. – Und das beobachtet Siv! Das kleine Mädchen, das verschwindet, sich in Luft auflöst! Deshalb schreit sie auf, dreht sich so schnell auf der Treppe um, daß sie das Gleichgewicht verliert und runterfällt. Und verunglückt. Deshalb hat sie acht Jahre später immer noch von *dem kleinen Mädchen* gesprochen. – Bist du der Vater von dem kleinen Mädchen? hat sie mich gefragt, als ich sie zum ersten Mal sah. Ich habe Totto alles erzählt, sagte sie beim nächsten Mal. – Ich glaube, Tor Aslaksen ist dieser Zusammenhang erst letztes Jahr klargeworden, als er das, was Siv erzählt hat, mit den mysteriösen Vorgängen verknüpfte, die ihn und die anderen Beteiligten so viele Jahre quälten.«

Er blieb in tiefem Schweigen sitzen, sagte kein Wort.

Wir verließen den Flyplassvei und bogen ab Richtung Blomsterdal und Hjellestad.

Da ergriff er wieder das Wort. »Und was dann?«

»Er vertraute sich seiner Freundin, Lisbeth Finslo, an; wollte wissen, wie er vorgehen sollte. Es gab ja nicht den geringsten Beweis, und daß man von der armen Camilla noch Reste in dem

Giftbrunnen finden würde, war höchst zweifelhaft, nach so vielen Jahren und Leerungen.«

»Beweise? Man kann doch nicht von Beweisen reden, Veum – solange kein Verbrechen begangen wurde?«

»Nun ja, aber eine ungesicherte offene Giftgrube, da könnte man doch zumindest von fahrlässiger Tötung sprechen, begangen von – A/S NORLON.«

Er machte eine unbestimmte Armbewegung.

»Außerdem kommt eine andere Sünde hinzu. Das Vertuschen. Niemand hat etwas gesagt, hinterher, als sich alles beruhigt hatte. Man ließ Vibeke Farang und ihren Mann weiter in der Ungewißheit leben wie mit einem eisernen Band um die Stirn, das von Tag zu Tag noch enger wurde. – Dieses Vertuschen war von solcher Bedeutung, daß man einer bestimmten Person, der in diesem Jahr plötzlich die Hintergründe klar wurden, nämlich Tor Aslaksen, einen Maulkorb verpaßte, und zwar ein für allemal.«

»*Man*?«

»Denn in der Zwischenzeit hatte sich zur Notwendigkeit des Vertuschens der Hunger nach Profit gesellt.«

»Profit – für wen?«

Bei dem Bootshafen in Kviturspollen bogen wir auf den Mildevei ab. Zu beiden Seiten wuchs hier dichter Wald. Die Bäume beugten sich vor wie ernst zuhörende Geschworene, noch nicht in der Lage, den Zusammenhang zu erkennen.

»In dem Moment tauche *ich* auf der Bildfläche auf. Lisbeth Finslo hatte mich kennengelernt...« Ich nickte nach vorne. »...in der Hjellestadklinik. Sie versprach, ein Zusammentreffen mit mir zu arrangieren, so unauffällig wie möglich. Das Angebot, das Haus von Pål und Helle Nielsen zu bewachen, war der willkommene Anlaß. Aber dort beim Swimming-pool wurde Tor Aslaksen überrascht. Jemand wartete auf ihn. Und zwar jemand, der Zugang zum Schlüssel hatte.«

»Mein – Vater?«

»Zum Beispiel. – Es kam zu einem Handgemenge. Tor Aslaksen

wurde bewußtlos geschlagen und ins Becken befördert, wo er ertrank. – Doch dann sah der Täter Lisbeth und mich kommen. Hier bin ich mir noch nicht ganz sicher, was wirklich passiert ist. Vielleicht hat er uns gehört, als wir kamen. Vielleicht war er schon draußen. Jedenfalls war er dreist genug, um zu warten, um festzustellen, was vor sich ging. Und wurde überrascht, als Lisbeth voller Panik rausgelaufen kam – ihm direkt in die Arme.«

»Und das hätte mein Vater gemacht haben sollen, im Rollstuhl?«

»Wie würde Lisbeth reagiert haben, wenn sie ihm draußen begegnet wäre, ohne Rollstuhl und munter wie ein Fohlen? – Würde sie mit ihm gegangen sein?«

Er antwortete nicht. Wir waren da.

Ich bog ab in die kleine Straße zur Fana Folkehøgskole und dem Arboretum.

Ich stellte den Wagen ab, und wir stiegen aus.

Wir blieben stehen und musterten uns über das Autodach. »Ob Trygve wohl oben ist, was meinst du?«

»Falls er schon von NORLON zurück ist. Ich nehme es an.«

»Und Bodil?«

»Sicher. Warum?«

Ich schaute ihn lange an. »Weil es interessant wäre, mit euch zu sprechen, mit allen zusammen.«

Er grinste steif. »Wie bei Hercule Poirot, alle Verdächtigen versammelt in der Bibliothek?«

»So ähnlich«, sagte ich.

Dann gingen wir hinauf zum Haus.

53

Wir klingelten beim Haupteingang.

Kurz darauf ertönte die Stimme von Harald Schrøder-Olsen im Lautsprecher neben der Tür. »Wer ist da?«

»Odin. Laß uns rein.«

»Uns? Bist du nicht alleine?«

»Ich habe Veum mitgebracht.«

Die nun folgende Pause war auffällig lang. Aber schließlich surrte der Türöffner zum Zeichen, daß wir reinkommen durften.

Diesen Weg hatte ich bis jetzt noch nicht benutzt. Es roch schwer nach Lack und edlen Holzarten in dieser massiven, exklusiven Eingangshalle, wie sie die Großbürger Bergens gerne zum Empfang ihrer Gäste haben, damit die sich bereits rechtzeitig vor dem ersten Sherry unterlegen fühlen.

Eine breite Mahagonitreppe, in der Mitte mit einem persischen Läufer bedeckt, führte hinauf in die Wohnräume, wo Odin mich in dieselbe Wohnstube führte, in der ich schon gewesen war, mit den Glastüren zur Terrasse und dem Abiturbild von Siv auf dem Flügel.

Harald Schrøder-Olsen saß im Rollstuhl an einem kleinen, runden Tischchen. Auf der anderen Seite des Tisches saß in einem wesentlich weniger komfortablen Stuhl Trygve. Auf dem Tisch standen zwei hohe Gläser, verschieden hoch gefüllt mit einer Flüssigkeit von derselben Farbe wie das Mahagoni. Am anderen Ende des Zimmers flimmerten Bilder über den Fernsehschirm, eine schlechte, amerikanische Klamotte, deren Ton abgeschaltet war. Das machte sie womöglich noch grotesker.

Odin ging impulsiv auf seinen Vater zu. »Vater! Das mit Siv...«

Ihre Blicke begegneten sich. Aber sie berührten sich nicht. Man nimmt sich in der Familie Schrøder-Olsen nicht in den Arm.

Ich musterte Trygve. Er sah entsetzlich mitgenommen aus, als hätte er zwei Tage lang Whisky getrunken, ohne einmal auf der Toilette gewesen zu sein.

»Ist Mama nicht hier?«

»Sie hat sich hingelegt«, antwortete der Vater. »Bodil ist oben bei ihr. Der Arzt hat ihr eine Spritze gegeben. Ich fürchte, das war zuviel für sie.«

Aber du packst alles, sagte ich mir im stillen.

Er machte eine Kopfbewegung zum Fernseher. »Wir waren Hauptthema heute abend in der Tagesschau.«

»Siv?«

Er schüttelte den Kopf. »NORLON.«

Trygve rutschte vor, als hätte ihn jemand geschoben.

»Es hätte schlimmer ausgehen können«, sagte ich. – *Guten Abend, hier ist die Nachrichtenredaktion* –

»Schlimmer?« murmelte Trygve.

Der Vater schaute mich böse an. »Und was bringt diesen Herrn an einem Abend wie diesem hierher?«

»Die Wahrheit, Schrøder-Olsen.«

»Die Wahrheit worüber?«

Wir starrten uns gegenseitig an, als ein Räuspern von der Tür erklang. Wir drehten alle die Köpfe hin zu Bodil.

Sie stand in der Tür, schwarz wie eine Tarantel, Pullover und Hose so eng anliegend, daß man sich fragte, was sie wohl feiere. Aber ihr Gesicht trug Trauer, war ernst. Sie nickte. »Dachte ich mir doch, daß jemand gekommen ist...«

»Wie geht es ihr?« fragte der Schwiegervater.

»Sie schläft jetzt.« Sie betrachtete mich, als müsse sie überlegen, welchem Zweig der Familie ich wohl angehörte.

Ich wies mit einer Handbewegung auf einen freien Stuhl, um anzudeuten, daß sie sich setzen möge.

Sie verneigte sich ironisch und folgte der Aufforderung.

Odin blieb stehen. »Veum – wollte euch etwas fragen.«

»So-o?« sagte sie säuerlich und schaute zu den anderen beiden, zuerst zu Trygve, dann zum Schwiegervater.

Sie hatte eine neue Stimmung ins Zimmer gebracht, ein Ungleichgewicht, und die vier erschienen mir wie die Personen einer griechischen Tragödie in einem längst untergegangenen phönizischen Königshaus. Die seltsamsten Gedanken schossen mir durch den Kopf, und als ich Harald Schrøder-Olsen ansah, dachte ich: *Hat sie dir die Söhne auf einer Schale serviert?* – und danach Odin: *Oder warst du es, den sie immer haben wollte?*

Harald Schrøder-Olsen beugte sich in seinem Rollstuhl nach vorne: »Die Wahrheit *worüber*, habe ich dich gefragt, Veum!«

»Über Siv. Und über Camilla.«

»Siv ist tot.«

»Aber wie ist sie gestorben?«

»Sie ertrank.«

»Von selber?«

»Nimmt jemand an, daß es nicht so war?« Er blickte in die Runde. »Ja oder nein?«

Keiner antwortete.

»Es müßten noch ein paar hier sein«, sagte ich.

»Wer denn?«

»Tor Aslaksen. Und Vibeke und Bård Farang.«

Bodil und Trygve schauten sich an. Sonst reagierte keiner.

»Aber sie sind verhindert, aus unterschiedlichen Gründen.«

Noch immer herrschte Schweigen.

Ich richtete meinen Blick wieder auf den Mann im Rollstuhl. »Wir können ja mit Camilla anfangen.«

»Ich kenne niemanden, der Camilla heißt.«

»Warum hast du dann nichts gesagt, als ich eben diesen Namen erwähnte? Zusammen mit dem von Siv? – Warum hast du geschwiegen, als ich Vibeke und Bård Farang erwähnte? – Du weißt genauso gut wie ich, von welcher Camilla die Rede ist!«

Trygve rutschte wieder auf seinem Stuhl wie ein Frankensteinmonster, das allmählich zum Leben erwacht.

Bodil sagte scharf: »Was erlaubst du dir eigentlich, Veum? Wer gibt dir das Recht, hierherzukommen und –«

»Ich *nehme* mir das Recht!« unterbrach ich sie. »Um Camillas willen. Und um all der anderen willen.«

Trygve griff blind nach dem Whisky, setzte das Glas an den Mund und nahm einen so großen Schluck, daß ich die Wirkung förmlich in mir selbst spürte. Er setzte das Glas ab und hob den Kopf.

Die Augen, die mich anblickten, waren dunkler als die Nacht.

Es war ganz still geworden, und ich ergriff wieder das Wort, wobei ich meinen Blick auf das Familienoberhaupt richtete. »Du und Siv seid an jenem Aprilabend 1979, als Camilla Farang verschwand, zur Fabrik gekommen. – Was habt ihr gesehen?«

»Ich…« Er griff nach seinem Glas und nahm einen großen Schluck. Er bot uns nichts an, als hielte er uns für zu jung oder als wüßte er, daß es uns nicht guttun würde.

»Dann möchte ich deine Erinnerung auffrischen. – Einen offenen Schachtdeckel vielleicht?«

Er preßte die Lippen zusammen.

»Du und Siv. – Hat keiner von euch reagiert?«

Er bewegte stumm seine Lippen. Die Adern an seinen Schläfen schwollen an.

»Ich habe nichts gehört?«

Bodil meldete sich wieder. »*Veum!*«

Der alte Mann murmelte: »Sollten wir die Grube nicht zumachen, Vater?«

Alle Augen richteten sich auf ihn.

»Ich sagte: Nein, wir haben keine Zeit. – Also ließen wir es. – Ich ging gerade die Treppe rauf, wie ich es schon so oft erzählt habe, da hörte ich Siv rufen. Sie rief, *bevor* das kleine Mädchen verschwand, als wolle sie es warnen, und ich habe rausgeschaut…« Er drehte den Kopf. »Ich habe gesehen, wie es passiert ist, Trygve!«

Der Sohn nickte, ohne etwas zu sagen.

»Und es war meine Schuld! Allein meine. Ich ließ den Deckel offen, und ich habe es unterlassen, etwas zu tun – danach. Alles geschah so schnell, Siv, die runterfiel, alle Treppen, und liegenblieb… Ich bekam einen Schock, glaube ich. Einen zweifachen Schock. Erst als ich mit Siv im Krankenwagen saß, wurde mir klar, was eigentlich passiert ist. Und ich wußte, ich wußte, daß wir nichts mehr tun konnten, es war zu spät!«

Ich richtete meinen Blick auf Trygve. »Und sonst merkte es auch niemand?«

Er antwortete mit monotoner Stimme: »Nein. Das Auspumpen

wurde eingestellt, als das mit Siv passierte. Ich meine... Wir fingen nicht wieder damit an. Der Deckel wurde geschlossen, und der LKW fuhr weg – mit dem Abfall. Später füllte man den Schacht erneut. Mehr weiß ich nicht. Ich habe nie an die Möglichkeit gedacht, daß... Könnte... Ist es möglich, daß noch Überreste von ihr da unten zu finden sind?«

»Ich weiß nicht, wie weit die Rechtsmedizin inzwischen ist oder wie gründlich ihr den Schacht gewöhnlich leert, aber ich zweifle daran.«

Ich richtete meinen Blick auf Bodil. Sogar sie war jetzt verstummt. »Die arme Camilla wird für ewig in ihrem geheimen Grab ruhen. Denn niemand dürfte an einem erneuten Aufrollen des Falles interessiert sein. Am allerwenigsten du, Bodil, denn jede Öffentlichkeit um die Giftentsorgung von NORLON dürfte dir unangenehm sein – zum Beispiel im Moor bei Breistein!«

Ihr klappte der Kiefer runter. »Sollte ich –! Und was habe *ich* mit dem Fall Camilla zu tun? Ich war noch gar nicht in der Familie, als das alles passiert ist.« Sie schaute ihren apathischen Mann an. »Stimmt doch. Oder, Trygve?«

»Nein«, sagte ich. »Denn du warst auf einem Fortbildungsseminar bei Oslo, zusammen mit Camillas Vater.

»Ja, *da* war ich! Viele Kilometer weg von Bergen!«

»Ihr verschafft euch gegenseitig das perfekte Alibi, du und Bård Farang. – Das sieht fast so aus, als hättet ihr wegen irgend etwas ein schlechtes Gewissen.«

Sie bewegte ihren Kopf langsam hin und her, als würde sie zu einem kleinen Kind nein sagen.

Trygve sah wieder auf. »Wann... war das?«

»1979«, sagte ich. »Im April. Siv, deine Schwester. Du erinnerst dich?«

»Ja.« Er schaute seine Frau an. »Das ist richtig. Da hatte ich dich noch nicht...«

»Wollen wir noch einen Augenblick bei dem Fall Camilla verweilen. Wir haben festgestellt, daß Siv beobachtet hat, was geschah, und Schrøder-Olsen ebenfalls. Gab es noch jemanden, der dazu Gelegenheit hatte?«

Sie musterten sich gegenseitig.

»Jemand von euch oben im Konferenzraum.« Ich heftete meinen Blick auf Odin. »Du zum Beispiel?«

»Ich?«

»Ja, du. Mehreren Aussagen zufolge hast du am Fenster gestanden und hinausgeschaut, als sie kamen.«

Trygve nickte. »Ja, Odin.«

Odin warf ihm einen gereizten Blick zu. »Und was dann?«

Trygve sprach unendlich langsam, als stünde er unter Drogen. »Und als Siv schrie, unten auf der Treppe, bist du immer noch am Fenster gestanden. Ich erinnere mich – wie du vom Fenster zurückgewichen bist, nicht, als hättest du etwas gehört, sondern *gesehen*.«

Ich ergriff wieder das Wort. »Und damals bist du noch auf der anderen Seite gestanden. Als das mit Camilla passierte, waren dir sofort die Konsequenzen für dich selber wie für die Familie klar. Zu diesem Zeitpunkt dachtest du noch in Profitkategorien!«

Er schaute mich mit offenem Sarkasmus im Blick an. »Und deshalb habe ich – danach – mein Leben dem Kampf gegen Giftablagerungen gewidmet und anderen Übergriffen gegen Natur und Umwelt?«

»Ja.« Ich nickte ernst. »Das denke ich. Genau deshalb. Getrieben mehr vom schlechtem Gewissen als von einem Idealismus.«

Er sah mich von der Seite an, als überlege er, von welchem Planeten ich wohl stamme. »Und welche Gründe sollte ich heute haben – um dieses Vertuschen, von dem hier die Rede ist, aufrechtzuhalten?«

»Nach wie vor dasselbe Profitinteresse!«

»Aber ich habe mich doch aus diesem Scheißbetrieb zurückgezogen, Veum! Das ist dir offenbar entgangen?«

»Du hast dich zurückgezogen, aber wenn ich eine Sache, die kürzlich erwähnt wurde, nicht falsch verstanden habe, ohne Ehrverlust und mit einem Vorschuß auf das zustehende Erbe, oder?«

Er schlug unvermittelt die Augen nieder.

»Dein Teil des Erbes – ein anscheinend wertloses Grundstück bei Breistein in Åsane, vollgesogen mit Giftmüll. Und genau 1985, als du ins Grundbuch eingetragen wurdest, genau da, so vermute ich, geschah die große Veränderung mit dir, Odin.«

Er sah nicht auf, aber man merkte, wie er kämpfte, um die Kontrolle über sein Gesicht zu bewahren, als würde er sich eines Morgens im Spiegel betrachten und den Anblick, der sich ihm bot, nicht ertragen. »Die große – Veränderung?«

»Ich glaube dir, wenn du sagst, du hättest dein Leben der Umweltbewegung gewidmet. Ich glaube dir, daß du es ernst meintest. Aber nur von 1979 bis '85.«

»Ich meine es immer noch ernst!«

»Ich vermute allerdings auch, daß du von deiner Vergangenheit eingeholt worden bist, von dem Milieu, in dem du aufgewachsen bist, dem Einfluß dieser Menschen hier...« Ich bewegte die Hand Richtung Trygve und Harald Schrøder-Olsen, ohne sie anzuschauen. »...zu denen *du selbst* gehörtest, bis das schreckliche Unglück mit Camilla passiert ist. – Als dir dann aber 1985 ein, oberflächlich gesehen, äußerst profitables Stück Land gehörte, da hat dich wieder der Hunger nach Profit gepackt wie eine ererbte Ansteckung. Du verstehst mich?«

»Ich –«

»Du meinst vielleicht immer noch, für eine heilige Sache zu kämpfen. Doch deine Selbstachtung ist flexibel genug, trotzdem eine Art Musterhaus für Freunde der Umweltbewegung zu bauen, unter dem Namen MILJØBO, genau auf dem verseuchten Areal.«

»Es war beabsichtigt –«

Ich unterbrach ihn. »Mit günstigen Chancen für einen profitablen Gewinn auf einem Markt, zu dessen Aufrechterhaltung eine

Menge Idealismus nötig ist. – Man könnte das mit einem neuen Wort Umweltkapitalismus nennen, nicht wahr?«

Er hatte den Kopf immer noch gesenkt.

»Was suchst du, Odin? Deine verlorene Ehre?«

»Paß mal auf, Veum –«

»Es war nicht verwunderlich, daß sich der Oberaktivist bei der Hilleren Demonstration so passiv verhalten hat. Du seist dafür und *dagegen* gewesen, erzählte Håvard Hope. Allerdings nicht aus Rücksicht auf den Familiennamen. Das waren ganz andere Ursachen!«

»Worüber redet ihr eigentlich?« mischte sich Harald Schrøder-Olsen wieder ins Gespräch.

»Wir reden davon, daß dein Sohn Odin drei Menschenleben auf dem Gewissen hat.«

»Drei Menschenleben! Odin? Nicht...«

»Doch.«

Trygve streckte sich wieder nach seinem Glas, kippte es aber um. Der Inhalt lief über den Tisch, ohne daß jemand darauf achtete oder daran dachte, aufzuwischen. Alle Augen waren auf Odin gerichtet.

»Odin?!« Die Stimme des Vaters fiel wie ein Axthieb.

Odins Gesicht war auf einmal grau. Der Blick unstet. »Es war nicht so – wie du es dargestellt hast. Ich habe es gemacht, weil ich... beschützen wollte, weil ich...« Sein Blick suchte den Vater, doch er schaffte es nicht, ihn anzuschauen.

»Beschützen?« geiferte der Vater. »Ich brauche keinen Schutz! Ich kann mich selbst beschützen.«

»Du *konntest*«, sagte der Sohn mit schwacher Stimme.

»Also, wie ist es gewesen«, sagte ich. »Du bist Tor Aslaksen in das Haus von Kleiva gefolgt –«

»Gefolgt? Ich bin doch kein Hellseher. Woher sollte ich wissen, wann ihr euch treffen wolltet?«

Ich zögerte einen Augenblick. »Ni-icht?«

»Ich *war* dort, zusammen mit ihm. Wir wollten gemeinsam mit dir reden! Du darfst nicht vergessen, daß Tor und ich Jugendfreunde waren und beide in der Umweltbewegung aktiv gewesen sind. *Mir* hat er sich zuerst anvertraut. Aber ich riet ihm zu warten. Ich dachte an Vater. Er hätte das ausbaden müssen.«

»Überspring den Refrain, Odin. Zur Sache. Wußte – wußte Lisbeth Finslo, daß du da warst?«

Er nickte. »Ich habe mit ihr gesprochen!«

»Nachdem du... Während ich oben im Wohnzimmer war?«

»Ich sagte ihr, daß, daß es passiert ist, bevor ich gekommen bin, daß es Vater gewesen sein mußte, der –«

»*Was?!*« donnerte Schrøder-Olsen.

»Ja. Wegen des Schlüssels natürlich. Ich benutzte dieselbe Geschichte wie du, Veum – daß er besser zu Fuß sei, als es aussah. Ich sagte, sie solle mich draußen treffen, das wäre eine Familienangelegenheit, und da müßten wir dich draußen halten, am besten würden wir zu ihm fahren und mit ihm reden, möglichst schonend, bevor wir ihn –«

»Schonend, so nennst du das. So schonend, daß du auch Lisbeth ermordet hast.«

»Das war –«

»Zum Schutz deines Profits, bitte keine Ausflüchte! – Denn als du deine eigene Schwester umgebracht hast, wolltest du wohl kaum deinen Vater schützen, oder? Da ist es einzig und allein um dein Interesse gegangen!«

Harald Schrøder-Olsen kippte sein Glas um, umklammerte die Armstützen des Rollstuhles, stemmte sich hoch und blieb mit zitterndem Oberkörper in dieser Stellung, wie ein Turner auf dem Pferd vor der letzten, entscheidenden Übung. »Siv?!« brüllte er.

»Sie hat angefangen zu reden – hat viel zuviel gesagt!« schrie Odin. »Zuerst Tor – dann Veum! – Und Veum kam gefährlich nahe. Das ganze Projekt in Åsane drohte, den Bach runterzugehen. Ich bat Bodil – bat sie, Kontakt aufzunehmen zu einem – Bekannten, der uns eventuell – helfen konnte.«

Ich deutete auf Bodil. »Birger Bjelland. Ich habe mir den Namen notiert. Er wird von mir hören, zu gegebener Zeit!«

Sie betrachtete mich geschäftsmäßig, als sei das Ganze eine Bagatelle gewesen, die man durchaus wiederholen könne, sollte es sich als vorteilhaft erweisen.

»Aber auch das hat nichts genutzt«, fuhr ich fort. »Und da bestand nur noch eine Möglichkeit, sich abzusichern.«

Odin machte eine weite Armbewegung. »Das war kein Leben, Vater. Sie war unglücklich. Sie war nicht unsere alte Siv.«

»Unglücklich?! Nennst du Siv unglücklich? Du miese Kröte! Wer bist du denn, daß du dir anmaßt, ein Urteil zu fällen?!«

Ich beugte mich vor, den Blick auf Odin geheftet. »So, nun erfahren sie endlich die Wahrheit, alle zusammen. Camillas Eltern. Lisbeth Finslos Tochter. Tor Aslaksens Mutter. Deine Mutter. All die, die niemanden hatten, der sie beschützte. Sie erhalten Antwort auf alles, was sie gefragt haben. Jetzt.«

Es entstand eine kurze Pause, als suchte jeder nach etwas, das er sagen könnte. Odin stand wie eine Wachsfigur mitten im Zimmer. Trygve blinzelte mit den Augen, und endlich begriff ich, worin sein Problem bestand. Er war ganz einfach sternhagelvoll. Bodil hatte für keinen von uns etwas übrig. Sie stand da und warf den Kopf in den Nacken wie eine beleidigte Gräfin.

Ich dachte daran, was Aslaug Schrøder-Olsen gesagt hatte, daß Kinder wie Blumenzwiebeln sind; einigen schadet der erste Frost und hemmt ihr Wachstum, andere wachsen auf und gedeihen anscheinend vollkommen. – Ich dachte an Vibeke Farang und die Schärenblumen; und vielleicht war es wirklich so, daß die schönsten Blumen die mit dem bittersten Duft sind...

Harald Schrøder-Olsen brach die Stille, indem er mit einem prophetischen Zeigefinger auf seinen Sohn deutete und ihn verfluchte, daß die Wände wackelten: »Verschwinde! Nimm ihn mit, Veum. Fahr ihn zur Wache und erzähl den Leuten alles. Alles – auch das über Camilla. – Und du...« er fixierte Odin. »Ich will dich nie mehr sehen! Nie! Ist das klar?«

Odin nickte folgsam, fünf Jahre alt und mit Tränen in den Augen.

Dann schwenkte der Vater den Rollstuhl herum und blieb mit dem Rücken zu uns sitzen, während er darauf wartete, daß wir gingen.

Odin schaute den Bruder an. Trygve schluckte, war unfähig, einem von uns in die Augen zu sehen.

Er schaute hinüber zu Bodil. Ein kaltes Lächeln huschte über ihre Lippen und war verschwunden, bevor man es richtig wahrnehmen konnte. Sie zuckte diskret die Schultern und blickte zur Tür.

Odin folgte ihrem Blick. Dann wankte er unsicher in dieselbe Richtung, ohne sich umzuschauen und ohne ein Wort.

Als wir ins Freie kamen, hatte es angefangen zu regnen. Wir waren naß bis auf die Haut, noch ehe wir das Auto erreichten.

Anmerkungen

Seite 9 *Pol:* Abk. für Vinmonopolet, Verkaufsstellen für Alkohol.

Seite 13 *Tidemand und Gude:* Norwegische Maler des 19. Jahrhunderts.

Seite 19 *Nöck von Kittelsen:* Figur in den Märchen der norwegischen Märchensammler Asbjørnsen und Moe, gezeichnet von Kittelsen.

Seite 21 *Mykle:* Agnar Mykle (*1915) norweg. Autor.

Seite 31 *Cora Sandel:* Norweg. Schriftstellerin (1880–1974).

Seite 56 *NRK:* Norwegischer Rundfunk.

Seite 56 *Mardøla:* Fluß in Norwegen. 1970 gab es dort wegen einer Regulierung großen Widerstand der Umweltschützer.

Seite 64 *Fjell og Vidde:* Zeitschrift des norwegischen Wandervereins.

Seite 66 *Snorre:* Snorre Sturlason (1178–1241), Skalde und Sagenschreiber. Verfaßte die norwegischen Königssagen.

Seite 134 *Norsk Barneblad:* Kinderzeitschrift.

Seite 189 *Askeladden:* Figur in vielen norweg. Volksmärchen; eine Art männliches Aschenputtel.

Seite 204 *Gamlebaugen:* Große Steinvilla in Fana.

Seite 238 *Oselvar:* Ruder und Segelboot.

Seite 238 *Tidemand und Gude:* siehe Anm. zu Seite 13.

Seite 241 *nes, vik:* Nase, Bucht (Vikinger = die aus den Buchten).

Seite 253 *Pol:* siehe Anmerkung zu Seite 9.

Seite 322 *Stiklestad:* Hier fand 1030 eine Schlacht zwischen Olav Haraldson und den Bauern statt.

Seite 329 *König Sverre:* Sverre Sigurdsson (ca. 1150–1202). Verfolgte eine national-kirchliche Politik.

Seite 329 *Labskaus:* Eintopf aus Pökelfleisch, Heringen und Kartoffeln, oft mit roten Rüben u. a.

GOLDMANN

*Das Gesamtverzeichnis aller lieferbaren Titel erhalten Sie
im Buchhandel oder direkt beim Verlag.*

Taschenbuch-Bestseller zu Taschenbuchpreisen
– Monat für Monat interessante und fesselnde Titel –

∗

Literatur deutschsprachiger und internationaler Autoren

∗

Unterhaltung, Thriller, Historische Romane
und Anthologien

∗

Aktuelle Sachbücher, Ratgeber, Handbücher
und Nachschlagewerke

∗

Esoterik, Persönliches Wachstum und
Ganzheitliches Heilen

∗

Krimis, Science-Fiction und Fantasy-Literatur

∗

Klassiker mit Anmerkungen, Autoreneditionen
und Werkausgaben

∗

Kalender, Kriminalhörspielkassetten und
Popbiographien

Die ganze Welt des Taschenbuchs

Goldmann Verlag · Neumarkter Str. 18 · 81673 München

Bitte senden Sie mir das neue kostenlose Gesamtverzeichnis

Name: _____

Straße: _____

PLZ/Ort: _____